ullstein

Die junge Kriminalhauptmeisterin Ira Schwarz ist bei der Weiblichen Kriminalpolizei als Verantwortliche für jugendliche Delinquenten abgestellt. Eigentlich will sie zur Mordkommission, aber da haben Frauen zu der Zeit nichts verloren. Als nach einer Kirmes am Rheinufer jedoch die Leiche eines Jungen gefunden wird, wird sie zu dem Fall hinzugezogen, da sie als Einzige einen Zugang zu dem Umfeld des Ermordeten findet. Ein Täter wird ermittelt. Doch Ira bedrängen Zweifel, ob der Mann aus schwierigen sozialen Verhältnissen wirklich der Mörder und nicht nur ein Bauernopfer ist. Dann wird ein weiterer toter Junge gefunden. Ira überwindet ihr Misstrauen gegenüber Ben Weber, einem linken Journalisten, der über den Fall recherchiert, und tut sich mit ihm zusammen. Fast zu spät begreifen sie, wer in Wahrheit der Täter ist …

PAULA BACH ist das Pseudonym einer deutschen Autorin, die mit ihren historischen Romanen und Krimis eine große Leserschaft begeistert. Sie lebt im Rheinland.

Paula Bach

GOLD JUNGE

Kriminalroman

Ullstein

Besuchen Sie uns im Internet:
www.ullstein-buchverlage.de

MIX
Papier
FSC® C083411

Originalausgabe im Ullstein Taschenbuch
1. Auflage April 2020

Umschlaggestaltung: zero-media.net, München
Titelabbildung: © FinePic®, München (Szenerie);
© Jim Jordan Photography / getty images (Fahrrad)
Gesetzt aus der Quadraat Pro powered by pepyrus.com
Druck und Bindearbeiten: CPI books GmbH, Leck
ISBN 978-3-548-28888-8

Prolog

September 1967

Ein gequältes Stöhnen entrang sich der Kehle des Jungen. Er fror, und ihm war übel. Sein Kopf schmerzte, als würde er gleich zerspringen, und seine Zunge fühlte sich seltsam pelzig an. Eine undurchdringliche Finsternis umgab ihn. Sonst konnte er nachts die Wand gegenüber seinem Bett sehen, wo die Poster mit den Popstars hingen. Selbst in der Dunkelheit zeichneten sie sich als graue Rechtecke ab. War er krank, und hatte seine Mutter deshalb das Fenster vollständig verhängt? Ja, so musste es sein. Schließlich fühlte er sich so elend wie noch nie zuvor in seinem Leben. Bestimmt würde sie ihm gleich ein Medikament gegen die Schmerzen bringen.

Aber ... Er lag nicht in seinem Bett! Der Untergrund war hart und irgendwie rau. Und es stank nach Öl und Benzin. Instinktiv versuchte der Junge, sich aufzurichten. Doch seine Arme und Beine gehorchten ihm nicht. Der jähe Schock vertrieb seine Benommenheit und ließ ihn die hämmernden Kopfschmerzen nicht mehr spüren. Seine Hand- und Fußgelenke waren gefesselt, und in seinem Mund steckte ein Knebel. Nein! Das war unmöglich. War ein böser

Traum. Vergebens riss er an den Fesseln, wollte den Knebel ausspucken. Nein ... Er schluchzte. Wie war er nur an diesen Ort gekommen? Wer hatte ihm das angetan?

Lucy in the sky with diamonds ... Der Junge erinnerte sich an den Song der Beatles. Irgendwann hatte er ihn im Laufe des Abends gehört. Und da war noch andere Musik gewesen und buntes Lichter-Geblinke. Und er hatte ein blondes Mädchen geküsst. Oder bildete er sich das nur ein?

Das Geräusch einer sich öffnenden Tür, die über einen harten Untergrund schrammte, drang an das Ohr des Jungen. Kühle, feuchte Luft streifte sein Gesicht. Die Tür fiel ins Schloss. Ein Schalter klickte. Schwacher Lichtschein sickerte durch die Binde über seinen Augen, während sich Schritte ihm näherten und neben ihm innehielten. Wer auch immer da gekommen war – würde er die Fesseln lösen und ihn gehen lassen? Instinktiv bewegte der Junge sich, und die Binde verrutschte ein bisschen. Ein langhaariger, bärtiger Mann ragte über ihm auf.

Bitte, bitte ... Der Junge wimmerte. *Bitte ...*

Die Zeit dehnte sich und explodierte dann in einem glühenden Schmerz, als ein Hieb auf ihn niedersauste und ihm den Arm brach.

Bitte nicht ... Nicht ... Der Junge versuchte, sich schützend zusammenzurollen. Doch weitere Schläge prasselten auf ihn ein. Verwandelten ihn in ein zuckendes Bündel voll Todesangst und Qual.

Mutter ... Mutter ... A girl with kaleidoscope eyes ... Das blonde Mädchen schwebte über den Nachthimmel. Seine riesigen Augen spiegelten die Lichter eines Jahrmarkts.

Dann lag er mit dem Mädchen in einem Boot, und Mandarinenbäume, prall von Früchten, senkten ihre Äste über das Wasser.

Der Inhalt seines Magens drängte nach oben, strömte – zurückgehalten von dem Knebel – in die Luftröhre des Jungen. Er krümmte sich, rang nach Atem. Seine Lungen schmerzten, als würden sie in Flammen stehen.

Hilf mir … Verzweifelt klammerte er sich an das Mädchen. Doch ihr Gesicht verwandelte sich in eine Fratze, und es stieß ihn weg. Ein letztes Zucken im Todeskampf. Als ihn sein Mörder mit einer brennbaren Flüssigkeit übergoss und anzündete, war der Junge glücklicherweise schon nicht mehr am Leben.

Erster Teil

1. Kapitel

Montag, erster Tag

In Gedanken noch bei dem Handbuch der Kriminaltechnik, eilte Ira Schwarz in die Küche. Während die Kriminalhauptmeisterin den Wasserkessel aufsetzte, Malzkaffeepulver in eine Kanne gab und Marmelade und Margarine aus dem Kühlschrank holte, memorierte sie, was Materialspuren von Gegenstandsspuren unterschied und wie ein Tatort zu sichern war. Hoffentlich konnte sie heute das für sie so wichtige Gespräch im Polizeipräsidium führen – und hoffentlich verlief es gut!

Sie öffnete das Brotfach des Küchenbüfetts. Außer einigen Krümeln war es leer.

»O verdammt! Georg!« Mit einem Fluch stürmte Ira in den Flur. Dort riss sie die nächstgelegene Tür auf und betätigte den Lichtschalter.

»Mensch, Ira, was soll das denn …« Die Bettdecke bewegte sich. Darunter schaute das verschlafene Gesicht ihres jüngeren Bruders Georg hervor.

»Es war deine Aufgabe, Brot einzukaufen, und du hast es schon wieder vergessen!«

»Mist! Es tut mir wirklich leid. Ich gehe gleich los und

besorge welches.« Georg setzte sich auf und schwang seine Beine über den Bettrand. Seine offensichtliche Reue besänftigte Ira ein bisschen.

»So lange kann ich nicht warten.«

Georgs Blick wanderte zu seinem Wecker. »Aber du bist doch früh dran!«

»Ich muss vor Dienstbeginn noch etwas erledigen.«

»Gestern nach der Schule hab ich wirklich nicht dran gedacht. Und nach der Bandprobe bin ich erst spät nach Hause gekommen.«

Wie fast alle Jungen im Teenageralter spielte auch Georg in einer Band. Eine Leidenschaft, von der auch die Poster der Beatles, der The Who und diverser anderer Popgruppen über seinem Bett kündeten.

»Du kaufst Brot ein und was sonst noch auf dem Einkaufszettel in der Küche steht. Und du stellst die Waschmaschine an und hängst die Sachen anschließend auf. Und zwar bitte so, dass meine Blusen nicht wieder völlig verknittert sind.«

Georg ließ sich zurück aufs Bett fallen. »Kein einziger Junge, den ich kenne, muss sich ums Wäschewaschen kümmern.«

»Bestimmt lebt auch keiner von denen mit seiner Schwester zusammen. Und sei froh, dass wir die Waschmaschine geschenkt bekommen haben.« Iras Stimme klang trocken. »Darf ich dich daran erinnern, dass wir eine Abmachung haben? Wenn es dir nicht passt, kannst du wieder zu Onkel Fritz und Tante Gunda ziehen.«

»Schon gut, schon gut … Reg dich nicht auf.« Georg hob

in einer Geste der Resignation die Hände. »Wenn du drauf bestehst, bügle ich deine Blusen sogar. Und putze dein Zimmer. Poliere deine Schuhe …«

»Lieber nicht.« Ira blickte zu seinem Schreibtisch, auf dem sich Bücher und aufgeschlagene Hefte türmten. »Du hast doch hoffentlich deine Hausaufgaben gemacht?«

»Raus! Du bist meine Schwester und nicht meine Mutter.« Georgs Kopfkissen flog auf Ira zu. Sie fing es auf und warf es zu ihm zurück.

In der Küche pfiff der Wasserkessel. »Einkaufen und die Wäsche!«, wiederholte sie streng.

»Ist ja gut. Jetzt geh schon.«

Ira schaltete die Gasflamme aus und bereitete sich den Kaffee zu, den sie im Stehen trank. Dann schlüpfte sie in ihren Anorak. An der Wohnungstür kehrte sie noch einmal um und ging in ihr Zimmer. Sie nahm den kleinen Samurai aus Ton in die Hand, der dort auf dem Schreibtisch stand, und schloss für einen Moment die Augen. Der japanische Krieger war ein Geschenk ihres verstorbenen Vaters – und ihr Glücksbringer. Sie steckte ihn in ihre Tasche und verließ das Haus.

Nieselregen fiel vom Himmel, als Ira ihr Fahrrad aus dem Schuppen im Hinterhof schob. Sie klemmte Wäscheklammern an ihre Hosenbeine, damit der Stoff nicht in die Kette geriet, und fuhr dann zügig durch die engen, schäbigen Gassen des Eigelstein-Viertels. Da und dort torkelte ein Freier aus einem Bordell. Vor einem Büdchen standen zwei Prostituierte und wärmten sich an Tassen mit Kaffee. Mit einer der beiden jungen Frauen hatte Ira schon öfter beruflich zu tun gehabt. Meist dann, wenn ihr Zuhälter sie wieder einmal blutig geschlagen hatte. Sie nickte ihr zu, und die Prostituierte erwiderte verstohlen ihren Gruß.

Der Eigelstein, in der Nähe des Doms gelegen, zählte wirklich nicht zu den besten Adressen der Stadt. Aber die Wohnung, die Ira sich mit ihrem Bruder teilte, war preiswert. Mehr konnte sie sich zurzeit von ihrem Gehalt nicht leisten. Außerdem gab es unter den Alteingesessenen eine raue Herzlichkeit, die Ira mochte.

Auf der vierspurigen Straße am Rheinufer herrschte – jetzt um sieben Uhr – der übliche dichte Verkehr. Abgase waberten durch die Luft und kratzten in Iras Lunge. Sie zog an einem Radfahrer vorbei und wich einigen Pfützen aus, darauf bedacht, von überholenden Autos möglichst wenig nass gespritzt zu werden. Wie das Gespräch im Polizeipräsidium wohl verlaufen würde?

Ihren Entschluss, zur Weiblichen Kriminalpolizei zu gehen, hatte sie noch nie bereut. Im vergangenen September hatte sie dort, nach dem Studium der Sozialarbeit und einem Berufsjahr, ihre Ausbildung begonnen, und vor noch nicht langer Zeit war sie zur Kriminalhauptmeisterin befördert worden.

Schon als kleines Mädchen hatte Ira Polizistin werden wollen. Was bei ihrem Vater, einem Hauptkommissar bei der Mordkommission, nicht gerade auf Begeisterung gestoßen war.

Ira hatte sich schließlich durchgesetzt, und sie mochte ihre Arbeit. Aber die war nun einmal recht eng umrissen. Die Beamtinnen der Weiblichen Kriminalpolizei waren auf die Vernehmung von Kindern, jungen Mädchen und Frauen bis zum einundzwanzigsten Lebensjahr spezialisiert. Hatten Knaben das zwölfte Lebensjahr erreicht, waren die männlichen Kollegen zuständig. Auch bei erwachsenen Frauen wurden die Beamtinnen gelegentlich hinzugezogen, etwa, wenn es um Sittlichkeitsdelikte ging. Bisher hatte Ira diese Begrenzungen als Teil ihres Berufs akzeptiert. Seit Kurzem zeichneten sich jedoch durch einen Erlass der Landesregierung ganz neue Perspektiven ab. Und diese Chance wollte Ira unbedingt ergreifen. Vielleicht würde ihr großer Traum ja doch wahr werden, und sie konnte eines Tages bei der Mordkommission arbeiten.

Sie hatte die Straße am Rhein inzwischen verlassen und fuhr in Richtung der südlichen Altstadt. Gleich hinter den wuchtigen Mauern der romanischen Kirche St. Georg befand sich das neue Polizeipräsidium. Ein modernes Hochhaus, die Fassade aus Glas gliederten filigrane Betonstreben. Da und dort brannte bereits Neonlicht in den Büros. Wie Ira gehofft hatte, war auch das Fenster im fünften Stock direkt über dem Haupteingang erleuchtet.

Hätte sie vielleicht doch besser einen Rock statt eine Hose anziehen sollen? Eine ältere Vorgesetzte bei der Weiblichen Kriminalpolizei hatte Ira einmal bei einer Fortbildung getadelt, weil sie Hosen trug. Dies sei für eine Kriminalbeamtin unpassend und unangemessen. Prüfend blickte Ira noch einmal an sich hinunter. Die Spritzer aus Schmutzwasser hatte sie mittlerweile beseitigt. Ein Fenster im Flur reflektierte ihr Spiegelbild. Eine große, dünne – um nicht zu sagen, schlaksige – junge Frau, die dunkelbraunen Haare zu einem Pferdeschwanz gebunden. Ira zupfte ihren Pullunder und den Kragen der Bluse zurecht. Dann atmete sie tief durch und klopfte an die Tür von Hauptkommissar Karl Marxen.

Auf sein knappes »Herein« hin betrat sie das Büro. Marxen, eine brennende Zigarre in der Hand, saß hinter seinem Schreibtisch. Er war ein hagerer Mann Anfang sechzig. Sein Gesicht war von Falten zerfurcht. Marxen war einige Monate lang krankgeschrieben gewesen, da er sich einer Reihe von Operationen hatte unterziehen müssen. Durch eine Kriegsverletzung, so hatte Ira sagen hören, waren sein Rückgrat und eines seiner Beine in Mitleidenschaft gezogen. Erst kürzlich war er wieder in den Dienst zurückgekehrt.

Der Blick, mit dem er Ira bedachte, wirkte gereizt. »Mein Gott, Mädchen, nennen Sie das etwa eine Akte?« Er deutete auf die dünne Mappe mit Iras Lebenslauf in ihrer Hand.

»Ich ... nein ... Es tut mir leid, Herr Hauptkommissar. Hier liegt ein Missverständnis vor.« Unwillkürlich errötete Ira. »Ich gehöre nicht zu den Damen im Schreibzimmer. Mein Name ist Ira Schwarz. Ich bin Kriminalhauptmeisterin bei der Weiblichen Kriminalpolizei. Die Landesregierung hat ja vor einigen Wochen beschlossen, dass Beamtinnen der Weiblichen Kriminalpolizei nach einer entsprechenden Zusatzausbildung in den allgemeinen Polizeidienst wechseln können. Und das Innenministerium hat außerdem angeregt, dass Beamtinnen, die sich dafür interessieren, Praktika in den Dezernaten der Kriminalpolizei absolvieren sollen. Um besser einschätzen zu können, was sie erwartet.

Und ...« Ira stockte. Sie redete zu schnell und zu viel. »Ich meine ... Deshalb möchte ich anfragen, ob ich ein Praktikum bei der Mordkommission absolvieren darf.«

»Nein, das kommt nicht infrage.«

Marxens knappe Antwort traf Ira wie ein Schlag ins Gesicht.

»Dürfte ... Dürfte ich fragen, warum nicht?«

Marxen lehnte sich auf seinem Schreibtischstuhl zurück und musterte sie ungeduldig. »Weil die Arbeit während einer Mordermittlung Härte sich selbst und anderen gegenüber voraussetzt. Weil ich keine Tränen und hysterischen Gefühlsausbrüche brauchen kann. Und weil Frauen einem Mann bei einer Vernehmung schon körperlich nicht gewachsen sind. Soll ich etwa einen Beamten zu Ihrem Schutz abstellen, falls ein Verdächtiger auf Sie losgeht, Kriminalhauptmeisterin?«

»Aber ...« Ira wollte einwenden, dass sie während ihrer Tätigkeit als Sozialarbeiterin und auch während des einen Jahrs bei der Weiblichen Kriminalpolizei schon etliche Situationen erlebt hatte, die sie an ihre Grenzen gebracht hatten, und dass sie Schlimmeres bei einer Mordermittlung wohl kaum erwarten würde.

Marxen schnitt ihr jedoch brüsk das Wort ab. »Seit einem Jahr, sagten Sie, arbeiten Sie bei der Weiblichen Kriminalpolizei?«

»Ja, Herr Hauptkommissar.«

»Dann sollten Sie zumindest gelernt haben, dass Sie mit einem Vorgesetzten nicht zu diskutieren haben. Und jetzt gehen Sie endlich.«

»Natürlich, Herr Hauptkommissar.« Iras Wangen brannten.

Sie hatte sich so gründlich auf dieses Gespräch vorbereitet, hatte sich intensiv mit Kriminaltechnik befasst, um seine etwaigen Fragen beantworten zu können. Kollegen von ihrer Judo-Gruppe bei der Polizei, die schon mit Marxen zusammengearbeitet hatten, hatten ihr erzählt, dass er ein wirkliches Ekel sein konnte. Und ihre Vorgesetzte, Kriminalrätin Clara Wiener, hatte gesagt, sie könne sich nicht vorstellen, dass Marxen eine Frau in einer Mordkommission akzeptieren würde. Der Hauptkommissar sei da »leider sehr konservativ«. Aber sie – Ira – hatte alle Warnungen in den Wind geschlagen und geglaubt, sie könne Marxen doch von sich überzeugen. Er war nun einmal der Leiter der Mordkommission. Außerdem war er zäh, hartnäckig und hatte eine beeindruckende Erfolgsbilanz vorzuweisen. Und ihr Vater, der vor Jahren eine kurze Zeit mit Marxen zusammengearbeitet hatte, hatte ihn sehr geschätzt. Sie hatte sich so sehr gewünscht, von Marxen lernen zu können.

Ira blinzelte die Tränen des Zorns und der Scham weg, die ihr in die Augen schossen. Selten in ihrem Leben hatte sie sich so gedemütigt gefühlt.

2. Kapitel

Ein penetrantes Schrillen bohrte sich schmerzhaft in Benedikt – Ben – Webers Schädel und riss ihn aus einem wirren Traum. Ein Wirbel aus grellen Farben überzog die Zimmerdecke. Der Anblick verursachte ihm Übelkeit. Er schloss die Augen wieder.

Das Schrillen ließ nicht nach. Verdammt, das Telefon ... Er schleppte sich aus dem Bett in das angrenzende Wohn- und Arbeitszimmer und hangelte den Hörer von der Gabel. Wenigstens waren die grellen Farben, eine Folge von zu viel Hasch und Alkohol, nun verschwunden.

»Weber.« Seine Stimme war nur ein heiseres Krächzen.

»Ben? Wilde Nacht gehabt, wie? Hier ist Konrad.« Der Redakteur des Rheinischen Anzeigers klang widerlich gut gelaunt.

Ben brummte eine Antwort. Die Erinnerung an die letzte Nacht war wie in einem Nebel versunken.

»Hör mal, ich hab gerade die Information reinbekommen, dass in der Nähe der Oskar-Jäger-Straße in Ehrenfeld eine Leiche gefunden wurde. Einer unserer Informanten hat den Polizeifunk abgehört. Bist du interessiert?«

Im Schlafzimmer bewegte sich die Bettdecke. Und nun erhob sich der Oberkörper einer jungen Frau aus den Kissen – ähnlich der einer antiken Göttin aus den Wellen. Halluzinierte er das nur?

»He, Ben, bist du noch dran?«

»Ähm, ja ...« Real oder nicht, die Brüste der jungen Frau waren umwerfend. Eine vage Erinnerung an eine Party irgendwo in einem Kölner Außenbezirk regte sich in Bens Gedächtnis. Anscheinend hatte er die Frau abgeschleppt. Wie hieß sie noch? Daniela oder Sabine? Nein, Jutta war ihr Name. Oder doch nicht?

»Der genaue Fundort ist eine Sackgasse. Wenn du dich beeilst, falls dein Zustand das zulässt, kannst du noch vor der Polizei dort sein.«

»Leiche in Ehrenfeld.« Ben wiederholte den Namen der Straße und kritzelte ihn auf ein Blatt Papier.

»Lass es mich wissen, sobald du nähere Informationen hast. Und ich hoffe, dass dein Restalkohol die 1,5 Promille nicht überschreitet.« Ein Lachen. Dann wurde der Telefonhörer eingehängt.

Blödmann! Ben tappte ins Schlafzimmer, wo seine Kleidungsstücke neben dem Bett verstreut waren.

»Bist du etwa ein Bulle?« Daniela/Sabine/Jutta blickte ihn aus weit aufgerissenen Augen an.

»Nee, Journalist.«

»Oh, super! Du ...? Die Nacht mit dir war echt heiß.«

»Fand ich auch.« Er konnte sich an nichts mehr erinnern. Ben schlüpfte in seine Unterhose. Dem Himmel sei Dank – neben seiner Jeans lag ein benutztes Kondom.

»Kann ich noch ein bisschen bleiben?«

»Nein, tut mir leid. Ich muss gleich los.« So weggetreten war er nun doch nicht, dass er eine Frau, an deren Namen er sich nicht einmal mehr erinnerte, allein in seiner Wohnung ließ. Seine Schallplattensammlung und sein Bang & Olufsen-Plattenspieler waren ihm heilig.

»Oh, schade …« Daniela/Sabine/Jutta räkelte sich auf dem Bett und zog einen Schmollmund. Ihr langes dunkles Haar breitete sich wie ein Fächer um sie aus. Dunkel waren auch ihre Brustwarzen. Mein Gott, sie sah wirklich hinreißend sexy aus. Bens Penis war plötzlich sein einziger wacher Körperteil. Wäre doch ein Jammer, die Bekanntschaft nicht zu vertiefen.

»Hast du ein Telefon, Süße?«

»Leider nicht.« Sie schüttelte den Kopf.

»Ich geb dir meine Nummer. Wenn ich nicht da bin, werden die Anrufe zu einem Anrufdienst umgeleitet.«

»Toll!« Daniela/Sabine/Jutta strahlte ihn an und griff nun auch nach ihren Kleidern. Ben warf sich zwei Aspirin ein und wartete ungeduldig, bis sie fertig angezogen war. Ob sich der Leichenfund wohl zu einer lohnenden Story entwickeln würde? Eine, die ihm endlich den Durchbruch verschaffen und die Türen zu den wirklich bedeutenden Zeitungen in Hamburg oder München öffnete?

Sprühregen bildete einen zähen Film auf der Windschutzscheibe von Bens Citroën DS, *la Déesse*, wie der Wagen auch genannt wurde, *die Göttin*. Obwohl es inzwischen fast neun Uhr war, musste er mit eingeschaltetem Scheinwerferlicht fahren, und die Kronen der Bäume auf dem Melaten-Friedhof schienen fast an die niedrige Wolkendecke zu stoßen. Novemberwetter Mitte September. Er hasste den Herbst, wenn der Nebel oft tagelang grau und schwer in den Straßen der Stadt hing. Auch das gleichmäßige Surren, mit dem sein geliebter Wagen die Aachener Straße entlangrollte, und das Lied auf Radio Luxemburg – *Hey Joe* von Jimi Hendrix – konnten seine Laune nicht bessern. Wenigstens machte ihn der tief inhalierte Rauch der selbst gedrehten Zigarette etwas wacher.

Drei, vier Wochen Südfrankreich oder die Toskana. Sonne, Licht und Wärme. Guter Rotwein. Lebensfreude. Vielleicht ließe sich ja ein Aufenthalt mit dem Schreiben einiger Artikel finanzieren. Er sollte sich Themen überlegen, die auch für die großen Magazine interessant waren.

Hinter dem Melaten-Friedhof bog Ben rechts ab. Die Straße war trist. Gewerbebetriebe und kleine Industrieanlagen wechselten sich ab, und auf dem Hof eines Gebrauchtwarenhändlers harrten spießige Klein- und Mittelklassewagen eines Käufers. In der Ferne blinkte ein Herz aus Neonröhren über dem Eingang eines Bordells. Selbst das rote Licht wirkte an diesem Morgen wie von einem Grauschleier überzogen.

»Scheiße!«, fluchte er. Ein Stück weiter neben der Zufahrt zu einer Sackgasse parkte ein Streifenwagen. Die Bullen waren also schon da. Tatsächlich versperrten zwei uniformierte Polizisten breitbeinig und mit durchgedrücktem Rücken den Zugang. Staatsdiener ... Von wegen! Sie benahmen sich mal wieder, als würde das Land ihnen gehören.

Jähe Wut stieg in Ben auf und vertrieb den letzten Anflug der durch Alkohol und Drogen bedingten Müdigkeit. Während des Schah-Besuchs in Berlin war er als Journalist vor Ort gewesen und hatte hautnah miterlebt, wie die sogenannten Ordnungshüter auf wehrlose, am Boden liegende Studenten eingeprügelt hatten. Und der Mord eines Polizisten an Benno Ohnesorg würde vor Gericht bestimmt als Notwehr eingestuft werden. Davon war er fest überzeugt.

Ben drückte die Zigarette im Aschenbecher aus, sich sehr wohl der Tatsache bewusst, dass die beiden Bullen ihn beobachteten, und stieg dann aus dem Citroën. Zu beiden Seiten der Sackgasse erstreckten sich Garagen. Von vielen Holztoren blätterte die Farbe ab. Ganz hinten stand ein grüner Lieferwagen mit der Aufschrift einer Gärtnerei am Melaten-Friedhof. Ben machte sich in Gedanken eine Notiz. Auf dem Fahrersitz hockte ein Mann. Den Regen, der durch die geöffnete Tür wehte, schien er nicht zu bemerken.

»Ben Weber vom Rheinischen Anzeiger.« Er präsentierte den Polizisten seinen Journalistenausweis. »In einer der Garagen soll eine Leiche gefunden worden sein.«

»Tatsächlich? Soll es das?« Einer der beiden, ein bulliger Wachtmeister um die sechzig, zuckte gelangweilt mit den Schultern, während sein Blick missbilligend auf Bens schulterlangen Haaren ruhte.

»So abwiegelnd, wie Sie sich gebärden, gehe ich davon aus, dass meine Information richtig ist.«

»Wir sind wohl ein echter Klugscheißer, wie?« Der Wachtmeister hob die Augenbrauen.

»Ich pflege im Allgemeinen nicht im Pluralis Majestatis

von mir zu sprechen. Falls Ihnen dieser Fachbegriff überhaupt etwas sagt.«

»Hau'n Sie doch einfach ab!«

»Ben Weber, hieß so nicht der Kerl, der den Kommissar vom Verkehrsdezernat in einem Artikel verleumdet hat?« Der andere Polizist, ein Oberwachtmeister, der bisher geschwiegen hatte, wandte sich seinem Kollegen zu.

»Falls, und ich benutze ausdrücklich erneut die Konjunktion *falls*, Herr Oberwachtmeister, Sie damit zum Ausdruck bringen möchten, dass ich jener Journalist bin, der darüber berichtet hat, dass besagter Kommissar betrunken einen Klempner in der Innenstadt angefahren, schwer verletzt und danach Fahrerflucht begangen hat – ja, dieser Journalist bin ich tatsächlich.« Eine Geschichte, die ihm Aufmerksamkeit verschafft hatte und außerdem die Befriedigung, den Bullen gehörig ans Bein zu pinkeln.

»Zieh'n Sie endlich Leine.« Der Oberwachtmeister trat drohend einen Schritt auf Ben zu.

»Wenn ich von der Springer Presse wäre, wären Sie wahrscheinlich entgegenkommender.« Ben hatte sich nicht provozieren lassen wollen, aber nun war es ihm doch herausgerutscht.

»Herr Wachtmeister, Herr Oberwachtmeister, kann ich denn wirklich nicht gehen?« Der Mann aus dem Lieferwagen war zu ihnen getreten. Er trug einen grünen Overall und eine wattierte Jacke derselben Farbe. Sein schmales Gesicht war bleich und schimmerte feucht, sei es vom Regen oder von Schweiß. »Ich habe Ihnen doch schon alles gesagt, was ich weiß. Mein Wagen ist voller Kränze und Gestecke. Heute

Mittag findet auf Melaten eine große Beerdigung statt. Die Kollegen brauchen die Sachen ganz dringend in der Trauerhalle.«

Seinem Mund entströmte ein säuerlicher Geruch, und nun sah Ben die Lache aus Erbrochenem vor einem Garagentor. Offensichtlich hatte der Gärtner die Leiche gefunden und den Anblick nicht so gut weggesteckt. Ob der Leichnam wohl schon länger dort gelegen hatte und einen entsprechenden Gestank verströmte? Oder war der Tote gar schlimm zugerichtet?

»Sie haben den Leichnam gefunden?«, fragte er rasch.

»Ja …«

»He, sprechen Sie bitte nicht mit dem«, schaltete sich der Wachtmeister brüsk ein. »Ein Beamter von der Kriminalpolizei wird gleich hier sein.«

»Bei allem Respekt, Herr Wachtmeister, das haben Sie vor einer halben Stunde auch schon gesagt.«

»Besitzen Sie hier eine Garage?« Ben wandte sich an den Gärtner, die beiden Polizisten ignorierend.

»Ich hab eine gemietet. Meine Frau und ich nutzen sie als Lager. Gestern Abend hab ich eine Kommode geholt, für das Kinderzimmer. Wir erwarten bald Nachwuchs. Und dabei hab ich meine Jacke mit der Brieftasche in der Garage liegen lassen. Heute Morgen hab ich es gemerkt und bin vor der Arbeit noch schnell hier vorbeigefahren, um sie zu holen.« Die Stimme des Gärtners klang schrill, als stünde er immer noch unter Schock.

»Herr Meurer …« Der Wachtmeister versuchte, ihn zu unterbrechen. Doch der Mann ließ sich nicht bremsen. Als wollte er sich das Erlebte von der Seele reden, sprach er hastig weiter. »Als ich in die Sackgasse einbiegen wollte, sind mir fast zwei Jungen ins Auto gerannt. In unserer Garage hab ich die Jacke an mich genommen, und dann hab ich gesehen, dass die Tür dort offen stand.« Er deutete auf die Garage, vor deren Tor sich die Lache aus Erbrochenem befand. »Ich dachte, vielleicht haben die zwei Jungs sie ja aufgebrochen, und bin nachsehen gegangen. Alles war voller Blut, und der Gestank ...« Er schluckte schwer und blickte schuldbewusst zu dem Erbrochenen.

»Also war der Leichnam schon stark verwest?«, fragte Ben.

»Nein, ich glaube nicht ...« Der Friedhofsgärtner schüttelte den Kopf. »Es stank nach ...«

»Jetzt reicht es endgültig, Freundchen.« Der Wachtmeister packte Ben grob an der Schulter. »Wenn Sie jetzt nicht verschwinden, kriegen wir Sie wegen Behinderung polizeilicher Ermittlungen dran.«

»Schon gut, schon gut! Ich gehe.« Ben hob die Hände. Zeit für den Rückzug.

Ben startete den Citroën. Doch nach etwa fünfzig Metern wendete er und parkte am Straßenrand. Von hier aus hatte er die Einmündung zur Sackgasse gut im Auge.

Bisher war noch kein anderer Kollege am Tatort aufgetaucht. So wie es aussah, hatte er die Geschichte erst mal exklusiv. Vielleicht war es das Übliche. Ein Überfall oder eine Vergewaltigung, die mit einem Mord geendet hatte. Doch hoffentlich steckte etwas Spektakuläreres dahinter. Klar, das war zynisch, aber manchmal machte ein gesunder Zynismus das Leben leichter.

Ein Ford fuhr jetzt an der Einmündung vor und stoppte. Ein Mann im grauen Mantel, den Hut tief ins zerfurchte Gesicht gezogen, stieg aus. Hauptkommissar Karl Marxen, der Leiter der Mordkommission. Ein konservativer Knochen, der die Journalisten, wenn er sie nicht gänzlich ignorierte, mit Vorliebe anschnauzte. Kein schlechter Ermittler, aber auch er war Teil des Polizeiapparats und entsprechend voreingenommen. Wenn Marxen zum Tatort kam, sprach das eher für die spektakuläre Variante.

Ben wartete, drehte sich eine Zigarette, rauchte und lauschte der Musik aus dem Radio. Er musste unbedingt mit dem Friedhofsgärtner sprechen.

• • •

Mühsam stieg Hauptkommissar Karl Marxen aus dem Dienstwagen. Als er den rechten Fuß auf den Boden setzte, jagte ein stechender Schmerz durch seinen Körper. Drei Operationen und etliche Monate Kur, aber die Beschwerden hatten sich nicht gebessert. Wenn das so anhielt – oder sich sogar noch verschlimmerte –, blieb ihm nur die Frühpensionierung. Und dann? Was sollte er ohne Arbeit mit seinem Leben anfangen? Er schob den Gedanken schnell beiseite.

»Herr Hauptkommissar.« Zwei Streifenpolizisten, die er von früheren Einsätzen kannte, deren Namen er jedoch vergessen hatte und die ihn auch nicht interessierten, tippten grüßend an ihre Mützen. »Der Herr dort hat den Leichnam gefunden.« Einer der Beamten wies auf den grünen Lieferwagen einer Gärtnerei, der am Ende der Sackgasse parkte, und auf den Mann, der vornübergebeugt auf dem Fahrersitz kauerte. »Er möchte möglichst schnell seine Aussage machen, da er dringend in der Trauerhalle auf Melaten erwartet wird. Wegen dem Blumenschmuck für 'ne Beerdigung heute Mittag.«

»Der Herr muss sich noch gedulden.« Unter dem Garagentor schimmerte Licht hervor. Der Gerichtsmediziner war also schon da. Marxen wollte die Garage betreten, als er neben dem Tor die Lache aus Erbrochenem bemerkte.

»War das etwa einer von Ihnen?«, schnauzte er die beiden Beamten an.

»Nein, Herr Hauptkommissar.« Sie blickten gleichzeitig zu dem Lieferwagen und dem Zeugen hinter dem Lenkrad.

Marxen gab einen gereizten Laut von sich und betrat die Garage. Sofort bohrte sich der Gestank von verbranntem Fleisch in seine Nase.

»Tag, Marxen.« Der rundliche, kahlköpfige Mann, der neben dem Leichnam kniete, blickte zu ihm auf.

»Tag, Dr. Breuer.« Er und der Gerichtsmediziner Dr. Ferdinand Breuer kannten sich schon seit Jahren. Gott sei Dank war Breuer einer der fähigeren Gerichtsmediziner.

Marxen betrachtete den Toten distanziert, seine übliche innere Haltung an einem Tatort. Der Körper des Opfers war nackt, der Rücken bis hinunter zum Gesäß eine einzige Brandwunde. An den Extremitäten überall dunkle Flecken, wo die Haut nicht von geronnenem Blut verschmiert war. Männlicher Körperbau. Fesseln um Hand- und Fußgelenke.

Augenbinde und wohl ein Knebel, soweit man das angesichts der Bauchlage beurteilen konnte.

»Schätzungsweise ein Teenager«, hörte er den Gerichtsmediziner sagen.

O Gott! Marxen sog pfeifend den Atem ein. »Und woran machen Sie das fest, Breuer? Bei dem ganzen Blut ist doch kaum etwas vom Leichnam zu erkennen.«

»An dem Rucksack dort in der Ecke, neben dem Kleiderhaufen. Mein Jüngster hat auch so einen.«

Ein Teenager ... Marxen streifte sich Lederhandschuhe über, öffnete den Rucksack, ein blaues Modell mit weißem Besatz aus Kunstleder, und durchsuchte ihn rasch. Er enthielt ein grünblau kariertes Regencape und eine Geldbörse mit fünf Mark darin. Sonst nichts. Kein Ausweis. Auch in der Windjacke nicht.

»Der Junge wurde vergewaltigt?« Für Momente hing der Name Jürgen Bartsch bedrückend und widerwärtig in der Luft.

Der junge Mann hatte von 1962 bis 1966 vier Jungen – alle noch Kinder – sexuell missbraucht und brutal ermordet und stand deshalb zurzeit in Wuppertal vor Gericht. Der Fall hatte in ganz Deutschland für großes Aufsehen gesorgt und Forderungen laut werden lassen, die Todesstrafe solle wieder eingeführt werden.

»Da er nackt ist, ist das leider ziemlich wahrscheinlich.« Dr. Breuer zuckte bedauernd mit den Schultern. »Genaueres kann ich erst nach der Obduktion sagen.«

Hoffentlich war es, trotz des jetzigen Anscheins, kein Lustmord. Von allen Mordarten hasste und verabscheute

Marxen diese am meisten. »Haben Sie schon irgendeine Erkenntnis, was die Todesursache betrifft, Breuer?«

»Dem ersten Gesamteindruck und der Deformation des Schädels nach zu schließen, gehe ich davon aus, dass der Junge erschlagen wurde. Das meiste Blut stammt aus den Platzwunden am Kopf. Kopfwunden bluten ja sehr stark.«

»Das ist mir bekannt.«

»Verzeihung, Herr Hauptkommissar«, erwiderte Breuer friedfertig. »Ich doziere manchmal einfach gern. Meine Assistenten und meine Kinder können ein Lied davon singen.«

Hoffentlich war der Junge schon tot gewesen, bevor man ihn angezündet hatte ...

»Benzin wurde dafür wohl nicht verwendet.« Marxen nickte in Richtung des entstellten Rückens, wo Teile von geschwärzten Rückenwirbeln zwischen dem Fleisch zu sehen waren. »Sonst wäre der Körper viel stärker verbrannt. Oder sehen Sie das anders, Breuer?«

»Ich tippe auf Schnaps oder einen anderen hochprozentigen Alkohol.«

Lieber Himmel ... Als hätte der Täter sein Opfer flambiert.

»Der Todeszeitpunkt?«

»Zwischen zehn Uhr gestern Abend und zwei Uhr morgens.«

»Und die Hautverfärbungen?«

»Vermutlich Blutergüsse von Schlägen. Genaueres ...«

»... können Sie mir erst nach der Obduktion sagen. Ja, ja. Wann kann ich mit dem Bericht rechnen?«

»Am späten Nachmittag oder frühen Abend.«

»Rufen Sie mich sofort an, sobald Sie die Ergebnisse haben.«

Marxen verstaute die Kleidungsstücke und den Rucksack in Papiertüten. Dann verließ er die Garage und ging zu dem Friedhofsgärtner. Seit der Rückkehr aus der Kur war dies sein erster aktueller Mordfall, und er würde sicher zu den schlimmeren seiner Laufbahn zählen. Davon war er jetzt schon überzeugt.

• • •

Von wegen, im Tod sind alle gleich ... Dafür, dass der Kapitalismus die gesellschaftlichen Unterschiede auch über das Lebensende hinaus in Stein meißelte, gab es – fand Ben – kaum ein besseres Beispiel als den Kölner Melaten-Friedhof. Die Längs- und die Querachse bildeten gewissermaßen die »Schlossalleen«. Hier lagen die letzten Ruhestätten aller, die Rang, Namen und Einfluss hatten. Grüfte im Stil von antiken Tempeln und Grabsteine riesigen Ausmaßes, geschmückt mit Kreuzen, weinenden Engeln und anderen Symbolen des Todes. Das gesellschaftliche Fußvolk musste sich hingegen mit den Seitenpartien begnügen.

Der grüne Lieferwagen stand schon vor der Trauerhalle – Ben war ihm von der Sackgasse aus gefolgt, hatte sich jedoch einen Parkplatz außerhalb des Friedhofs suchen müssen –, und der Gärtner wuchtete einen Kranz aus üppigen weißen Rosen auf einen flachen Karren. Auf der Schleife prangte in Goldschrift der Name Schaumberg, die Familie zählte zum Kölner Bürger-Adel. Auch die Kränze und Gestecke im Lieferwagen waren vom Feinsten. Im Inneren der Trauerhalle übte jemand auf einem Harmonium eine getragene Melodie. Ben hasste Begräbnisse.

»Herr Meurer, ich weiß, Sie sind in Eile. Aber hätten Sie ein paar Minuten für mich?«

»Sie sind der Journalist, nicht wahr?« Der Gärtner ging zu dem Lieferwagen zurück. »Ich hab wirklich keine Zeit. Und ich hab alles jetzt auch noch dem Kommissar erzählt. Dreimal die ganze Geschichte. Mir reicht's.« Seine Stimme klang wieder hoch und schrill.

»Ich kann gut verstehen, wie sehr Sie das alles belastet.« Bei einer Frau hätte Ben jetzt gelächelt und seinen Charme spielen lassen. Bei einem Mann halfen in der Regel reale Werte. Er zog einen Zehnmarkschein aus seiner Hosentasche. »Kaufen Sie sich nach Feierabend doch ein paar Flaschen Bier und Zigaretten. Das hilft Ihnen bestimmt zu vergessen.«

Der Gärtner nahm den Geldschein zögernd entgegen und steckte ihn ein. »Es gibt nichts mehr, was ich Ihnen noch sagen könnte. Da waren diese beiden Jungen und …«

»Wissen Sie, wem die Garage gehört, in der Sie den Leichnam gefunden haben?«

»Die ist bestimmt gemietet, wie meine. Der Besitzer betreibt 'ne Tankstelle an der Aachener Straße.« Der Gärtner blickte nervös zu der Trauerhalle, während er ein Gesteck aus Usambaraveilchen und Weißtanne auf den Karren hievte.

Ben notierte sich den Namen und den Standort der Tankstelle.

»Konnten Sie vielleicht erkennen, ob der Tote ein Mann oder eine Frau war?«

»Nee, ich war nur ein paar Sekunden in der Garage, das können Sie mir wirklich glauben.«

»Ist Ihnen in der Sackgasse in der letzten Zeit jemand aufgefallen?«

»Himmel nein, gestern war ich das erste Mal seit Wochen wieder dort.« Der Gärtner verzog das Gesicht. »Mein Gott, ich hoffe, dass ich den widerlichen Gestank irgendwann aus der Nase kriege.«

»Ich kenne das, ich war schon ein paarmal an den Fundorten von Leichen, die dort schon ein paar Tage lagen.«

»Nee, das war ein anderer Geruch.« Der Gärtner schüttelte den Kopf.

»Wie meinen Sie das?« Ben war überrascht.

Die Tür der Trauerhalle ging auf, ein Mann in der dunklen Kleidung eines Bestatters trat heraus. Ben erhaschte einen flüchtigen Blick auf einen mahagonifarbenen Sarg in der Apsis.

»He, Meurer, wird das endlich was? Die ersten Trauergäste kommen bald!« Der Bestatter winkte ungeduldig. »Deinen Schwatz mit dem Hippie kannst du später halten.«

»Tut mir leid, aber Sie müssen jetzt wirklich gehen.« Der Gärtner stieg von hinten in den Lieferwagen. Ben streckte die Arme aus, um ihm einen weiteren Kranz abzunehmen. »Was meinten Sie mit ›anderer Geruch‹?«

»Ich hab das in meiner Kindheit ein paarmal gerochen, im Krieg. In den Häusern, in denen es gebrannt hatte.«

Ben sah ihn an, verstand immer noch nicht.

Der Gärtner zuckte mit den Schultern. »Verbrannte Menschen, den Gestank vergisst man nie.«

Nicht weit vom Eingang des Friedhofs entfernt leuchtete eine Telefonzelle gelb durch den Regen. Ben überquerte die Straße, suchte in seiner Hosentasche nach Münzen. Das Telefonbuch in der Halterung aus Metall war zerfleddert. Aber er wusste die Nummer ohnehin auswendig. Er warf die Münzen in den dafür vorgesehenen Schlitz, lauschte dem Freizeichen und wartete ungeduldig, dass das Gespräch entgegengenommen wurde.

3. Kapitel

Dies war wirklich nicht ihr Tag.

Mit schwerem Herzen ging Ira die Treppe vor dem Erziehungsheim in Köln-Bickendorf hinunter. Sie hatte eine Sechzehnjährige dorthin bringen müssen, die mehrfach wegen Diebstahls und Herumtreibens festgenommen worden war. Sie hasste die kalte, rigide Atmosphäre in den Heimen und fragte sich häufig, ob diese Einrichtungen überhaupt irgendetwas dazu beitrugen, die in Gewahrsam genommenen Jugendlichen zu bessern. Immer wieder hatte sie es bei ihrer Arbeit mit jungen Mädchen und Frauen zu tun, die eine Zeit lang in ein Erziehungsheim eingewiesen worden waren und nach ihrer Entlassung erst recht auf die schiefe Bahn gerieten.

Vor einigen Monaten war eine Artikelserie von einer Journalistin namens Ulrike Meinhof erschienen, in denen die Zustände in den Heimen angeprangert wurden. Sicher, die Journalistin mochte manches übertrieben und zugespitzt dargestellt haben, aber die Artikel verstärkten Iras Unbehagen. Sie war nur froh, dass ihre Vorgesetzte, Kriminalrätin Clara Wiener, eine Einweisung in ein Erziehungsheim immer erst dann in Betracht zog, wenn alle anderen Möglichkeiten ausgeschöpft waren.

In dem Streifenwagen, der am Fuße der Stufen wartete, schlug Ira der Geruch von Mettbrötchen entgegen. Ihr Kollege Walter Sievers saß kauend auf dem Fahrersitz, vor sich eine Illustrierte. Ira besaß einen Führerschein. Doch da das junge Mädchen einmal bei einer Fahrt zu dem Erziehungsheim ausgerissen war, sollte Ira sie bewachen und nicht selbst am Steuer sitzen. So hatte es die Kriminalrätin entschieden.

»Willst du auch eins?« Walter reichte Ira die Tüte mit den Brötchen. Irgendwie hatte er es in der halben Stunde, während der sie die Formalitäten erledigte, geschafft, eine Metzgerei aufzusuchen. Seine beträchtliche Leibesfülle zeugte von seinem ständigen Appetit. Trotzdem war er ein guter Sportler und für Ira in der Judo-Gruppe zu ihrem Leidwesen ein nicht zu bezwingender Gegner.

»Danke, ich hab vorhin in der Kantine was gegessen.« Sie schüttelte den Kopf. Ihr Blick fiel auf das Titelbild der Illustrierten. Es zeigte eine braun gebrannte, junge blonde Frau mit bis zum Nabel aufgeknöpfter Bluse und üppigem nackten Busen.

»Mein Gott, braucht ihr Kerle eigentlich alle so was?« Ira stöhnte gereizt. Ihr gegenüber verhielten sich die Kollegen meist korrekt. Dass ihr Vater ein angesehener Polizeibeamter gewesen war, gab ihr Rückhalt, und sie konnte sich auch Respekt verschaffen. Aber sonst benahmen sich die Kollegen nicht selten anzüglich und herablassend gegenüber Frauen. Wofür Hauptkommissar Marxen auch ein

Beispiel gewesen war. Wieder kam das Gefühl der Demütigung in ihr auf.

»Na ja …« Walter hatte wenigstens den Anstand, ein bisschen verlegen zu wirken.

»Wie bist du eigentlich zu der Illustrierten gekommen?«

»Ein Kollege und ich haben vorgestern nachts 'nen Radfahrer angehalten. Ein langhaariger Typ, der Schlangenlinien fuhr. Wir haben 'nen Alkoholtest gemacht und seine Fahrradtaschen durchsucht. In der letzten Zeit kommen ja ziemlich häufig Drogen von Holland über die Grenze. War ziemlich klar, dass der was geraucht hatte. Wir wurden fündig, und die Illustrierte haben wir auch entdeckt.«

»Und vergessen, sie dem Radfahrer zurückzugeben?«

»Ja … So irgendwie …« Walter schluckte den letzten Bissen seines Brötchens hinunter.

»Bist du dir eigentlich darüber im Klaren, dass diese Illustrierte, diese *konkret*, eine Zeitschrift von Linken und für linke Studenten ist?«

»Was?« Walter wich von dem Titelblatt zurück, als stünde es in Flammen. »Aber … Weshalb machen die denn so was? Also, nackte Frauen zeigen?«

»Soviel ich weiß, um ihre politischen Inhalte zu finanzieren. Scheint ja zu funktionieren, wenn sogar jemand wie du die *konkret* liest.«

»Ich lese sie nicht.« Walter stopfte die Illustrierte hastig unter den Sitz und startete den VW-Käfer. »Vorhin kam übrigens ein Funkspruch. Es werden zwei Jungs gesucht, die Anoraks tragen und eventuell in eine Garage in der Nähe der Oskar-Jäger-Straße eingebrochen sind, in der 'ne Leiche lag. Kann sein, dass die Bengel den Toten als Erste gesehen haben. Anoraks … Wirklich eine tolle Beschreibung.« Er bedeutete einem Lkw vorbeizufahren, ehe er den Streifenwagen auf die Straße lenkte. »Na ja, falls die beiden Bengel tatsächlich in die Garage eingebrochen und auf eine Leiche gestoßen sind, dürfte ihnen das 'nen ziemlichen Schock versetzt haben. Geschieht ihnen recht.«

»Wie alt sollen die beiden denn sein?«

»Zwischen zwölf und sechzehn.«

»Ralph und Jürgen Kempner.«

»Hä? Wie meinst du das?« Walter blickte Ira verdutzt an.

»Die beiden sind Brüder und zwölf und vierzehn Jahre alt und leben mit ihrer Großmutter in Ehrenfeld, vielleicht einen Kilometer von der Oskar-Jäger-Straße entfernt.«

»Woher kennst du die zwei?«

»Ich hatte schon während meiner Praktika im Studium und auch danach immer mal wieder mit ihnen zu tun. Sie sind notorische Schulschwänzer, stehlen wie die Raben, und in eine Garage einzubrechen würde ihnen ähnlich sehen.«

»Und weshalb sind sie dann nicht längst in einem Erziehungsheim gelandet?«

»Sie nehmen an dem Bewährungshilfe-Projekt für Jugendliche teil.« Dieses Projekt war ganz neu – Sozialarbeiter und Psychologen arbeiteten mit den Teenagern –, und es machte Ira Hoffnung, dass die Erziehungsheime vielleicht doch irgendwann der Vergangenheit angehören würden.

»Bewährungshilfe … Das ist meiner Meinung nach ein völliger Schwachsinn.«

Ira sah das anders, aber ob die sozialen und psychologischen Hilfen bei den beiden Brüdern verfangen würden, da hatte sie insgeheim auch ihre Zweifel.

»Kennst du die Adresse der Bengel auswendig? Dann gebe ich die mal per Funk durch. Marxen leitet übrigens die Ermittlungen. Die Kollegen, die mit ihm zusammenarbeiten müssen, tun mir wirklich leid.«

»Marxen ist der leitende Beamte?«, fuhr Ira auf.

»Ja, sag ich doch. Das kam auch über Funk. Mich hat er mal so was von zusammengeschissen, weil ich zwanzig Meter von 'nem Tatort entfernt eine Kippe weggeworfen hab.«

Sie würde diesem Ekel zeigen, dass Frauen sehr wohl in der Lage waren, einen wichtigen Beitrag zu einer Mordermittlung zu leisten. »Die Kempner-Brüder wohnen in der Fröbelstraße 9, wir sind ganz in der Nähe. Fahr mal die Straßen ab. Falls sie tatsächlich die gesuchten Jungs sind, schwänzen sie bestimmt die Schule und treiben sich irgendwo in der Nähe herum.«

»Mensch, Ira, ich hab in 'ner Viertelstunde Dienstende.«

»Jetzt stell dich nicht so an.«

»Nee, ich will nach Hause.« Walter griff nach dem Funkgerät.

»Wenn du die beiden nicht mit mir suchst, erzähl ich überall im Präsidium, dass du eine linke, wahrscheinlich früher mal von der DDR finanzierte Illustrierte für ein Pornoblatt gehalten hast.«

»Du bist manchmal wirklich 'ne fiese Zicke.«

»Walter, bitte ...«

»Zehn Minuten, dann geht's zum Präsidium.«

»Okay.«

Brummend lenkte der Kollege den Streifenwagen Richtung Venloer Straße und durch die engen Seitenstraßen des Arbeiterviertels, wo Industriebetriebe zwischen schmalen Wohnhäusern standen. Kurz leuchtete die türkisfarbene Werbung von 4711 von der Fassade einer Fabrik durch den Nieselregen, um nur gleich darauf hinter einem Gebäudeblock zu verschwinden. Sie passierten einen kleinen Platz, an dem eine Bäckerei und ein Kiosk lagen, und waren dann in einer breiten Straße angelangt, die am Melaten-Friedhof vorbeiführte.

Walter bog nach links ab und fuhr weiter bis zu einer Ampel. Gegenüber der vierspurigen Straße erstreckte sich der Grüngürtel mit den von Gras und niedrigen Bäumen bewachsenen Anhöhen. Schutt von den riesigen Trümmergrundstücken lag darunter. Das Wasser des Aachener Weihers war schiefergrau wie der Himmel.

»Die zehn Minuten sind um, Ira.« Die Ampel schaltete auf Grün, und Walter fuhr los.

Aus einer Toreinfahrt wehte Zigarettenrauch. Täuschte Ira sich, oder duckten sich dort zwei Jungen gegen die Wand?

»Warte mal, Walter!«

»Nein!«

Die beiden Jungen hatten den Streifenwagen bemerkt und rannten jetzt quer über die breite Straße und in den Grüngürtel. Einer warf seine Zigarette weg, und Ira konnte einen Blick auf ein spitzes Gesicht und blonde Haare erhaschen.

»Das sind die Kempner-Brüder! Halt an!«

»So eine Scheiße.« Fluchend brachte Walter den Streifenwagen auf der anderen Seite der Kreuzung zum Stehen. Ira war schon aus dem Käfer gesprungen und stürmte den Jungen nach.

Menschenleer breiteten sich die bewachsenen Schuttberge vor ihr aus. Regen tropfte von den Bäumen. Aber nun nahm sie auf dem schmalen Weg weiter oben eine Bewegung wahr. Ja, dort stürzten die Jungen jetzt hinter einigen Büschen hervor.

»Jürgen, Ralph, bleibt sofort stehen!«

Die beiden rannten quer durch das Unterholz. Jetzt hatten sie einen breiteren Weg erreicht und wichen im letzten Moment einer älteren Dame in einem Regenmantel und einem Kopftuch aus durchsichtigem Plastik aus, die ihren Dackel spazieren führte.

»Ja, was soll denn das!« Die Dame blickte ihnen empört hinterher. Der Hund kläffte.

Der Weg führte abwärts. Ira hatte aufgeholt und den Jüngeren der Brüder, Ralph, fast erreicht. Sie warf sich nach vorn und bekam den Jungen an der Schulter zu fassen. Auf dem aufgeweichten Untergrund verlor sie das Gleichgewicht und stürzte mit ihm zu Boden.

»He, lassen Sie meinen Bruder los!« Jürgen war umgekehrt und ragte jetzt neben Ira auf, dünn, aber groß für sein Alter, und seine Augen blitzten wütend. Er war jähzornig, und bei einem Streit auf dem Schulhof hatte er einmal einen Klassenkameraden blutig geschlagen.

Ira beeilte sich, auf die Füße zu kommen, hielt Ralph aber weiterhin fest. »Vergreif dich nicht im Ton, Jürgen.

Weshalb treibt ihr euch in Ehrenfeld herum? Ihr müsstet in der Schule sein!«

»Wir sind krank und auf dem Weg zum Arzt.«

»Und dabei steht ihr rauchend in einer Toreinfahrt und rennt vor einem Streifenwagen davon? Ich glaube, dass ihr die beiden Jungen seid, die die Kollegen suchen. Die Jungen, die in eine Garage in der Nähe der Oskar-Jäger-Straße eingebrochen sind.«

Jürgen reckte das Kinn angriffslustig vor. »Quatsch, die sind wir nicht. Fragen Sie unsere Oma. Wir sind krank.«

»Ihr kommt jetzt mit!«

»Sie können uns mal.«

Jürgen packte Ralphs Arm und riss ihn von Ira los. Plötzlich hielt er ein Messer in der Hand.

Iras Herzschlag erstarb, nur um im nächsten Moment wild hämmernd wieder einzusetzen. »Mach keinen Quatsch. Lass das Messer fallen, Jürgen!« Es konnte doch nicht sein, dass sie hier im Grüngürtel am helllichten Tag von einem Jungen mit einem Messer bedroht wurde. Und wo blieb dieser verwünschte Walter?

Ralph stürzte auf sie zu. Ira war zu verdutzt, um ihn abzuwehren. Aber er schluchzte ja! Und jetzt klammerte er sich an sie, sein Gesicht von Tränen überströmt.

»Schon gut, schon gut ...« Ira legte den Arm tröstend um seine Schultern.

»Ralph, du Memme! Los, wir hau'n ab.«

»Nein, ich hab Angst. Da war ein Toter in der Garage, Fräulein! Jürgen ist über ihn gestolpert. Und da war ganz viel Blut.«

Jürgen ließ das Messer sinken. Seine Aggressivität war wie weggewischt. Er war aschfahl und zitterte.

»Hast du dich im Schlamm gesuhlt, Ira?«, ertönte plötzlich Walters Stimme neben ihr. Er grinste unverhohlen. Erst jetzt bemerkte sie, dass sie von oben bis unten mit Lehm beschmiert war. »Tja, eine Verfolgung will gelernt sein, Liebelein.«

»Idiot«, knurrte sie.

Auf Clara Wieners »Herein« hin betrat Ira das Büro der Vorgesetzten. Die Kriminalrätin telefonierte an ihrem Schreibtisch und bedeutete ihr mit einer Handbewegung, sich zu setzen. Clara Wiener war eine ausnehmend schöne Frau schwer bestimmbaren Alters – ihr Haar begann, grau zu werden, ihre Haut hingegen war weitgehend faltenlos –, und ihre ebenmäßigen Gesichtszüge erinnerten Ira immer ein bisschen an die Schauspielerin Ingrid Bergmann. Nach ihrer beruflichen Laufbahn zu schließen, musste sie Mitte vierzig sein. Wie stets war sie elegant gekleidet, und Ira war froh, dass sie Walter Sievers dazu bekommen hatte, auf dem Rückweg zum Polizeipräsidium noch bei ihrer Wohnung vorbeizufahren, wo sie sich schnell saubere Sachen angezogen hatte. Der Kollege war ein großer James-Bond-Fan. Ihm die Single mit der Titelmelodie des neuen Films »Man lebt nur zweimal« zu kaufen, war ihr das wert. In der Gegenwart der damenhaften und klugen Vorgesetzten fühlte sie sich ohnehin oft recht unbeholfen und linkisch.

Dem Gespräch nach zu urteilen, telefonierte Clara Wiener mit dem Jugendamt. Sie hatte eine ruhige, bestimmte

Art, die auch den männlichen Kollegen Respekt abnötigte. Und wie Ira wusste, schwärmten nicht wenige für die Kriminalrätin. Wie eigentlich alle Frauen in höheren Positionen war sie unverheiratet.

Schon bei ihrem Vorstellungsgespräch hatte die Kriminalrätin Ira sehr beeindruckt, und sie war ihr großes Vorbild. Clara Wiener war kompetent, klug und neuen Ideen in der Verbrechensbekämpfung gegenüber aufgeschlossen. Auch dass Frauen in allen Bereichen der Kriminalpolizei arbeiten sollten, befürwortete sie. Ira hatte immer erwartet, die Vorgesetzte auch einmal ungeduldig oder gereizt oder aufbrausend zu erleben, schließlich war sie ja nur ein Mensch. Doch bisher war dies nie der Fall gewesen – wenn sie einen Fehler besaß, dann den, dass sie sich ständig auf geradezu einschüchternde Weise in der Gewalt hatte. Doch damit konnte Ira gut leben. Im Gegenteil, sie bedauerte es außerordentlich, dass die Kriminalrätin Ende des Jahres ins Innenministerium nach Düsseldorf wechseln würde, um dort Referatsleiterin zu werden.

»Hallo, Ira.« Clara Wiener hatte das Telefonat beendet. »Gab es Probleme bei der Überstellung des jungen Mädchens in das Erziehungsheim?«

»Nein, dieses Mal ging alles glatt, es gab keinen Fluchtversuch.« Ira schüttelte den Kopf. »Ich bin wegen der beiden Jungen hier, nach denen per Funkspruch im Zusammenhang mit dem Toten in Braunsfeld gesucht wurde.«

»Ja, ich bin im Bilde.«

»Bei den Jungen handelt es sich um die Kempner-Brüder.« Ira erklärte, was sie dies hatte vermuten lassen und wo sie die beiden gestellt hatte. »Sie warten in einem Vernehmungszimmer. Sie haben die Leiche tatsächlich gefunden.«

»Gute Arbeit, Ira. Hauptkommissar Marxen wird Ihren Einsatz schätzen.«

Hauptsache, sie hatte es ihm gezeigt.

»Was haben Ihnen die Jungen erzählt?«

Die Kriminalrätin öffnete ein Döschen mit einer teuren, nach Orange und Jasmin riechenden Creme. Es war eine liebenswerte Marotte der sonst so perfekten Frau, dass sie ihre makellosen Hände auch während dienstlicher Gespräche pflegte.

»Eigentlich hat nur Ralph, der Jüngere, mit mir gesprochen. Ich habe ihn nicht vernommen, denn ich wollte den Kollegen nicht vorgreifen. Aber Ralph war so durcheinander. Deshalb habe ich ihn einfach reden lassen.«

»Ja, das verstehe ich.«

»Ralph und Jürgen haben sich am Morgen in einem Kiosk in Ehrenfeld Zigaretten *besorgt*, das heißt, wahrscheinlich haben sie die Zigaretten gestohlen. Eigentlich wollten sie sich den Vormittag über auf dem Melaten-Friedhof herumtreiben. Aber wegen des Regens sind sie auf die Garagen in der Nähe der Oskar-Jäger-Straße ausgewichen. Dort waren sie schon öfter. Viele der Garagen stehen wohl leer.«

»Auf dem Weg zu meiner Autowerkstatt komme ich hin und wieder an der Sackgasse vorbei. Die Garagen machen einen ziemlich heruntergekommenen Eindruck.« Clara Wiener nickte. »Aber ich wollte Sie nicht unterbrechen.«

»Die Brüder haben das Türschloss mithilfe eines Nagels geöffnet und sind dann quasi über die Leiche gestolpert. Danach sind sie panisch weggerannt und fast von einem Lieferwagen überfahren worden.«

»Ich gebe das so an Hauptkommissar Marxen weiter.« Clara Wiener hatte sich Notizen gemacht. »Wie gesagt, gut gemacht, Ira.«

Ira zögerte.

»Gibt es noch etwas, das Sie mir sagen möchten?«

Sollte sie der Kriminalrätin berichten, dass sie vergeblich bei Marxen wegen eines Praktikums angefragt hatte? Nein, das war jetzt nicht so wichtig und konnte warten. »Zwei Dinge, Frau Kriminalrätin. Jürgen Kempner hat mich mit einem Messer bedroht.«

»Das ist eine ernste Sache.«

»Ja, aber ich glaube, dass er es aus dem Schock heraus getan hat. Der Psychologe und der Sozialarbeiter, die ihn betreuen, müssen das natürlich wissen. Aber ich möchte deswegen erst einmal keine Anzeige erstatten. Und Ralph ist völlig verstört. Mit seinen zwölf Jahren fällt er ja eigentlich nicht mehr in unsere Zuständigkeit. Es wäre allerdings sicher gut für ihn, wenn er einfühlsam vernommen würde. Also, wenn eine unserer Beamtinnen bei der Vernehmung dabei wäre.«

»Ich werde das mit Hauptkommissar Marxen besprechen.« Clara Wiener griff zum Telefon.

Ob Marxen sich darauf einließ? Ira hoffte es für den Jungen.

4. Kapitel

Ira zog den Papierbogen aus der Schreibmaschine. Sofort entdeckte sie in dem Protokoll drei Tippfehler. Ja, dies war definitiv nicht ihr Tag – und einer der ganz seltenen Fälle, an denen sie den Feierabend herbeisehnte. Nach dem Gespräch mit Clara Wiener hatte sie zwei junge Ladendiebinnen vernommen. Beide waren auf frischer Tat ertappt worden. Eine hatte in der »Beat«-Abteilung des Kaufhofs – eine Abteilung, die Kleidung im Stil des Swinging London offerierte und speziell auf eine jugendliche Klientel zugeschnitten war – einen schwarzen Mini-Lackmantel mitgehen lassen. Die andere war in einem Plattenladen mit einer Single in ihrer Handtasche erwischt worden.

Routinetätigkeiten waren durchaus wichtig, gesetzt den Fall, dass ihre Ermahnungen etwas fruchteten, aber zumindest heute nicht wirklich befriedigend. Wie wohl die Vernehmungen der Kempner-Brüder verlaufen waren? Ob sie irgendetwas gewusst hatten, was für die Ermittlungen von Bedeutung war? Und warum hatte der Mörder sein Opfer ausgerechnet in dieser Garage umgebracht – vorausgesetzt, der Fundort der Leiche war auch der Tatort?

Ira wandte den Blick vom Fenster ab, wo der Regen in Schlieren herabrann. Das hatte sie alles leider nicht zu interessieren, und außerdem musste sie das Protokoll fertigstellen.

Sie beschloss, die drei Schreibfehler zu ignorieren und auf das Tipp-Ex zu verzichten. Sie arbeitete nicht mehr als Sekretärin, und die Protokolle der männlichen Kollegen sahen oft viel schlimmer aus. Sie war eben dabei, einen weiteren Bogen in die Schreibmaschine zu spannen, als das Telefon auf ihrem Schreibtisch klingelte.

»Kriminalhauptmeisterin Ira Schwarz.« Sie klemmte den Hörer zwischen Kopf und Schulter. Hoffentlich nicht noch ein weiterer Ladendiebstahl. Das würde sie wirklich nicht mehr ertragen.

»Ira.« Die klare Stimme der Kriminalrätin drang an ihr Ohr. »Würden Sie bitte in mein Büro kommen?«

Auf Clara Wieners Schreibtisch brannte wegen des Regenwetters eine Lampe. Ihr Licht fiel auf einen Strauß Dahlien und brachte ihr tiefes Rot zum Glühen. Zu den wenigen Dingen, die aus Clara Wieners Privatleben bekannt waren, gehörte, dass sie eine leidenschaftliche Gärtnerin war und häufig die Wochenenden in ihrem Ferienhaus mit großem Garten in der Eifel verbrachte. Wahrscheinlich stammten die Dahlien von dort.

»Ira«, Clara Wiener schob eine Akte beiseite und setzte ihre Lesebrille ab, »der sechzehn Jahre alte Wolfgang Scholzen aus Braunsfeld wurde von seiner Mutter als vermisst gemeldet. Die Beschreibung seines Rucksacks trifft auf den zu, der am Tatort gefunden wurde. Das Gleiche gilt für seine Kleidung. Deshalb steht leider zu befürchten, dass es sich bei dem vermissten Jungen um das Mordopfer handelt.«

»Sechzehn Jahre ... O Gott!« Ein Jahr jünger als Georg, ihr Bruder.

»Hauptkommissar Marxen wird gleich zu der Mutter fahren. Er hat darum gebeten, von einer Polizeibeamtin begleitet zu werden. Die Mutter ist ledig und der vermisste Junge ihr einziges Kind. Ich möchte, dass Sie den Hauptkommissar unterstützen. Sie haben ja schon einige Male trauernde Angehörige betreut. Bei Ihnen weiß ich Frau Scholzen in guten Händen.«

Dafür hielt Hauptkommissar Marxen Polizeibeamtinnen also für geeignet. Als ob mit verstörten, unter Schock stehenden Angehörigen umzugehen nicht auch »seelische Stärke« voraussetzte.

»Ira?« Clara Wiener sah sie fragend an.

In Iras Ärger über den Hauptkommissar mischte sich Scham. Eine Mutter hatte möglicherweise ihr einziges Kind auf grausame Weise verloren. Da zählten ihre Befindlichkeiten wirklich nicht. Aber sie bezweifelte, ob Marxen ausgerechnet sie als Unterstützung haben wollte.

Sie schluckte hart. »Frau Kriminalrätin, ich habe mich heute Morgen bei Hauptkommissar Marxen um ein Praktikum in der Mordkommission beworben, und er hat mich abgelehnt. Ich denke, das sollten Sie wissen. Wahrscheinlich ist es besser, wenn ihn eine andere Kollegin zu Frau Scholzen begleitet.«

»Ich hatte Sie, was das Praktikum betrifft, gewarnt, Ira.«

»Darüber bin ich mir im Klaren.« Sie errötete. »Ich wollte es trotzdem einfach versuchen.«

»Sie wollen manchmal wirklich mit dem Kopf durch die Wand.«

»Entschuldigen Sie, Frau Kriminalrätin.« Iras Vater hatte dies auch öfter gesagt.

Clara Wiener schwieg für einen Moment und musterte Ira forschend. »Nun, es ist meine Entscheidung, welche Beamtin ich auswähle. Trauen Sie es sich denn zu, den Hauptkommissar zu begleiten? Oder hat er Sie zu sehr eingeschüchtert?« Sie lächelte ein wenig.

»Ich traue es mir zu.«

»Gut, dann ist das geklärt. Hauptkommissar Marxen wartet in seinem Büro auf Sie. Die beiden Kempner-Brüder haben übrigens zu Protokoll gegeben, ein- oder zweimal einen langhaarigen, bärtigen Mann bei den Garagen gesehen zu haben. Ob das von Bedeutung ist, wird sich noch zeigen.« Die Kriminalrätin setzte wieder ihre Lesebrille auf und wandte sich den Akten zu.

Ira erhob sich. Wenig, aber besser als nichts. Was hatte sie jedoch auch erwartet? Ira Schwarz, die Kölner Emma Peel, die zu Beginn der Mordermittlung die beiden entscheidenden Zeugen fand? Bei der Aussicht, gleich darauf Marxen gegenüberzutreten, war ihr nun doch ein bisschen mulmig zumute.

Immer noch fiel der Regen gleichmäßig und eintönig nieder. Marxen drehte sich auf dem Fahrersitz um und lenkte den Ford rückwärts in eine Parklücke. Er hatte Ira als Begleitung akzeptiert, sich jedoch deutlich anmerken lassen, dass ihm eine ältere Beamtin lieber gewesen wäre. Während der ganzen Fahrt vom Polizeipräsidium nach Braunsfeld hatte er grimmig geschwiegen.

Nun sah er sie an. »Ich stelle die Fragen, und Sie halten den Mund und kümmern sich, falls es nötig sein sollte, um die Mutter. Das ist Ihre einzige Aufgabe. Haben wir uns verstanden?«

»Ja, Herr Hauptkommissar.« Ira versuchte, sich ihren Ärger nicht anmerken zu lassen.

Ohne sie weiter zu beachten, stieg Marxen aus dem Wagen und ging auf ein Haus zu, das mit seinen niedrigen Sprossenfenstern und dem wuchtigen steinernen Rahmen um die Eingangstür etwas Abweisendes, Wehrhaftes ausstrahlte – wie auch viele andere Gebäude in der Straße. Vermutlich stammten sie aus den Dreißigerjahren. Ira folgte ihm.

Die Haustür war nicht abgeschlossen. Marxen blickte sich im Treppenhaus gerade suchend um, als ein älterer Mann aus einer Wohnung im Erdgeschoss trat und ihn neugierig ansah.

»Kann ich Ihnen helfen?«

»Wo finde ich Frau Scholzen?«, blaffte Marxen ihn an.

»Sie wohnt mit ihrem Sohn im dritten Stock.« Der Mieter schien noch etwas sagen zu wollen, verschwand jedoch in Richtung Keller.

Im Treppenhaus roch es nach Kohl und Bratfisch. Irgendwo dudelte ein Radio Schlagermusik. Marxen stieg langsam die Stufen hoch, stützte sich mit der Hand schwer auf dem hölzernen Geländer ab. Anscheinend schmerzte ihn sein Bein. Iras Mitleid hielt sich in Grenzen.

Im dritten Stock blieb Marxen stehen. Er hatte kaum die Türklingel betätigt, als hastige Schritte im Flur ertönten und gleich darauf die Wohnungstür aufgerissen wurde. Eine Frau von Anfang oder Mitte vierzig stand ihnen gegenüber. Eine Strähne hatte sich aus ihrem Haarknoten gelöst, und auf ihrer Wange zeichnete sich eine rote Druckstelle ab.

Vermutlich hatte sie sich nach der durchwachten Nacht kurz hingelegt.

»Frau Scholzen?«

Sie nickte.

»Hauptkommissar Marxen von der Kriminalpolizei.« Er zeigte ihr seine Dienstmarke. »Und Kriminalhauptmeisterin Schwarz.« Er deutete auf Ira.

»Kriminalpolizei? Sind Sie wegen Wolfgang hier? Was ist mit ihm? Ist er verletzt?« Ihre Stimme überschlug sich.

»Könnten wir bitte drinnen sprechen?«

Sie nickte wieder. Ihre Hände fuhren nervös über ihre Schürze. Sie führte Marxen und Ira in eine kleine Küche mit geblümter Tapete. Das einzige Fenster ging auf einen Hinterhof hinaus. Wie oft in Wohnungen mit Holz- oder Kohleöfen stand eine Chaiselongue in der Küche, denn unter der Woche war dies häufig der einzige beheizte Raum. Eine Wolldecke war unordentlich hingeworfen, und die Kissen waren zerdrückt. Anscheinend traf Iras Vermutung zu, und Frau Scholzen hatte sich tatsächlich hingelegt.

Sie setzten sich an den Küchentisch. Frau Scholzens rundes Gesicht war blass und verquollen. Unter anderen

Umständen wäre sie wahrscheinlich nicht unattraktiv gewesen.

»Sie haben Ihren Sohn Wolfgang heute Nacht als vermisst gemeldet«, tastete Marxen sich vor.

»Ich arbeite als Kellnerin im Brauhaus Severin an der Aachener Straße und helfe nach der Sperrstunde oft noch in der Küche. Gegen halb zwei war ich zu Hause und habe nach Wolfgang gesehen. Ich mache das immer so nach der Arbeit. Er würde es hassen, wenn er es wüsste. Aber ich kann nicht schlafen, wenn ich mich nicht überzeugt habe, dass er in seinem Bett liegt.«

»Meine Mutter hat das auch getan. Ich habe es gehasst, aber ich konnte es ihr nicht ausreden.«

Frau Scholzen lächelte zaghaft.

Dieses Feingefühl hätte Ira Marxen gar nicht zugetraut.

»Könnte Wolfgang denn nicht bei Freunden übernachtet haben?«

»Die Eltern seines besten Freundes Stephan Saalfeldt haben Telefon. Bei ihnen hab ich von der Telefonzelle vorn am Eck aus angerufen, bevor ich zur Polizei gegangen bin. Wolfgang wollte gestern mit Stephan lernen, die beiden gehen zusammen aufs Schiller-Gymnasium. Aber er war gestern Abend überhaupt nicht dort. Stephan hatte auch keine Ahnung, wo Wolfgang sein könnte. Sonst sind die beiden unzertrennlich. Und Wolfgang würde das auch nicht machen – über Nacht wegbleiben, ohne es mir vorher zu sagen. Er weiß, dass ich vor Angst außer mir wäre. Aber warum sind Sie denn hier, Herr Hauptkommissar? Was ist mit meinem Sohn?«

»Sie haben auf der Polizeiwache angegeben, dass Wolfgang wahrscheinlich einen blauen Rucksack mit weißem Kunstlederbesatz bei sich hatte.«

»Ja, er hat ihn zum Geburtstag bekommen.«

»Was ist mit einem Regenumhang? Benutzt er einen?«

Ira hoffte so sehr, dass Frau Scholzen Marxens Frage verneinen würde.

»Einen Regenumhang? Er hat ein Cape.«

»Ist es grünblau kariert?«

»Ja, woher wissen Sie das?« Ihr Gesicht verzerrte sich, und ihre Augen spiegelten reine Panik. »Ich will zu meinem Sohn!«

Marxen schwieg einen Moment lang. »Frau Scholzen, es tut mir sehr leid, aber ich fürchte, dass Ihr Sohn das Opfer eines Gewaltverbrechens wurde«, sagte er dann leise. »Ich muss Sie bitten, mich in die Gerichtsmedizin zu begleiten.«

Sie starrte ihn an, schien nicht zu begreifen.

»Frau Scholzen ...«, begann Marxen noch einmal.

»Nein!« Sie sprang auf. Der Stuhl fiel scheppernd gegen den Herd. »Nein, Wolfgang ist nicht tot.«

»Frau Scholzen, ich weiß, das ist sehr schwer für Sie, aber würden Sie sich bitte einen Mantel anziehen?« Ira stand auf und legte ihr die Hand auf den Arm.

Sie wich vor ihr zurück. »Er ist nicht tot.«

»Frau Scholzen, bitte ...«

Ira hasste es, so hilflos zu sein.

Die Frau senkte den Kopf und sah stumm vor sich hin. Dann, unvermittelt, lief sie aus der Küche. Unsicher, was das zu bedeuten hatte, folgte Ira ihr. Eine Tür schlug zu, und ein

Schlüssel drehte sich im Schloss. Frau Scholzen hatte sich eingesperrt.

»Verdammt!« Marxen war Ira nachgekommen. »Ich kann doch unmöglich einen Handwerker rufen, um ihre Zimmertür aufbrechen zu lassen. Sie sind ja eine schöne Unterstützung!«

»Haben Sie eigentlich eine Ahnung, was für einen Schock eine solche Nachricht bedeutet?« Ira verlor die Geduld. Als ihr Vater ihr und Georg mitgeteilt hatte, dass die Mutter nach einer Blinddarmoperation nicht mehr aus der Narkose aufgewacht war, hatte sie dies auch einfach nicht wahrhaben wollen. Sie atmete tief durch. Tröstende Worte allein halfen ganz sicher nicht weiter.

»Frau Scholzen ...« Sie klopfte an die Tür, versuchte, Marxen auszublenden.

Keine Reaktion, im Zimmer blieb es still.

»Frau Scholzen, ich will Ihnen gegenüber ehrlich sein.« Wie sollte sie nur zu der Mutter durchdringen? Ira suchte nach Worten. »Es ist leider zu befürchten, dass Ihr Sohn nicht mehr am Leben ist. Aber ... aber ... Sie können noch etwas für ihn tun. Wenn Sie Wolfgang identifizieren, dann hilft das der Polizei sehr weiter. Sie kann sich dann ganz auf die Ermittlungen konzentrieren.«

Wieder nur Stille hinter der Zimmertür. Marxen schnaubte gereizt.

»Frau Scholzen, Wolfgang braucht Sie. Sie dürfen ihn nicht im Stich lassen. Bitte, Sie müssen mit uns kommen.«

»Ich glaube, ich muss doch einen Schlosser rufen.« Marxen wandte sich zum Gehen.

»Wollen Sie denn Ihren Sohn wirklich alleinlassen?«, beharrte Ira.

Da wurde der Schlüssel im Schloss gedreht, und Frau Scholzen stand mit gesenktem Kopf vor ihnen. »Ich begleite Sie«, flüsterte sie.

»Danke.« Ira nahm einen Mantel, der an einem Haken im Flur hing, und half ihr hinein. Zu dritt verließen sie stumm die Wohnung.

Ira nahm neben Frau Scholzen auf der Rückbank des Ford Platz. Es hatte aufgehört zu regnen, aber in den Straßen des Viertels hing ein nebliger Dunst, und die feuchtkalte Luft war bis ins Innere des Wagens zu spüren. Frau Scholzen saß vornübergebeugt da, die Arme ganz eng an den Körper gepresst, wie in einem verzweifelten Versuch, sich selbst Halt zu geben.

Während sie die Straße in Richtung Universität entlangfuhren, nahm Ira im Rückspiegel wahr, dass Marxens Blick immer wieder auf der Mutter des Jungen ruhte, und es kam ihr vor, als ob er ein Seufzen unterdrückte.

Nur zu schnell hatten sie die Universitätsklinik erreicht, und Marxen stellte den Wagen auf dem Parkplatz vor der Gerichtsmedizin ab. Er stieg aus und öffnete Frau Scholzen die Tür. Schweigend gingen sie zu dem funktionalen Gebäude. Im Innern wurden sie schon von einem rundlichen, kahlköpfigen Mann in den Fünfzigern erwartet.

»Frau Scholzen«, er reichte ihr die Hand, »mein Name ist Dr. Breuer, bitte kommen Sie mit.«

Der Gerichtsmediziner führte sie in einen gekachelten

Raum, in dem es nach Desinfektionsmitteln und Chemikalien roch. Auf einem Metalltisch lag ein Leichnam, zugedeckt mit einem weißen Tuch. Dr. Breuer hob das Tuch hoch und schlug es bis zum Hals zurück. Das von Blutergüssen und Schrammen entstellte Gesicht eines Jungen kam darunter zum Vorschein. Und nun glaubte Ira plötzlich noch einen anderen, irgendwie widerlichen Geruch wahrzunehmen, den sie nicht einordnen konnte.

Frau Scholzen schrie auf und presste die Hand gegen den Mund.

»Frau Scholzen«, Marxen trat neben sie, seine Stimme klang sanft, »ist das Ihr Sohn Wolfgang?«

Sie nickte stumm und krümmte sich.

»Lassen Sie uns gehen.« Ira legte ihr den Arm um die Schultern und wollte sie nach draußen führen. Selbst sie ertrug den Anblick des toten Jungen ja kaum noch. Doch unvermittelt richtete sich Frau Scholzen auf und machte sich von Ira los. »Bestimmt hat der Gebhardt Koch Wolfgang das angetan«, schluchzte sie.

»Was meinen Sie damit?« Marxens Stimme klang immer noch sehr sanft. »Gebhardt Koch, wer ist das?«

»Er ... er war ...«

»Lassen Sie sich Zeit.«

»Er war der Geschäftsführer vom Severin.«

»Dem Brauhaus, wo Sie als Kellnerin arbeiten?«

»Ja, er hat Geld unterschlagen. Mir fiel das auf, und ich hab es den Besitzern gemeldet. Koch kam vor Gericht und wurde zu zwei Jahren Gefängnis verurteilt. Er hat mir damals angedroht, das würden Wolfgang und ich büßen. Mittlerweile hat er seine Strafe abgesessen …« Frau Scholzen konnte nicht mehr weitersprechen. Sie brach schluchzend zusammen.

Ira wurde die Kehle eng. Sie empfand einen ohnmächtigen Zorn. In dem tristen Vorraum machte Marxen Ira ein Zeichen, dass sie mit Frau Scholzen warten sollte. Er selbst verschwand mit dem Gerichtsmediziner hinter einer Tür. Ira führte Frau Scholzen zu einem Stuhl und setzte sich neben sie. Wahrscheinlich ließ sich Marxen von Dr. Breuer die Obduktionsergebnisse mitteilen. Woran Wolfgang wohl gestorben war? Ob ihn der Tod schnell ereilt hatte, oder hatte er vielleicht lange leiden müssen?

Ira bremste sich. Es war sinnlos, darüber jetzt nachzugrübeln. Wolfgangs Mutter brauchte sie.

»Frau Scholzen«, wandte sie sich ihr zu und drückte ihre Hand. »Haben Sie denn Angehörige, die wir verständigen können?«

»Meine … meine Schwester und ihr Mann leben in Düsseldorf.«

»Könnte Ihre Schwester denn für ein paar Tage zu Ihnen kommen?«

»Ich denke schon …« Frau Scholzens Gesichtsausdruck war ganz starr, und ihre Stimme klang apathisch.

»Wer ist denn Ihr Hausarzt?«

»Dr. Hefner.«

Ira ließ sich die Adressen der Schwester und des Arztes nennen und schrieb sie in ihr Notizbuch.

Momentan stand Frau Scholzen noch unter Schock. Aber sie mochte sich nicht vorstellen, was sie durchmachen würde, sobald sie wirklich begriff, dass ihr einziger Sohn gewaltsam ums Leben gekommen war.

Ira unterteilte ihr Leben immer noch in »Vorher« und »Nachher«. Vorher, das war damals, als ihre Mutter noch lebte. Eine in der Erinnerung heile und glückliche Welt, die Schutz und Sicherheit bot. Dann, Ira war dreizehn Jahre alt gewesen, die Katastrophe ihres Todes, die von einem Tag auf den anderen alles verändert hatte. Ohne ihren Vater und Georg hätte sie die Tage, Wochen und Monate danach nicht überstanden.

Und Frau Scholzen war ganz allein mit dem Schmerz und der Trauer um ihren Sohn.

Eine Tür schlug zu. Marxen erschien wieder in dem Vorraum. Sein Gesicht wirkte noch zerfurchter als sonst, als hätte ihn der Obduktionsbericht mitgenommen. Er winkte Ira zu sich.

»Haben Sie nach Angehörigen von Frau Scholzen gefragt?«

»Ja, selbstverständlich.« Ira war zu müde und zu traurig, um sich über die Frage zu ärgern. Sie nannte ihm die Adresse der Schwester. »Telefon haben sie und ihr Mann leider nicht.«

»Ich informiere vom Präsidium aus die Düsseldorfer Kollegen. Sie sollen die Schwester verständigen. Würden Sie bei Frau Scholzen bleiben, bis sich jemand um sie kümmern kann?«

»Natürlich.«

»Das ist gut. Wir müssen unbedingt in Erfahrung bringen, wo Wolfgang den gestrigen Abend verbracht hat. Sehen

Sie sich im Zimmer des Jungen um, ob Sie irgendwelche Hinweise finden.«

»Das werde ich tun, Herr Hauptkommissar.«

»Und suchen Sie bei der Gelegenheit auch nach einem Foto, das für die Presse geeignet ist. Ich will die Mutter nicht damit behelligen.«

»Ja, Herr Hauptkommissar.« Ira nickte.

»Dann bringe ich Frau Scholzen jetzt mit Ihnen nach Hause.«

Ira half Frau Scholzen aufzustehen. Was für ein Zuhause würde das künftig für sie sein?

5. Kapitel

Um Ben Weber brandete der allabendliche Lärm eines Kölner Brauhauses. Er bedeutete dem Köbes – wie die Kellner hier genannt wurden –, ihm noch ein Kölsch zu bringen und schaute auf seine Armbanduhr. Halb neun. Er hatte Katja gebeten, sich um acht mit ihm zu treffen. Ob ihr etwas dazwischengekommen war? Normalerweise war sie sehr zuverlässig.

Bei seinen Recherchen zu dem Mordfall war er bisher nicht weitergekommen. Den Besitzer der Garagen hatte er in der Aachener Straße angetroffen, in der Tankstelle, die ihm ebenfalls gehörte. Die Garage, in der das Mordopfer gefunden worden war, war seit Längerem nicht mehr vermietet. Das Gleiche galt für etliche andere Garagen. Im nächsten Jahr würden alle abgerissen werden und dort ein Autohaus entstehen.

Nun war Ben für weitere Informationen auf die Pressekonferenz am nächsten Tag im Polizeipräsidium angewiesen. Es sei denn, Katja hätte etwas für ihn ...

Der Köbes stellte ein Glas Kölsch vor Ben auf den Tisch und machte einen weiteren Strich auf dem Bierdeckel. Jemand vom Nachbartisch prostete ihm zu. Die Kölsche Toleranz – oder das Kölsche Phlegma – erstreckte sich sogar auf Langhaarige wie ihn. Ben hob das Glas, erwiderte das Prost und trank einen Schluck. In dem Moment wandten sich die Köpfe der männlichen Brauhaus-Besucher dem Eingang zu.

Eine zierliche junge Frau in einem taillierten Regenmantel hatte den Schankraum betreten. Tropfen schimmerten in ihrem dunklen Haar und auf den feinknochigen Wangen. Katja Behrens. Kommunistin, Sekretärin in der Gerichtsmedizin und seine gelegentliche Informantin. Außerdem Halbschwester seines kriminellen, ehemals besten Freundes Horst. Katja war nicht direkt schön, aber sehr apart und besaß eine melancholisch-kühle und doch auch sehr erotische Ausstrahlung, die sie zur Idealbesetzung in einem Film der Nouvelle Vague gemacht hätte. Wäre sie nicht Lesbierin gewesen, hätte sich Ben in sie verlieben können.

»Grüß dich, Ben.« Sie reichte ihm die Hand und schlüpfte aus dem Regenmantel.

»Hallo, Katja. Ich hatte schon fast nicht mehr mit dir gerechnet.«

»Heute war die Hölle los. Außer deinem Mordopfer gab's auch noch einen Verkehrsunfall mit mehreren Toten auf der Autobahn.«

»Hast du was für mich herausfinden können?«

Der Köbes trat zu ihnen, ehe Katja antworten konnte. »Ein Kölsch, die Dame?«

»Nein«, Katja schüttelte den Kopf, »eine heiße Zitrone bitte.«

Eine derartige Bestellung in einem Brauhaus hätte sonst

zumindest für eine launige Bemerkung gesorgt. Aber auch der Köbes verfiel Katjas Zauber, und er verschwand ohne einen Kommentar.

»Also, was weißt du? Denn ich sehe dir an, dass du etwas weißt.«

»Ich kann dir den Namen, das Alter und das Geschlecht des Opfers nennen.«

»Ja?« Ben zückte seinen Notizblock.

»Der Name ist Wolfgang Scholzen, ein Junge noch. Er wurde gerade einmal sechzehn Jahre alt.« Katja saß sehr gerade da, die Hände vor sich auf dem Tisch. Irgendwo in den Tiefen des weitläufigen Raums brach eine Gruppe in ein brüllendes Gelächter aus. »Außerdem habe ich noch gehört, was Dr. Breuer zu seinem Assistenten sagte, als sie durch mein Büro gingen. Es hörte sich an, als ob der Junge aus Rache umgebracht worden sein könnte. Wegen einer Aussage seiner Mutter vor Gericht. Aber wer würde denn so etwas tun?«

Der Köbes stellte die heiße Zitrone auf den Tisch und erwiderte tatsächlich Katjas Lächeln.

Ben wartete, bis sich der Mann entfernt hatte. »Ich schau mal, ob ich im Zeitungsarchiv einen Hinweis finde. Und sonst? Konntest du herausfinden, woran ...«, er zögerte kurz, »... der Junge gestorben ist?« Jetzt war er nicht mehr nur ein anonymes Opfer. »Der Friedhofsgärtner, der die Leiche gefunden hat, hat gesagt, sie habe verbrannt gerochen.«

»Verbrannt? O Gott ...« Katja zuckte zusammen. »Nein, zur Todesursache weiß ich leider nichts. Wie schon gesagt, heute war sehr viel los. Dr. Breuer hat deshalb den Obduktionsbericht nicht mit Schreibmaschine abtippen lassen. Er hat dem Hauptkommissar nur seine handschriftlichen Notizen gegeben. Das macht er manchmal, wenn die Polizei Ergebnisse sehr schnell benötigt.«

»Denkst du, du könntest mir den Obduktionsbericht besorgen? Ich wüsste es gern, falls die Polizei bei ihrer Pressekonferenz etwas verschweigt. Und mir geht einfach nicht aus dem Kopf, was der Friedhofsgärtner über diesen Gestank von verbranntem Fleisch gesagt hat.«

Katja zögerte.

»Ich war mit den Informationen, die du mir gegeben hast, immer sehr vorsichtig«, sagte Ben sanft. »Ich habe nie etwas veröffentlicht, das nicht durch andere Quellen abgesichert war.«

»Ich weiß, darum geht es mir nicht.« Katja schüttelte den Kopf. »Das heißt, nicht nur. Der Junge war das einzige Kind einer ledigen Mutter. Der Hauptkommissar und eine junge Beamtin mussten sie stützen, als sie mit ihr die Gerichtsmedizin verlassen haben. Sonst wäre sie zusammengebrochen ...«

Katjas Stimme zitterte ein bisschen. Gleich darauf hatte sie sich wieder gefangen. Ben kannte sie als eine Meisterin der Selbstbeherrschung.

»Versprich mir, dass du mit der Mutter und ihrem toten Jungen respektvoll umgehst. Was auch immer du herausfinden wirst.« Sie legte ihm die Hand auf den Arm, und ihre dunklen Augen waren riesengroß.

»Ich bin nicht von der Springer Presse.«

»Nein, aber du bist ehrgeizig.« Katja lächelte ein wenig.

»Ich verspreche es dir.« Ben legte in einer übertriebenen Geste die Hand aufs Herz.

»Musst du immer alles ins Lächerliche ziehen?« Sie seufzte. »Ich melde mich, sobald ich den Bericht habe.«

»Danke dir. Du hast deine heiße Zitrone noch nicht getrunken.«

»Ach, mir ist nicht danach.« Katja sah sich nach dem Köbes um, wollte offensichtlich bezahlen.

»Das geht auf mich. Falle ich dir auf die Nerven, und gehst du deshalb schon?«

»Nein, es ist nur ... Ich muss heute ständig an Horst denken und was damals los war.«

»Schon gut. Ich fand's auch nicht schön, was über ihn geschrieben wurde.«

»Ich weiß.« Sie stand auf, beugte sich vor und küsste ihn auf die Wange. »Bis bald.«

Ben sah Katja nach, wie sie, wieder von vielen bewundernden männlichen Blicken gefolgt, durch den Gastraum schritt.

Horst – dieser verdammte Idiot – hatte sich vor zwei Jahren in einen Bankraub hineinziehen lassen und war nach einer spektakulären, filmreifen Flucht und anschließender Schießerei mit den Bullen – bei der glücklicherweise niemand verletzt worden war – für fünfzehn Jahre in den Knast gewandert. Nach Möglichkeit vermied Ben es, an ihn zu denken. Es machte ihn nur wütend und traurig.

Er schüttelte die deprimierenden Gedanken ab. Schließlich musste er sein weiteres Vorgehen sorgfältig planen. Gerade jetzt, da Jürgen Bartsch vor Gericht stand, würde ein ermordeter Sechzehnjähriger große Aufmerksamkeit erregen. Er winkte dem Köbes, ihm die Rechnung zu bringen.

•••

Frau Scholzen lag auf der Chaiselongue und hatte die Augen geschlossen. Ihr Atem ging stoßweise, und sie stöhnte, als würde sie selbst in der Betäubung vom Schmerz um ihren ermordeten Sohn heimgesucht. Während der Autofahrt war sie noch recht ruhig gewesen. Doch in der Wohnung hatte sie begonnen, zu weinen und nach Wolfgang zu schreien. Der Lärm hatte eine Nachbarin herbeigelockt. Ira hatte der älteren Frau die Situation geschildert und sie gebeten, den Hausarzt zu verständigen. Der war auch gleich gekommen und hatte Frau Scholzen ein Beruhigungsmittel gespritzt. Doch es hatte lange gedauert, bis die Wirkung endlich einsetzte.

Ira bemerkte plötzlich, dass es ziemlich kalt in der Küche war. Neben dem Herd standen Kohlen in einem Tragegestell aus Metall, und Anmachholz und altes Zeitungspapier lagen in einem Korb. Sie fand Streichhölzer auf dem Küchenbüfett und entzündete ein Feuer im Herd. Da sie irgendwie den Eindruck hatte, dass das Deckenlicht Frau Scholzen störte, schaltete sie es aus und knipste stattdessen eine Leselampe auf dem Tischchen neben der Chaiselongue an. Sie hätte Frau Scholzen gern tröstend berührt. Aber sie fürchtete, dass ihr dies eventuell Unbehagen bereiten würde. Deshalb ließ sie es sein.

Ira wartete einige Minuten und lauschte auf den Wind,

der Regen und welke Blätter gegen das Fenster wehte, und auf die Geräusche aus dem Haus – Stimmen, Musik aus einem Radio und die Erkennungsmelodie einer Fernsehsendung. Dann ging sie leise in den Flur. Es war seltsam, hier, in dieser fremden Wohnung zu sein mit einer gequälten und unter Beruhigungsmitteln stehenden Frau, und es machte sie traurig.

Außer der zur Küche und zu Frau Scholzens Schlafzimmer zweigten noch zwei weitere Türen vom Flur ab. Die erste führte in ein kleines, fensterloses Bad mit einer Sitzbadewanne und einer Toilette, die andere in das Zimmer des Jungen. Wolfgangs Reich. Es war dem ihres Bruders ziemlich ähnlich. Auch hier hingen Poster über dem Bett, zwischen denen von diversen Musikgruppen ein altes von den Beatles in Anzügen und mit Pilzköpfen und zwei neue, auf dem die Haare der vier länger und weniger ordentlich waren und John Lennon eine Brille trug. In einem Regal lagen ein halbes Dutzend Langspielplatten und Singles von den Beatles. Es war unverkennbar, dass Wolfgang ein großer Fan gewesen war. Nur das neueste Album fehlte.

Neben den Schulbüchern und diversen Reclam-Bändchen mit Lektüre für den Deutschunterricht gab es den üblichen Karl May, viel Abenteuer-Literatur, Bücher zur Römischen Geschichte und zum Flugzeugmodellbau. Ein großes Flugzeug aus Sperrholz hing von der Decke und bewegte sich leicht im Luftzug durch die offene Tür.

Der Schreibtisch wirkte, wie auch das übrige spärliche Mobiliar, abgenutzt. Vielleicht war es gebraucht gekauft worden, viel verdiente Frau Scholzen in dem Brauhaus sicher nicht. Rasch durchsuchte Ira die sehr ordentlichen Schubladen. Davon konnte sich Georg wirklich eine Scheibe abschneiden. Hefte, in einer akkuraten Schrift geführt. Prüfungsaufgaben in verschiedenen Fächern, meist mit einer Eins oder Zwei bewertet. Wolfgang, der uneheliche Sohn einer Kellnerin, war ein sehr guter Schüler gewesen, und es war eine große Leistung, dass er es unter diesen schwierigen Umständen auf ein humanistisches Gymnasium geschafft hatte.

In der untersten Schublade lag ein dünnes Fotoalbum. Wolfgang als Säugling und als Kleinkind. Der erste Schultag mit Ranzen und Schultüte. Bilder von Ferienfreizeiten im Gebirge und am Meer. Eine Fotografie zeigte ihn in schwarzem Anzug, mit weißem Hemd und Schlips, die blonden Haare sorgfältig gescheitelt. Wahrscheinlich war es an seiner Konfirmation aufgenommen worden. Wolfgang hatte sich zu einem hübschen Jungen entwickelt. Offen und erwartungsvoll blickte er aus blauen Augen in die Kamera. Das war ein gutes Foto für die Presse. Ira löste es vorsichtig aus dem Album und schlug die Seite um. Die folgenden Blätter waren leer. Sie erschienen ihr wie ein Sinnbild des Lebens, das dem Jungen geraubt worden war, und ihr schossen plötzlich die Tränen in die Augen.

Ärgerlich wischte Ira sie weg. Sie musste professionell bleiben. Sie wandte sich dem Kleiderschrank zu, der jedoch, wie sie nach einigen Minuten feststellte, nichts von Interesse enthielt. Nachdenklich blickte sie sich in dem Zimmer um. Das konnte doch nicht alles gewesen sein. Bestimmt hatte Wolfgang irgendein Versteck gehabt, wo er Dinge aufbewahrte, die seiner Mutter nicht unter die Augen kommen sollten.

Ira schob den schmalen Teppich beiseite und tastete die Holzdielen ab. Keine saß irgendwie lose, auch nicht unter dem Bett oder dem Schreibtisch. Das Modellflugzeug? Sie stieg auf den Stuhl und lugte hinein. Auch hier nichts, das Innere war leer.

Blieb noch das Fensterbrett. Vorsichtig rüttelte sie daran. Ja, es ließ sich heben. Darunter befand sich ein Hohlraum. Sie griff hinein. Zwei Päckchen Zigaretten. Ein Bündel Geldscheine. Insgesamt fast zweihundertachtzig Mark. Nicht gerade wenig für einen sechzehn Jahre alten Schüler. Eine ziemlich harmlose pornografische Aufnahme und ein Heft. Offensichtlich eine Art Tagebuch. Ira schlug es auf. Ganz vorn lag das Bild eines hübschen blonden Mädchens, das aus einer größeren Fotografie herausgeschnitten worden war.

Leider war Wolfgang kein Junge gewesen, der die Sorgen, Nöte und das Glück des Heranwachsens in ausführliche Prosa verwandelt hätte. Die Einträge waren eher stichwortartig. Häufig hatte er notiert, wann und wo er welche Songs gehört hatte. Dann gab es Einträge zu Aktivitäten in der Freizeit. Verabredungen zum Fußballspielen, Schwimmen oder zu Radtouren. Der Name Stephan kam immer wieder vor. *Mit Stephan nach Aachen geradelt. Mit Stephan gegen die Roten Fußball gespielt. Zwei zu drei gewonnen. Mit Stephan gezeltet.* Dies musste Stephan Saalfeldt sein, Wolfgangs bester Freund, bei dem er jedoch – anders, als er seiner Mutter erzählt hatte – am gestrigen Abend nicht gewesen war.

Dann, etwa zwei Monate vor Wolfgangs Ermordung, tauchte »C« in den Notizen auf. *C auf dem Schulweg gesehen. C hat mich angelächelt. Mit C gesprochen. Sie scheint mich zu mögen.* Und schließlich, am Tag, ehe Wolfgang getötet worden war, der Satz, ganz hastig hingeschrieben und mit zwei Ausrufezeichen versehen: *C trifft sich morgen Abend mit mir!!* War er etwa tatsächlich mit diesem Mädchen am Abend, ehe er ermordet worden war, zusammen gewesen? War das blonde Mädchen auf der Fotografie »C«? Ira wollte Hauptkommissar Marxen davon unterrichten, und auch das Geld würde sie erwähnen. Vielleicht erwies es sich ja als wichtig. Sie verstaute das Heft und das Bild in ihrer Handtasche.

Ein Stöhnen rief Ira in die Küche zurück. Frau Scholzen hatte sich auf die Seite gedreht. Ihre Augen waren noch immer geschlossen. Ira hätte sie gern nach dem Mädchen gefragt, in das Wolfgang verliebt gewesen war, und ob sie es kannte. Doch sie wagte es nicht, sie zu wecken. Behutsam breitete sie die Wolldecke, die verrutscht war, über Frau Scholzen aus. Dann setzte sie sich auf einen Stuhl und verfolgte, wie der Zeiger der Küchenuhr langsam weiterwanderte.

• • •

Stephan Saalfeldt lag auf seinem Bett und starrte in die Dunkelheit. Aus dem Erdgeschoss drangen gedämpfte Geräusche zu ihm. Die Eltern sprachen leise miteinander, als sei er schwer krank. Auch das Radio, das sein Vater abends gern zu voller Lautstärke aufdrehte, war kaum zu hören.

Wolfgang war tot, ermordet.

Das konnte einfach nicht sein. War schlichtweg unmöglich.

Morgen würde er den besten Freund – seinen zweieiigen Zwilling, wie ein Lehrer ihn sarkastisch genannt hatte, weil sie ständig zusammenhingen und sich, wenn nötig, gegenseitig deckten – in der Schule treffen. Sie würden die Hausaufgaben voneinander abschreiben, er von Wolfgang, dem Experten für alles Römische und Latein, und dieser würde sich von ihm, Stephan, mit den Wurzelgleichungen aushelfen lassen. In der Pause würden sie über Mädchen sprechen, über die neuesten Songs und wo sie den Freitagabend verbringen wollten.

Im ersten Moment hatte er gedacht, der grauhaarige Hauptkommissar, der ihn vom Mord an Wolfgang unterrichtet hatte, mache einen schlechten Witz. Er hatte ungläubig gelacht und sich tatsächlich gefragt, ob ein paar Idioten aus der Klasse oder aus dem Fußballklub vielleicht einen Schauspieler engagiert hatten, um ihn zu erschrecken. Aber da waren das blasse, vor Schreck ganz starre Gesicht seiner Mutter gewesen und die Endgültigkeit in der müden Miene des Polizisten.

Der Beamte hatte ihn gefragt, ob sich Wolfgang von dem Geschäftsführer des Brauhauses, Gebhardt Koch, bedroht gefühlt habe, und Stephan hatte wahrheitsgemäß geantwortet: »Nein.« Wolfgang hatte die Ängste seiner Mutter überhaupt nicht ernst genommen. Für ihn war der Koch nur ein feiger Aufschneider gewesen.

Und wenn Gebhardt Koch wirklich nicht Wolfgangs

Mörder war? Aber ... Er musste es sein! Stephan drehte sich auf den Bauch und vergrub den Kopf in den Armen. Ein tränenloses Schluchzen schüttelte ihn. Wenn Gebhardt Koch unschuldig war, dann gab es nur eine Person, die für den brutalen Tod des Freundes infrage kam. Und er – Stephan – hatte Wolfgang mit dem Mann bekannt gemacht.

6. Kapitel

Hauptkommissar Karl Marxen nahm eine Schmerztablette und spülte sie mit einem Schluck Wasser hinunter. Dann verließ er sein Büro. Der Polizeipräsident erwartete einen weiteren Bericht. Marxens Schritte hallten auf dem glatten, glänzenden Boden im Korridor wider. Es war inzwischen weit nach zehn, und nur noch in wenigen Räumen der Kriminalkommissariate wurde gearbeitet.

Im Treppenhaus schwangen sich die Stufen in einem eleganten Bogen nach oben. Zu viel Anstrengung für sein schmerzendes Bein. Marxen stieg in den Paternoster. Vierter, fünfter Stock. Weiße Backsteinwände, Fensterfluchten und Grünpflanzen glitten an ihm vorbei. Grünpflanzen ... Marxen hielt von ihnen ebenso wenig wie von der Bürgernähe, die das Innenministerium neuerdings für die Polizei propagierte. Vor dem Krieg hatte Marxen einige Jahre in dem ehemaligen Polizeipräsidium in der Schildergasse gearbeitet, das dann durch die Bomben der Alliierten zerstört worden war. Ein düsterer Bau aus Wilhelminischer Zeit. Kein Mensch wäre auf die Idee gekommen, Grünzeug in die Flure zu stellen. Aber die in schmutzigen Farben gehaltenen Wände erschienen ihm ehrlicher als der sterile Neubau. Im leisen Surren des Paternosters glaubte er immer noch, Frau Scholzens Schreie zu hören, als er und die junge Kriminalhauptmeisterin sie am Nachmittag nach Hause gebracht hatten.

Achter Stock. Marxen stieg schwerfällig aus dem Paternoster. Das Büro von Polizeipräsident Herbert Achern befand sich am Ende des Korridors, ein Eckzimmer, das bei Tag einen weiten Blick über die Stadt und den Rhein eröffnete. Jetzt, in der Dunkelheit, bildeten die Lichter der Fahrzeuge auf der Severinsbrücke ein glitzerndes Band. Drucke mit abstrakten Mustern in Grau- und Brauntönen hingen an den Wänden und ergänzten die stilvolle Einrichtung. Achern legte immer sehr viel Wert auf Stil.

»Wie sieht's aus, Karl? Hast du die Obduktionsergebnisse inzwischen?« Achern kam hinter dem Schreibtisch hervor und wies auf die Sitzgruppe. Er war ein sportlicher, grauhaariger Mann mit vom Sommerurlaub gebräuntem Gesicht. Marxen und er hatten in den 1920er-Jahren gemeinsam die Polizeischule besucht. Danach hatten sich ihre Wege für lange Zeit getrennt. Anders als Marxen hatte Achern den Nationalsozialismus und den Krieg unbeschadet überstanden. Ihn hatte man nicht an die Front strafversetzt. Achern hatte sich schon immer gut anpassen können, aber Marxen hatte beschlossen, dass ihm das egal war. Es gab Schlimmere als Achern, und er hatte seinen Frieden mit ihm gemacht.

Marxen ließ sich in einen modernen Ledersessel sinken. Allmählich begann die Schmerztablette zu wirken. »Ja,

Breuer hat sie mir mündlich mitgeteilt. Schriftlich bekommen wir die Obduktionsergebnisse morgen oder übermorgen.«

»Und?«

»Um dir die Kurzfassung zu geben – der Junge wurde systematisch zu Tode geprügelt. Er erstickte schließlich an seinem Erbrochenen. In seinem Blut fanden sich Spuren eines Betäubungsmittels, ebenso in seinem Mageninhalt. Offensichtlich wurde es ihm irgendwann im Laufe des Abends mit Bier verabreicht.«

»Du hast mir, nachdem du am Tatort warst, erzählt, dass der Junge mit Alkohol übergossen und angezündet wurde. Hat er da noch gelebt?«

»Zum Glück nicht. Das wenigstens blieb ihm erspart. In seiner Lunge haben sich keine Rußpartikel gefunden.«

»Gibt es Hinweise auf ein Sexualdelikt?«

»Vergewaltigt wurde er nicht. Was mich, ehrlich gesagt, sehr wundert, denn der Leichnam war ja nackt.«

»Spermaspuren?«

Marxen schüttelte den Kopf. »Weder an dem Toten noch an der Kleidung oder in der Garage.«

»Bist du mit diesem Gebhardt Koch weitergekommen?«

»Ich habe ihn zwei Stunden lang vernommen. Er behauptet, er sei im Gefängnis ein besserer Mensch geworden und würde Frau Scholzen und ihrem Sohn nie etwas antun. Und für den Abend und die Nacht des Mordes habe er ein Alibi. Doppelkopf in einem Hinterzimmer in Nippes.«

»Hört sich reichlich dünn an.«

»Ein Mitspieler hat das Alibi inzwischen bestätigt.«

»Der könnte bestochen sein.«

»Wir vernehmen morgen noch die anderen Spieler, die Kneipengäste und die Bedienung. Aber ...« Marxen seufzte. »Wenn Frau Scholzen oder Wolfgang auf offener Straße oder meinetwegen auch in der Wohnung überfallen und zusammengeschlagen worden wären, dann würde ich gekaufte Alibis ernsthaft in Betracht ziehen. Doch der Junge wurde betäubt und entführt und in diese Garage verschleppt. Gebhardt Koch ist ein mieser, brutaler Kerl. Aber er ist kein Sadist. So etwas passt nicht zu ihm.«

»Der Junge trug doch eine Binde über den Augen. Was darauf hindeutet, dass der Mörder nicht erkannt werden wollte. Könnte es sein, dass es mit Koch durchgegangen ist und er eigentlich gar nicht vorhatte zu töten? Dass er den Leichnam angezündet hat, um Spuren zu verwischen?«

»Ich habe Röntgenaufnahmen von dem Leichnam gesehen, von den ganzen Knochenbrüchen. Das war viel mehr als ein Wutausbruch. Außerdem taugt Alkohol nicht, um Spuren zu beseitigen. Dazu ist die Brennkraft nicht intensiv genug. Das dürfte eigentlich auch Gebhardt Koch klar gewesen sein.«

»Da hast du wahrscheinlich recht ... Aber warum dann die Augenbinde, wenn der Mörder von Anfang an vorhatte, ihn zu töten?«

»Ich habe keine Ahnung.«

Die beiden Männer schwiegen. Marxen fühlte sich unter der Wirkung der Schmerztablette seltsam leicht und schwebend.

»Koch ist im Moment unsere einzige brauchbare Spur«,

sagte Achern schließlich. »Wir können ihn bis morgen Abend festhalten. Der Presse werden wir mitteilen, dass wir einen Verdächtigen aus dem Umfeld der Familie festgenommen haben. Die genauen Umstände des Mordes verschweigen wir erst einmal. Vor allem, dass der Leichnam angezündet wurde. Die Öffentlichkeit ist wegen Jürgen Bartsch sowieso schon völlig hysterisch. Das möchte ich nicht noch befeuern.«

»In Ordnung.« Marxen nickte. Acherns Bedenken erschienen ihm vernünftig.

»Gibt es mittlerweile Hinweise, wo der Junge den Abend verbracht hat?«

»In Wolfgangs Magen haben sich, wie ich schon sagte, Reste von Alkohol gefunden. Bier, genauer gesagt. Gut möglich, dass er seinem Mörder in einer Wirtschaft oder einer anderen Lokalität begegnet ist. Wenn wir wissen, wo sich der Junge aufgehalten hat, sind wir wahrscheinlich einen wichtigen Schritt weiter.«

»Wir müssen die Presse einbeziehen.«

»Ich habe die Rundfunkanstalten kontaktieren und ihnen eine Beschreibung des Jungen und seines Fahrrads geben lassen, laut der Mutter ist es verschwunden. Für die Zeitungen war es schon zu spät, der Redaktionsschluss war lange vorbei. Aber für morgen Vormittag ist eine Pressekonferenz angekündigt, bis dahin haben wir dann hoffentlich auch ein brauchbares Foto des Jungen.«

»Halte mich auf dem Laufenden.« Achern erhob sich, und Marxen tat es ihm gleich.

»Selbstverständlich.«

»Geht es dir auch wirklich gut, Karl?« Achern musterte ihn. »Mir wär's lieber gewesen, du wärst an deinem Schreibtisch geblieben und hättest die Ermittlung koordiniert, statt selbst an die Front zu gehen.«

»Du kennst doch den Spruch von dem Schlachtross, das die Trompete hört. Außerdem fehlen uns Leute.« Marxen zuckte mit den Schultern. »Und, danke der Nachfrage, ja, mir geht es gut.« Er war nicht Polizist geworden, um zu *koordinieren*. Er brauchte die Arbeit vor Ort. Den Kontakt zu den Menschen. Die Jagd.

»Du gibst mir sofort Bescheid, wenn das nicht mehr der Fall sein sollte?«

»Natürlich.« Glücklicherweise durchschaute Achern Lügen nicht so leicht.

Draußen im Flur zündete Marxen sich eine Zigarre an. Jenseits der Spiegelungen auf dem Fensterglas waren einige Hochhäuser und die Türme der romanischen Kirche St. Pantaleon zu erkennen. Dass sich immer noch kein plausibles Motiv für den Mord abzeichnete, beunruhigte Marxen mehr, als er Achern gegenüber hatte zugeben wollen.

• • •

Licht fiel aus den Kneipen in den regnerischen Abend, als Ira ihr Fahrrad in den Hinterhof schob. Frau Scholzens Schwester, eine Frau Martens, war gegen zehn endlich eingetroffen. Nachdem sie ein paar Sätze mit der verstörten Frau gewechselt hatte, hatte sie sich mit Wolfgangs Tagebuch und dem Foto von »C«, dem hübschen Mädchen, in das der Junge ganz offensichtlich verliebt gewesen war, auf den Weg zum Polizeipräsidium gemacht. Auch die zweihundertachtzig Mark hatte sie mitgenommen. Doch sie hatte Hauptkommissar Marxen nicht mehr angetroffen und nur Wolfgangs Foto für ihn hinterlegt, falls er es schon früh am Morgen benötigte. Sie war nicht traurig darüber gewesen, dem Hauptkommissar nicht zu begegnen, denn sie fühlte sich müde und ausgelaugt.

Im Treppenhaus hörte Ira Georg Gitarre spielen, ein Song mit harten, schnellen Beats. Ein weiterer Vorteil – neben der niedrigen Miete – war, dass die Vermieterin im Stockwerk unter ihnen nicht mehr gut hörte und der Nachbar über ihnen häufig auf Montage war. So auch jetzt.

»Du bist spät dran. Wart ihr nach dem Judo noch was trinken?« Georg unterbrach sein Spiel, als Ira die Küche betrat. An das Judo hatte sie überhaupt nicht mehr gedacht. War wirklich erst kaum ein Tag vergangen, seit sie die Küche verlassen hatte? Es kam ihr viel länger vor.

»Im Kühlschrank stehen Spaghetti mit Tomatensoße.«

»Danke, ich hab keinen Hunger.« Sie schüttelte den Kopf.

»Du siehst ziemlich fertig aus.«

»Sehr nett, dass du das sagst.«

»Es stimmt aber.« Er zuckte mit den Schultern. »Gab's Probleme im Dienst?«

»Ich hab den Abend bei der Mutter eines Jungen verbracht, der ermordet wurde.«

»O Mann, du Ärmste. Der Mord in Ehrenfeld? Ich hab davon im Radio gehört.«

»Ja …« Die leeren Seiten in Wolfgangs Fotoalbum. Frau Scholzens gequältes Stöhnen. Plötzlich schossen Ira erneut Tränen in die Augen. Hastig wandte sie sich ab.

»He, Schwesterherz …« Georg zögerte kurz und legte ihr dann den Arm um die Schultern. »Willst du mir davon erzählen?« Er sah sie unsicher an.

Was war denn auf einmal mit ihm los? Begann er, eine ritterliche Seite zu entwickeln? Ira lächelte unter Tränen. »Nicht jetzt, später vielleicht mal.«

»Soll ich dir einen Tee kochen?«

»Das Angebot kann ich nicht ablehnen.«

Ira sah ihm dabei zu, wie er den Wasserkessel auf die Gasflamme stellte und einen Beutel Kräutertee in eine Tasse legte. Sie war so froh, dass Georg da war und dass sie als Geschwister eng verbunden waren.

»Hier, Große.«

»Danke!«

Georg hatte den Tee sogar in ihrer Lieblingstasse mit den Röschen zubereitet. Während sie langsam trank, zupfte er leise Akkorde auf der Gitarre und summte vor sich hin.

»Verkraftest du 'ne schlechte Nachricht?«, fragte er dann.

»Hat man dich von der Schule geworfen?«

»Heute kam mit der Post eine Einladung zum Essen von Onkel Fritz und Tante Gunda. Für übermorgen. Da ist es ein Vorteil, dass wir kein Telefon haben. Sie können wenigstens nicht anrufen.«

Ira seufzte. Der Onkel und die Tante hatten sie nach dem Tod des Vaters bei sich aufgenommen. Die beiden meinten es gut, aber die Treffen arteten regelmäßig in heftige

Auseinandersetzungen zwischen Georg und dem Onkel aus. Georg kritisierte zum Beispiel den Krieg in Vietnam vehement. Er war gegen die geplanten Notstandsgesetze, die es der Regierung erlauben sollten, die Bundeswehr bei Aufständen, Naturkatastrophen und Krieg im Inland einzusetzen. Außerdem glühte er für die Ziele der protestierenden Studenten. Onkel Fritz dagegen hielt den Krieg in Vietnam für völlig gerechtfertigt, um die »rote Gefahr« zu bannen. Und für ihn waren die demonstrierenden Studenten allesamt arbeitsscheue Gammler und verkappte Kommunisten.

Die Essenseinladungen zu umgehen war leider nicht möglich. Denn Onkel Fritz war Georgs Vormund, und er fühlte sich verpflichtet, wie er zu sagen pflegte, »ein Auge auf den Jungen zu haben«. Wenn sie zu häufig Ausreden erfanden, machte ihn das misstrauisch, und ohne seine Zustimmung konnten Georg und sie nicht zusammenwohnen.

»Da müssen wir wohl durch.«

»Ach, ich hab es wirklich satt.«

»Georg, bitte, du wirst erst in vier Jahren volljährig. Und ich verkrafte jetzt wirklich keinen Streit. Kannst du irgendetwas für mich auf der Gitarre spielen? Etwas Leises, Sanftes?«

»Leise und sanft ...« Georg verzog das Gesicht. Aber er begann *Sound of Silence* zu spielen und sang dazu: »Hello darkness my old friend ...«

Ira schloss die Augen und lauschte den Tönen und Georgs Stimme. Ob Frau Scholzen noch schlief? Oder war sie inzwischen aufgewacht in einer Realität, die so viel schlimmer war als jeder Albtraum?

7. Kapitel

Dienstag, zweiter Tag

Beten, Stöhnen, Wimmern. Dunkelheit. Und Angst ... Angst, die er mit jedem Luftholen einatmete. Die in ihn kroch, seinen Körper ganz taub und starr werden ließ. Dann eine gewaltige Erschütterung, die den Sauerstoff aus seinen Lungen presste und ihn gegen die Betonwand schleuderte. Ohrenbetäubender Lärm, der alles um ihn auslöschte. Stein barst und krachte auf ihn herunter. Dann Stille. Lastend und erstickend.

Ben Weber erwachte mit wild klopfendem Herzen. Er war in Schweiß gebadet und rang nach Atem. Im ersten Moment wusste er nicht, wo er sich befand. Dann sah er den Schein der Straßenlaterne, die durch den Spalt in seinen Vorhängen fiel. *Alles war gut ...* Er lag in seinem Bett. Die Zeiger seines Weckers standen auf sechs.

Benommen setzte er sich auf. Gelegentlich hatte er diese Albträume. Er fühlte sich danach immer völlig schutzlos. Glücklicherweise war er noch nie davon heimgesucht worden, wenn er mit einer Frau im Bett lag. Er legte keinen Wert darauf, sich als ein zitterndes, hilfsbedürftiges Nervenbündel zu präsentieren.

Allmählich beruhigte sich sein Atem. Er stolperte ins

Bad, spritzte sich kaltes Wasser ins Gesicht. Als Kind war er gegen Ende des Krieges bei einem Bombenangriff verschüttet worden. Die Träume ließen ihn seither nicht mehr los.

Ans Schlafen war jetzt nicht mehr zu denken. Ben zog einen Pullover über und ging in seine Küche. Er nahm die Espressokanne vom Wandbord – ein Mitbringsel aus der Toskana und eine Erinnerung an sonnige Tage, von Zypressen gesäumte Hügel, Rotwein und gutes Essen – und füllte sie mit Wasser und dem fein gemahlenen Kaffee. Während die Kanne auf dem Gasherd vor sich hin brodelte, holte er seine Notizen und breitete sie auf dem Küchentisch aus.

Am Abend war er noch im Archiv des Rheinischen Anzeigers fündig geworden und hatte drei Artikel über den Prozess gegen Gebhardt Koch sowie ein Foto aufgetan. Ein bulliger Kerl. Kleine Augen in einem runden Gesicht. Ein Typ wie aus einem amerikanischen Mafiafilm der 1930er-Jahre. Nein, wirklich keine sympathische Figur. Aber dass so jemand einen Jungen aus Rache umbrachte und ihn auch noch verbrannte? Vorausgesetzt, das mit dem verbrannten Körper stimmte.

Die Espressokanne hob zu ihrem charakteristischen Gurgeln an. Ben goss sich den Kaffee in eine Tasse und gab reichlich Zucker dazu.

Von seiner Dachgeschosswohnung hatte er einen weiten Ausblick. Helle Streifen durchzogen den bewölkten Himmel, es dämmerte inzwischen. Die Pressekonferenz war für halb elf angesetzt. Er war gespannt, was die Polizei erzählen und was sie verschweigen würde. Ein Kumpel von ihm arbeitete im Einwohnermeldeamt. Eine ledige Mutter, die laut

Katja mit Nachnamen Scholzen hieß, der Vorname des Sohnes Wolfgang – die Adresse sollte leicht herauszufinden sein. Hoffentlich war Frau Scholzen bereit, mit ihm zu sprechen – bevor seine Kollegen bei ihr auftauchten.

• • •

Im Osten wurde der Himmel allmählich hell. In den Bäumen am Ufer des Decksteiner Weihers erwachten die Vögel. Annie Eggers zog ihren leeren Zeitungswagen zu einer Bank und wischte mit einem Taschentuch das regennasse Holz trocken. Danach holte sie die Thermoskanne aus ihrem abgewetzten Rucksack und goss Malzkaffee in den Plastikbecher. Das Getränk wärmte ihren ausgekühlten Körper.

In der Frühe, nachdem sie alle Zeitungen zugestellt hatte, an dem stadtauswärts gelegenen Teich zu sitzen, die Vögel zu beobachten und ihrem Gesang zu lauschen war eines der wenigen Dinge, an denen sich Annie Eggers wirklich freuen konnte. Aber heute war sie bedrückt. Axel war wieder nicht gekommen. Seit zwei Wochen wartete sie nun schon jeden Morgen auf ihn.

Dabei hatte er sie, als er an einem Sommermorgen plötzlich aus Richtung der Militärringstraße zwischen den Bäumen aufgetaucht war, fast zu Tode erschreckt. Er war sehr groß und kräftig für sein Alter, und sie hatte sich hastig über ihren Becher gebeugt im Bestreben, sich möglichst unsichtbar zu machen. Dann hatte sie bemerkt, dass Axel viel jünger war, als zuerst angenommen, und dass er mindestens so viel Angst hatte wie sie.

Einige Morgen lang hatten sie sich aus der Ferne gesehen, jeder von ihnen bereit, sofort die Flucht zu ergreifen. Axel hatte, wie sie später von ihm erfuhr, in den warmen, trockenen Nächten zwischen den Büschen einen idealen Platz zum Schlafen gefunden. Aber dann, irgendwie, war es dazu gekommen, dass Axel sich zu ihr gesetzt hatte. Vielleicht hatten sie beide gespürt, wie einsam der andere war. Er hatte ihr Zigaretten angeboten und sie ihm Malzkaffee. Später hatte sie ihm immer belegte Brote und ein bisschen Obst mitgebracht, und schließlich hatte er sie ein paarmal in ihrer kleinen Wohnung besucht.

Sie sprachen nie viel miteinander. Für Menschen wie sie beide, Versehrte, die keinen richtigen Platz mehr in der Welt fanden, war es besser, nicht zu viele Worte zu machen. Das weckte nur die Dämonen. Aber, so unwahrscheinlich es auch war, sie hatten sich angefreundet. Er, der siebzehn Jahre alte, aus einem Erziehungsheim geflohene Junge, und sie, die Frau jenseits der Lebensmitte. Axel war für sie fast ein bisschen zu einem Sohn geworden.

Anfang August hatte er gesagt, dass er für einen Monat mit einer Baubrigade in den Westerwald reisen würde. Er wolle sich etwas Geld verdienen und für die Miete für ein Zimmer sparen. Anfang September werde er jedoch bestimmt wieder zurück sein. Dann, so hatten sie es verabredet, wollten sie ein paar Tage in der Eifel wandern. Axel liebte die Natur genauso wie sie.

Zum Abschied hatten sie sich umarmt – seit Ewigkeiten hatte Annie Eggers das nicht mehr getan. Es war so schön gewesen, sich gegenseitig festzuhalten, und sie hatte sich so sehr auf die Tage mit ihm im Grünen gefreut, weit weg von der Stadt mit ihrem Lärm und den vielen Menschen. Aber bisher war Axel nicht wiedergekommen.

Wahrscheinlich hatte er irgendwo eine richtige Freundin gefunden und war der verschrobenen Frau überdrüssig geworden. Wie konnte sie ihm das verdenken? Aber dass er ihr nicht einmal Lebewohl sagte, sah ihm eigentlich nicht ähnlich.

Sollte sie nicht doch einmal den Betrieb in Nippes aufsuchen, der die Bauarbeiter in den Westerwald geschickt hatte, und nach Axel fragen?

Doch fremde Menschen machten ihr Angst.

Annie Eggers holte einen aus besonders schönem, teurem Papier gefalteten Kranich aus ihrem Rucksack – so einen Vogel hatte sie Axel auch zum Abschied geschenkt – und stellte ihn auf die Bank. Seit einigen Jahren war die alte japanische Kaiserstadt Kyoto die Partnerstadt Kölns. Seither erschienen immer wieder einmal Artikel zu Japan und seinen Sitten und Gebräuchen in der Zeitung. So war Annie auch auf Origami, die Kunst des Papierfaltens, gestoßen und hatte sich regelrecht in sie verliebt. Und sie hatte irgendwo gehört oder gelesen, dass Kraniche in Japan Symbole des Glücks seien. Vielleicht konnte sie ja mit ihrem Kranich das Glück beschwören. Und falls der Junge später am Morgen zum Weiher kommen sollte, würde er wissen, dass sie hier gewesen war und an ihn gedacht hatte.

Der Verkehr auf dem Militärring war inzwischen viel stärker geworden, und das Motorengeräusch eines Lkw übertönte das Vogelgezwitscher. Ihren Zeitungswagen hinter sich herziehend, ging Annie Eggers langsam davon. An der Straße blickte sie sich noch einmal um. Der Kranich war inzwischen nur noch ein kleiner bunter Fleck im Grau des Morgens. Wieder wurde ihr das Herz schwer.

• • •

Der Regen hatte sich gelegt. Eine bleiche Sonne ließ sich zwischen den Wolken blicken, und zwei Jungen, mit Schulranzen auf den Rücken, turnten zwischen Pfützen auf einem Spielplatz auf der anderen Straßenseite herum. Aber die Luft war klamm, und Ira fühlte sich ganz durchgefroren, als sie in Köln-Braunsfeld von ihrem Fahrrad stieg. Sie musste einfach vor Dienstbeginn noch einmal schnell nach Frau Scholzen sehen. Sonst würde sie den ganzen Tag keine Ruhe finden.

»Ich möchte nicht stören, aber …«, begann sie an der Wohnungstür.

»Ach, Fräulein Schwarz, es ist so nett, dass Sie kommen!« Frau Martens, die Schwester von Frau Scholzen, hatte Ira geöffnet. Ihre Augen waren rot von einer durchwachten Nacht. »Es ist kaum noch etwas zu essen da. Und ich möchte gern bei Sieglindes Hausarzt vorbeigehen, damit er heute Vormittag noch einmal kommt. Vorhin ist meine Schwester kurz aufgewacht. Ich will sie nicht allein lassen. Würde es Ihnen etwas ausmachen, eine halbe Stunde bei ihr zu bleiben? Nein? Ach, das ist wirklich lieb von Ihnen.« Frau Martens griff nach ihrem Mantel und eilte aus der Wohnung.

Ira sah ihr nach. Kriminalrätin Clara Wiener würde es

ihr sicher nicht verübeln, wenn sie etwas später ins Präsidium kam.

In der Küche hatte sich Frau Scholzen auf dem Sofa zur Wand gedreht, ihre Finger waren in die Wolldecke gekrallt.

»Frau Scholzen?«, sagte Ira leise, aber die Angesprochene reagierte nicht. Ira wünschte sich, irgendetwas tun zu können. Frühstück zubereiten, putzen, irgendetwas, nur um sich nicht so völlig ohnmächtig zu fühlen. Aber sie konnte ja nicht einfach in einer fremden Wohnung herumwerkeln. Deshalb ließ sie sich am Küchentisch nieder, auf dem einige Illustrierte lagen. Anscheinend hatte Frau Scholzens Schwester versucht, mit deren Hilfe die Nacht zu überstehen.

Ein Artikel diskutierte, welche Rocklänge für die Damen des britischen Königshauses angemessen sei. Ein anderer hoffte auf ein neues Liebesglück für Prinzessin Soraya, die unglückliche, geschiedene Frau des Schahs von Persien. Ein Kreuzworträtsel, halb ausgefüllt. Griechische Seherin mit neun Buchstaben? Kassandra? Ja, das Wort passte. Erdzeitalter? Pleistozän.

Das Läuten der Türglocke schreckte Ira auf. Frau Martens hatte wohl den Schlüssel vergessen. Sie eilte in den Flur, öffnete und blieb konsterniert stehen. Statt der Mittvierzigerin stand ein junger Mann in Jeans und Lederjacke vor ihr. Seine blonden Haare waren schulterlang, und auf seiner Nase saß eine Nickelbrille, ähnlich der, die John Lennon seit Neuestem trug. Sein schmales Gesicht war ziemlich attraktiv – doch seine Züge wirkten arrogant.

»Guten Tag, Ben Weber vom Rheinischen Anzeiger.« Er

präsentierte ihr einen Ausweis. »Sie sind eine Verwandte von Frau Scholzen?«

»Nein, mein Name ist Ira Schwarz. Ich bin Kriminalhauptmeisterin bei der Weiblichen Kriminalpolizei.«

»Oh, die Beamtinnen der Weiblichen Kriminalpolizei habe ich mir immer als ältliche Blaustrümpfe vorgestellt und nicht als jung und hübsch.«

Sein Lächeln sollte wohl gewinnend sein. Was für ein Idiot. »Was wollen Sie hier?«

»Ich würde Frau Scholzen gern mein Beileid aussprechen. Und mich kurz mit ihr unterhalten.«

»Das geht nicht. Sie schläft. Und sie ist ganz sicher zu keinen Gesprächen mit Journalisten in der Lage.«

»Wer ist denn da?« Frau Scholzens Stimme, dünn und hoch, erklang aus der Küche. Warum musste sie ausgerechnet jetzt aufwachen?

»Nun, sie scheint nicht mehr zu schlafen«, sagte Ben Weber prompt.

»Bitte gehen Sie, Frau Scholzen hat gestern ihren einzigen Sohn verloren.«

»Das weiß ich, und ich möchte dazu beitragen, dass sein Mörder gefunden wird. Würden Sie mich jetzt bitte zu Frau Scholzen lassen? Wenn sie nicht mit mir sprechen will, gehe ich sofort wieder.«

Was ganz bestimmt die reine Lüge war. »Nein, ich werde Sie nicht zu ihr lassen.«

In der Küche knarrte die Chaiselongue, ein Stuhl wurde beiseitegerückt. Frau Scholzen schien aufgestanden zu sein. Sie würde diese Frau, die immer noch unter dem Einfluss von Beruhigungsmitteln stand, auf keinen Fall einem Journalisten aussetzen.

»Gehen Sie!«, wiederholte Ira.

»Frau Scholzen?« Ben Weber machte einen Schritt auf die Tür zu, wollte sich an Ira vorbeidrängen.

»Nein!« Panik erfasste sie. Instinktiv wandte sie eine Technik aus dem Judo an. Sie griff nach Ben Webers Arm, wich schräg zur Seite aus und ging in die Knie. Ben Weber geriet aus dem Gleichgewicht und taumelte gegen die Wand. Hastig sprang Ira auf und schlug die Tür hinter sich zu.

»Wer war das denn?« Frau Scholzen stand im Korridor, suchte an einer Kommode Halt.

»Irgendein Kerl, der ein Zeitschriftenabonnement verkaufen wollte. Hoffentlich verschwindet er.« Ira fasste Frau Scholzen um die Schultern und führte sie zurück in die Küche.

»Frau Scholzen ...« Der Journalist hämmerte gegen die Wohnungstür. »Kann ich Sie bitte kurz sprechen?«

»Beachten Sie den Mann einfach nicht.« Ira schloss nun auch die Tür zum Flur. Ihr brach der Schweiß aus. Auf dem Küchenbüfett stand ein Radio. Sie schaltete es ein. Schlagermusik schallte laut und irgendwie obszön durch den Raum.

Frau Scholzen ließ sich wieder auf die Chaiselongue sinken. Ihr Gesicht war verquollen und ihr Blick aus den riesengroßen Pupillen unstet. Die Musik schien sie gar nicht wahrzunehmen. Noch einmal Klopfen und Rufen, Gott sei Dank war es nun nur noch gedämpft zu hören. Dann endlich wurde es im Treppenhaus still. Ira atmete auf. Der widerliche Kerl hatte wohl aufgegeben. Sie drehte das Radio leise.

»Ich kann mich gar nicht mehr an Ihren Namen erinnern, Fräulein.« Frau Scholzen fuhr sich mit den Händen über das Gesicht.

»Kriminalhauptmeisterin Ira Schwarz von der Weiblichen Kriminalpolizei. Ihre Schwester macht gerade ein paar Besorgungen und wird bald wieder hier sein. Gestern, während Sie geschlafen haben, habe ich mich in Wolfgangs Zimmer umgesehen. Auf Wunsch von Hauptkommissar Marxen.«

»Hauptkommissar Marxen ...« Frau Scholzen wiederholte den Namen mit schleppender Stimme, als müsste sie sich erst ins Gedächtnis rufen, wer das war.

»Ja, er leitet die Ermittlungen im ...« Ira stockte. Sie brachte es nicht über die Lippen zu sagen »im Mordfall Ihres Sohnes«. Sie musste an das hübsche Mädchen denken, dessen Foto sie am Vorabend in Wolfgangs Zimmer gefunden hatte. War es richtig, Frau Scholzen jetzt damit zu behelligen? War die Gefahr nicht zu groß, dass sie dies zu sehr belasten würde? Aber vielleicht würde sie ja, wenn ihr der Arzt wieder ein Medikament gab, viele Stunden lang nicht mehr ansprechbar sein.

»Frau Scholzen, darf ich Sie etwas zu Wolfgang fragen?«

Schmerz verzerrte Frau Scholzens Gesicht, aber sie nickte stumm.

Ira holte das Bild aus ihrer Handtasche und zeigte es ihr. »Kennen Sie vielleicht dieses Mädchen?«

»Nein, wer soll das sein?«

»Ich halte es für ziemlich wahrscheinlich, dass Wolfgang in dieses Mädchen verliebt gewesen ist.«

»Davon hat er mir nie etwas erzählt. Er hatte keine Freundin, wenn Sie das meinen.«

Als ob ein Sechzehnjähriger seiner Mutter so etwas mitteilen würde. Ira seufzte innerlich.

»Hat er Ihnen gegenüber mal ein Mädchen erwähnt, dessen Namen mit ›C‹ anfängt?«

»Nein.« Frau Scholzen stöhnte gequält auf. Der Laut ging Ira durch und durch.

»Ich habe zweihundertachtzig Mark unter dem Fensterbrett in seinem Zimmer entdeckt. Haben Sie eine Ahnung, woher er die hatte?«

»Zweihundertachtzig Mark?« Wieder dieser gepeinigte Laut. »Nein, davon weiß ich nichts.«

»Frau Scholzen.« Ira setzte sich neben sie. »Es tut mir so leid.«

Leidtun ... Mein Beileid ... So leere Worte.

Wolfgangs Mutter rollte sich auf der Chaiselongue zusammen und schloss die Augen. Nach einer Weile stand Ira vorsichtig auf und trat ans Fenster. Der Platz mit den rostigen Spielgeräten lag nun verlassen da. Ein Motorrad fuhr röhrend die Straße entlang. Dann hielt ein Ford vor dem Haus. Frau Martens und ein Mann mit einer Arzttasche stiegen aus dem Wagen. Gott sei Dank!

Ira wandte sich Frau Scholzen zu. »Ihre Schwester wird gleich hier sein. Sie hat den Hausarzt mitgebracht.« Sie erwartete keine Reaktion. Doch zu ihrer Überraschung sah Wolfgangs Mutter sie an.

»Fräulein ... Das Foto des Mädchens, zeigen Sie es mir bitte noch einmal«, flüsterte sie.

»Natürlich.« Ira reichte es ihr.

Frau Scholzen betrachtete es aus leicht zusammengekniffenen Augen, als fiele es ihr schwer, den Blick zu fokussieren.

»Kommt Ihnen das Mädchen doch bekannt vor?«, fragte Ira schließlich.

»Ich bin Stephan ... Stephan Saalfeldt vor ein paar Wochen in der Innenstadt begegnet. Da war das Mädchen bei ihm.«

»Hat er Ihnen die junge Frau vorgestellt?« Ira wagte es kaum zu hoffen.

»Er sagte, sie sei seine Cousine. Und ihr Name ...« Frau Scholzen runzelte die Stirn. »Ihr Name war Carola oder Carla. Nein, Carolin. Aber als ich sie Wolfgang gegenüber erwähnt habe, hat er nur mit den Schultern gezuckt.«

Was es ziemlich wahrscheinlich machte, dass Carolin die geheimnisvolle C war, in die Wolfgang so verliebt gewesen war. Vor dem Jungen hatte noch das ganze Leben gelegen. Dieser verdammte Bastard von Mörder! Ira hätte am liebsten auf irgendetwas eingeschlagen.

• • •

Ben Weber schloss den Reißverschluss seiner Hose und verließ die Herrentoilette des Polizeipräsidiums – die Urinale waren wirklich vom Feinsten, reinlich und makellos, kein Vergleich zu den stinkenden Teilen im Nachkriegs-Provisorium in der Straße Kattenbug, in die sich seit Jahrzehnten die Harnsäure eingegraben hatte. Doch auch wenn sich die Architektur des neuen Präsidiums noch so licht und transparent präsentierte, war der Geist, der hier herrschte, der alte geblieben, davon war Ben fest überzeugt. Und dafür war die eben zu Ende gegangene Pressekonferenz ein gutes Beispiel gewesen.

Polizeipräsident Achern hatte erläutert, man habe einen Tatverdächtigen aus dem Umfeld der Mutter des Opfers festgenommen. Der Junge sei brutal erschlagen worden, und man gehe derzeit von keinem sexuellen Missbrauch aus. Nein, Genaueres könne er leider nicht sagen. Nur so viel, der Mann werde intensiv verhört. Marxen hatte schweigend neben dem Polizeipräsidenten gesessen. Man hoffe auf die Mithilfe der Bevölkerung. Wer das Opfer, den sechzehn Jahre alten Wolfgang Scholzen, am Vorabend gesehen habe oder sonstige sachdienliche Hinweise geben könne, solle sich unbedingt mit der Mordkommission in Verbindung setzen. Bla, bla ...

Dass der Junge – oder sein Leichnam – vermutlich angezündet worden war, hatte er mit keinem Wort erwähnt. Ben hatte kurz überlegt, den Polizeipräsidenten und Marxen direkt darauf anzusprechen, hatte es dann jedoch unterlassen. Dies war exklusives Wissen, und es wäre idiotisch gewesen, es ohne Not vor den Kollegen auszubreiten.

Zwei Dinge konnte er jetzt tun: sich unter den Kölner Kleinganoven nach Gebhardt Koch umhören, fragen, ob sie ihm den Mord an dem Jungen zutrauten. Horsts kriminelle Karriere und ihre Freundschaft verschafften ihm einen Vertrauensbonus in diesem Milieu. Und er würde mit Mitschülern von Wolfgang Scholzen sprechen. Im Mietshaus von dessen Mutter war er einem sehr redseligen Nachbarn begegnet und wusste nun, wo der Junge zur Schule gegangen war.

Ben blickte auf seine Armbanduhr. Kurz nach neun. Er würde es noch rechtzeitig zur ersten Pause schaffen. Gleich darauf verzog er das Gesicht. Verdammt, seine Schulter tat ihm immer noch weh. Vor der Wohnung von Frau Scholzen war er ziemlich unsanft gegen die Wand geprallt. Wie hatte ihn Kriminalhauptmeisterin Ira Schwarz nur aus dem Gleichgewicht gebracht? Er boxte regelmäßig und war gut in Form. Von einer Frau überrumpelt zu werden, das war wirklich äußerst peinlich.

8. Kapitel

Ira wartete vor Marxens Büro. Ein Kollege hatte ihr gesagt, dass der Hauptkommissar an der Pressekonferenz teilnahm, sie müsse sich also gedulden. Ob das, was sie in Wolfgangs Tagebuch herausgefunden hatte, irgendetwas Wichtiges zu der Ermittlung beitragen würde?

Jetzt flog die Tür zum Treppenhaus auf, Marxen kam hastig den Flur entlanggehinkt, die Ärmel seines Hemdes waren hochgekrempelt und die Krawatte gelockert. In seiner Hand hielt er eine brennende Zigarre.

»Kommen Sie mit.« Hauptkommissar Marxens Stimme klang genauso gereizt wie bei ihrer letzten Begegnung. Er scheuchte sie in sein Büro. Ira war immer noch aufgewühlt – wütend und todtraurig –, doch sie hoffte, dass ihr diese Gefühle nicht anzumerken waren.

»Guten Morgen, Herr Hauptkommissar. Ich …« Unter Marxens ungeduldigem Blick wusste Ira plötzlich nicht mehr, wie sie mit ihrem Bericht beginnen sollte.

»Ja, Kriminalhauptmeisterin? Was haben Sie für mich? Ich habe nicht den ganzen Tag Zeit.«

»Ich habe Wolfgangs Zimmer durchsucht. Wie Sie es mir

in der Gerichtsmedizin aufgetragen hatten. Dabei habe ich dieses Heft, es ist eine Art Tagebuch, gefunden.« Ira legte beides vor Marxen auf den Schreibtisch. »Außerdem diese Geldscheine, es sind zweihundertachtzig Mark. Seine Mutter weiß nicht, woher er das Geld hatte. Das Foto des Jungen habe ich ja schon gestern Abend für Sie im Präsidium hinterlegt.«

»Und weiter?«

»Wolfgang war seit ein paar Wochen in ein Mädchen verliebt, das geht aus dem Tagebuch hervor. Mit diesem Mädchen wollte er sich am Abend, bevor er ermordet wurde, treffen. Ich glaube, dass es sich bei ihr um die Cousine seines besten Freundes Stephan Saalfeldt handelt. Ihr Vorname ist Carolin.«

»Mit dem Jungen habe ich gestern gesprochen. Das Mädchen hat er mit keinem Wort erwähnt.«

»Jungs erzählen sich so etwas nicht unbedingt. Also, dass sie verliebt sind. Mädchen sind da anders.«

Nicht, dass Ira der Typ gewesen wäre, der bei einer besten Freundin ihr Herz ausgeschüttet hätte. Aber sie hatte als Teenager auch andere Sorgen gehabt als viele Heranwachsende.

Marxen runzelte die Brauen und klopfte die Asche seiner unvermeidlichen Zigarre am Aschenbecher ab. Lieber Himmel, fasste er es schon als Insubordination auf, dass sie es wagte, eine andere Meinung zu äußern?

»Kriminalrätin Wiener hat mir gesagt, dass Sie die Tochter von Kriminalhauptkommissar Arthur Schwarz sind«, bemerkte er dann unvermittelt.

»Ja, das stimmt.« Was bezweckte er denn mit diesem Themenwechsel? Ira war irritiert.

»Hat Ihr Vater es gern gesehen, dass Sie zur Polizei gegangen sind?«

»Ehrlich gesagt, nein. Er hätte es lieber gehabt, wenn ich Medizin oder Jura studiert hätte.«

»Aber Sie haben sich durchgesetzt.« Es war eine Feststellung, keine Frage.

»Ja.«

Marxen schnaubte. Wahrscheinlich war es in seinen Augen ein Fehler, dass ein Vater seiner Tochter nachgab.

»Wie war Ihr Berufsweg, bevor Sie bei der Weiblichen Kriminalpolizei angefangen haben?«

»Ich bin nach der zehnten Klasse vom Lyzeum abgegangen und habe eine Lehre als Sekretärin bei einem auf japanische Kunst spezialisierten Antiquitätenhändler am Dom gemacht.«

»Ziemlich exotisch, der Händler.«

»Ich mag Japan und seine Kultur, und ich trainiere auch Judo.« Das interessierte Marxen sicher nicht. »Und dann habe ich Sozialarbeit an der höheren Fachschule studiert und ein Jahr lang in dem Beruf gearbeitet.«

»Und warum wollen Sie unbedingt zur Mordkommission?«

»Mein Vater war viele Jahre in der Mordkommission tätig.«

»Das ist mir bekannt.«

Ira versuchte, sich von seinem Sarkasmus nicht verunsichern zu lassen. »Und …« Sie suchte nach Worten. »Ich möchte, dass den Opfern und ihren Angehörigen Gerechtigkeit widerfährt.«

»Ein hehres Ziel.« Marxen beobachtete sie durch den Zigarrenrauch. »Aber dem könnten Sie auch beim Kommissariat für Raub oder bei der Sitte Genüge tun.«

»Ja, wahrscheinlich ...« Aber es wäre etwas anderes gewesen. Keine Sache auf Leben und Tod. Ira konnte nicht recht in Worte fassen, was sie bewegte.

»Ich habe mich ein bisschen unter den früheren Kollegen Ihres Vaters umgehört. Sie sagten mir, dass Ihre Mutter bei einer missglückten Operation starb.«

»Ja, das trifft zu.« Der Zigarrenrauch kratzte in Iras Lungen. Warum kam Marxen darauf zu sprechen?

»Sehen Sie sich das genau an!« Er zog etwas aus einer Mappe und legte es auf den Schreibtisch. Neugierig trat Ira näher. Eine Tatort-Fotografie. Ein nackter gefesselter Körper, blutüberströmt. Und der Rücken ... War ganz verbrannt. Da und dort ragten die Rückenwirbel aus dem verkohlten Fleisch hervor. Ihr wurde schlecht, und sie kämpfte gegen einen Würgereiz an.

»Das ist Wolfgang Scholzens Leichnam. Der Junge wurde betäubt und entführt, gefesselt und geknebelt. Offensichtlich wollte ihn sein Mörder zu Tode prügeln, doch Wolfgang ist vorher an seinem Erbrochenen erstickt. Glücklicherweise, muss man sagen, denn der Täter hat ihn dann auch noch mit hochprozentigem Alkohol übergossen und angezündet.«

Marxens Stimme war hart und völlig emotionslos. Die Sätze erwischten Ira gänzlich unvorbereitet, wie Tiefschläge. Sie hatte das Gefühl, keine Luft mehr zu bekommen. Erst die Bemerkung über ihre Mutter, die sie getroffen hatte. Dann die Fotografie des Leichnams. Dieser verdammte Mistkerl! Er hatte sie mit voller Absicht überrumpelt, wie er es sicher auch Verdächtigen gegenüber praktizierte. Ira ballte die Hände zu Fäusten. Nein, sie würde ihm nicht die Genugtuung geben, vor ihm zusammenzubrechen.

Sie blickte ihm in die Augen. »Sie sagten eben, dass Wolfgang betäubt wurde. Ist das denn ganz klar?«

»Ja, das Mittel wurde ihm mit Bier verabreicht.«

»Wurde er missbraucht?«

»Nein.« Marxen betrachtete Ira nachdenklich. »Kriminalrätin Wiener hat mir auch erzählt, dass Sie gestern die Kempner-Brüder ins Präsidium brachten.«

»Zusammen mit Wachtmeister Sievers. Wir waren gerade dienstlich in Ehrenfeld unterwegs.«

Marxen zog an seiner Zigarre, schien über etwas nachzusinnen. »Fahren Sie zu Stephan Saalfeldts Cousine, und sprechen Sie mit dem Mädchen«, befahl er dann.

»Herr Hauptkommissar?« Ira wagte es nicht, seinen Worten zu trauen.

»Hören Sie schlecht, Kriminalhauptmeisterin Schwarz?«, fuhr er sie an. »Falls das Mädchen mit Wolfgang den Abend verbracht hat, will ich wissen, wo und wann sie sich getroffen haben, was sie getan haben und wie lange sie zusammen waren. Fragen Sie außerdem, ob der Junge in Gegenwart des Mädchens Bier getrunken hat.«

»Wegen des Betäubungsmittels?«

»Ja, und jetzt gehen Sie schon.«

Draußen auf dem Flur atmete Ira tief durch. Sie fühlte sich immer noch, als hätte sie gerade einen Boxkampf überstanden, ein bisschen schwindelig und benommen. Hatte Marxen etwa doch vor, sie in sein Ermittlungsteam aufzunehmen? Wahrscheinlich nicht, die Vernehmung eines jungen Mädchens fiel ja ohnehin in den Zuständigkeitsbereich der Weiblichen Kriminalpolizei. Aber wie auch immer, sie würde ihr Bestes geben und ihm zeigen, dass Frauen ebenso gute Ermittler waren wie Männer.

• • •

In der Aula des Schiller-Gymnasiums roch es nach Bohnerwachs und Jungenschweiß. Eine Mischung, die Ben Weber aus seiner eigenen Schulzeit nur zu vertraut war. Einige Jungen aus der Unter- oder Mittelstufe lungerten, über eine Zeitschrift gebeugt, in einer Ecke herum. Wahrscheinlich ging es um Fußball oder nackte Titten.

Auf dem Schulhof herrschte der übliche ohrenbetäubende Lärmpegel während der Pause. Nicht wenige Leute verklärten die Schulzeit in Feuerzangen-Bowle-Seligkeit als die schönste Zeit ihres Lebens. Ben gehörte nicht dazu. Schule, Bundeswehr ... Streng geregelte, hierarchisch strukturierte Tagesabläufe unter dem Kommando irgendeines Idioten – gut, dass das vorbei war. Aus diesem Grund war er auch kein Anhänger von sozialistischen Kollektiven.

Eine Horde Fünftklässler rannte kreischend an ihm vorbei. Ein Lehrer und eine Lehrerin – beide Anfang dreißig – waren sichtlich mehr aneinander als an der Pausenaufsicht interessiert. In Bens Schuljahren wäre eine so junge, attraktive Frau niemals als Lehrkraft an einer Jungenschule eingestellt worden. Vielleicht änderten sich die Zeiten ja doch.

In einer Ecke des Schulhofs, neben einem Schuppen, entdeckte Ben einige Jugendliche, die heimlich rauchten. Obere Mittelstufe, fünfzehn oder sechzehn. Er ging zu ihnen.

»Wart ihr vielleicht in einer Klasse mit Wolfgang Scholzen?«

Allgemeines Kopfschütteln. »Nein, die da drüben waren mit ihm in der 10c.«

Ein halbes Dutzend Jungen, die kurzen Haare ordentlich gescheitelt, trugen Windjacken oder Pullover zu ihren Wollhosen. Einem saß eine Hornbrille auf der Nase, teuer, kein Kassengestell. Ben ging hinüber.

»Die Jungs dort drüben haben gesagt, dass ihr mit Wolfgang Scholzen in einer Klasse wart.« Er nickte in Richtung der Rauchenden.

»Weshalb interessiert Sie das? Von der Polizei sind Sie ja offensichtlich nicht, so wie Sie aussehen ...« Ein stämmiger Junge mit Sommersprossen musterte Bens Kleidung und seine langen Haare.

»Gute Schlussfolgerung. Mein Name ist Ben Weber, ich schreibe für den Rheinischen Anzeiger.« Ben zeigte seinen Journalistenausweis.

»Ja, wir waren mit Wolfgang in einer Klasse.« Wieder der Sommersprossige. Anscheinend war er der Wortführer der Gruppe.

»Ihr wisst also, dass Wolfgang ermordet wurde?«

»Man hat's uns in der ersten Stunde gesagt.«

Die Jungen blickten aneinander vorbei oder auf ihre Füße. Einer kickte einen Stein am Boden weg.

»Wie war Wolfgang denn so? Ich möchte mir gern ein Bild von ihm machen.«

Schulterzucken.

»In Ordnung«, sagte schließlich ein hoch aufgeschossener Junge.

»Kein Streber. Er hat einen abschreiben lassen«, ergänzte ein anderer.

»Hat sich nicht angedient. Obwohl er … Na ja, er war unehelich, und seine Mutter ist eine Kellnerin.« Das kam von einem Braunhaarigen in einem schicken Pullover.

»Wart ihr mit ihm befreundet?«

»Nee, das war eigentlich nur Stephan. Stephan Saalfeldt. Die beiden waren schon seit der Fünften ganz eng …« Erneut der Sommersprossige.

»Saalfeldt? Etwa der Sohn von Richter Saalfeldt?« Bens Vater und der Richter spielten seit Jahren in demselben exklusiven Klub Tennis.

»Ja, genau.«

»Ist Stephan heute in der Schule?«

»Nein … Natürlich nicht.«

»Klar, dumme Frage. Was könnt ihr mir denn noch über Wolfgang erzählen? Wofür hat er sich zum Beispiel besonders interessiert?«

»Die Römer. Er hat öfter mit Stephan in der Erde gebuddelt.«

»Musik, die Beatles. Er konnte jeden Song auswendig.«

»Ach, der Wolfgang hatte noch andere Interessen«, meldete sich der Junge mit der teuren Hornbrille plötzlich zu Wort. Bisher hatte er geschwiegen.

»Welche denn?« Ben wandte sich ihm rasch zu.

»Mensch, Bernd, halt den Mund, das will doch keiner wissen!«, fuhr ihn der Sommersprossige an.

»Für alle ist der Wolfgang jetzt auf einmal ein Heiliger. Aber der hatte es faustdick hinter den Ohren.«

»Du hast ihn noch nie leiden können. Aber er hat dein Geschwätz wirklich nicht verdient.«

»Worauf willst du hinaus, Bernd?«, insistierte Ben. »Keine Sorge, ich muss das nicht schreiben.«

»Vor ein paar Tagen hab ich ihn vor dem Jugendzentrum in Lindenthal gesehen. Mit 'nem Kerl, 'nem Gammler.«

»Was verstehst du denn unter einem Gammler?«

»Na ja, der hatte lange Haare.«

»Tatsächlich?« Ben zog die Augenbrauen in die Höhe.

»Ja, aber der sah ziemlich abgerissen aus«, fügte Bernd hastig hinzu. »Der hatte keine so schicke Lederjacke an wie Sie und auch keine Levi's. Und er hatte einen Bart.«

Immerhin wusste der Junge seine Levi's zu würdigen. Ben hatte sie bei einer USA-Reise gekauft.

»Du bist nur neidisch, weil die Mädchen mehr auf Wolfgang standen als auf dich.« Der Sommersprossige boxte Bernd gegen die Brust.

»Ach, wahrscheinlich war Wolfgang vom anderen Ufer.«

»So ein Quatsch!«, fauchte der Sommersprossige.

»Wie kommst du denn darauf?« Ben schob sich zwischen die beiden Jungen.

»Na ja, die haben im Hof hinter dem Jugendzentrum in einer Ecke gestanden, und der Gammler hat den Wolfgang umarmt. Als Wolfgang mich bemerkt hat, hat er den Kerl weggeschubst und ist davongerannt.«

»Und der sogenannte Gammler?«

»Hat sich verdrückt.«

»Hast du der Polizei davon erzählt?«

»Mich hat noch niemand befragt. Aber wenn, dann werde ich es sagen. Ganz egal, ob ihr es gut findet oder nicht.«

Bernd funkelte die anderen Jungen aufgebracht an.

Zehn Minuten später saß Ben in seinem Citroën und drehte sich eine Gauloise. Die Schulglocke, schrill und durchdringend wie eh und je, hatte die Pause beendet.

Gut möglich, dass sich Wolfgangs Mitschüler da etwas zusammenfantasiert hatte. Aber bevor er – Ben – den Obduktionsbericht nicht gelesen hatte, glaubte er den Beteuerungen der Polizei, Wolfgang sei nicht missbraucht worden, erst einmal kein Wort. Und falls der Junge tatsächlich homosexuelle Neigungen gehabt hatte, wäre dies ein wichtiger Aspekt.

Ben drehte den Zündschlüssel, und das Heck des Citroën schraubte sich auf die so charakteristische Weise in die Höhe. Es war an der Zeit, mit Stephan, Wolfgangs bestem Freund, zu sprechen.

• • •

Ein Klingeln an der Haustür weckte Stephan Saalfeldt. Auf dem Boden in seinem Zimmer war er kurz eingedöst. Einen Moment lang dachte er, alles sei gut. Doch dann überfiel ihn die brutale Erkenntnis, dass Wolfgang, der Freund, ermordet worden war. Er presste die Hand gegen den Mund, um einen Aufschrei zu unterdrücken.

Wieder das Klingeln. Warum öffnete die Mutter denn nicht? Aber sie war ja vorhin in sein Zimmer gekommen und hatte ihn gefragt – wieder mit dieser sanften, besorgten Stimme, als er wäre er schwer krank –, ob es in Ordnung sei, wenn sie das Haus für eine Stunde verlasse, um Frau Scholzen zu besuchen. Natürlich hatte er Ja gesagt.

Stephan stand schwerfällig auf und spähte aus dem Zimmer seines Fensters. Mit einem Schulkameraden zu sprechen könnte er nicht ertragen. Aber vielleicht war ja der Polizist gekommen, der ihn gestern befragt hatte, und würde ihm sagen, dass nun ohne Zweifel feststehe, dass Gebhardt Koch Wolfgang ermordet habe. Er habe gestanden, oder ein wichtiges Beweisstück sei in seiner Wohnung gefunden worden. So wie am Ende eines Kriminalfilms im Fernsehen.

Doch der Mann, der jetzt ein Stück von der Haustür zurücktrat, war kein Polizist. Er trug eine Lederjacke und Jeans, hatte lange Haare. Stephan wich ein Stück zurück. War etwa *er* hierhergekommen? Der Mann, mit dem er Wolfgang niemals hätte bekannt machen dürfen? Doch nein, Stephan schluchzte vor Erleichterung fast auf, als der Mann hochblickte und er sein Gesicht sah. Er war es nicht.

Noch einmal klingelte es und noch einmal. Dann drehte sich der Fremde um und ging zurück zur Straße.

9. Kapitel

»Mist!« An einer Ampel am Rand der Kölner Innenstadt kämpfte Ira mit dem ersten Gang des Dienstwagens. Der alte VW-Käfer ließ sich ungefähr so schwer schalten wie ein Lkw. Ein Funkgerät besaß er auch nicht. Der für den Fuhrpark zuständige Kollege teilte den Beamtinnen der Weiblichen Kriminalpolizei niemals neue Fahrzeuge zu, die bekamen nur die Männer. Aber Ira war froh, dass sie überhaupt einen Dienstwagen abgekriegt hatte, denn sie fuhr für ihr Leben gern Auto.

Carolin Vischering lebte in Köln-Lindenthal, nur ein paar Straßen von Onkel Fritz und Tante Gunda entfernt. Ein wohlhabendes Viertel, viele Akademiker und Großbürger wohnten hier. Der von Kastanien gesäumte Lindenthaler Kanal und der nahe Stadtwald spendeten Ruhe und Erholung, und doch war es zur Innenstadt und zur Universität nicht weit.

Als Ira aus dem VW-Käfer stieg, war der Verkehr der Aachener Straße nur als ein leises Rauschen zu hören. Dies war das Einzige, was zwischen den schmucken Ein- und Zweifamilienhäusern inmitten von gepflegten Gärten an die Großstadt erinnerte. Die Arbeiterviertel Ehrenfeld und Müngersdorf, kaum einmal zwei Kilometer entfernt, schienen auf einem anderen Planeten zu liegen.

Ein makelloser Plattenweg führte zur Eingangstür, vorbei an einem Rosenrondell und einer Garageneinfahrt, in der ein Mercedes-Sportwagen stand.

»Ja, bitte?« Eine Frauenstimme ertönte auf Iras Klingeln hin aus der Gegensprechanlage.

»Kriminalhauptmeisterin Ira Schwarz von der Weiblichen Kriminalpolizei, darf ich bitte hereinkommen?« Sie zog ihren Ausweis aus der Handtasche. Die Haustür wurde einen Spaltbreit geöffnet, der Ausweis wurde studiert. Dann erst fiel die Sicherheitskette herunter, und die Tür schwang auf.

»Worum geht es denn? Ich bin auf dem Sprung zum Friseur und habe nicht viel Zeit.«

Eine schlanke Frau in einem modischen Kostüm stand vor Ira. Sie war Mitte vierzig und dem hübschen Mädchen auf dem Foto wie aus dem Gesicht geschnitten. Nichts an ihrem perfekt ondulierten, glänzend braunen Haar erforderte in Iras Augen einen Friseurbesuch.

»Frau Vischering?«

»Wer soll ich denn sonst sein?«

»Ich würde gern mit Ihrer Tochter Carolin sprechen. Es geht um den Mord an Wolfgang Scholzen. Sie haben davon wahrscheinlich gehört.«

»Ja, das habe ich. Aber was hat Carolin damit zu tun? Sie hat den Jungen doch überhaupt nicht gekannt. Außerdem ist sie krank.« Etwas in Frau Vischerings scharfer Stimme hielt Ira davon ab zu sagen, dass Wolfgang wahrscheinlich in Carolin verliebt gewesen war.

»Stephan Saalfeldt, Carolins Cousin, war Wolfgangs bester Freund. Es ist einfach eine Routinebefragung in Wolfgangs Umfeld.«

Carolins Mutter runzelte die Stirn. Aber nach einem kurzen Zögern sagte sie, sie würde ihre Tochter holen, und führte Ira in ein Wohnzimmer. Ira hörte ihre Absätze auf der Treppe klackern, als sie ins obere Stockwerk eilte.

Das Wohnzimmer war mit Möbeln im skandinavischen Stil eingerichtet. Auf der Terrasse stand eine mit einer Plane abgedeckte Hollywoodschaukel, und es gab tatsächlich ein Schwimmbecken, in dem das Wasser zu dieser Jahreszeit jedoch schon abgelassen war.

»Das ist das Fräulein von der Polizei, Carolin.« Frau Vischering war zurückgekehrt. Das Mädchen an ihrer Seite trug einen Morgenmantel über einem Pyjama. Sein Gesicht war gerötet und verschwollen.

»Könnte ich bitte allein mit Ihrer Tochter sprechen?«

»Nein. In meinen Augen ist dieses Gespräch ohnehin völlig unnötig.« Frau Vischering ließ sich an dem Esstisch nieder und blickte ungeduldig auf ihre Armbanduhr.

Ira bemühte sich, sich ihre Frustration nicht anmerken zu lassen. »Seit wann bist du denn krank, Carolin?«, erkundigte sie sich freundlich.

»Gestern Abend bekam sie plötzlich Fieber.« Wieder Frau Vischering.

Ob Carolin am gestrigen Abend von Wolfgangs Tod erfahren hatte und das der Grund für die plötzliche Krankheit war? Das Mädchen saß auf der Stuhlkante und hatte den Kopf gesenkt. Ira konnte ihre Augen nicht sehen. Wenn sie mit einer Vorladung ins Präsidium drohte, würde Carolin wahrscheinlich erst recht schweigen. Und es war gut möglich, dass ihre Eltern eine offizielle Vernehmung verhindern würden. Immerhin war Carolins Vater ein Staatsanwalt. Ira hatte sich über die Familie informiert, bevor sie nach Lindenthal gekommen war.

»Dein Cousin Stephan war Wolfgangs bester Freund. Hast du ihn denn auch gekannt?«, tastete sie sich vor. Wenn doch nur die Mutter nicht anwesend gewesen wäre! Das machte alles so schwierig.

»Nur vom Sehen, ich bin ihm ein paarmal bei Stephan begegnet.«

»Ich habe wirklich nicht verstanden, warum meine Schwester Stephan die Freundschaft mit dem Jungen erlaubt hat. Der uneheliche Sohn einer Kellnerin ... Kein Wunder, dass es so ein Ende mit ihm genommen hat.«

»Wollen Sie damit etwa sagen, dass Wolfgang selbst schuld an seinem Tod ist?« Ira konnte ihren Ärger nicht verbergen.

»Nun ja, in diesen Kreisen ...« Frau Vischering zuckte mit den Schultern.

»Mama!« Der zornige Ausruf des Mädchens kam ganz unvermittelt. Mit funkelnden Augen blickte sie ihre Mutter an. Nur um sich sofort wieder in sich zurückzuziehen.

»Meine Tochter hat manchmal sehr sozialromantische Vorstellungen ...« Frau Vischering winkte ab.

»Hast du irgendeine Ahnung, wo sich Wolfgang am

Abend vor seinem Tod aufgehalten haben könnte?« Täuschte sie sich, oder war Carolin kurz zusammengezuckt?

»Wie sollte sie, wenn sie den Jungen nur vom Sehen gekannt hat, Fräulein?«

Das Telefon klingelte, und mit einem Laut des Unwillens sprang Frau Vischering auf und eilte zu dem Apparat, der auf einem Tischchen neben dem Sofa stand. »Vischering? Trudi, tut mir leid, ich muss zum Friseur ... Wegen morgen ...« Sie wandte ihnen den Rücken zu.

Ira beugte sich hastig vor. »Carolin, wenn du weißt, wo Wolfgang vorgestern Abend war, musst du es mir sagen«, flüsterte sie.

Das Mädchen starrte stumm vor sich hin.

»Carolin ...«

Frau Vischering legte den Hörer auf die Gabel. »So, ich muss jetzt endgültig los.« Sie schaute vielsagend auf ihre Armbanduhr. »Dieses Gespräch war wirklich die reine Zeitverschwendung, Fräulein. Carolin, geh wieder ins Bett. Ich sehe nach dir, wenn ich wieder zu Hause bin.«

Eine Ankündigung, die sich mehr nach Kontrolle als nach Sorge anhörte. Was für eine furchtbare Frau.

Sie musste versuchen, mit Carolin zu sprechen. Ira beobachtete aus sicherer Entfernung, wie Frau Vischering in dem Mercedes-Sportwagen davonfuhr. Sie hatte den Dienstwagen, nachdem sie aus dem Haus gegangen war, sicherheitshalber ein Stück weiter unten an der Straße geparkt. Sie wartete noch ein paar Minuten – wollte nicht das Risiko eingehen, dass Carolins Mutter etwas vergessen hatte und noch einmal zurückkehrte –, dann stieg sie wieder aus dem Käfer. Sie hatte das Gartentor der Vischerings fast erreicht, als sie ihren Namen rufen hörte. Ein schwarzer Mercedes hielt neben ihr, und ein fülliger Mann stieg aus – Onkel Fritz. Ausgerechnet.

»Ira, was machst du denn hier?« Er reichte ihr die Hand. Er war der ältere Bruder ihrer verstorbenen Mutter, ein erfolgreicher Rechtsanwalt. Seine mindestens fünf Kilo Übergewicht und sein vom zu hohen Blutdruck rotes Gesicht zeugten von seiner Vorliebe für gutes Essen, schweren Wein und teuren Brandy.

»Guten Tag, Onkel Fritz.« Ira gab ihm auch die Hand. »Ich bin dienstlich hier.«

»In Lindenthal?« In seiner Stimme schwang der pure Unglauben mit, als sei dieser Stadtteil das Paradies und gefeit gegen Verbrechen jeglicher Art.

»Zeugenbefragungen im Zusammenhang mit dem Jungen, der in Ehrenfeld ermordet wurde.«

»Scheint eine üble Sache zu sein. In den Lokalnachrichten im Radio haben sie gesagt, dass er brutal erschlagen wurde. Ich verstehe wirklich nicht, warum du diese Arbeit machst und warum dir dein Vater erlaubt hat, zur Polizei zu gehen.« Seine Bemerkung beinhaltete unausgesprochen auch, dass seine Schwester wirklich Besseres verdient gehabt hätte als einen Polizisten als Ehemann. Ira hatte es sich abgewöhnt, sich darüber zu ärgern.

»Du und Georg habt unsere Einladung erhalten? Ihr kommt doch morgen zum Abendessen?« Onkel Fritz sah sie mit gerunzelten Brauen an.

»Ja natürlich, ich habe es noch nicht geschafft, bei euch anzurufen.«

»Wie macht sich Georg?«

»Oh, alles in Ordnung.«

Onkel Fritz bedachte Ira mit einem misstrauischen Blick. »Nun gut, wenigstens hat sich bis jetzt noch kein Lehrer bei mir über ihn beschwert ... Allerdings ist das Schuljahr ja auch erst wenige Wochen alt.«

Ira hatte keine Ahnung, wie lange Frau Vischering beim Friseur bleiben würde, und sie wollte die Zeit, die ihr für Carolin blieb, wirklich nicht mit einem Gespräch über Georgs schulische Leistungen vergeuden.

»Onkel Fritz, wir sehen uns ja morgen«, sagte sie mit falschem Enthusiasmus.

»Deine Tante freut sich sehr.«

»Wir uns auch.« Hoffentlich sah er ihr die Lüge nicht an.

»Mach's gut, Mädchen.« Er tätschelte ihr den Arm und ließ sich kurzatmig auf den mit Leder gepolsterten Sitz des Mercedes sinken. Ira blickte auf ihre Armbanduhr. Mist! Eine gute Viertelstunde war jetzt schon vergangen, seit Frau Vischering das Haus verlassen hatte.

Ira drückte auf die Klingel. Der Ton hallte durch das Haus. Keine Reaktion erfolgte. Sie versuchte es noch einmal. Als Carolin abermals die Klingel ignorierte, lief Ira um das Gebäude und spähte ins Wohnzimmer. Das Mädchen saß auf dem Sofa und starrte vor sich hin. Ira klopfte an die Scheibe. Carolin blickte hoch – und ihr Körper spannte sich an, als wollte sie aufspringen und wegrennen. Und doch hielt etwas sie auf dem Sofa fest, ließ sie Ira ansehen.

Ira hielt den Blickkontakt, sie war sich sicher, wenn er abriss, würde das Mädchen tatsächlich aus dem Zimmer laufen. Sie öffnete ihre Handtasche, tastete darin herum und bekam schließlich das Foto von Carolin zu fassen. Sie hielt es gegen die Scheibe.

»Carolin, ich habe dein Bild in Wolfgangs Tagebuch gefunden. Ich muss wissen, wo er den vorgestrigen Abend verbracht hat, und ich bin überzeugt, dass du das weißt!«, rief sie durch das Fensterglas.

Carolin stand abrupt auf und drehte sich von Ira fort.

O nein … »Carolin!«, rief Ira noch einmal. »Ist dir denn Wolfgang ganz egal? Das kann ich nicht glauben.«

Langsam wandte sich das Mädchen ihr wieder zu. Ira hielt weiterhin das Foto an die Scheibe und sah sie bittend an. Dann, endlich, kam Carolin zur Terrassentür und öffnete ihr.

»Danke.« Ira lächelte erleichtert.

»Lassen Sie uns in mein Zimmer gehen.« Carolins Stimme klang ängstlich und gepresst.

»Gern.« Ira folgte ihr die Treppe hinauf in einen großen, hellen Raum, der wahrscheinlich der Traum vieler Mädchen war. Eine Fenstertür ging auf einen kleinen Balkon hinaus. Die Möbel waren cremefarben, die Tapete hatte ein Rosenmuster. Auf einem Bücherregal saß eine blonde Puppe, eine Erinnerung an die noch nicht so lange zurückliegende Kindheit. Etliche Fotografien standen auf dem Bord über dem kleinen Schreibtisch, darunter auch eine Porträtaufnahme von Carolin. Das Gesicht sorgfältig ausgeleuchtet, sah sie ein bisschen aus wie die junge Romy Schneider.

Carolin hockte sich auf das Bett und lehnte den Rücken gegen die Wand. Ihre Füße steckten in dicken Frotteesocken, was sie, zusammen mit dem Morgenmantel, irgendwie unschuldig und verletzlich wirken ließ.

Ira setzte sich in einen Korbstuhl. »Keine Poster an den Wänden?«

»Meine Eltern mögen das nicht.«

»Ich habe in Wolfgangs Zimmer eine Art Tagebuch gefunden. Er war sehr verliebt in ein Mädchen. Er hat den Namen immer mit C abgekürzt. Das Mädchen bist du, nicht wahr?«

»Ich glaub schon ... Ja.«

»Du bist dir nicht sicher, ob du das Mädchen bist oder ob Wolfgang in dich verliebt war?«

»Ja, er war verliebt in mich.« Sie drehte eine Haarsträhne zwischen ihren Fingern. »Und ja, ich werde wohl dieses Mädchen sein, von dem er in seinem Tagebuch geschrieben hat.«

»Wie habt ihr euch denn kennengelernt?« Ira beugte sich vor.

»Auf einer Party von Stephan. Und dann sind wir uns manchmal in Lindenthal über den Weg gelaufen. Wolfgang war im Turnverein, und meine Ballettschule ist ganz in der Nähe.« Carolin verzog den Mund, als ob sie den Ballettunterricht verabscheute. »Wir haben uns unterhalten. Ich hab bemerkt, dass Wolfgang mich sehr mochte. Dass er auf mich stand. Na ja, viele Jungs tun das.«

Ira glaubte ihr das sofort. »Und dann hat Wolfgang vor ein paar Tagen seinen ganzen Mut zusammengenommen und dich gefragt, ob du dich mit ihm treffen würdest. Und du hast zugesagt.«

»Ja, ich habe Wolfgang wirklich gemocht. Er war hübsch und nett und hat nicht so abgeklärt getan wie viele Jungs. Er war irgendwie ... ehrlich.« Carolins Augen füllten sich mit Tränen.

»Wo habt ihr euch denn vorgestern Abend getroffen?«

»Auf der Kirmes in Bayenthal.«

Natürlich, im Kölner Süden fand zurzeit eine Kirmes statt. »War das deine Idee oder die von Wolfgang?«

»Wolfgangs, er war da wohl schon öfter. Und ich war schon länger nicht mehr auf einem Jahrmarkt und hatte auch Lust dazu.«

»Wie hast du es denn geschafft, dass deine Eltern an dem Abend nicht bemerkt haben, dass du weg warst?«

»Ich habe eine Freundin eingeweiht, die in der Südstadt wohnt, und bei ihr übernachtet. Ich mache das gelegentlich. Wir lernen zusammen oder hören Musik. Deshalb haben meine Eltern keinen Verdacht geschöpft.« Carolin schluchzte auf. »Hören Sie ... Ich weiß, dass ich mich bei der Polizei hätte melden und sagen sollen, dass Wolfgang und ich zusammen auf der Kirmes waren, bevor er umgebracht wurde. Dass das wahrscheinlich wichtig für die Morduntersuchung ist. Aber wenn meine Eltern das erfahren, schicken Sie mich bestimmt in ein Internat. Sie waren so wütend, als ich letztes Jahr zusammen mit den anderen Schülern am Neumarkt demonstrieren war! Und ...« Carolin schluchzte wieder und zog ein Taschentuch aus einer Tasche des Morgenmantels.

Die fünfzigprozentige Erhöhung der Bus- und Straßenbahnpreise durch die Kölner Verkehrsbetriebe hatte im vergangenen Herbst Tausende von Schülern mobilisiert. An zwei Tagen hatten sie den Verkehr rund um den Neumarkt – einem Verkehrsknotenpunkt – lahmgelegt und Bahnen entgleisen lassen. Auf diese Demonstrationen hatten die Oberen der Stadt und viele Bürger verständnislos und aufgebracht reagiert. Georg hatte sich auch an den Aktionen beteiligt. Anders als viele Kollegen hatte Ira Sympathien für die Schüler gehegt, was sie jedoch als Frau und neu im Dienst nicht allzu laut geäußert hatte.

»... und dann bin ich zweimal von der Polizei mit Haschisch in Diskotheken am Ring erwischt worden. Meine Eltern waren völlig außer sich. Vorgestern war das erste Mal seit Langem, dass ich bei einer Freundin übernachten durfte. Und Sie haben ja gehört, wie meine Mutter über Wolfgang gesprochen hat.«

»Schon gut, ich verstehe, dass du dich nicht bei der Polizei gemeldet hast.« Eine Art Romeo-und-Julia-Romanze, die brutal endete, bevor sie überhaupt richtig begonnen hatte. Wie sinnlos das doch war. »Erzähl mir bitte, was ihr auf der Kirmes unternommen habt.« Ira nickte dem Mädchen aufmunternd zu.

»Wir sind Kettenkarussell und Riesenrad gefahren. In der Geisterbahn waren wir auch. Wir haben ein bisschen geknutscht.« Carolin senkte den Blick. »Und Wolfgang hat mir an einem Stand einen Elefanten geschossen.«

»Was habt ihr denn gegessen und getrunken?«

»Wir haben Limonade getrunken. Und Wolfgang hat für

uns beide Hotdogs gekauft. Und er hat mir Zuckerwatte und gebrannte Mandeln geschenkt.«

Ira dachte an das, was Marxen ihr über Wolfgangs Mageninhalt gesagt hatte. »Ihr habt während der ganzen Zeit kein Bier getrunken? Wirklich nicht? Das ist sehr wichtig.«

»Nein, weshalb fragen Sie das?« Carolin starrte Ira entgeistert an.

»Wir konnten Alkohol und Betäubungsmittel in seinem Blut feststellen.«

»O Gott!« Carolin stieß einen erstickten Laut aus und schlug die Hand vor den Mund. Sie zitterte stark.

»Wo genau habt ihr euch getroffen?«, fragte Ira rasch. Carolin tat ihr aufrichtig leid. Aber sie musste nun einmal alle entscheidenden Informationen beisammenhaben, ehe die Mutter zurückkehrte und sie – höchstwahrscheinlich – aus dem Haus warf.

»Auf der Kirmes, am Kettenkarussell.«

»Und um wie viel Uhr?«

»Um acht.«

»Wie lange seid ihr geblieben?«

»Bis ungefähr halb zehn. Die Eltern meiner Freundin waren in einem Konzert, und ich wusste, sie würden spätestens um halb elf nach Hause kommen. Ich wollte auf jeden Fall vorher dort sein, damit sie mein Fehlen nicht bemerkten. Es war ja klar, dass meine Mutter am nächsten Tag bei ihnen nachfragen würde, ob mit mir alles in Ordnung gewesen sei und ich mich anständig benommen hätte.« Carolins Stimme klang bitter.

»Und Wolfgang? Hat er dich in die Südstadt begleitet?«

»Ja, bis zum Haus meiner Freundin. Er hat gewartet, bis ich drinnen war. Ich ... ich hab ihm vom Treppenhaus aus noch einmal zugewinkt.« Wieder schimmerten Tränen in Carolins Augen, und ihre Stimme brach.

»Weißt du, was Wolfgang danach getan hat?«

»Ich denke, er hat sich auf den Nachhauseweg gemacht.«

»Ist euch irgendjemand von der Kirmes zu deiner Freundin gefolgt?«

»Nein, zumindest ist mir niemand aufgefallen.«

»Und nachdem sich Wolfgang von dir verabschiedet hat, ging da vielleicht jemand hinter ihm her? Bitte, denk nach.«

»Ich habe am Fenster gewartet, bis er mit dem Rad um eine Kurve gebogen ist, die Straße war leer.«

Ira sah noch einmal die Liste von Stichpunkten durch, die sie sich für die Vernehmung gemacht hatte. Sie hatte alle relevanten Fragen gestellt, ließ sich nur noch von Carolin die Adresse der Freundin geben. Dann erhob sie sich und reichte dem jungen Mädchen die Hand. »Danke, Carolin, dass du mit mir gesprochen hast«, sagte sie freundlich. »Was du mir erzählt hast, war wirklich sehr wichtig.«

»Ich wünschte, ich hätte mich selbst bei der Polizei gemeldet.« Carolin schluchzte heftig.

»Mach dir keine Vorwürfe. Und lass nur, du musst nicht aufstehen. Ich finde selbst hinaus.«

Nachdenklich stieg Ira die Treppe hinunter. Wolfgang hatte Carolin zum Haus ihrer Freundin begleitet und sich von ihr verabschiedet. Wahrscheinlich hatten sie sich geküsst. Bestimmt hatte er sich sehr erwachsen gefühlt. Er konnte natürlich auch noch in irgendeine Kneipe gegangen sein und dort ein Bier getrunken haben. Aber Ira sah förmlich vor sich, wie er zur Kirmes zurückgekehrt war. Dort war er herumgeschlendert und hatte noch einmal den Abend mit Carolin an sich vorbeiziehen lassen. Und an irgendeinem Stand hatte er sich dann ein Bier gekauft. Gut möglich, dass er seinem Mörder auf dem Jahrmarkt begegnet war und dass der ihm das Betäubungsmittel ins Bier getan hatte.

Ira bremste sich. Vielleicht ging bei dem Kirmes-Szenario ihre romantische Ader mit ihr durch. Aber sicher würde es sich lohnen, auf dem Jahrmarkt Wolfgangs Foto herumzuzeigen.

»Fräulein Schwarz ...«

Ira blieb in der Diele stehen. Carolin war ihr nachgeeilt. Sie hielt einen blauen Elefanten in den Händen, wie man ihn als Gewinn an einer Schießbude bekam. »Das ist der Elefant, den Wolfgang für mich geschossen hat. Ich möchte nicht, dass meine Mutter ihn findet, und ich kann ihn auch nicht wegwerfen. Würden Sie ihn mitnehmen?«

»Ja natürlich.« Ira steckte das Stofftier in ihre Tasche.

»Und ... Und ...« Carolin zögerte. Ihre Lippen zitterten. Sie wischte sich die Tränen von den Wangen. »Stimmt es, dass Wolfgang erschlagen wurde?«

»Ja, das stimmt.« Ira beließ es dabei. Vermutlich wäre der Junge ja tatsächlich an seiner schweren Schädelfraktur gestorben, wenn er nicht vorher an seinem Erbrochenen erstickt wäre.

»Werden Sie und Ihre Kollegen seinen Mörder finden?«

»Wir werden alles dafür tun. Das verspreche ich dir.«

10. Kapitel

Der Polizeifunk knisterte im Radio. Ben Weber lauschte mit halber Aufmerksamkeit – ein Brand in einem Laden am Rand der Innenstadt, ein Verkehrsunfall auf der Venloer Straße, beides nichts Schwerwiegendes – und zog an seiner Zigarette. Dann wandte er sich wieder seinem Artikel zu. An manchen Tagen arbeitete er lieber zu Hause als in der Redaktion. Das waren die Freiheiten, die er als fester freier Mitarbeiter hatte. Und solange er seinen Artikel bis zum Redaktionsschluss um vier Uhr am Nachmittag ablieferte, hatte der Chefredakteur nichts dagegen einzuwenden.

Sechzehn Jahre alt durfte Wolfgang Scholzen nur werden. Ein Junge aus einfachen Verhältnissen, der es aufs Gymnasium schaffte. Zuverlässig, ein guter Freund und talentierter Sportler, ein großer Fan der Beatles, der die meisten ihrer Songs auswendig kannte, und der später einmal Archäologe werden wollte. Vor allem die Römer und ihre technischen Leistungen hatten es ihm angetan, so erzählen es seine Mitschüler.

Wolfgang Scholzen wird nie nach den Spuren der Antike in der Erde graben. Vorgestern Nacht wurde er brutal ermordet.

Die Polizei hält zurzeit einen Mann aus dem Umfeld von Wolfgang

Scholzens Mutter Sieglinde für dringend tatverdächtig. Recherchen des Autors haben ergeben, dass es sich dabei um Gebhardt Koch handelt, den früheren Geschäftsführer des Brauhauses Severin. Sieglinde Scholzen zeigte ihn wegen Veruntreuung von Einnahmen an. Ihre Aussage trug wesentlich zu Kochs Verurteilung bei. Noch im Gerichtssaal schwor er ihr Rache. Vor Kurzem wurde Koch aus der Haft entlassen.

Ja, vieles scheint auf ihn als Mörder ihres Sohnes hinzudeuten. Allerdings zeigt sich Kölns Unter- und Halbwelt skeptisch. Und das nicht etwa aus Sympathie für Koch. Gewalttätig, immer nur auf den eigenen Vorteil aus, ein Erpresser. Aber einen Mord traut man ihm nicht zu. Nun, die weiteren Ermittlungen werden hoffentlich zeigen, ob sich der Verdacht der Polizei bestätigt – oder ob jemand anderes für den Mord an Wolfgang Scholzen verantwortlich ist.

Ben hielt inne und schlug die Asche von der Zigarette ab. Mit wem er auch gesprochen hatte, niemand traute Koch einen Mord zu. Und Ben vertraute seinen Informanten in diesen Dingen.

Hoffentlich bekam er im Laufe des Abends von Katja den Obduktionsbericht. Danach würde er vielleicht klarer sehen. Dieser Mordfall hatte etwas, das ihn – über möglichen journalistischen Ruhm hinaus – einfach nicht losließ.

• • •

Annie Eggers betrachtete unschlüssig die Aufschrift auf der Fassade. *Maurermeister Windecken* war über der Hofeinfahrt in großen gemalten Lettern zu lesen. Zweimal war sie die lange Straße im Stadtteil Nippes abgeschritten. Hier gab es nur diesen Maurer. Sollte sie es wirklich wagen, dort nach

Axel zu fragen? Aber sie musste einfach wissen, ob es ihm gut ging. Also nahm sie ihren ganzen Mut zusammen und öffnete das Tor.

Ein lang gestreckter Hof lag vor ihr. Unter einem Wellblechdach lagerten Backsteine neben zwei Maschinen fürs Zementmischen. Ein flacher Behelfsbau beherbergte wohl das Büro.

»He, kann ich irgendwas für Sie tun?«

Annie Eggers drehte sich hastig um. Aus dem Hauptgebäude war ein Mann in blauer Arbeitshose und kariertem Hemd getreten. Er war dunkelhaarig, groß und kräftig. Unwillkürlich duckte sie sich. Er musterte sie von oben bis unten, ihren zu großen Anorak, die strähnigen, schlecht geschnittenen Haare und den Rock, der bis zu den Stiefeln reichte. Es machte ihr Angst, so gemustert zu werden. Schon einmal hatte das ein Mann getan, und dann ...

Nur nicht daran denken.

»Was wollen Sie hier? Betteln ist nicht, falls Sie deswegen gekommen sind.«

Sie schluckte. »Ich möchte nur nach Axel fragen. Er ist mit einem Bautrupp in den Westerwald gegangen und wollte Anfang September zurück sein.«

»Sind Sie mit dem Scheißer etwa verwandt?«

»Nein.« Annie Eggers schüttelte hastig den Kopf. »Wir sind nur gut miteinander bekannt.«

»Na, da scheinen sich ja die beiden Richtigen gefunden zu haben.«

»Bitte, ist Axel denn noch im Westerwald? Geht es ihm gut?«

»Ich hab keine Ahnung, wie es dem Pisser geht.« Der Mann verzog verächtlich den Mund. »Aber ich hoffe, schlecht ... Lässt mich einfach hängen und taucht am ersten Arbeitstag nicht auf. Und das, obwohl ich beide Augen zugedrückt hab. Ich hab doch gewusst, dass bei dem einiges nicht koscher ist. Na ja, vielleicht hat ihn ja auch die Polizei einkassiert. Geschähe ihm recht. Jedenfalls soll er sich hier nur ja nicht mehr blicken lassen. Und Sie, Madame, hau'n jetzt ab. Gesindel wie Sie will ich hier nicht haben.« Er deutete in Richtung Tor.

»Verzeihen Sie.« Annie Eggers hastete davon.

Erst als sie ein ganzes Stück die Straße entlanggelaufen war, weit weg von dem Mann, verlangsamte sich ihr Herzschlag wieder. Sie zitterte nicht mehr ganz so stark.

Natürlich konnte die Polizei Axel festgenommen haben. Das war die wahrscheinlichste Erklärung dafür, dass er nicht zur Arbeit erschienen war. Aber sie studierte jeden Tag ihr Gratis-Zeitungsexemplar ganz genau. Es beruhigte sie zu wissen, was um sie herum geschah, es machte die Welt überschaubarer und sicherer. Und im Polizeibericht des Kölner Lokalteils war Anfang August mit keiner Zeile erwähnt worden, dass ein entlaufener Heimzögling in Axels Alter aufgegriffen worden war.

Frustriert schlug sich Annie Eggers mit den Fäusten gegen die Stirn, was die Passanten veranlasste, mit irritierten Blicken einen weiten Bogen um sie zu schlagen. Wo konnte Axel nur sein? Dann fiel ihr ein, er hatte ihr erzählt, dass er bei schlechtem Wetter häufig auf Ruinengrundstücken am Rand von Braunsfeld und Ehrenfeld übernachtete. Was, wenn er sich dort vor der Polizei versteckt hielt und er ihre Hilfe brauchte?

• • •

Ira kramte in dem Küchenbüfett. Ein auf den nahen Bahngleisen vorbeifahrender Güterzug brachte das Geschirr und die Vorratsbehälter zum Klirren. Tütensoßen und -suppen, ein paar Dosen Ravioli und Gemüse und zwei Packungen Nudeln. Georg war einkaufen gewesen. Das musste sie ihm zugutehalten. Dabei hatte er sich allerdings mehr von Bequemlichkeit als von dem Anspruch auf gesunde Ernährung leiten lassen. Wobei sie selbst allerdings auch nicht gerade eine begeisterte Köchin war. Ira maß Wasser ab, schüttete es in einen Topf und rührte den Inhalt einer Packung Pilzcremesuppe hinein.

Sie war immer noch aufgebracht. Hauptkommissar Marxen hatte ihre Theorie, dass Wolfgang zur Kirmes zurückgekehrt war, nachdem er sich von Carolin verabschiedet hatte, für erwägenswert gehalten. So sehr sogar, dass er beschlossen hatte, einige Kollegen mit Wolfgangs Foto zum Jahrmarkt zu schicken – aber nicht sie. Und das ohne irgendeine Begründung. Sie selbst hatte Carolins Freundin aufsuchen *dürfen*, die die Angaben des Mädchens bestätigte.

»Vielleicht werde ich im Laufe der Ermittlungen auf Sie zurückkommen, Fräulein Schwarz«, hatte Marxen gesagt.

»Vielleicht, vielleicht …« Sie äffte seine Stimme nach, während sie in den Topf schaute. So ein Mist! Die Pilzcremesuppe schlug Blasen, und es roch verbrannt. Ira schaltete hastig die Gasflamme aus, schöpfte Suppe in einen Teller und brockte Brot hinein. Kein kulinarischer Genuss, aber wenigstens sättigend.

Sie hatte gerade den Teller geleert, als es an der Haustür klingelte. Vielleicht ein Freund von Georg. Oder Christoph Gmeiner. Der junge Rechtsanwalt, mit dem sie ins Kino gehen wollte, hatte vielleicht beschlossen, sie zu Hause abzuholen, statt sich am Ring mit ihr zu treffen. Da es in der Wohnung keine Gegensprechanlage gab, öffnete sie das Fenster und beugte sich hinaus. Unten auf der Straße stand, beleuchtet von einer Laterne, die massige Gestalt ihres Kollegen Walter Sievers. Er winkte zu ihr hoch.

»Ira, kann ich mal kurz raufkommen? Ich hab Neuigkeiten.«

»Klar, komm hoch.« Ira betätigte den Türöffner. Walter war ein wirklich unerwarteter Besucher.

Gleich darauf stand er in der Küche und schaute sich um.

»So wohnt ihr also, du und dein Bruder.«

»Ja ...«

»Nett habt ihr's.« Sein Blick fiel auf den blauen Elefanten, den Ira auf das Küchenbüfett gesetzt hatte. »Dein Spielzeug oder Georgs?« Er grinste. »Oder hat ihn dir ein Verehrer auf der Kirmes geschossen?«

»So ähnlich.« Ira mochte Walter nicht sagen, dass Wolfgang Scholzen den Elefanten für Carolin gewonnen hatte. Er sollte keine zotige Bemerkung über die beiden machen.

»Du, ich hab nicht viel Zeit, ich bin gleich noch verabredet.« Was glücklicherweise der Wahrheit entsprach. Aber sie war nicht in der Stimmung, mit Walter über Privates zu sprechen.

»Tja, ich hab gehört, dass du bei der Mutter des ermordeten Jungen warst. Sozusagen als eine Art Krankenschwester.«

Es war immer wieder verblüffend, wie schnell sich Neuigkeiten im Präsidium verbreiteten.

»Und, na ja, ich geh mal davon aus, dass du an dem Fall interessiert bist.« Er drehte seine Mütze in den Händen. »Du bist doch immer so mitfühlend, steigerst dich in Sachen rein.«

»Walter«, sagte Ira drohend, »ich steigere mich in überhaupt nichts rein. Was willst du mir eigentlich mitteilen?«

»Ich war mit ein paar Kollegen auf der Kirmes in Bayenthal. Wir haben das Foto des Jungen herumgezeigt und …«

Für Walter war die Suche auf der Kirmes sicher nur ein ganz normaler Dienst gewesen. Und sie hätte so gern daran teilgenommen. Die Worte des Kollegen streuten Salz in Iras Wunde.

»… der Junge war tatsächlich noch mal auf der Kirmes. Der Betreiber eines Bierstands hat ihn auf dem Foto wiedererkannt.«

Ira horchte auf. »Wolfgang ist wirklich auf den Jahrmarkt zurückgekehrt?«

»Hörst du mir eigentlich zu?« Walter wedelte mit der Hand vor ihren Augen herum. »Ja, er war noch einmal dort, nachdem er sein Mädchen nach Hause gebracht hatte.«

Iras Herz klopfte rascher. »Haben die Leute von dem Stand jemanden mit Wolfgang gesehen?«

»Nee, der Betreiber konnte sich nur daran erinnern, dass er dem Jungen ein Bier ausgeschenkt hat. Danach ist er aus seinem Blickfeld verschwunden.«

»Ist er sonst noch jemandem aufgefallen?«

»Nein, wir haben alle Fahrgeschäfte und Stände abgeklappert. Die Kartenverkäuferin vom Riesenrad hat sich an den Jungen erinnert, sie fand ihn hübsch. Und der Betreiber der Schießbude hat sich auch an ihn erinnert. Er fand das Mädchen in der Begleitung des Jungen sehr hübsch.« Walter grinste wieder. »Ohne das Mädchen hat ihn nur der Betreiber des Bierstands an der Achterbahn bemerkt. Ach ja, Wolfgang Scholzens Fahrrad hat sich inzwischen übrigens gefunden, es war an einem Gitter vor dem Jahrmarkt angeschlossen.«

»Danke, dass du extra vorbeigekommen bist, um mir das zu sagen.« Ira meinte es ehrlich.

»Na ja, war kein großer Umweg.« Walter wohnte in Deutz, dem Stadtteil auf der anderen Rheinseite, der über die nahen Brücken gut zu erreichen war. »Aber wenn du ein schnelles, kühles Bier für mich hättest, würde ich nicht Nein sagen.«

»Tut mir leid, ich hab kein Bier da. Aber ich lade dich demnächst auf eines ein. Versprochen!«

»Ich nehm dich beim Wort!« Walter setzte die Uniformmütze auf und tippte zum Abschied grüßend an die Krempe.

Ein Kollege, der auch Judo trainierte, hatte kürzlich gesagt, Walter habe ein Auge auf Ira geworfen. Was hoffentlich nicht stimmte. Auf der Skala der Männer, in die sie sich verlieben könnte, stand er auf dem letzten Platz. Aber es war wirklich nett von ihm gewesen, ihr von den Ermittlungen auf dem Jahrmarkt zu berichten.

Nachdenklich nahm Ira den Elefanten in die Hände. Eine Weile sann sie vor sich hin. Dann lief sie in den Flur und zog ihren Anorak an. Sie musste einfach den Ort aufsuchen, an dem Wolfgang Scholzen seine letzten glücklichen Stunden verbracht hatte. Ihre Verabredung mit Christoph würde sie verschieben.

11. Kapitel

An einer Würstchenbude biss Ben Weber in einen Hotdog. Er schmeckte nach Kirmes – das Brötchen matschig, der Senf schal und die Wurst fettig. Er war schon ewig nicht mehr auf einem Jahrmarkt gewesen. Das Blinken der Lichter und die Schlagermusik waren grell und billig, und doch ... An diesem herbstlichen Abend erinnerten ihn die Scheinwerfer, die Musik und die bunten Lampen an Rituale, mit denen man böse Geister austrieb. Laut und schrill, um die Toten abzuwehren. Oder die Angst vor dem Tod.

»He, willst du mir nicht was zu trinken spendieren?« Ein blondes, stark geschminktes Mädchen sprach Ben an. Sie trug hochhackige Schuhe, und ein Push-up-BH drückte ihre kleinen Brüste im Ausschnitt hoch. Ihr Röckchen reichte gerade mal knapp bis über den Po. Sie war hübsch, aber wahrscheinlich noch nicht einmal sechzehn.

»Danke, ich bin nicht interessiert.« Ben schüttelte den Kopf.

»Schade.« Das Mädchen zog einen Schmollmund. Es roch nach Alkohol.

Ben holte sein Portemonnaie aus seiner Hosentasche

und gab ihr fünf Mark. »Verschwinde von hier, du bist viel zu jung, um dich zu prostituieren.«

»Willst du wirklich nicht?«

»Nein.«

Ben sah dem Mädchen nach, wie es mit unsicheren Schritten davonstakste und in einer Traube aus Menschen verschwand, die gerade aus der Achterbahn drängten. Wahrscheinlich sprach sie gleich den nächsten Kerl an. Aber wenn er die Polizei verständigt hätte, hätte das dem jungen Ding gewiss mehr geschadet als genutzt.

Er schlenderte weiter. Aus dem Polizeifunk hatte er erfahren, dass eine größere Zahl von Polizisten zur Kirmes abgeordnet worden war. Was natürlich sofort Bens Interesse geweckt hatte. Er hatte richtig vermutet, die Bullen hatten Zeugen nach Wolfgang Scholzen befragt. Und der Junge war am Abend vor seiner Ermordung tatsächlich auf der Kirmes gewesen, zusammen mit einem Mädchen. Das hatte Ben mittlerweile bei den Betreibern und Besitzern von Buden und Fahrgeschäften recherchiert. Er selbst hatte sich als Jugendlicher auch gern auf Jahrmärkten mit Mädels getroffen. Es gab kaum eine bessere Gelegenheit, Händchen zu halten und sich aneinanderzukuscheln, als auf einer Achter- oder in einer Geisterbahn, was danach meist unweigerlich zu heftigem Knutschen in einer dunklen Ecke führte.

Der ermordete Junge – wenige Stunden vor seinem Tod mit seiner Freundin auf einem Jahrmarkt. Was für eine Story. Oder, um es mit einem bürgerlich sentimentalen Begriff zu umschreiben, wie *herzzerreißend*.

Der Blitz einer Fotokamera leuchtete vor Ben auf. Ein

Mann knipste einen Jungen und ein Mädchen – wahrscheinlich seine Kinder – auf einem Pferdekarussell. *Fotografien ...* Ben kam eine vage Idee, was er als Nächstes recherchieren sollte. In diesem Augenblick bemerkte er eine junge Frau, die, ein Limonadenglas in der Hand, einen Getränkestand verließ.

Groß und dünn, die Haare zu einem Pferdeschwanz gebunden. Ein ausdrucksvolles Gesicht, das man nicht so schnell vergaß. Lange Beine, die in Hosen steckten. Ira Schwarz, die Polizistin von der weiblichen Kriminalpolizei, die ihn am Morgen mit einem Jin-Jitsu- oder Judogriff außer Gefecht gesetzt hatte. Eigentlich war sie nicht sein Typ, er mochte es nun mal feminin und nicht burschikos. Aber sie war durchaus attraktiv, und einen ziemlich sexy Hüftschwung hatte sie auch. Nun steuerte Ira Schwarz auf einen Biertisch zu und setzte sich. Es konnte interessant sein, sich mit ihr zu unterhalten.

• • •

Ira nippte an ihrer Limonade. Natürlich hatte sie sich am Bierstand neben der Achterbahn nach Wolfgang Scholzen erkundigt. Aber er war wirklich mit niemandem gesehen worden. Wie tragisch und traurig, dass der Junge noch einmal zur Kirmes zurückgekehrt war. Vielleicht wäre er sonst noch am Leben. Ja, sie war froh, dass sie sich entschieden hatte herzufahren. Christoph hatte zum Glück verstanden, warum sie die Verabredung verschob.

»Immer noch im Dienst, Kriminalhauptmeisterin

Schwarz, oder warum halten Sie sich an einer Limonade fest?«

Ira blickte auf, als sich ein Mann ihr gegenüber an den Biertisch setzte. Blond, ein schmales Gesicht mit arroganten Zügen, eine Nickelbrille wie John Lennon. Es war eindeutig Ben Weber, der Journalist, der sie am Morgen an der Wohnungstür von Frau Scholzen bedrängt hatte.

»Ich werde mein Trinkverhalten nun wirklich nicht vor Ihnen begründen. Aber Sie …«, Ira deutete auf sein Bierglas, »sollten an die 1,5-Promille-Grenze denken, falls Sie mit dem Wagen unterwegs sind.«

»Da bin ich weit drunter. Aber danke für die polizeiliche Belehrung.« Er prostete ihr zu und schenkte ihr ein Lächeln, das wohl entwaffnend sein sollte. »Der Junge war vor seinem Tod hier auf dem Jahrmarkt. Ein wichtiger Fortschritt für die Ermittlung, schätze ich.«

»Woher wissen Sie denn, dass Wolfgang Scholzen auf der Kirmes war?«

»Recherche. Und er hatte ein Mädchen bei sich.«

»Ach ja? Sie glauben doch wohl nicht im Ernst, dass ich mit Ihnen über die Mordermittlung spreche.«

»Sie haben daran teil? Wie interessant.« Ben Weber grinste sie an, wieder auf diese überhebliche Weise. Leider schaltete er schnell. »Ziemlich tragisch, die Freundin auf einem Jahrmarkt auszuführen und wenige Stunden später brutal ermordet zu werden.«

Ira leerte ihr Limonadenglas und stand auf.

»Der Griff, mit dem Sie mich heute Morgen überrumpelt haben, war das Judo oder Jin-Jitsu?«

»Judo.«

»Wie ungewöhnlich für eine Frau.«

»Kommt wahrscheinlich darauf an, welche Eigenschaften Sie Frauen zuschreiben.« Weshalb sprach sie eigentlich noch mit ihm? »Einen schönen Abend noch.« Ira ging einige Schritte, kehrte dann aber noch einmal an den Biertisch zurück. »Haben Sie eigentlich überhaupt keine Gewissensbisse, eine Mutter, deren einziges Kind kurz zuvor brutal umgebracht wurde, mit Ihren Fragen zu belästigen?«

»Ich tue nur meine Arbeit.« Ben Weber zuckte mit den Schultern. »Im Laufe des Tages haben bestimmt etliche Kollegen an der Wohnungstür geklingelt. Ich bin einer von der netteren Sorte, das können Sie mir glauben.«

»Das denken vermutlich auch nur Sie. Außerdem machen Sie es sich wirklich sehr einfach.«

»Und ich wollte überprüfen, ob die Theorie, dass dieser Gebhardt Koch den Jungen aus Rache umgebracht hat, eine gewisse Grundlage hat oder nur erfunden ist.«

»Sie sind also in der Lage, besser zu ermitteln als die Polizei?«

»Das will ich nicht behaupten. Aber *ich* lüge die Öffentlichkeit nicht bewusst an.«

»Voreingenommen sind Sie ja überhaupt nicht!«

»Wenn Kriminalobermeister Karl-Heinz Kurras wegen des Mordes an Benno Ohnesorg verurteilt wird, bin ich gern bereit, meine zugegebenermaßen momentan nicht sehr positive Sicht auf Polizei und Justiz zu revidieren.«

»Nicht wenige Kollegen heißen das Verhalten der Berliner Polizei während des Schah-Besuchs nicht gut.«

»Nicht wenige? Meine liebe Kriminalhauptmeisterin, entweder sind Sie völlig naiv oder dumm. Wobei, für dumm halte ich Sie eigentlich nicht. Die Polizisten, die die Taktik der Berliner Beamten missbilligen, können Sie wahrscheinlich an einer Hand abzählen.«

Was fiel diesem selbstgerechten Schnösel ein? »Ich bin nicht Ihre ›liebe Kriminalhauptmeisterin‹ und …«

»Du Flittchen, du hast mir meine Brieftasche geklaut, gib sie mir sofort wieder!«, brüllte in dem Moment jemand hinter ihnen. Ira drehte sich um. Ein Mann hielt eine junge, blonde Frau am Arm gepackt und versuchte, ihr die Handtasche zu entreißen.

»Das ist nicht wahr! Lassen Sie mich los!« Die junge Frau schluchzte und wehrte sich mit Kräften.

Kirmesbesucher blieben stehen und verfolgten interessiert das Schauspiel.

Ira rannte zu dem Menschenauflauf. »Ich bin Polizistin, was ist hier los?«

»'ne Frau bei der Polizei, seit wann gibt's denn das?«, rief jemand aus der Menge.

»Noch nie was von Emma Peel gehört?«, brüllte ein anderer. Gelächter brandete auf.

»Die hat aber mehr Sex-Appeal.«

»Nehmen Sie's mir nicht übel, Fräulein, aber könnten Sie bitte einen Ihrer Kollegen rufen, einen richtigen Polizisten?« Der Geschädigte wandte sich ihr zu, ein massiger Mann, dessen Glatze im Scheinwerferlicht glänzte.

Ira brach der Schweiß aus, sie versuchte, den Lärm zu ignorieren. Sie zog ihren Ausweis aus der Handtasche und zeigte ihn dem mutmaßlichen Diebstahlsopfer. »Kriminalhauptmeisterin Ira Schwarz. Und Ihr Name ist?«

»Hoffmann.«

»Herr Hoffmann, würden Sie mir bitte schildern, was geschehen ist?«

»Na ja, ich saß zufällig neben diesem Flittchen auf einer Bierbank. Als sie plötzlich aufgesprungen ist, kam mir das komisch vor. Ich hab nach meiner Brieftasche gegriffen, und die war weg. Da bin ich ihr nach ...« Er schüttelte die Taschendiebin grob. Mittlerweile hatte sich ein Kreis von Schaulustigen um sie gebildet.

»Lassen Sie die junge Frau los, Herr Hoffmann!«, befahl Ira. Nach kurzem Zögern kam er der Aufforderung nach.

»Geben Sie mir Ihre Handtasche«, wandte sich Ira an die junge Frau. Die hatte die ganze Zeit mit gesenktem Kopf dagestanden, nun blickte sie auf – und Ira sank das Herz. Sie war so auf den glatzköpfigen Mann und die Menge um sie herum konzentriert gewesen, dass sie auf die Angeschuldigte gar nicht richtig geachtet hatte. Die junge, stark geschminkte Frau war eigentlich ein Mädchen. Hanni Zirner, vierzehn Jahre alt und bei der Weiblichen Kriminalpolizei keine Unbekannte. In den vergangenen Jahren war sie immer wieder wegen Ladendiebstahls und Herumtreiberei aufgegriffen worden. Bisher hatte Clara Wiener sie vor dem Erziehungsheim bewahren können. Aber nun war das vorbei. Diese kleine Idiotin!

Hannis verweintes Gesicht hatte einen schuldbewussten Ausdruck angenommen. Widerstandslos ließ sie sich von Ira die Handtasche abnehmen. Ira öffnete das Ding aus rotem Lackleder. Schminkutensilien, ein Stofftaschentuch, eine kleine Geldbörse aus Plastik und eine Brieftasche.

»Ist das Ihre?« Sie zeigte die Brieftasche Herrn Hoffmann.

»Ja, allerdings ...« Er streckte die Hand danach aus.

Ira öffnete sie. Achtzig Mark in Scheinen steckten darin und ein Führerschein, auf Walter Hoffmann ausgestellt. Er sagte die Wahrheit.

»Ist der Inhalt noch vollständig?« Ira reichte ihm die Brieftasche.

Er sah rasch in den Fächern nach, dann nickte er. »Ja, ist noch alles drin.«

»Wollen Sie Anzeige erstatten?«

»Natürlich!« Im Brustton der Überzeugung vorgetragen. Etwas anderes war auch nicht zu erwarten gewesen. Ira biss sich auf die Lippen und zog ihr Notizbuch hervor, um die vollständigen Personalien aufzunehmen. Hanni schluchzte leise.

»Kriminalhauptmeisterin, Sie wollen doch nicht eine Anzeige gegen das Mädchen aufnehmen und den Kerl, der sich an die Kleine rangemacht hat, davonkommen lassen?«

Ira drehte sich um. Ben Weber hatte sich zwischen den Menschen durchgedrängt. Der hatte ihr gerade noch gefehlt!

»He, was wollen Sie damit sagen?« Hoffmann fuhr ihn an.

»Ja, was möchten Sie damit zum Ausdruck bringen?« Ira wandte sich Ben zu.

»Von wegen, dieser Kerl saß zufällig neben der Kleinen!

Ich hab gehört, wie sie ihn angequatscht hat, ob er ihr nicht was zu trinken spendieren würde. Saubere Absichten hatte der bestimmt nicht, als er zugestimmt hat. Und das Mädchen ist doch, wenn's hoch kommt, gerade mal sechzehn.«

»Der Gammler lügt!« Doch Hoffmanns Blick irrte kurz zur Seite, auf seiner Glatze schimmerten Schweißperlen. Er sagte ganz sicher nicht die Wahrheit. Und Ben Weber? Irgendetwas in seiner lässigen Haltung signalisierte Ira, dass auch er log. Machte er sich nur einen Spaß, oder wollte er Hanni Zirner helfen?

»Ich kenne das Mädchen. Sie ist vierzehn.« Ira blickte Hoffmann an. »Und trotz der Schminke ist nicht zu übersehen, dass sie nicht volljährig ist.«

»Allerdings!« Wieder Ben Weber.

»Das stimmt.« Andere Schaulustige mischten sich nun ein.

»Bei dem dürren Körper und dem mageren Busen.«

»Ach, im Gesicht sieht man's auch.«

»Herr Hoffmann«, Ira sah ihm in die Augen, »wenn Sie zum Unterschreiben der Anzeige aufs Polizeipräsidium kommen, muss ich Sie bitten, sich für weitere Fragen zur Verfügung zu halten. Sittliche Gefährdung Minderjähriger ist eine Straftat.«

»Das lass ich mir nicht anhängen! Ich hab das Flittchen zu gar nichts eingeladen.«

»Herr Hoffmann, Ihre vollständigen Personalien!«

»Sie können mich mal, Fräulein!« Hoffmann drängte sich grob zwischen den Umstehenden hindurch und verschwand.

Ira atmete tief durch. Dann fasste sie Hanni Zirner am Arm. »Wir beide gehen jetzt.« Zu ihrer Erleichterung trottete das Mädchen neben ihr her, ohne sich zu wehren. Die Menge machte ihnen Platz.

»He, Kleine, wenn du Hilfe gegen die Polizei oder das Jugendamt brauchst, erreichst du mich beim Rheinischen Anzeiger.« Ben Weber reichte Hanni eine Visitenkarte, doch Ira riss sie ihm aus der Hand.

»Geh'n Sie mir bitte aus dem Weg!«, fauchte sie. Beinahe wäre ihr Ben Weber ein bisschen sympathisch gewesen. Aber das war nun schon wieder vorbei.

•••

Ben blickte Ira nach, die das Mädchen wegführte. Die Menge zerstreute sich. Von der Achterbahn war lautes Kreischen zu hören, und der Lichtkegel eines sich drehenden Scheinwerfers tauchte alles in ein gleißendes Licht. Wie gut, dass er geblufft hatte. Und Kriminalhauptmeisterin Schwarz hatte seine Vorlage – die auf seiner vorherigen Begegnung mit der Kleinen und schlichter Küchenpsychologie basiert hatte – tatsächlich dankbar angenommen. Vielleicht bestand bei ihr ja Hoffnung, dass der Polizeiapparat sie noch nicht gänzlich des eigenen Denkens beraubt hatte.

Langsam ging Ben einige Schritte weiter. Irgendetwas war ihm eingefallen, ein Gedanke, eine Idee, kurz bevor er Ira Schwarz an dem Biertisch mit ihrer Limonade gesehen hatte. Was war es nur gewesen?

Die Wagen der Achterbahn kamen zum Stehen. Menschen kletterten heraus. Andere warteten. Ben sah auf die Wand hinter dem Fenster mit der Kartenausgabe, und da fiel ihm wieder ein, was er vorhin hatte tun wollen.

Der Wohnwagen stand ganz am Rand des Platzes, zwischen niedergetrampelten Brennnesseln und Gestrüpp. Ein schmaler Streifen Licht fiel hinter einer Gardine hervor. Der Boden war matschig und voller Pfützen. Ben stieg über einige elektrische Kabel, die im Gras lagen, dann ging er die Stufe zur Tür hinauf und klopfte.

»Wer ist denn da?« Eine Frauenstimme.

»Ben Weber vom Rheinischen Anzeiger. Die Ticketverkäuferin von der Achterbahn hat mir gesagt, dass Sie auf der Kirmes mit einer Sofortbildkamera fotografieren. Darüber würde ich gern mit Ihnen sprechen.« Die Aufnahmen mit den typischen ausgebleichten Farben hatte er in dem Kartenhäuschen gesehen.

»Ja und?« Die Tür wurde einen Spaltbreit geöffnet. Dahinter erschien ein von dunklen Locken umrahmtes Gesicht. Schätzungsweise war sein Gegenüber Anfang oder Mitte zwanzig.

»Ich recherchiere über einen Jungen, der vorgestern brutal ermordet wurde. Wolfgang Scholzen ist sein Name. Die Polizei hat sich heute auf der Kirmes nach ihm umgehört und ...«

Die Frau fiel ihm brüsk ins Wort: »Davon weiß ich nichts.«

Bestimmt hatte sie davon erfahren. Derartige Neuigkeiten verbreiteten sich immer schnell. Aber das Verhältnis zwischen der Polizei und den Schaustellern war nicht gut; für die Behörden waren sie kaum besser als die als Asoziale und Kriminelle stigmatisierten Zigeuner. Wahrscheinlich hatte die Kirmes-Fotografin schlechte Erfahrungen mit der Polizei gemacht.

»Wie heißen Sie denn?« Ben lächelte sie an. Normalerweise konnte er sich auf seinen Charme verlassen. Hoffentlich auch jetzt.

»Marlies.« Sie zuckte mit den Schultern.

Das war doch ein Anfang. »Marlies, könnten Sie sich dieses Bild bitte einmal ansehen?« Ben zeigte ihr die Aufnahme von Wolfgang Scholzen, die er im Laufe des Tages in der Redaktion abgeholt hatte. »Der Junge war mit seiner Freundin auf der Kirmes. Könnte es sein, dass Sie die beiden vielleicht fotografiert haben?«

»Ich glaub nicht. Aber beschwören kann ich's nicht. Ich seh jeden Tag so viele Menschen.«

»Haben Sie denn noch Fotos von vorgestern Abend?« Eine Aufnahme von Wolfgang und seiner Freundin wäre der journalistische Super-Coup, und Ben war bereit, dafür seine Seele dem Teufel zu verkaufen – wenn denn das eine oder das andere überhaupt existierte.

»Hören Sie, das mit den Sofortbildern ist speziell. Ich fotografiere nicht drauflos. Dafür ist der Film viel zu teuer. Im Allgemeinen frag ich die Leute, ob sie ein Foto haben wollen. Vor allem Pärchen oder die Eltern von kleinen Kindern sind daran interessiert. Dann erst mache ich das Bild. Und wenn die Leute es kaufen, dann ist es weg. Ich hab keine zweite Aufnahme, und es gibt auch keinen Film mit Negativen.« Sie fuhr mit den Händen durch die Luft, um die Endgültigkeit der Aussage zu unterstreichen.

»Aber es kommt hin und wieder einmal vor, dass das Bild dann doch nicht gekauft wird, weil es den Leuten nicht gefällt, oder?«

»Ja, leider. Manchmal sagen die Leute auch, sie möchten ein Foto, obwohl sie eigentlich gar nicht daran interessiert sind. Nur, um sich einen Spaß zu machen. Betrunkene fotografiere ich deshalb grundsätzlich nicht mehr. Da bin ich schon zu oft reingefallen.«

»Was machen Sie denn mit den Bildern, die Sie nicht verkaufen können?«

»Gelungene heb ich auf und nutze sie als Werbung. Wie die, die Sie im Tickethäuschen vom Riesenrad gesehen haben.«

»Sind Sie auch vorgestern Aufnahmen nicht losgeworden?«

»Sie sind wirklich hartnäckig.« Sie seufzte. »Ja, es gab einige.«

»Könnte ich die einmal sehen? Falls zufällig ein Foto von dem Jungen und seinem Mädchen dabei sein sollte, würde ich mich das etwas kosten lassen.«

»Na gut, wenn es Ihnen so wichtig ist, kommen Sie rein.« Sie gab Ben den Weg frei. Der Wohnwagen war spärlich eingerichtet, aber sauber. Eine Kochplatte stand auf einem Schrank neben einer Spüle. Marlies war älter, als Ben zuerst gedacht hatte. Eher Mitte dreißig als Mitte zwanzig. Im Deckenlicht zeichneten sich Falten neben ihrem Mund ab, und sie hatte müde Augen.

»Das sind die Bilder von den letzten sechs oder acht Tagen. Ich weiß nicht mehr genau, welche von vorgestern sind.« Sie nahm einen Packen Fotografien von einem Wandbrett und reichte sie ihm. Dann räumte sie das bunte Keramikgeschirr mit den Resten einer Abendmahlzeit von einem Klapptisch. »Wenn Sie wollen, setzen Sie sich.«

»Das ist nett.« Ben sah die etwa drei Dutzend Aufnahmen schnell durch. Wie sie gesagt hatte, Kinder und Pärchen. Es war kein Bild von Wolfgang und seinem Mädchen darunter. Schade, aber es war einen Versuch wert gewesen. »Sie haben einen guten fotografischen Blick.«

»Tatsächlich?« Sie schien ihm das ernst gemeinte Kompliment nicht abzunehmen.

»Danke und einen schönen Abend noch.« Ben stand auf. »Und falls Ihnen noch was einfällt, hier ist meine Visitenkarte.« Er legte das Kärtchen auf den Tisch.

»Das wird nicht nötig sein.« Sie drehte den Wasserhahn am Spülbecken auf und warf eine Käserinde und ein Apfelgehäuse von einem Teller in einen Abfalleimer. Ben verabschiedete sich.

Draußen blickte er auf seine Armbanduhr und ging in Richtung Parkplatz. Kurz vor zehn. Er würde nach Hause fahren und nachsehen, ob der Obduktionsbericht im Briefkasten lag. Und wenn nicht, würde er zur Party eines Freundes gehen. Ein warmer, weicher Frauenkörper, Sex, *Leben*, das war das Richtige für diesen herbstlichen Abend mit dem kühlen Odem der Vergänglichkeit. Nicht mehr an Wolfgang Scholzen denken und an Horst, den Freund, der sein Leben so gründlich verpfuscht hatte.

»He, warten Sie.«

Ben drehte sich um. Marlies kam hinter ihm hergerannt. »Als ich den Abfall weggeworfen hab, hab ich ein paar Fotos im Eimer gesehen. Ich hatte sie ganz vergessen. Das ist eines davon.« Sie reichte ihm ein klebriges Bild. Ihre Stimme klang aufgeregt. »Einen Moment, bevor ich auf den Auslöser gedrückt hab, ist das Pärchen, das sich fotografieren lassen wollte, ein paar Schritte zur Seite gegangen, sie haben plötzlich einen Bekannten gesehen, wollten zu ihm. Deshalb wurde das Bild nichts, und ich musste es noch mal machen.«

»Ja?« Ben trat ein Stück nach rechts, in das Licht einer Leuchtreklame. Die Rückseite des Fotos war braun verfärbt, als hätte es auf einem Teebeutel gelegen.

Er drehte es um. Als er sah, was das Foto zeigte, hielt er den Atem an. Ganz am Rand bewegte sich jemand aus dem Bild. Aber im Hintergrund ... Da fiel das Licht eines Scheinwerfers auf Wolfgang Scholzen. Er saß, eine Zigarette in der Hand, auf einer Kabeltrommel. Neben ihm stand jemand im Schatten, halb abgewandt von der Kamera. Ein langhaariger, bärtiger Mann, der einen großen Hut trug.

12. Kapitel

Ira behielt die Tür zu den Toiletten im Auge. Eigentlich hatte sie Hanni Zirner direkt nach Mülheim fahren wollen, es sich dann aber anders überlegt und bei einem Lokal in der Nähe der Deutzer Brücke haltgemacht. Bestimmt waren schon zehn Minuten vergangen, seit sie das Mädchen auf der Damentoilette allein gelassen hatte. Vorher hatte sie sich noch vergewissert, dass es keine Hintertür und keine Fenster gab, durch die Hanni davonlaufen konnte. Ob sie nicht doch noch einmal nach ihr sehen sollte? Als sie gerade aufstehen wollte, kam das Mädchen in den Gastraum. Den Lippenstift und die Schminke hatte sie sich auf Iras Geheiß hin abgewaschen. Unter einem Auge klebte noch ein bisschen verschmierte Wimperntusche, was sie irgendwie sehr kindlich und schutzbedürftig wirken ließ. Ira verhärtete ihr Herz. Sie war immer noch zornig auf das Mädchen.

»Trink das!« Ira schob ihr eine Tasse mit starkem Kaffee zu, die der Wirt inzwischen zu ihrem Tisch hinten in der getäfelten Gaststube gebracht hatte. »Zeit zum Ausnüchtern.«

Mit gesenktem Kopf gab Hanni Milch und Zucker hinein. Ira wartete, bis sie die dickwandige Tasse geleert hatte.

»Du bist dir darüber im Klaren, dass der Taschendiebstahl und deine Aufmachung als minderjährige Prostituierte dich in ein Erziehungsheim bringen werden?«

Ein leises »Ja, schon« war die Antwort.

»Was hat dich denn dazu veranlasst?«

Hanni fixierte die Tasse und zuckte stumm mit den Schultern. Ira wusste von Fortbildungen, dass es Kolleginnen gab, die Kinder und Jugendliche schlugen. Ira hieß das nicht gut, und sie war froh, dass Clara Wiener es allen ihren Beamtinnen strikt untersagt hatte. Aber Hannis Passivität machte sie so wütend, dass sie nahe daran war, das Mädchen zu ohrfeigen.

»Wie bist du denn an diesen Hoffmann, das Opfer deines Taschendiebstahls, geraten?«

»Ich hab Männer angesprochen, ob sie mir nicht was zu trinken kaufen wollen.«

»Mit dem Ziel, Ihnen die Geldbörse zu klauen?«

»Ja ... Nein, ich hab gedacht, vielleicht ist ja auch ein netter darunter. Wie der Mann, dieser Journalist, der sich für mich eingesetzt hat. Den hab ich angesprochen, weil er mir gefallen hat. Ich hätt nichts dagegen gehabt, mit ihm rumzumachen. Aber er hat mir Geld gegeben und gesagt, ich soll nach Hause fahren. Die Kirmes wär kein Ort für mich.«

Sieh an! So viel Vernunft hätte Ira Ben Weber gar nicht zugetraut. Auch wenn es natürlich am besten gewesen wäre, wenn er die Polizei verständigt hätte, dass da ein sehr nuttig zurechtgemachtes minderjähriges Mädchen Männer ansprach. »Und dann?«

»Dann hab ich noch ein paar Männer angequatscht.

Aber die haben mich auch weggeschickt. Und dann den Hoffmann. Und der hat mir eine Limonade gekauft und mich neben sich auf die Bierbank gezogen. Und dann hat er mir unter den Rock gefasst. Er hat vorher gar nicht gemerkt, dass ich seine Brieftasche genommen hab. Als er mir zwischen die Beine gegriffen hat, bin ich weggerannt.«

Also hatte Ben Webers Schilderung der Wahrheit entsprochen. Ob er das wirklich beobachtet oder es sich nur zusammengereimt hatte? Aber das war im Moment gleichgültig.

Ira schwieg. Hinter dem Tresen polierte der Wirt Biergläser und stellte sie dann auf ein Regal. Er war nicht sehr begeistert gewesen, als sie mit dem Mädchen in das Lokal gekommen war, und Ira hatte ihm ihren Dienstausweis zeigen müssen, sonst hätte er sie wahrscheinlich hinausgewiesen. »Dafür, dass du oft die Schule schwänzt und kaum Hausaufgaben machst, hast du erstaunlich gute Noten. Wenn du dich ein bisschen anstrengen würdest, könntest du einen richtig guten Volksschulabschluss machen.«

»Ich geh nach der Schule sowieso in die Fabrik.« Wieder dieses Schulterzucken, das Ira rasend machte.

»Willst du das denn?«

»Eine andere Arbeit kriegen wir aus der Hacketäuer Kaserne ja doch nicht.«

In der Hacketäuer Kaserne lebten arme und bedürftige Menschen oft unter erbärmlichen Bedingungen. Ganze Familien mussten in ein oder zwei Zimmern hausen. Nicht selten waren die Wände voller Schimmel. Die häufig verstopften Toiletten befanden sich im Treppenhaus. Die Hacketäuer Kaserne war schlecht beleumdet, ein Sammelbecken für viele, die ihre Miete nicht mehr zahlen konnten oder denen die bisherige Bleibe gekündigt worden war, und die wegen der wachsenden Wohnungsnot in der Stadt und den steigenden Mieten kein anderes Zuhause mehr fanden. Hannis Vater arbeitete im Ausland auf dem Bau. Ihre Mutter ging putzen. Aber die neunköpfige Familie konnte sich trotzdem keine normale Wohnung leisten.

»Mit einem guten Zeugnis hättest du Chancen, der Hacketäuer Kaserne zu entkommen. Dein Leben ist nicht festgelegt. Du musst aber dafür kämpfen, dass es sich zum Besseren wendet.«

»Ich kann daheim nicht lernen.«

Was Ira verstehen konnte. Hannis Mutter lebte mit den sieben Kindern in zwei Zimmern. Herr Zirner kam nicht oft nach Köln. Aber wenn, dann schwängerte er seine Frau – so schien es – jedes Mal. Die Jüngsten waren zwei und vier Jahre alt. Hoffentlich würde sich Frau Zirner trotz ihres katholischen Glaubens doch noch dazu durchringen, die Pille zu nehmen. Als verheiratete Frau mit mindestens drei Kindern konnte man sich das Verhütungsmittel verschreiben lassen.

»Gibt es denn einen Beruf, den du gern erlernen würdest? Nach einer Lehre könntest du auch die höhere Fachschule besuchen. Ich habe dort Sozialarbeit studiert, bevor ich zur Polizei gegangen bin.«

Hanni sah rasch auf. »Zur Polizei will ich nicht.«

»Das habe ich auch nicht erwartet.« Gegen ihren Willen musste Ira lächeln.

»Ich möchte zum Theater oder zum Film.«

Natürlich ... Ira unterdrückte einen Seufzer.

»Wir waren mal mit der Schule im Theater und auch hinter der Bühne. Wir durften zusehen, wie eine Frau eine Schauspielerin geschminkt hat. Erst war die ganz unscheinbar. Aber dann, mit der Schminke, hat sie sich verwandelt. Sie war plötzlich ein ganz anderer Mensch, strahlend und schön.« Sehnsucht schwang in Hannis Stimme mit, und ihre Augen leuchteten plötzlich. Ob sie sich auch deshalb all die Schminkutensilien zugelegt hatte? Weil sie sich verwandeln wollte? Nun, daran, Make-up richtig aufzutragen, musste sie wirklich noch arbeiten.

»Dieser Beruf heißt Maskenbildnerin.« Ira fasste einen Entschluss. »Ich fahre dich jetzt nach Hause. Morgen nach der Schule kommst du ins Polizeipräsidium. Frau Kriminalrätin Wiener und ich werden beraten, ob es für dich noch einmal eine Chance gibt, nicht in ein Erziehungsheim eingewiesen zu werden. Ich kann dir nicht versprechen, dass du noch einmal davonkommst. Aber wenn du nicht im Präsidium erscheinst, wird es ganz sicher das Erziehungsheim werden. Hast du mich verstanden?«

»Ich werde kommen.« Hannis Stimme war ganz leise.

Ob sie sich daran halten würde? Ira hoffte es. Aber sicher war sie sich nicht.

• • •

Die Fotografie von Wolfgang Scholzen mit dem langhaarigen, bärtigen Mann im Schatten zu ergattern war ein wirklicher journalistischer Coup. Als Ben Weber seine Haustür in Neu-Ehrenfeld aufschloss, war er immer noch wie elektrisiert von seiner Entdeckung.

Im Briefkasten innen neben der Haustür steckte etwas. Er zog einen großen Umschlag aus braunem Behördenpapier heraus und warf einen raschen Blick hinein. Eine Abschrift des Obduktionsberichts. Katja hatte Wort gehalten und ihn noch an diesem Abend vorbeigebracht. Vielleicht enthielt er ja neue Erkenntnisse und verriet mehr, als dass der Junge brutal erschlagen worden war.

Oben in der Wohnung legte Ben die Fotografie und den Umschlag auf seinen Schreibtisch. Er hatte sich eben ein Bier aus dem Kühlschrank geholt, als das Telefon klingelte. Jemand vom Spätdienst aus der Redaktion?

Er griff nach dem Hörer. »Weber.«

Eine Frauenstimme, exaltiert und ein bisschen angetrunken, drang an sein Ohr, im Hintergrund spielte laute Musik. »Hallo Ben, ich bin's, Sylvia. Ich bin gerade auf einer Party ganz in der Nähe, und ich dachte, vielleicht hast du ja Lust vorbeizukommen.«

Sylvia ... Wer war Sylvia? Er öffnete die Bierflasche mit seinem Feuerzeug. »Oh, hallo!«

»Ich hab's vorhin schon mal bei dir probiert, aber da hab ich nur den Anrufdienst erreicht. Ist ja toll, dass ich dich doch noch erwische.«

Anrufdienst ... Etwas an der Stimme kam Ben nun doch bekannt vor. Natürlich, Sylvia war Daniela/Sabine/Jutta, die umwerfend attraktive Frau, die am gestrigen Morgen in seinem Bett gelegen hatte.

»Nett, dass du dich meldest. Ich muss noch ’ne Stunde arbeiten, dann komm ich vorbei.« Ben notierte die Adresse, kaum fünf Minuten entfernt, und trank einen großen Schluck Bier. Ja, Musik, Tanzen und Sex waren genau das Richtige für eine Nacht wie diese, die einem die eigene Sterblichkeit nur zu bewusst machte.

Dann setzte Ben sich an den Schreibtisch, nahm den Obduktionsbericht in die Hand und kämpfte wenig später gegen einen Brechreiz an. Am ganzen Körper des Jungen gab es kaum einen Knochen, der heil geblieben war. Und schließlich war der Leichnam auch noch mit hochprozentigem Alkohol übergossen und angezündet worden.

Mein Gott, warum hatte der Mörder dem Jungen nur all das angetan?

13. Kapitel

Mittwoch, dritter Tag

Ira nickte dem Kollegen am Eingang des Polizeipräsidiums zu und unterdrückte nur mit Mühe ein Gähnen. Dann ging sie zur Kantine. Sie benötigte jetzt dringend einen starken Kaffee. In der vergangenen Nacht hatte sie Hanni Zirner an die entsetzte Mutter in der Hacketäuer Kaserne übergeben und versucht, die völlig aufgelöste Frau zu beruhigen. Schläge halfen bei Hanni sicher nicht weiter. Erst nach zwölf war Ira dann zu Hause gewesen und hatte lange nicht einschlafen können. Sie war zu aufgewühlt gewesen.

In der Kantine – ein weitläufiger, heller Raum, der mit modernen Möbeln und Lampen aus Kunststoff ausgestattet war – hielten sich jetzt, am Morgen, nur wenige Kollegen auf. Ira bezahlte ihr Kännchen Kaffee an der Theke und steuerte mit ihrem Tablett einen abseits gelegenen, freien Tisch an. Sie war nicht in der Stimmung für Klatsch und Tratsch.

Sie hatte ihr Tablett eben abgestellt, als sie Kriminalrätin Clara Wiener an einem Tisch vor einem Fenster sitzen sah. Die Vorgesetzte wirkte ganz in sich versunken, ja geistesabwesend. So kannte Ira sie gar nicht. Clara Wiener war immer so präsent und voller Energie. Aber sie hätte es ohnehin nicht gewagt, sich unaufgefordert zu der Kriminalrätin zu setzen, und so verbot es sich erst recht.

In diesem Moment blickte Clara Wiener auf. Kurz schien sie sich besinnen zu müssen, wo sie sich befand, doch dann lächelte sie und winkte Ira an ihren Tisch. »Ira, setzen Sie sich doch zu mir.«

»Guten Morgen, Frau Kriminalrätin.« Ira nahm ihr gegenüber Platz. Auch die Vorgesetzte schien eine schlechte oder zu kurze Nacht gehabt zu haben, denn ihre Augen waren rot vor Müdigkeit. Oder hatte sie etwa geweint? Aber das war irgendwie undenkbar.

Clara Wiener beugte sich vor. »Nun ist glücklicherweise ja klar, wo sich Wolfgang Scholzen am Abend, bevor er ermordet wurde, aufgehalten hat. Und nach allem, was ich gehört habe, haben Sie an der Aufklärung einen nicht unbeträchtlichen Anteil, Ira. Das haben Sie wieder gut gemacht.«

Ob Hauptkommissar Marxen das auch so sah? Aber immerhin wusste die Kriminalrätin ihre Arbeit zu schätzen. Ira errötete ein bisschen über das Lob. »Im Tagebuch des Jungen habe ich gelesen, dass er in ein Mädchen verliebt war. Das hat mich auf die Spur gebracht. Ich war gestern Abend nach Dienstschluss auf der Kirmes in Bayenthal, Frau Kriminalrätin. Ich wollte einfach sehen, wo Wolfgang die letzten Stunden seines Lebens verbracht hat. Dort habe ich dann zufällig Hanni Zirner aufgegriffen.« Ira berichtete der Vorgesetzten, was sich zugetragen hatte. »Ich habe dem Mädchen gesagt, dass sie heute Nachmittag ins Präsidium kommen und sich bei Ihnen melden muss. Ich weiß, Hanni hat ein langes Sündenregister. Aber ich glaube, ein Erziehungsheim würde alles noch schlimmer machen. Vielleicht hat sie ja doch noch eine Chance verdient. Die Lebensumstände in der Hacketäuer Kaserne sind wirklich schwierig.« Ira brach verlegen ab. Ihr Tonfall klang viel zu flehend.

»Dass dieser Hoffmann, dem Hanni die Brieftasche gestohlen hat, keine Anzeige erstatten wird, macht alles einfacher. Ich halte das Mädchen auch für sehr intelligent, und die Wohnsituation ist ein Jammer. Ich spreche mit Hanni und überlege dann, was das Beste für sie ist.«

»Danke, Frau Kriminalrätin.«

Hoffentlich verbockte Hanni nicht wieder alles, sondern kam tatsächlich ins Polizeipräsidium. Ira ballte unwillkürlich die Hände zu Fäusten.

»Manchmal frage ich mich, ob wir mit unserer Arbeit überhaupt etwas bewirken.« Clara Wiener holte das Döschen mit der Creme aus ihrer Handtasche und begann wieder einmal, ihre schönen Hände sehr sorgfältig einzureiben.

»Wie meinen Sie das, Frau Kriminalrätin?«

»Sie erinnern sich doch sicher an Susanne Hennrichs?«

»Ja, natürlich.« Nachbarn hatten vor ein paar Wochen, aufgeschreckt von den Schmerzensschreien des kleinen Mädchens, die Polizei alarmiert. Der Vater hatte die Vierjährige mit einem glühenden Schürhaken traktiert. Vorher hatte das Kind in einer Pflegefamilie gelebt. Doch ein Richter hatte der Klage des Vaters – trotz Clara Wieners Warnungen – entsprochen und das Mädchen zurück in die eigene Familie gegeben. Ira war nicht in den Fall involviert gewesen, aber die Fotografien des geschundenen kleinen Körpers auf dem Schreibtisch einer Kollegin verfolgten sie immer noch.

»Gestern ist das Kind an den Folgen der Misshandlungen im Krankenhaus gestorben.« Die Stimme der Kriminalrätin klang plötzlich zornig und doch auch brüchig.

Ira verschlug es die Sprache.

Clara Wieners Blick irrte zu den Fenstern, und für einen Moment wirkte sie erneut, als sie in Gedanken meilenweit entfernt.

Dann stand sie auf und wandte sich wieder Ira zu. »Hauptkommissar Marxen möchte, dass Sie an der Haus-zu-Haus-Befragung in den Straßen in der Nähe der Kirmes teilnehmen. In einer halben Stunde findet eine Besprechung in seinem Büro statt.«

»Oh, wirklich?« Ira war überrascht und froh, an der Ermittlung weiter teilhaben zu dürfen. Hier konnte sie endlich etwas bewirken.

• • •

Etwa zur gleichen Zeit betrat Ben Weber das Büro des Hauptkommissars. Der diensthabende Polizist am Eingang hatte ihn telefonisch angekündigt.

»Was haben Sie für mich, Herr Weber?« Marxen betonte das *Herr* ironisch. Wie schon am Vortag bei der Pressekonferenz sah er schlecht aus, das Gesicht grau und zerfurcht, als ob er Schmerzen litte.

»Das hier ...« Ben zog die Fotografie von der Kirmes vorsichtig aus einem Umschlag und legte sie auf den Schreibtisch. Marxen beugte sich vor, und Ben hörte, dass er scharf die Luft einsog. Wie schon beim ersten Ansehen überlief Ben wieder eine Gänsehaut.

Er konnte Marxens Anspannung fühlen. In diesem Moment wollten sie beide nichts dringender, als dass der Mörder gefasst wurde.

Marxen lehnte sich zurück und musterte Ben. Die Gemeinsamkeit zerstob. »Von dem Vollbart abgesehen, könnten Sie das sein, Herr Weber.« Er deutete auf den Mann im Schatten. Seine Stimme klang trocken.

Sieh an, der Hauptkommissar hatte Humor. »Ich bin größer als der Kerl neben Wolfgang Scholzen. Außerdem habe ich für die Nacht, in der der Junge umgebracht wurde, ein Alibi. Ich war mit einer Frau im Bett.«

»Liege ich falsch mit der Annahme, dass Sie mit der Dame nicht verheiratet sind?«

»Wollen Sie mir mit dem Kuppelparagrafen drohen?« Dieses bescheuerte Gesetz verbot es unverheirateten Paaren, gemeinsam in einer Wohnung zu übernachten. Die Vermieter oder auch die Eltern konnten wegen Kuppelei angezeigt werden.

»Woher haben Sie das Bild, Herr Weber?« Die Frage kam schnell, der Tonfall war scharf. Das Geplänkel war vorbei.

»Die Fotografin zieht es vor, der Polizei gegenüber anonym zu bleiben. Sie hat wohl schlechte Erfahrungen mit Ihren Leuten gemacht.«

»Das ist eine Behinderung polizeilicher Ermittlungen. Wie Sie als Sohn eines Oberstaatsanwalts wissen sollten, Herr Weber.«

»Als Journalist darf ich meine Quellen verschweigen. Und zwar auch gegenüber der Polizei, das wissen Sie ganz genau. Außerdem sollten Sie sich bei mir bedanken, Herr Hauptkommissar, dass ich meine staatsbürgerlichen Pflichten erfüllt und Ihnen diese Fotografie zur Verfügung gestellt habe.«

Marxen schnaubte. »Werden Sie das Bild veröffentlichen?«

»Ja natürlich, ich habe es abfotografieren lassen.«

»Gut, auch wenn der Kerl im Schatten kaum zu erkennen ist, hilft es vielleicht trotzdem weiter.«

»Was mich noch interessieren würde, Herr Hauptkommissar: Gehen Sie eigentlich immer noch ernsthaft davon aus, dass Gebhardt Koch den Jungen umgebracht hat?« Nachdem Ben den Obduktionsbericht gelesen hatte, konnte er sich das erst recht nicht mehr vorstellen.

Marxen warf ihm einen strengen Blick zu. »Nein, davon gehe ich nicht mehr aus.«

»Darf ich Sie damit zitieren?«

»Von mir aus.«

»Gibt es irgendwelche neuen Erkenntnisse, die Sie mir gerne mitteilen würden?«

»Hau'n Sie ab, Weber.«

»Auf Wiedersehen, Herr Hauptkommissar.«

Irgendwie hatte Ben das Gefühl, dass die Polizei nach wie vor völlig im Dunkeln tappte. Und wie sollte er selbst weiter vorgehen?

• • •

Am späten Vormittag verlagerte Hauptkommissar Marxen im Paternoster sein Gewicht von seinem schmerzenden Bein auf das andere und hoffte, dass der Polizeipräsident dies nicht bemerkte. Auf dem Weg von den Vernehmungsräumen zu seinem Büro war er Achern begegnet, und sie waren zusammen in den Aufzug gestiegen.

»Du bist dir immer noch sicher, dass es die richtige Entscheidung war, Gebhardt Koch gehen zu lassen, Karl?« Der Polizeipräsident klang nicht ganz überzeugt.

»Drei Teilnehmer der Doppelkopfrunde haben mittlerweile bestätigt, dass sie mit Koch von neun Uhr abends bis weit in den Morgen zusammen waren. Der Kellner des Wirtshauses hat es auch bezeugt. Es hätte nichts gebracht, Koch noch länger festzuhalten. Mit ihm hätten wir nur unsere Zeit verschwendet.«

»Du glaubst also auch, dass der Junge seinem Mörder auf der Kirmes in Bayenthal begegnet ist?«

»Mein Bauchgefühl sagt mir: ja. Außerdem hat dieser Schreiberling Ben Weber ein Polaroidfoto aufgetan, das Wolfgang Scholzen auf der Kirmes mit einem bärtigen, langhaarigen Mann zeigt. Es ist zumindest nicht ausgeschlossen, dass dieser Gammler der Mörder ist.«

»Ben Weber ist auf so ein wichtiges Foto gestoßen, und nicht deine Leute?« Achern gab sich keine Mühe, seinen Ärger zu verbergen.

»Ich bin damit alles andere als glücklich. Das kannst du mir wirklich glauben.« Vielleicht war er ja tatsächlich nicht mehr imstande, eine Ermittlung effektiv zu leiten.

Ein uniformierter Polizist wollte den Paternoster betreten, wich jedoch eilig zurück, als er den Hauptkommissar und den Polizeipräsidenten bemerkte.

»Was hast du unternommen, um die Ermittlung voranzutreiben, Karl?«

»Beamte führen Haus-zu-Haus-Befragungen in den Straßen rund um die Kirmes durch. Wenn dem Jungen auf dem Jahrmarkt ein Betäubungsmittel verabreicht wurde – und ich halte es für sehr wahrscheinlich, dass dies dort geschah –, muss ihn sein Mörder mit einem Auto zu der Garage gebracht haben. Ich hoffe, dass jemand von den Anwohnern die beiden gesehen hat.«

»Was ist mit den Parkplätzen bei der Kirmes? Könnte der Täter seinen Wagen nicht auch dort abgestellt haben?«

»Auf einem Parkplatz herrscht meistens ziemlich viel Betrieb. Die Wahrscheinlichkeit, dort bemerkt zu werden, ist recht hoch. Deshalb tippe ich auf die Seitenstraßen.«

»Da hast du wahrscheinlich recht.« Achern nickte.

»Außerdem habe ich Beamte zu dem Bordell in der Nähe der Sackgasse geschickt. Vielleicht hat ja von den Freiern oder von den Nutten jemand etwas beobachtet. Bislang war dort allerdings keiner sehr mitteilsam.«

»Gut.« Achern nickte. »Du kannst mich heute den ganzen Tag im Büro erreichen. Hoffentlich klärt sich dieser bestialische Mord schnell auf.«

»Sobald sich neue Hinweise ergeben, melde ich mich.«

Sie hatten das achte Stockwerk erreicht, und der Polizeipräsident verließ den Paternoster. Marxen schwebte mit dem Fahrstuhl höher hinauf, dann wieder abwärts. Gelegentlich erhaschte er einen Blick auf die verglaste Front des

Treppenhauses. Der Himmel über der Stadt war wieder einmal grau. Ja, er war überzeugt, dass Wolfgang Scholzen seinem Mörder auf der Kirmes begegnet war. Die Frage war nur, ob der Täter dies geplant hatte oder ob der Junge ein zufälliges Opfer gewesen war.

Morgen würde ein Aufruf in der Presse erscheinen mit der Bitte, dass jeder, der am Abend des Mordes auf der Kirmes fotografiert hatte, die Bilder im Präsidium abgeben sollte. Vielleicht tauchte darauf ja jemand auf, der irgendwie zum Umfeld des Jungen gehörte. Oder es fand sich eine andere Information. Inzwischen hingen auch Aufnahmen des Jungen überall auf der Kirmes, versehen mit der Telefonnummer des Polizeipräsidiums. Marxen war gern bereit, Dutzenden von Anrufen nachgehen zu lassen, wenn sich darunter der eine befand, der die Ermittlungen weiterbrachte.

Eine Sache hatte er bisher noch nicht verfolgt – die zweihundertachtzig Mark, die die junge Kriminalhauptmeisterin im Zimmer des Jungen gefunden hatte. Marxen registrierte, dass der Paternoster die fünfte Etage passierte. Ein Stockwerk weiter unten arbeitete ein Kollege, der sich mit Rauschgiftkriminalität befasste. Er wartete, bis sich die Fahrstuhlkabine auf dem Level mit dem Fußboden befand. Dann, mit einem Schritt, der erneut einen glühenden Schmerz durch sein Bein jagte, trat er auf den Korridor hinaus und ging zum Büro des Kollegen.

14. Kapitel

Ira lief die enge Treppe in dem Mietshaus in der Schönhauser Straße hinunter. Inzwischen war es Mittag. Ihre erste Haus-zu-Haus-Befragung war kein Erfolg gewesen. Etliche Anwohner hatten es kaum glauben wollen, dass eine Frau bei der Polizei arbeitete. Auch ihr Ausweis hatte die Leute nicht wirklich überzeugt. Ein Mann war sogar richtig zotig geworden. Was für ein widerlicher Kerl!

Vor dem Gebäude hatten sich einige uniformierte Kollegen versammelt, darunter Walter Sievers. Sie wirkten sehr zufrieden. Anscheinend hatten sie mehr Glück gehabt als sie.

»Na, Ira, wie steht's mit deinen Erste-Hilfe-Kenntnissen?«, wandte sich Walter grinsend an sie.

»Weshalb willst du das denn wissen?«

»Einer wichtigen Zeugin müsste der Verband gewechselt werden. Die Gemeindeschwester ist nicht gekommen. Wir dachten, das wäre doch 'ne Aufgabe für dich.«

»Einen Verband anlegen wirst du ja wohl gerade noch selbst können, oder?« Ira war nicht in der Stimmung für Frotzeleien.

»Meine Herren, ich hoffe, Sie haben etwas herausgefunden, und ich bin nicht umsonst hierhergekommen.« Hauptkommissar Marxens Stimme erklang hinter ihnen. Erst jetzt bemerkte Ira den grünen Dienstwagen, der ein Stück entfernt am Straßenrand stand. Marxens Miene war grimmig wie immer. Die Kollegen nahmen Haltung an.

»Ja, Herr Hauptkommissar, eine ältere Frau hat Wolfgang Scholzen mit einem Mann in ein Auto einsteigen sehen«, beeilte sich Walter zu sagen. »Einen Ford, genau genommen. Der Name der Zeugin ist Käthe Diederichs. Sie wohnt in der Nummer vier, im ersten Stock.«

»Ist das die Zeugin, deren Verband gewechselt werden muss?« Marxen hatte das Gespräch also mitangehört.

»Ja, Herr Hauptkommissar, so ist es.«

»Und, Kriminalhauptmeisterin Schwarz, können Sie einen Verband anlegen?« Marxen sah Ira an.

Ira war überrumpelt. »Ja ... ja, das kann ich«, stammelte sie.

»Dann kommen Sie mal mit. Ich will mich selbst mit der Frau unterhalten.«

Die Kollegen feixten. Verärgert folgte Ira Marxen durch den schmalen Vorgarten zum Haus.

»Einen Moment bitte, ich bin nicht so schnell!«, rief jemand hinter der Wohnungstür, nachdem Marxen die Klingel betätigt hatte. Schlurfende Schritte ertönten und ein Tappen wie von einem Stock. Dann öffnete sich die Tür, und eine ältere, stämmige Frau stand vor ihnen, die sich auf eine Krücke stützte. Sie trug eine geblümte Schürze über einem Rock und einer Bluse. Ihr rechter Unterschenkel war dick verbunden.

»Hauptkommissar Marxen. Sie haben ja schon mit meinen Leuten gesprochen. Aber ich würde mich selbst gern noch mal mit Ihnen unterhalten, Frau Diederichs.« Er zeigte ihr seinen Ausweis. »Kriminalhauptmeisterin Schwarz kann sich inzwischen um Ihren Verband kümmern.«

»Oh, das ist ja nett, dass Ihre Sekretärin das tut. Ich weiß auch nicht, warum die Gemeindeschwester heute noch nicht gekommen ist. Sie ist sonst sehr zuverlässig. Und mir fällt es so schwer, mich nach vorn zu beugen.« Das Lächeln der älteren Frau konnte Iras Groll nicht mindern. »Möchten Sie mir erst die Fragen stellen, Herr Hauptkommissar?«

»Nein, nein, wenn Sie es nicht stört, können wir beides gleichzeitig erledigen.« Er winkte ab.

Frau Diederichs führte sie in eine kleine Küche, die von einem wuchtigen Büfett dominiert wurde. An einer Wand hingen Heiligenbilder und ein Kreuz. Wie so oft diente der Kohlenherd auch als Ofen.

Mit einem erleichterten Seufzen ließ sich die Frau in einen alten Sessel sinken.

»Nehmen Sie doch bitte am Tisch Platz, Herr Hauptkommissar. Ich sitz hier nun mal am besten. Ich hatte eine Thrombose und bin erst seit ein paar Tagen aus dem Krankenhaus entlassen. Verbandszeug und Salbe finden Sie da drin, Fräulein.« Sie wies auf ein Schränkchen neben dem Sessel.

Ira begann, den Verband abzuwickeln. Am liebsten hätte sie Marxen erwürgt. War er tatsächlich besorgt um die ältere

Frau, oder ging es ihm einfach darum, sie, Ira, zu demütigen? Wahrscheinlich traf Letzteres zu.

»Erzählen Sie mir doch bitte von Anfang an, wie es dazu kam, dass Sie Wolfgang Scholzen und einen Mann in einen Wagen einsteigen sahen«, wandte sich Marxen an Frau Diederichs.

»Nun ja, es war zwar schon spät, gegen elf. Aber ich schlafe seit ein paar Jahren so schlecht, Herr Hauptkommissar. Deshalb hab ich noch mal Holz und Kohlen im Herd nachgelegt. Ich wollte noch eine Weile in meinem Sessel lesen. Aber der Wind hat auf den Schornstein gedrückt, und ich hatte auf einmal die Küche voller Rauch. Deshalb hab ich das Fenster aufgemacht. Ich bin noch kurz dort stehen geblieben und hab die Lichter der Kirmes betrachtet, mein verstorbener Mann und ich waren immer zusammen dort. Und dann hab ich den Mann und den blonden Jungen gesehen. Der Junge ging ganz unsicher, er hat richtig geschwankt, sein Begleiter musste ihn stützen. Und ich hab gedacht, na, der hat aber mächtig einen über den Durst getrunken. Ist ja eine Schande, in seinem Alter ...«

Marxen trat an das Fenster und blickte hinaus, wollte sich offensichtlich vergewissern, was man aus dieser Perspektive sah.

»Weshalb sind Sie überzeugt, dass der blonde Junge Wolfgang Scholzen war, Frau Diederichs?« Er kehrte zum Tisch zurück.

»Na ja, das war der Junge von dem Foto, das mir der Polizist gezeigt hat. Als ihn der Mann in das Auto verfrachtete, hat er um sich geblickt, als wisse er gar nicht, wo er sich befand. Für einen Moment hat er mir genau in die Augen gesehen.«

Marxen nickte, schien zufrieden. »Können Sie mir den Begleiter des Jungen beschreiben?«

Frau Diederichs zuckte kurz zusammen, als Ira die Salbe auf den Schenkel strich. Die Haut war auf der Rückseite ganz blau und rot verfärbt. »Der hatte lange Haare und 'nen Bart. Und einen großen Hut hatte er auf.«

»Konnten Sie sein Gesicht sehen?«

»Nicht richtig, die Haare waren davor.«

»Wie groß war er? Und was hatte er an?«

»Na ja, ich würd mal sagen, mittelgroß. Und er war schlank. Und seine Kleider ... Er trug einen Anorak und so eine amerikanische Hose.«

»Eine Jeans?«

»Ja, genau.«

»Sie sagten dem Polizisten, der Mann und der Junge seien in einen Ford gestiegen.«

»Ich weiß, wie ein Ford aussieht, Herr Hauptkommissar. Mein Mann hat jahrzehntelang bei Ford gearbeitet. Mitte der Fünfziger konnten wir uns dann auch selbst einen leisten.«

»Welche Farbe hatte das Auto denn?«

»Dunkel, Schwarz oder Grau oder Blau ... Ich glaub, es war ein älteres Modell, aber ganz sicher bin ich mir nicht.«

»Konnten Sie das Nummernschild erkennen, Frau Diederichs?«

»Nee, aber ich hab mich noch gewundert, wie der Gammler zu so einem Auto kommt.«

Ira hatte den neuen Verband inzwischen fast vollständig

angelegt. Frau Diederichs war eine ergiebige Zeugin gewesen, und sie konnte verstehen, dass Marxen selbst mit ihr hatte sprechen wollen und nicht auf einen Bericht aus zweiter Hand vertraut hatte.

»Danke, Sie haben mir sehr geholfen«, sagte Marxen nun auch und klappte sein Notizbuch zu.

Die ältere Frau sah zum Fenster, mit einem Gesichtsausdruck, als ob sie noch etwas beschäftigte.

»Frau Diederichs, ist Ihnen noch etwas eingefallen?«, fragte Ira rasch.

Marxen runzelte die Stirn. Wahrscheinlich passte es ihm nicht, dass sie sich einmischte. Nun, sei es drum. Mehr, als sie von den Ermittlungen ausschließen, konnte er nicht tun.

»Da war noch was ... So eine Musik ...«

»Was für eine Musik?«, fragte Marxen.

»Na ja, dieses grässliche englische Zeug. Die Tochter von den Mietern über mir hört das auch ständig. Ich hab mich deswegen schon bei der Wohnungsbaugenossenschaft beschwert.«

»Ist Ihnen irgendetwas von dem Lied in Erinnerung geblieben?«, hakte Ira nach.

»Fräulein, ich kann kein Englisch.« Frau Diederichs schüttelte den Kopf. »Und, ehrlich gesagt, bin ich froh, dass ich den Kram nicht auch noch verstehe.«

Ira wollte sich noch nicht geschlagen geben. Englischsprachige Lieder spielte vor allem Radio Luxemburg, und auch BFBS, das Radioprogramm für die in Deutschland stationierten britischen Soldaten, sendete Beat- und Popmusik. Vielleicht würde sich ja nach Rücksprache mit den Radiostationen über den Songtitel ermitteln lassen, wann genau Wolfgang Scholzen zu dem Wagen gebracht worden war.

»Waren es denn Männer- oder Frauenstimmen? Und war die Melodie melodiös oder eher nicht?«

»Ein völliger Krach … Fürchterlich! Wie von einem startenden Flugzeug. Jetzt, wo Sie mich fragen … Das Nachbarsgör spielt das Lied auch dauernd ab.«

Ein startendes Flugzeug, und ein Lied, das ständig im Radio gespielt wurde …

»War es vielleicht dieser Song?« Ira begann, *Picture yourself in a boat on a river* zu singen, die folgenden Verse und dann den Refrain von *Lucy in the sky with diamonds.*

»Ja, ja, es ging um eine Luzzie in dem Stück.« Frau Diederichs nickte eifrig. »Aber was seltsam war … Jetzt fällt's mir wieder ein. Der langhaarige Mann hat den Jungen ins Auto verfrachtet. Und dann hat er die hintere Tür aufgemacht, und mehr oder weniger in dem Moment ging die Musik los.«

»Als er bei der hinteren Tür war?«, vergewisserte sich Ira.

»Ja, genau, und ich glaub nicht, dass der Junge noch in der Lage war, das Radio anzumachen.«

Aber für Musik in einem Auto brauchte man nicht unbedingt das Radio. Und Ira glaubte auch schon zu wissen, woher sie gekommen war.

• • •

Im Fenster des Kassenhäuschens an der Achterbahn hing

eine Fotografie von Wolfgang Scholzen, darunter standen die Adresse und die Telefonnummer des Polizeipräsidiums mit der Bitte, dass derjenige, der sachdienliche Hinweise im Zusammenhang mit dem Mord geben könne, sich mit Hauptkommissar Marxen in Verbindung setzen solle. Auch näher am Eingang der Kirmes hatte Ben Weber einige Aufnahmen des Jungen gesehen. Polizisten mussten sie wohl am frühen Morgen verteilt haben. Das Haar ordentlich gescheitelt, blickte Wolfgang Scholzen erwartungsvoll in die Kamera.

Ach, verdammt! An dem Bierstand ganz in der Nähe der Stelle, wo Marlies das Polaroidfoto geschossen hatte, reinigte ein Mann mit kurz geschorenen Haaren und einer Tätowierung am Hals die Zapfanlage.

»Wir haben noch geschlossen«, blaffte er.

Ben fühlte sich verkatert von der letzten Nacht. Ein Bier war im Moment das Letzte, was er wollte. »Ben Weber vom Rheinischen Anzeiger. Ich schreibe an einem Artikel über Wolfgang Scholzen, den Jungen, der kürzlich ermordet wurde.«

»So, wie Sie aussehen, hätt ich glatt gedacht, Sie arbeiten für die Prawda.«

»Dafür ist mein Russisch leider zu schlecht.« Weshalb dachten die Leute eigentlich immer, die Kommunisten liebten Langhaarige? Bei einem Aufenthalt in der DDR hatte Ben da ganz andere Erfahrungen gemacht.

»Ich hab zu tun, Meister. Zieh'n Sie Leine.« Der Tätowierte ließ den Wasserstrahl in Bens Richtung spritzen.

Ben holte einen Zehnmarkschein aus seiner Hosentasche. »Das Geld gehört Ihnen – wenn Sie meine Fragen wahrheitsgemäß beantworten.«

Der Tätowierte grunzte, stellte jedoch das Wasser ab. Anscheinend funktionierten die Gesetze des Kapitalismus wieder einmal.

»War Wolfgang Scholzen zusammen mit einem Mann bei Ihnen am Stand?«

»Herrgott, nein! Der Junge hat sich dort drüben ein Bier geholt.« Er deutete auf einen Stand ganz in der Nähe, der noch verwaist war. »Der Betreiber hat's mir erzählt, nachdem die Polente bei ihm war. Ich hab den Jungen nie gesehen.«

»So um zweiundzwanzig Uhr – haben Sie da einem Langhaarigen Alkohol verkauft?« Marlies hatte Ben gesagt, dass sie etwa um diese Zeit versucht hatte, das Pärchen zu fotografieren.

»Jetzt, da Sie's sagen … Ja, da war so ein Gammler.« Der Tätowierte zuckte mit den Schultern und schielte zu dem Geldschein.

»Wie sah er aus? Würden Sie ihn mir bitte beschreiben?«

»Na ja, so wie Sie.«

»Geht's etwas genauer?«

»Einen Bart hatte er. Und er trug 'nen großen Hut. Mehr kann ich Ihnen wirklich nicht sagen. Um die Uhrzeit war noch ziemlich viel los.«

»Der kam noch mal wieder.« Eine füllige Frau in einem billigen Dirndl, die mit Putzzeug an dem Bierstand erschienen war und die Oberflächen aus Metall polierte, drehte sich zu Ben um.

»Wie meinen Sie das?«

»So, wie ich's sage. Erst war es nur ein Bier. Und dann, als der da«, sie wies auf den Tätowierten, »gerade ein neues Fass geholt hat und ich das Zapfen übernommen hab, ist er wiedergekommen und hat bei mir zwei Bier gekauft. Wegen seiner langen Haare und dem Bart ist er mir aufgefallen.«

»Zwei Bier, sind Sie sich sicher?« Ben horchte auf. »Wo ist er damit hingegangen? Haben Sie das beobachtet?«

»Es waren zwei Bier. Und gegangen ist er dorthin.« Sie wies auf den Durchgang, in dem Wolfgang auf einer Kabeltrommel gesessen hatte. »Ich hab noch gedacht, vielleicht hat er dort jemanden getroffen, mit dem er was trinken will.« Sie lächelte anzüglich.

Ben zeigte der Frau die Kopie des Polaroidfotos. »Könnte das der Mann gewesen sein?«

»Na ja, viel ist darauf ja nicht gerade zu erkennen.« Sie zuckte mit den Schultern. »Aber der Mann trug auch einen großen Hut. Der sah ein bisschen so aus wie die, die sie in den Western aufhaben.«

»Wie ein Cowboyhut?«

»Ich glaub schon.«

»Können Sie den Mann noch genauer beschreiben?«

»Nee, ich hab ihn wirklich nur ganz kurz von Nahem gesehen.«

Ben bedankte sich für die Information und gab auch ihr einen Zehnmarkschein. Nachdenklich ging er über die Kirmes, wo sich nun die ersten Besucher einfanden, in Richtung Parkplatz.

Der tätowierte Kerl und die weibliche Bedienung hatten

sich sofort an den langhaarigen, bärtigen Mann erinnert. Ihm – Ben – geschah es immer wieder, dass er mit seiner Frisur und seiner Kleidung aneckte. Für ihn selbst waren die langen Haare und die Jeans Symbole einer neueren, freieren Welt, die sich nicht mehr um Konventionen scherte. Außerdem fand er, dass ihm beides gut stand. Er fiel auf. Und auch Wolfgang Scholzens Mörder war aufgefallen. Und hatte zudem einen außergewöhnlichen Hut getragen.

Weshalb wählte jemand, der plante, einen Mord zu begehen, keine unauffälligere Kleidung und versteckte die langen Haare unter einem gewöhnlichen Hut oder einer Kappe? Weil es ihm egal war? Oder weil er wollte, dass sich Menschen an ihn erinnerten?

Hatte sich der Mörder etwa bewusst für dieses Äußere entschieden und sich, wohl wissend, dass die Polizei nur zu gern nach einem *Gammler* suchen würde, wie einer verkleidet? Ben blieb stehen, schob sich eine Zigarette in den Mund und schirmte sein Feuerzeug mit der Hand gegen den Wind ab. Er musste unbedingt mit Katja sprechen.

• • •

Ob Marxen es ihr verübelte, weil sie die Initiative ergriffen und sich, ohne dass es abgesprochen gewesen wäre, in die Vernehmung eingemischt hatte? Doch im Treppenhaus sagte der Hauptkommissar nur:

»Wie sind Sie ausgerechnet auf dieses Lied gekommen, Fräulein Schwarz?«

»Der Hinweis auf das startende Flugzeug war ziemlich

eindeutig. Und mehr oder weniger alle Jugendlichen hören zurzeit *Sgt. Pepper's Lonely Hearts Club Band*, das Album der Beatles, von dem der Song stammt.« Ira wurde plötzlich etwas klar, was sie vorhin nur vage geahnt hatte, ohne es richtig benennen zu können. »Mit diesem Album konnte der Mörder einen Jugendlichen ganz einfach zu dem Wagen locken. Er musste nur sagen, dass er es vorspielen würde. Schallplatten sind ja teuer, das können sich nicht alle leisten. Wolfgang ist bestimmt sofort auf das Angebot angesprungen. Er war ein großer Beatles-Fan, und gerade dieses Album hat noch in seiner Sammlung gefehlt. Falls der Junge trotz seines benommenen Zustands doch noch irgendwie misstrauisch geworden wäre, hätte sich das bestimmt verflüchtigt, sobald der Song lief.«

»Er hatte also einen batteriebetriebenen Plattenspieler im Wagen?«

Sie hatten jetzt das Gebäude verlassen. Auf der Kirmes drehte sich das Riesenrad. So früh am Tag war es wahrscheinlich ein Wartungslauf. Die Temperaturen waren, wie es im Herbst öfter vorkam, gestiegen, und Ira schwitzte fast in ihrem Anorak.

»Ich tippe auf einen Kassettenrekorder. Die gibt es seit ein, zwei Jahren, sind aber ziemlich teuer. Während der Fahrt würde die Nadel eines Plattenspielers ständig verrutschen. Vielleicht hatte der Mörder auch noch andere Kassetten im Wagen außer *Sgt. Pepper's*. Je nachdem, was für einen Musikgeschmack der Junge, den er ansprach, haben würde.«

»Manchmal glaube ich, ich lebe in einer anderen Welt.« Marxens Stimme klang trocken. »Nun ja, dass Frau Diederichs einen langhaarigen, bärtigen Mann mit dem Jungen gesehen hat, deckt sich mit dem Foto, das dieser Journalist, Ben Weber, heute Morgen ins Präsidium gebracht hat.«

»Ben Weber ist auf das Foto eines solchen Mannes gestoßen? Auf der Kirmes?«

»Ja, und der Langhaarige steht neben Wolfgang Scholzen.«

Meine Güte ... Weber mochte ein völliger Idiot sein, aber er war ein fähiger Journalist.

Sie hatten den Dienstwagen erreicht. Marxens Gesicht war angespannt, als ob er unter Schmerzen litte.

»Soll ich mich weiter an der Haus-zu-Haus-Befragung beteiligen oder ins Präsidium zurückkehren, Herr Hauptkommissar? Als Hilfskrankenschwester werde ich ja jetzt wohl nicht mehr gebraucht.« Diese Bemerkung konnte Ira sich nun doch nicht verkneifen.

Marxen sah sie scharf an, erwiderte jedoch nur: »Sie haben den Führerschein? Ja? Dann werden Sie mich zum Schiller-Gymnasium fahren.« Marxen drückte Ira, die völlig verblüfft war, den Autoschlüssel in die Hand.

Ira schlüpfte auf den Fahrersitz und öffnete die Beifahrertür für den Hauptkommissar. Der rangniedrigere Beamte saß normalerweise am Steuer, aber sie hätte nicht gedacht, dass Marxen diese Regel auch auf eine Frau anwenden würde. Wahrscheinlich hatte er Schwierigkeiten mit seinem Bein. Während er sich schwerfällig niederließ, rückte sie den Fahrersitz ein Stück nach hinten – sie war tatsächlich ein bisschen größer als Marxen – und korrigierte den Rück- und den Seitenspiegel. Seit den ersten Fahrstunden hatte sie sich nicht mehr so nervös gefühlt. Da Marxen sich nicht anschnallte, ließ auch sie es sein.

Den Zündschlüssel drehen, Gang einlegen, Kupplung kommen lassen, Gas geben. Der nagelneue Ford ließ sich viel leichter schalten als der uralte VW-Käfer, mit sie immer vom Leiter des Fuhrparks abgespeist wurde.

»Ich nehme an, Sie wissen, wo das Schiller-Gymnasium ist?«

»Ja, Herr Hauptkommissar.« Ira steuerte den Wagen vorsichtig aus der Parklücke und blinkte ordnungsgemäß – was sie sonst nicht immer tat. Marxen schaltete den Polizeifunk ein.

Eine Lücke zwischen zwei Fahrzeugen. Ira gab Gas – und würgte den Wagen ab. Zündschlüssel drehen ... Das Ganze noch mal von vorn. Wieder ging der Motor aus. Neuer Versuch, ihr brach der Schweiß aus. Jetzt! Der Ford schoss auf die Straße, scherte knapp vor einem Lieferwagen ein. Marxen hielt sich am Türgriff fest. Ihr Hintermann hupte wütend.

»Glauben Sie, dass wir es heil bis zur Schule schaffen, Kriminalhauptmeisterin?«

»Ich hoffe, ja.« Ira biss die Zähne zusammen. An der nächsten Kreuzung fuhr der Lieferwagen auf die Abbiegespur neben ihnen. Der Fahrer machte eine eindeutige Handbewegung in Iras Richtung.

»Der Kerl fragt sich bestimmt, warum ich mich von einer Frau kutschieren lasse.«

»Die Statistik zeigt, dass Frauen weniger Verkehrsunfälle verursachen als Männer.« Das musste Ira einfach loswerden.

»Außerdem machen Sie mich nervös, Herr Hauptkommissar. Sonst fahre ich viel besser.« Sie biss sich auf die Lippen – es war ihr einfach so herausgerutscht.

War da die Andeutung eines Lächelns um Marxens Mund erschienen, oder bildete sie sich das nur ein? »Ging mir auch so, als ich das erste Mal mit einem Vorgesetzten im Wagen am Steuer saß. Als junger Streifenpolizist war das Griechenmarktviertel mein Revier. Die Bombardierungen haben ja nicht viel davon übrig gelassen. Als ich aus der Kriegsgefangenschaft nach Hause kam, habe ich Köln kaum noch wiedererkannt.«

Marxen war als Soldat im Krieg gewesen? Ira war immer davon ausgegangen, dass er die Verletzung bei einem Bombenangriff erlitten hatte. Polizisten hatten doch Recht und Ordnung aufrechterhalten sollen und waren deshalb in der Regel nicht eingezogen worden. Auch Iras Vater hatte die ganze Kriegszeit als Polizeibeamter in Köln verbracht. Ob Marxen sich kritisch über den Nationalsozialismus geäußert hatte und deshalb eingezogen worden war? Oder hatte er sich etwas zuschulden kommen lassen, ein Dienstvergehen etwa? Wie auch immer ... Ira war froh, dass ihr Vater als Polizist anständig geblieben war und nicht mit dem menschenverachtenden Regime paktiert hatte wie so viele andere.

»Was für ein Jahrgang sind Sie, Fräulein Schwarz?«

Sie fuhren nun den Ubierring entlang, wo viele Gebäude aus der Gründerzeit erhalten geblieben waren. Große, mehrstöckige Häuser, deren üppige stuckverzierte Giebel und Gesimse von der prosperierenden, auf Schau bedachten Zeit kündeten, in der sie gebaut worden waren. Passanten, mit Einkaufstaschen bepackt, eilten die breiten Gehsteige entlang.

»Ich bin im Dezember 1943 geboren.«

»Dann dürften Sie keine Erinnerungen an den Krieg haben.«

»Glücklicherweise nicht. Meine Eltern pflegten zu sagen, für sie habe der Krieg, trotz allem Schrecklichen, auch etwas Gutes gehabt. Sie haben sich während eines Bombenangriffs in einem Bunker kennengelernt. Sonst wären sie sich wahrscheinlich nie begegnet.«

»Ist das so sicher?«

Sie führte mit Marxen tatsächlich eine normale Unterhaltung. »Mein Vater stammte aus einer Familie von Handwerkern. Bevor er zur Polizei ging, hat er eine Lehre als Schreiner gemacht, und meine Mutter hatte einen großbürgerlichen Hintergrund. Ihr Vater war Chirurg.«

»Irgendwann wird es wahrscheinlich reichen, ein paar Jahre lang an einer Akademie oder auf einer Polizeihochschule die Schulbank zu drücken, um Kriminalbeamter zu werden. Ich habe eine Lehre als Schlosser gemacht, war dann, nach meiner Ausbildung bei der Polizei, vier Jahre lang auf Streife, ehe ich zur Kripo gewechselt bin. Es ist gut, das Leben der einfachen Leute zu kennen, und ihre Freuden und Nöte. Auf Instinkt und Erfahrung kommt es an, nicht auf irgendwelche Theorien aus Lehrbüchern.«

Von der Möglichkeit, dass sich die Beamtinnen der Weiblichen Kriminalpolizei an der Polizeiakademie in Hiltrup fortbildeten, um in den allgemeinen Polizeidienst zu wechseln, hielt Marxen ganz sicher nichts. Ira wollte den brüchigen Frieden zwischen ihnen jedoch nicht gefährden, deshalb schwieg sie und konzentrierte sich auf den Verkehr an einer Baustelle am Chlodwigplatz, wo noch eines der mittelalterlichen Stadttore stand. Inmitten der viel neueren Häuser wirkte es ein bisschen wie eine Theaterkulisse.

Als Ira die Baustelle und den einspurigen Straßenabschnitt hinter sich gelassen hatte, wandte sie sich Marxen zu. »Wollen Sie denn mit Mitschülern von Stephan Saalfeldt sprechen, Herr Hauptkommissar?«

»Nein, mit Stephan selbst. Laut seiner Mutter ist er wieder in der Schule. Wenn einer weiß, woher Wolfgang die zweihundertachtzig Mark hatte, dann er.«

An das Geld hatte Ira gar nicht mehr gedacht. So viel war geschehen, seit sie es im Zimmer des Jungen gefunden hatte.

»Möchten Sie, dass ich bei der Vernehmung dabei bin?« Ira hoffte es.

»Sie schreiben mit und trocknen, im übertragenen Sinne, die Tränen des Jungen. Wenn es denn nötig sein sollte, trösten Sie ihn und reden ihm gut zu.«

Na prima … »Haben Sie denn eine Vermutung, woher Wolfgang die zweihundertachtzig Mark haben könnte?«

»Ich vermute im Moment gar nichts. Ich stelle fest, dass er für einen Jungen in seinem Alter viel Geld besaß. Und ich möchte herausfinden, ob er vielleicht mit Drogen gehandelt hat. Das ist alles.« Marxen verfiel in Schweigen. Mehr über die geplante Vernehmung würde sie also nicht von ihm erfahren.

Wolfgang und Drogen … Ein überraschender Gedanke

bei diesem fleißigen, ordentlichen Jungen. Andererseits wurden in den letzten Monaten vermehrt Drogen von den Niederlanden und Belgien nach Deutschland geschmuggelt. Und im vergangenen Jahr war in Bonn eine Gruppe von Schülern und Studenten aufgeflogen, die, zum Entsetzen ihrer unwissenden, gutbürgerlichen Eltern, Drogen im großen Stil konsumiert hatten.

Ira war gespannt, ob die zweihundertachtzig Mark tatsächlich aus dem Handel mit Drogen stammten. Denn das würde die Ermittlungen in eine ganz neue Richtung lenken.

Unvermittelt kam ihr noch ein Gedanke. »Wurden eigentlich die Prostituierten aus dem Herzblatt befragt, dem Bordell in der Nähe der Sackgasse, wo Wolfgangs Leiche gefunden wurde?«

»Was denken Sie denn, wie ich meine Arbeit mache, Fräulein Schwarz?« Marxen bedachte sie mit einem gereizten Blick.

»Nun, ich kenne eine Prostituierte, die dort gelegentlich arbeitet. Ich glaube, sie vertraut mir. Vielleicht könnte ich über sie an Informationen gelangen.«

Marxen ignorierte Ira und starrte vor sich hin. Weshalb hatte sie nur ausgerechnet ein Praktikum bei *ihm* machen wollen?

15. Kapitel

Es roch nach Kreide und nach feuchtem Schwamm. An der Wand hing eine Landkarte von Deutschland, mit dem Staatsgebiet der BRD und der DDR. Die nach den beiden Weltkriegen verlorenen Gebiete im Elsass und im Osten waren schraffiert eingezeichnet. Derartige Landkarten kannte Ira aus ihrer eigenen Schulzeit zur Genüge. Marxen trat zu einem Waschbecken. Er drehte den Hahn auf, schöpfte Wasser in seine Hand, verzog das Gesicht und spülte eine Tablette hinunter. Dann ging er zu dem Tisch in der Mitte des Raums – wahrscheinlich ein Lehrersprechzimmer, oder Schüler schrieben hier Klassenarbeiten nach – und ließ sich neben Ira nieder.

Der Junge, der jetzt in der Begleitung der Sekretärin des Direktors ins Zimmer kam, war groß und schlank. Er hatte ebenmäßige Gesichtszüge, und ohne die Ringe unter den Augen und die Blässe wäre er wirklich hübsch gewesen.

»Herr Hauptkommissar, Fräulein Kriminalhauptmeisterin.« Er reichte ihnen beiden die Hand. Offensichtlich hatte ihn die Sekretärin unterrichtet, mit wem er es zu tun haben würde. Sein Benehmen war höflich und gewandt.

»Setz dich, Stephan.« Marxen deutete auf einen Stuhl an der Längsseite des Tisches und verabschiedete die Sekretärin mit einem Nicken. Ira legte Notizblock und Stift bereit.

»Du willst sicher, Stephan, dass der Mörder deines besten Freundes schnell gefasst wird.« Marxens Stimme klang ruhig und ernst.

»Natürlich, aber gilt denn nicht mehr Gebhardt Koch als Tatverdächtiger?« Stephans Blick irrte zwischen Marxen und Ira hin und her. War er eine Spur blasser geworden? Ira notierte diesen Eindruck, wie sie es in ihrer Ausbildung gelernt hatte. In den Vernehmungsprotokollen der männlichen Kollegen wurde ein Gespräch oft nur in Stichworten festgehalten. Bei der Weiblichen Kriminalpolizei wurden Vernehmungen dagegen ausführlich wiedergegeben und auch Mimik und Gestik der Befragten protokolliert, denn sie sollten der Staatsanwaltschaft oder später dem Gericht einen adäquaten Eindruck von der befragten Person vermitteln.

Marxen schwieg. »Du hörst dich ein bisschen so an, als würdest du dir wünschen, Koch sei der Täter«, sagte er dann. Ihm war die Reaktion des Jungen also auch aufgefallen.

»Ich möchte einfach nur, dass ... dass der Mörder gefunden und bestraft wird. Wer auch immer Wolfgang ... wer ihn ...« Stephan brach ab und starrte auf seine Hände.

»Koch hat für die Tatzeit ein Alibi.« Marxen ließ Stephan nicht aus den Augen.

»Oh.« Leise, fast geflüstert.

»In Wolfgangs Zimmer wurden zweihundertachtzig Mark gefunden. Seine Mutter wusste nichts von dem Geld.

Du, Stephan, kannst mir aber bestimmt sagen, woher er es hatte.«

»Wolfgang hat Werbung ausgetragen, und in den Ferien hat er in einem Lebensmittelgeschäft in Braunsfeld ausgeholfen. Daher wird das Geld wohl stammen.« Stephans Blick wanderte zur Seite. Wenn jemand von einem schlechten Gewissen gequält wurde, dann er.

»Dein bester Freund hat eine nicht unbeträchtliche Geldsumme zurückgelegt, und du weißt nicht genau, woher die stammt? Das glaube ich dir nicht.«

»Er wollte unbedingt einen guten Plattenspieler haben. Dafür hat er das Geld gespart.«

»Das beantwortet nicht meine Frage, mein Junge. Woher hatte Wolfgang die zweihundertachtzig Mark? Dafür hätte er sehr lange arbeiten müssen. Schüler verdienen normalerweise etwa zwei Mark die Stunde.«

Stephan schluckte, starrte wieder stumm auf seine Hände.

»Ich habe heute Morgen mit einem Kollegen gesprochen. Ich war ein paar Monate zur Kur und bin erst kürzlich wieder in den Dienst zurückgekehrt. Deshalb bin ich nicht bei allen Entwicklungen auf dem Laufenden. Laut dem Kollegen wird in der letzten Zeit vermehrt Haschisch in der Stadt verkauft. Gammler, Studenten, zwielichtiges Gesindel bringen es über die Grenze nach Köln. Das Zeug wird gern an Schüler verhökert – und Schüler werden als Zwischenhändler rekrutiert. War Wolfgang so ein Zwischenhändler, Stephan?«

»Wolfgang hatte nichts mit Drogen zu tun.«

»Das glaube ich dir nicht.« Marxens Stimme klang schneidend.

Keine Reaktion von dem Jungen.

»Stephan!« Marxen schlug mit der Faust auf den Tisch. »Ich will eine ehrliche Antwort!« Kaum merklich nickte er Ira zu. Jetzt war also ihr Part gekommen.

»Stephan, bitte, sag uns, was du weißt. Ich habe Wolfgangs Tagebuch gelesen. Auf fast jeder Seite taucht dein Name auf. Du warst ihm sehr wichtig. Du bist es deinem Freund schuldig, uns zu helfen.«

»Ich habe Ihnen schon alles gesagt, was ich weiß.«

»Ich war mit Wolfgangs Mutter in der Gerichtsmedizin, als sie die Leiche ihres Sohnes identifizieren musste. Ich habe sie schreien hören. Sie wird Wolfgangs Tod wahrscheinlich niemals verwinden. Und wenn der Mörder nicht gefasst und verurteilt wird, muss sie noch mehr leiden.«

»Ich vermisse Wolfgang doch auch.« Stephan ließ den Kopf in die Hände sinken.

»Dann gib uns eine plausible Erklärung, woher das Geld kam und weshalb seine Mutter nichts davon wusste.« Wieder Marxen mit scharfer Stimme.

Stephan stieß ein Seufzen aus, das fast wie ein Schluchzen klang.

Ira übernahm wieder. »Ich glaube dir, dass du deinen Freund vermisst. Fühlst du dich wegen irgendetwas schuldig? Willst du uns deshalb nichts sagen? Aber nichts kann schlimmer sein, als wenn du weiterhin schweigst.« Sollte sie ihn damit konfrontieren, dass sein Freund fast zu Tode geprügelt, an seinem eigenen Erbrochenen erstickt und sein

Leichnam dann angezündet worden war? Oder würde Stephan dann erst recht verstummen? Ira wechselte einen Blick mit Marxen. Der saß ruhig und abwartend da.

Plötzlich blickte Stephan auf. Seine Miene war gequält. »Ja, Wolfgang hat Haschisch verkauft«, flüsterte er.

»Von wem hat er die Drogen erhalten?«, schaltete Marxen sich ein.

»Von einem jungen Mann.«

»Wie alt ist er?«

»So Anfang zwanzig.«

»Wie sieht er aus? Beschreib ihn mir!«

»Er ... er ist mittelgroß, er hat lange Haare und einen Bart.«

Wie der Mann, der Wolfgang in dem Ford entführt hatte. Der Mann, der höchstwahrscheinlich sein Mörder war.

»Wie lautet sein Name? Und wie ist Wolfgang an ihn geraten?« Marxens Fragen, hart und präzise, ließen keine Möglichkeit zum Ausweichen.

»Er heißt Klaus Bartels.« Wieder verstummte Stephan.

»Noch einmal ... Wie ist Wolfgang an ihn geraten? Jetzt komm schon, Junge. Sei ein bisschen mitteilsamer.«

Stephan schlang die Arme um sich.

»Stephan ...«, sagte Ira sanft.

»Durch mich.« Kaum hörbar. »Ich hab die beiden miteinander bekannt gemacht.«

»Wolfgang hat Klaus Bartels also durch dich kennengelernt. Wie bist *du* denn mit ihm bekannt geworden?« Erneut Ira, beruhigend und um Vertrauen bemüht.

»Ich rudere bei der Alemania, in Rodenkirchen. Ich war

im Mai oder Juni mal zu früh dran und bin ein Stück am Ufer entlanggelaufen. Da saß Klaus und hat gezeichnet. Ich fand das interessant und hab ihn angesprochen. Wir kamen ins Reden. Danach haben wir uns öfter mal getroffen.«

»In der Nähe des Ruderklubs?«

»Ja. Wir haben geredet und geraucht.« Stephan brach ab.

»Aber dabei ist es nicht geblieben«, versuchte Ira, ihm weiterzuhelfen.

»Irgendwann hat Klaus mich gefragt, ob ich daran interessiert wäre, mir was dazuzuverdienen. Mit dem Verkauf von Haschisch.«

»Er hat dich das einfach so gefragt? Das glaube ich dir nicht.« Marxens Tonfall war wieder scharf.

Stephan sank in sich zusammen. »Ich hab vorher schon ein paarmal Hasch von ihm gekauft.«

»Mein Gott, Junge, du bist der Sohn eines Richters!«

»Ich weiß, dass es falsch war. Ich wollte es einfach mal ausprobieren.« Als könnte sie ihn vielleicht verstehen, blickte Stephan Ira inständig an. In seinen Augen schimmerten Tränen.

»Hast du das Zeug auch verkauft, oder nur Wolfgang?«

»Nur Wolfgang.«

»Dein bester Freund hat sich die Finger schmutzig gemacht, und du hattest den Nervenkitzel. Ganz schön feige, würde ich sagen.«

»Nein, so war das nicht!« Stephan krümmte sich, als litte er körperliche Schmerzen.

War es wirklich nötig, dass Marxen ihn so hart anfasste? »Wie war es denn, Stephan?«, schaltete sich Ira ein.

»Ich dachte, ich helfe Wolfgang. Er wollte doch unbedingt einen guten Plattenspieler. Und er fand es spannend, das Hasch zu verkaufen. Es war ... wie ... wie ein Spiel für uns.«

Ein Spiel mit einem hohen Einsatz für Wolfgang. Wenn er mit dem Haschisch ertappt worden wäre, wäre er wahrscheinlich von der Schule geflogen. Aber das hatte sich Stephan, der Junge aus großbürgerlichem Hause, wahrscheinlich nicht klargemacht – oder nicht klarmachen wollen.

Marxen machte Ira ein Zeichen, dass sie ihm das Reden überlassen sollte. »Was weißt du noch über diesen Klaus Bartels, Stephan?«

»Nicht viel. Er hat gern und gut gezeichnet. Und ... Er hat das nicht so direkt gesagt, aber ich glaube, er ist aus einem Erziehungsheim geflohen. Er hat in einem alten Bauernhof am Rodenkirchener Ufer gewohnt. Mit anderen jungen Leuten.«

»Wo liegt dieser Bauernhof?«

»Am Rheinufer, in der Nähe der Fuchskuhle, das ist ein großes Feld.«

»Ich kenne das Gebiet. Wie viele junge Leute leben in dem Gehöft?«

»Vielleicht ein Dutzend, Männer und Frauen. Aber ich weiß nur, was Klaus mir erzählt hat. Ich hab Klaus lediglich mal bis zum Tor begleitet. Im Haus war ich nie.«

Marxen lehnte sich auf seinem Stuhl zurück und sah Stephan an. Der Junge saß vornübergebeugt da, als könne er sich kaum noch aufrecht halten. Was wollte Marxen denn noch wissen? Es war doch schon alles gesagt. Ira wünschte um Stephans willen, dass die Vernehmung endlich zu Ende wäre. Auf dem Korridor rannten ein paar Schüler vorbei. Ihr Lachen und ihre Schritte verklangen.

»Was verschweigst du mir, Stephan?« Marxens Stimme war beinahe sanft.

»Nichts ...«

»Doch, du verschweigst noch etwas.« Er nickte Ira zu.

»Stephan, willst du es uns nicht sagen, weil du dich dessen schuldig fühlst? Ist es vielleicht gar nicht die Tatsache, dass du Wolfgang zum Verkaufen des Haschs verleitet hast, die dich so mitnimmt?«

Der Junge antwortete nicht.

»Aber nichts ist so schlimm, als dass du es uns nicht anvertrauen könntest«, redete sie weiter auf ihn ein.

Marxen wartete einige Momente lang, dann beugte er sich vor. »Was hat es mit diesem Klaus Bartels auf sich? Er hat Wolfgang doch nicht nur Hasch verkauft, da bin ich mir sicher. Ist er vielleicht ein warmer Bruder und hat deinem Freund was angetan?«

Stephan sprang auf. Doch Ira war schon bei ihm und drückte ihn wieder auf den Stuhl. »Was immer es auch ist, du wirst es dir nicht verzeihen, wenn du es uns nicht mitteilst«, sagte sie eindringlich.

Stephan ließ den Kopf hängen. »Klaus ... Er hat ... er hat Wolfgang *angefasst*.«

»Du meinst damit, Klaus Bartels ist tatsächlich homosexuell?«

»Ja ... Aber Wolfgang war nicht *so*. Er hat gesagt, Klaus soll das lassen.«

Lag dem Mord an Wolfgang also doch ein sexuelles Motiv zugrunde? Auch wenn der Junge nicht missbraucht worden war? O Gott …

»Und wie hat Klaus Bartels auf die Zurückweisung reagiert?«

»Er hat sich entschuldigt.«

»Aber du hast nicht geglaubt, dass damit alles für ihn in Ordnung war?«

»Ich hab gesehen, wie er Wolfgang angeblickt hat. So hungrig … Er wollte ihn unbedingt.«

»Hast du das deinem Freund gesagt?«

»Ja, aber er hat es nicht ernst genommen. Er hat es ja auch nicht ernst genommen, als Gebhardt Koch ihn und seine Mutter bedroht hat.« Tränen rannen über Stephans Wangen.

Marxen wirkte davon unberührt.

»Wenn Wolfgang Klaus Bartels auf der Kirmes in Bayenthal begegnet wäre und der ihn auf ein Bier eingeladen hätte, dann hätte er das Angebot also angenommen?«

»Ja, bestimmt …« Ein gequältes Keuchen entrang sich Stephans Kehle. »Klaus hat Wolfgang umgebracht, nicht wahr? Ich bin … Ich bin schuld an seinem Tod …« Er schlug die Hände vors Gesicht und brach, von einem Weinkrampf geschüttelt, über dem Tisch zusammen.

Marxen betrachtete ihn und bedeutete dann Ira, ihm auf den Korridor zu folgen.

»Bringen Sie den Jungen nach Hause, und sagen Sie den Eltern, sie sollen ein Auge auf ihn haben. Nicht, dass er sich etwas antut.«

»Ja, Herr Hauptkommissar.« Marxen würde sich wahrscheinlich im Sekretariat einen Streifenwagen rufen lassen.

»Danach kommen Sie ins Präsidium und melden sich bei Frau Wiener. Falls ich Sie bei Bartels' Festnahme in Rodenkirchen brauchen kann, lasse ich es die Kriminalrätin wissen.«

Durch die geschlossene Tür war Stephans Schluchzen zu hören. Ira fühlte sich immer noch elend.

• • •

»Fräulein Eggers, beujen Sie sich mal ein bisschen vor, damit ich dat Kopfkissen aufschütteln kann. Ja, so is es jut.«

Annie Eggers gehorchte. Seit gestern Abend hatte sie hohes Fieber. Bald nach der Rückkehr von dem Maurerbetrieb in Nippes hatte es sie überfallen. Irgendwie hatte sie es geschafft, zur nächsten Telefonzelle zu laufen und die Agentur, für die sie die Zeitungen austrug, zu verständigen, dass sie ein paar Tage lang ausfallen würde. Auf dem Rückweg, im Treppenhaus, war sie dann ihrer Nachbarin Trude Jülich begegnet. Die resolute Frau hatte sofort bemerkt, wie es um sie stand. Sie hatte sie ins Bett gepackt und sah seitdem alle paar Stunden nach ihr, so wie auch jetzt.

»Dat hätten wir. Ich hol von unten mal schnell 'nen Teller Brühe für Sie.« Frau Jülich verschwand in ihre Wohnung, und Annie Eggers ließ sich wieder auf das Kissen zurücksinken. Wahrscheinlich war ihre Angst um Axel völlig unbegründet, er hatte vermutlich begriffen, dass ihn der Bauunternehmer nur ausnutzen würde, und war deshalb nicht mit in den Westerwald gegangen. Bestimmt ging es ihm gut, und er hatte sie – Annie, die sonderbare Alte – einfach sattgehabt. Darum war er verschwunden, ohne sich von ihr zu verabschieden.

Aber wenn er doch ihre Hilfe benötigte? Und nun war sie krank geworden und schaffte es nur mit Mühe vom Bett bis zur Toilette.

»Hier bin ich wieder, Fräulein Eggers.« Frau Jülich lächelte sie an. Ihr pausbäckiges Gesicht war vom Dampf der Brühe gerötet. Sie platzierte das Tablett mit dem Suppenteller und den zwei Scheiben Weißbrot auf Annies Knie. »Die Zeitung leg ich Ihnen auf den Nachttisch. Falls Sie später was lesen wollen. Und gegen Abend schau ich noch mal bei Ihnen rein.«

»Danke, Frau Jülich«, erwiderte Annie leise. Manchmal schüchterte die Nachbarin sie mit ihrer zupackenden Art ein. Aber jetzt war sie einfach nur froh, dass sich jemand um sie kümmerte. »Der Kanarienvogel in der Küche?«, fragte sie scheu.

»Dem jeht's jut. Der hat frisches Wasser und Körner jekriegt.«

Um die Nachbarin nicht zu enttäuschen, zwang sich Annie Eggers, den Teller ganz zu leeren und auch das Brot zu essen, obwohl sie eigentlich keinen Appetit hatte. Danach schlief sie ein.

Als sie am späten Nachmittag wieder erwachte, ging es ihr tatsächlich besser, und sie griff nach der Zeitung. Im Lokalteil stand ein großer Artikel über einen ermordeten Jungen. Annies Herz füllte sich mit Mitleid. Nur sechzehn Jahre alt war er geworden. Auch ein Foto war zu dem Artikel erschienen. Blond und hübsch war der Junge gewesen. Annie griff nach der Lesebrille, um es genauer zu betrachten. Ein bisschen sah der Junge aus wie Axel …

• • •

Katja gehörte nicht zu denen, die ihre Mittagspause gern im Kreise der Kollegen verbrachten. Ben wusste, dass sie oft am Lindenthaler Kanal, in der Nähe der Universität und der Gerichtsmedizin, spazieren ging. Tatsächlich fand er sie in dem kleinen Park zwischen dem südlichen und dem nördlichen Wasserlauf. Sie saß, den Mantelkragen hochgeschlagen, mit einem Buch in der Hand auf einer Parkbank und trotzte dem unfreundlichen Wetter.

»Grüß dich, Katja.« Er ließ sich neben ihr nieder. Die Gefahr, dass einer ihrer Kollegen sich um diese Zeit hierher verirrte und ihn noch dazu kannte, war gering.

»Du hast den Obduktionsbericht gelesen.« Es war eine Feststellung und keine Frage.

»Ja, natürlich.« Ben nickte.

»Was der Mörder dem Jungen angetan hat, ist so grauenhaft! Gibt es denn irgendwelche neuen Erkenntnisse in Bezug auf den Mordfall?«

Ben zuckte mit den Schultern. »Mich beschäftigt da eine Sache. Denkst du, dass du an den Bericht der Spurensicherung herankommst? Ich wüsste gern, ob an Wolfgangs Kleidung künstliche Haare gefunden wurden.« Er erzählte Katja von dem Polaroidfoto mit dem langhaarigen, bärtigen Mann im Schatten neben dem Jungen und was er am Morgen auf der Kirmes herausgefunden hatte. »Der Mann war so auffällig. Deshalb kam mir der Verdacht, ob er sich verkleidet und eine Perücke getragen hat.«

»Um ganz bewusst wie ein Gammler auszusehen?«

»Ja.« Ben nickte.

»Der Leiter der Spurensicherung flirtet schon mal mit mir.« Katja lächelte ein wenig. »Ich glaube schon, dass ich ihn in ein Gespräch über den Mordfall verwickeln kann, er ist im Moment ja sowieso in aller Munde. Und wahrscheinlich bekomme ich ihn dann auch dazu, mir den Spurenbericht zu zeigen.«

Wieder einmal ein Mann, der vergebens an Katja interessiert war.

»Ich bin wirklich gespannt, ob sich meine Theorie bewahrheitet. Falls ja, sähe es der Polizei ähnlich, künstlichen Haaren keine Bedeutung zu schenken.«

»Aber wenn der Täter tatsächlich eine Perücke getragen haben sollte ...« Katja runzelte die Stirn. »Das ist alles so ausgeklügelt. Dass Wolfgang gewissermaßen systematisch zu Tode geprügelt und sein Leichnam angezündet wurde. Wobei nicht klar ist, ob der Mörder wirklich wusste, dass der Junge da schon tot war. Vielleicht wollte er ihn ja auch bei lebendigem Leibe verbrennen. Irgendwie wirkt es wie die Tat eines Psychopathen.«

Wenn Katja die Möglichkeit gehabt hätte zu studieren, wäre sie eine sehr gute Gerichtsmedizinerin geworden. »Warten wir erst einmal ab, was der Bericht der Spurensicherung hergibt.« Ben war gespannt auf das Ergebnis.

• • •

Ira betrat Clara Wieners Büro. »Frau Kriminalrätin, ich möchte mich zurückmelden.« Der Strauß auf dem Schreibtisch bestand heute aus Sonnenblumen sowie roten und orangefarbenen Chrysanthemen, ein Feuerwerk aus Farben an diesem grauen Tag.

»Hauptkommissar Marxen hat mich in groben Zügen über die Vernehmung von Stephan Saalfeldt informiert. Wie geht es dem Jungen?« Clara Wiener wirkte immer noch müde, aber ihre Stimme klang klar und entschieden wie immer.

»Schlecht, ich habe seiner Mutter gesagt, wie es um ihn steht. Ich hoffe, die Eltern geben gut auf ihn acht.«

»Und wie geht es Ihnen?«

»Die Vernehmung hat mich mitgenommen«, gab Ira zu. »Stephan war so verzweifelt! Und es ist einfach eine Tragödie, dass die dumme Idee mit dem Haschisch-Verkauf zu dem Mord an Wolfgang geführt hat. Zumindest sieht es im Moment ja so aus.«

»Es ist völlig verständlich, dass Sie davon berührt sind. Wenn nicht, wären Sie innerlich abgestumpft. Und das dürfen wir Polizeibeamten nicht sein.« Clara Wiener schwieg für einen Moment und blickte dann auf ihre Armbanduhr. »Hauptkommissar Marxen möchte, dass Sie bei dem Einsatz in Rodenkirchen dabei sind. In zwanzig Minuten treffen sich die Kollegen auf dem Parkplatz des Polizeipräsidiums.«

»Wie viele Kollegen sind es denn?« Ira war überrascht.

»Etwa ein Dutzend. Marxen will nicht nur Klaus Bartels

festnehmen. Er beabsichtigt, alle Bewohner des Gehöfts zur Vernehmung ins Polizeipräsidium bringen zu lassen. Er hat Sie wegen der weiblichen Bewohner angefordert, falls es da Schwierigkeiten geben sollte. Machen Sie das Beste daraus, Ira.« Die Kriminalrätin schien ihre nicht sehr erfreuten Gedanken gelesen zu haben. »Eine gute Nachricht gibt es übrigens. Hanni Zirner war vorhin bei mir. Eine Lehrerin ist krank. Deshalb hatte sie früher Schulschluss.«

»Die Lehrerin ist wirklich krank?«

»Ja, ich habe in der Schule angerufen und es überprüft.« Clara Wiener lächelte. »Ich habe ausführlich mit Hanni gesprochen und mich entschlossen, noch einmal von einer Einweisung in ein Erziehungsheim Abstand zu nehmen.«

»Ach, wie gut.« Ira war so erleichtert. »Hanni liegt Ihnen auch sehr am Herzen, nicht wahr?«

»Es gibt so viele Kinder und Jugendliche, bei denen wir scheitern. Oder von deren Elend wir gar nichts erfahren. Deshalb sollten wir helfen, wo wir es können.«

Ira verabschiedete sich und machte sich auf den Weg zu den Kollegen. Ja, sie war sehr froh, dass Hanni das Erziehungsheim erspart blieb.

16. Kapitel

Das Gehöft, in dem Klaus Bartels Unterschlupf gefunden hatte, lag inmitten von Wiesen am Rodenkirchener Rheinufer.

Moos überzog das Dach des Haupthauses, die Dächer der Nebengebäude waren teilweise sogar eingestürzt. Aber etliche Türen und Fensterläden schienen erst kürzlich instand gesetzt worden zu sein. Das Gleiche galt für den Gartenzaun, an einigen Stellen waren die Holzlatten neu, und der Gemüsegarten machte einen gepflegten Eindruck. Eigentlich war das Anwesen zum Abriss freigegeben, hatte Ira einen Kollegen während der Fahrt in dem Mannschaftsbus sagen hören. Die Denkmalschutzbehörde erhob jedoch Einwände, weil das Haupthaus aus dem siebzehnten Jahrhundert stammte.

Einige Fenster im Erdgeschoss waren wegen des trüben Tages erleuchtet. Musik war bis zum Gartentor zu hören.

»Wenigstens wird man uns bei dem Krach nicht bemerken«, sagte ein älterer Kollege im Rang eines Oberwachtmeisters zu Marxen.

»Geh'n wir!« Marxen hob den Arm. An der Spitze der

uniformierten Beamten schritt er durch den Garten. Ira war ein Platz am Ende der Gruppe zugeteilt.

Vor dem Gehöft – außer Sichtweite der erleuchteten Fenster – blieb Marxen stehen. Wie vorher abgesprochen, verteilten sich acht Leute um das Haus. Er wartete, bis er sicher war, dass sie sich auf ihren Positionen befanden, dann ging er mit vier anderen Männern zur Eingangstür.

»Aufmachen, Polizei!« Er donnerte mit der Faust dagegen. Die Musik brach ab, und die Tür schwang auf. In diesem Moment nahm Ira wahr, wie sich eine Frau in einem langen, leuchtend bunten Rock zwischen den Beeten aufrichtete und zum hinteren Ende des Gartens lief. Wilde Locken fielen ihr bis weit auf den Rücken.

Niemand der Kollegen schien sie bemerkt zu haben. »Halt, bleiben Sie stehen!« Sie rannte ihr nach. Die Frau hatte nun eine Gartenpforte zwischen Obstbüschen erreicht und riss sie auf.

»Halt!«

Die Gartenpforte schlug hinter der jungen Frau zu. Sie bückte sich und machte sich an etwas zu schaffen. Dann rannte sie weiter, quer über ein abgeerntetes Feld und auf eine Baumgruppe zu.

Ira wollte die schmale Tür aufstoßen, doch sie ließ sich nicht bewegen. Die junge Frau hatte einen großen Stein vor die untere Kante gewälzt.

»Mist!« Ira fluchte vor sich hin. Es gelang ihr, über den Zaun zu klettern. Doch nun verschwand die Frau in der Baumgruppe. Bis sie selbst dort war, würde sie längst über alle Berge sein. Es war sinnlos, sie zu verfolgen.

Ira zog sich wieder an dem Gartenzaun hoch. Von dem Hauptgebäude waren nun Befehle und wütende Stimmen zu hören. Ira machte sich auf den Weg zu dem Haus, als sie ein Mädchen sah, das sich ängstlich an einen windschiefen Schuppen drückte. Ihre Hände waren braun von Erde, und neben ihr stand ein Korb voller Gemüse. Anscheinend hatte das Mädchen mit der jungen Frau im Garten gewerkelt.

»Mein Name ist Ira Schwarz, und ich arbeite bei der Weiblichen Kriminalpolizei. Komm bitte mit zum Haus.« Ira wollte ihren Ausweis zücken, doch nun nahm sie wahr, dass das Gesicht des Mädchens rund und flach war, und ihre leicht schräg stehenden Augen hatten einen unnatürlich weiten Abstand. Anscheinend war sie mongoloid. Schätzungsweise war das Mädchen um die sechzehn Jahre alt. Ihr dünnes Haar war ordentlich gescheitelt, und sie trug eine dicke Jacke und einen wärmenden Wollrock. Die Gruppe von Studenten schien sich gut um sie zu kümmern.

»Da sind böse Männer gekommen.« Das Mädchen zitterte.

»Sie sind nicht böse, sie sind von der Polizei, wie ich.« Diese Auskunft schien das Mädchen nicht zu beruhigen. »Wie heißt du denn?«, versuchte Ira, eine Verbindung zu ihr aufzubauen.

»Monika, Moni Peters …«

»Ich heiße Ira Schwarz«, wiederholte Ira ihren Namen. »Wie lange lebst du denn schon hier?«

Das Mädchen runzelte die Stirn. »Ein paar Monate, die Bäume im Garten haben damals geblüht.«

»Und, gefällt es dir hier?«

»Alle sind nett.« Monika Peters nickte eifrig. »Ich hab ein eigenes Zimmer. Und niemand schlägt mich. Anders als die Nonnen.« Sie senkte den Kopf. Anscheinend war sie aus einer kirchlichen Anstalt für behinderte Menschen auf das Anwesen geraten.

»Willst du mir vielleicht dein Zimmer zeigen? Ich würde es gern sehen.«

Das Mädchen zögerte, dann nickte sie. »Ja, ich zeig es Ihnen.«

Gemeinsam gingen sie zum Haus.

Sie hatten es fast erreicht, als Marxen und der Oberwachtmeister heraustraten. Marxens Miene war finster. Die uniformierten Kollegen führten etwa ein Dutzend junger Leute nach draußen. Einen Mann, auf den die Beschreibung von Klaus Bartels zutraf, konnte Ira unter ihnen nicht erkennen. Anscheinend war er gar nicht auf dem Gehöft gewesen – was Marxens Zorn erklären würde.

»He, lassen Sie die Moni in Ruhe!«, rief eine Frau, die die Haare streng aus dem Gesicht gekämmt hatte, Ira zu. »Sie hat nichts getan.«

Marxen und der Oberwachtmeister wandten sich zu ihnen um.

»Ich will zu Andrea.« Moni strebte zu der jungen Frau mit der strengen Frisur.

Ira legte den Arm um sie und hielt sie fest. »Das geht jetzt leider nicht.«

»Lieber Himmel, ’ne Zurückgebliebene haust hier auch noch.« Der Oberwachtmeister verzog verächtlich den Mund. »Unter’m Adolf hätte es das nicht gegeben.«

Ira vergaß, dass er ein Vorgesetzter war, und setzte zu einer scharfen Entgegnung an.

Doch Marxen kam ihr zuvor. »Ich dulde solche Bemerkungen nicht!«, fuhr er den Kollegen zu ihrer Überraschung an.

»Entschuldigen Sie, Herr Hauptkommissar.« Das Gesicht des Oberwachtmeisters färbte sich rot.

»Bringen Sie das Mädchen zu den Wagen«, wandte Marxen sich an Ira. »Sie kann nicht allein hierbleiben.« Einige Polizei-Kombis waren mittlerweile bei dem Gehöft eingetroffen.

»Aber ich will nicht ohne meine Tasche weggehen.« Moni begann zu weinen. »Ich muss meine Tasche bei mir haben.«

»Wir holen zusammen deine Tasche«, sagte Ira und fügte an Marxen gerichtet hinzu: »Es wird nicht lange dauern.«

Der Hauptkommissar knurrte eine Antwort.

»Zeig mir, wo dein Zimmer ist.« Ira folgte Moni in das Haus, durch einen Windfang, in dem Mäntel und Jacken hingen. Dahinter führte eine Holztreppe in das obere Stockwerk. Im Korridor der ersten Etage blieb Moni stehen, denn einige Polizisten durchsuchten die Räume.

»Sie tun dir nichts«, versuchte Ira, sie zu beruhigen. Zögernd ging Moni weiter bis zu einem kleinen Zimmer. Eine Matratze lag auf dem Dielenboden, und an den Wänden hingen einige Buntstiftzeichnungen, die Tiere zeigten. Obstkisten dienten als Regale, darin lagen Kleidungsstücke. Alles war einfach, aber sauber.

Moni griff nach einer Leinentasche und hängte sie sich um.

»Hast du alles, was du brauchst?«, fragte Ira freundlich.

»Ja, hab ich.« Moni nickte ernst.

»Willst du dir schnell die Erde von den Händen waschen?«

Moni nickte wieder. »Dort ist das Bad.« Sie deutete auf eine Tür, in die ein Herz geschnitzt war.

»Dann geh ruhig.«

Ira sah zu, wie sie hinter der Tür verschwand. Wasser rauschte. Ein Kollege durchsuchte einen Raum, der ähnlich wie der von Moni eingerichtet war. Nur standen hier viele Bücher in den Obstkisten, und es gab eine ganze Batterie von Flaschen, in denen Kerzen steckten. Die Buntstiftzeichnungen an den Wänden waren experimentell.

Der Kollege tastete die Bodenleiste ab. Schon bald löste er ein Stück von der Wand und griff in einen Hohlraum dahinter. Dann holte er einige kleine Päckchen daraus hervor. Wenn es sich dabei mal nicht um Haschisch handelte, dachte Ira.

»Was macht der Mann denn im Zimmer vom Klaus?« Moni war neben Ira getreten und sah sie erschrocken an.

Neonlicht erhellte den Besprechungsraum im Polizeipräsidium. Etwa ein Dutzend Kollegen saßen dort, darunter auch Clara Wiener und andere Beamtinnen der Weiblichen Kriminalpolizei. Die Gespräche waren gedämpft. Dass Klaus Bartels entkommen war, schlug wohl allen auf die Stimmung. Ira schlüpfte auf einen Stuhl neben eine ältere Kollegin. Clara Wiener nickte ihr zu. Es war das erste Mal, dass Ira an einer richtig großen Besprechung im Rahmen einer Mordermittlung teilnahm, und sie war aufgeregt.

Die Tür flog auf, Marxen kam herein und ging zur Stirnseite. Ihm war deutlich anzusehen, wie zornig er immer noch war.

Die leisen Gespräche verstummten.

»Es gibt mittlerweile einige Dinge, die wir über Klaus Bartels wissen«, begann er ohne eine Begrüßung. »Mit vierzehn Jahren kam er wegen diverser Delikte in ein Erziehungsheim in Dortmund. Dort fiel er wegen Gewalttätigkeit auf. Unter anderem gegenüber einem Erzieher und einem Lehrer. Für unseren Fall besonders von Belang ist jedoch, dass Bartels homosexuelle Neigungen hat. Der Vater eines anderen Zöglings zeigte ihn wegen Belästigung an.« Ein Raunen ging durch die Reihen. »Außerdem wurde er mehrfach beim Zündeln ertappt. Und einmal steckte er die Kleidung eines anderen Jungen in Brand. Für die hier im Raum, die noch nicht in allen Einzelheiten mit den Ermittlungen vertraut sind«, Marxen blickte zu den Beamtinnen der Weiblichen Kriminalpolizei, »der Leichnam von Wolfgang Scholzen wurde mit hochprozentigem Alkohol übergossen und angezündet.«

Wieder ein Raunen.

»Vordringlichstes Ziel ist, dass Klaus Bartels gefasst wird. Fragen Sie bei den Vernehmungen seiner Mitbewohner nach Hinweisen auf seinen Aufenthaltsort. Und versuchen Sie herauszubekommen, ob Bartels für den Zeitraum, in dem Wolfgang Scholzen umgebracht wurde, ein Alibi hat.

Das ist alles, und ich erwarte von jedem gute Arbeit.« Es klang wie eine Drohung.

Alle erhoben sich. »Ira!« Clara Wiener winkte sie zu sich. »Sie werden eine Studentin vernehmen, Jutta Bauer. Einige Informationen zu ihr finden Sie hier.« Sie reichte Ira ein mit Schreibmaschine beschriebenes Blatt Papier. Ira vertiefte sich in die Notizen und ging mit den Kollegen in Richtung der Vernehmungszimmer.

Was für eine arrogante Ziege! Ira ließ sich im Korridor vor dem Vernehmungszimmer gegen die Wand sinken. Sie war es gewohnt, dass ihr Abneigung, Misstrauen, Hass und auch Wut entgegenschlugen. Aber die Verachtung, mit der ihr die Studentin Jutta Bauer begegnet war, war viel schlimmer gewesen. Sie hatte ihr vermittelt, ein gefühlloses »Vollzugsorgan« zu sein, eigentlich eher ein Apparat als ein Mensch. Borniert und voller Vorurteile und nur darauf aus, jugendlichen Straftätern zu schaden. Nun ja, Ben Weber würde ihre Einschätzung wahrscheinlich teilen.

»Ira?« Clara Wiener war zu ihr getreten. »Wie ist die Vernehmung gelaufen?«

»Für den Zeitraum des Mordes hat Jutta Bauer Klaus Bartels ein Alibi gegeben, und trotz mehrmaligen Nachfragens ist sie auch in den Details nicht abgewichen. Angeblich hat sie keine Ahnung, wo er sich versteckt hält.«

»Wie hat sie denn den Ablauf des Abends geschildert?«

Ira konsultierte ihren Notizblock. »Die Gruppe hat gemeinsam gekocht. So gegen sieben haben sie sich in der Küche getroffen. Es gab Pizza mit Salami und Tomaten und einen Salat. Klaus Bartels hat beim Kochen geholfen. Er war für den Salat zuständig. Sie haben gemeinsam gegessen, und danach sind Bartels und einige andere Mitbewohner ...« Sie las die Namen vor, und Clara Wiener schrieb sie mit. »... in der Küche geblieben, denn das ist der einzige beheizbare Raum in dem Gehöft. Ein paar haben gelesen, ein paar haben Doppelkopf gespielt, und Klaus Bartels hat gezeichnet. Um zehn haben sie dann Nachrichten im Radio gehört, Jutta Bauer hat sich sehr über die beabsichtigte Notstandsgesetzgebung empört. Anschließend haben sie noch Platten aufgelegt, Jimi Hendrix und die Rolling Stones, und gegen eins sind die Letzten, darunter auch Bartels, schließlich zu Bett gegangen.«

»Der Mann, der Wolfgang Scholzen zu dem Ford in der Schönhauser Straße gebracht hat, kann also nicht Klaus Bartels sein, wenn das Alibi stimmt. Ich gleiche das mit den anderen Vernehmungen ab. Ihre Arbeit ist getan. Sie können nach Hause gehen, Ira.«

»Frau Kriminalrätin, ich würde gern noch mit Monika Peters über Klaus Bartels sprechen.«

»Denken Sie denn, dass das zu etwas führt?«

»Es ist einen Versuch wert. Bartels hat Bilder für sie gezeichnet. Sie scheint ihn zu mögen.«

»Dann versuchen Sie Ihr Glück.« Clara Wiener begleitete Ira zu ihrem Büro, wo Monika Peters auf dem Boden kauerte und in ein Bilderbuch vertieft war. Einen Moment lang betrachtete sie das Mädchen mitleidig, dann nickte sie Ira zu und wandte sich zum Gehen. An der Tür blieb sie noch einmal stehen. Ira fing ihren Blick auf, der wieder auf das Mädchen gerichtet war. Er war immer noch mitleidig, aber auch etwas anderes lag darin. War es ein tiefer Schmerz?

Ira wandte ihre Aufmerksamkeit Monika zu und ließ sich neben der jungen Frau auf dem Boden nieder. Der Duft von Orange und Jasmin blieb noch in der Luft hängen, als die Kriminalrätin endgültig den Raum verließ.

Bei dem Bilderbuch handelte es sich um *Tomte Tumetott*. Ira war zu alt, um die Bücher der schwedischen Autorin Astrid Lindgren als Kind gelesen zu haben. Aber über Georg und ihre Arbeit kannte sie einige, und sie gefielen ihr sehr.

»Ich mag Tomte, den Wichtel mit der roten Mütze«, sagte sie.

»Er ist nett.« Monika Peters sah Ira scheu an. Die fremde Umgebung schien sie einzuschüchtern.

»Tomte passt auf die Menschen auf dem Bauernhof auf und beschützt sie.«

»Ich wohne auch auf einem Bauernhof. Ich will wieder dahin.« Das würde höchstwahrscheinlich, nun, da die junge Frau polizeilich erfasst worden war, nicht mehr möglich sein. Wie Monika Peters wohl zu der Gruppe von jungen Leuten auf den Hof gekommen war? Aber das aufzuklären musste warten.

»Du hast Klaus Bartels gern, nicht wahr?«

»Natürlich! Alle mögen ihn.« Monika Peters sah Ira an, als sei sie nicht ganz bei Trost.

»Erzähl mir doch bitte von ihm.«

»Klaus hat mir vorgelesen, Märchen und so, und manchmal hat er mir ein Bild gemalt. Ich kann jetzt auch meinen Namen schreiben. Soll ich es Ihnen zeigen?«

»Ja, gern.« Ira reichte ihr einen Stift und ihr Notizbuch.

MOnI schrieb das Mädchen in krakeligen Buchstaben auf das Blatt Papier.

»Toll.« Ira lächelte sie an.

»Jetzt ist Klaus weg.«

»Weißt du denn vielleicht, wohin?«

»Nein.« Monika Peters schüttelte den Kopf. »Er hat nur gesagt, er muss weg, weil man ihn sonst einsperrt. Ich hab Angst um ihn, er ist doch krank.«

Ira wollte eigentlich auf den Sonntagabend zu sprechen kommen. Aber sie mochte die Unterhaltung nicht zu schnell darauf lenken, denn vielleicht wurde das Mädchen dann misstrauisch. »Wieso ist Klaus krank?«, ging sie auf Monika Peters ein.

»Na ja, er muss sich immer spritzen.«

»Spritzen?« Ging es etwa um Heroin? Ira war alarmiert.

»Er zieht sein Hemd ein bisschen hoch und spritzt sich in den Bauch.« Das Mädchen spielte mit einem Stift.

Also kein Heroin. War es etwa möglich, dass Klaus Bartels Diabetiker war? Seit Kurzem gab es diese neue Therapie mit Insulin.

»Weshalb muss er sich spritzen? Weißt du das?«

»Wegen dem Essen und dem Zucker da drin, so hat er mir das erklärt.«

Wenn Klaus Bartels Diabetiker war, benötigte er entsprechende Medikamente und musste früher oder später einen Arzt aufsuchen. Kein Wunder, dass diese Jutta ihr das verschwiegen hatte.

Ira versuchte, wieder auf ein mögliches Versteck des jungen Mannes zurückzukommen. »Hat dir Klaus mal von einem Ort erzählt, den er sehr mag oder wo er sich sicher fühlt?«

»Er hat gern auf dem Hof gelebt.«

»Ja, das verstehe ich.« Ira nickte.

»Er fehlt mir, aber zum Abschied hat er mir was geschenkt.« Monika Peters kramte in der Umhängetasche und förderte einen blauen Stoffhund zutage.

»Den hast du von Klaus bekommen?« Der Stoffhund erinnerte Ira an etwas. Sie wusste nur nicht sofort, an was.

»Ja.«

Natürlich, der blaue Elefant, den Wolfgang für Carolin geschossen hatte! Er hatte die gleiche grelle Farbe und die gleiche billige Machart.

»Weißt du, woher Klaus den Stoffhund hatte?«

Monika Peters nickte. »Von der Kirmes.«

»Von welcher Kirmes denn?« Ira versuchte, ihre Stimme beiläufig klingen zu lassen.

»Na, die, die jetzt ist. In Bayenthal.«

»Wirklich? Bist du dir ganz sicher?«

»Ja, Klaus hat dort mal gearbeitet, und er wollte mich dahin mitnehmen. Aber dann musste er ja fort.«

Iras Gedanken rasten. Wie konnte sie fragen, was sie unbedingt wissen musste, ohne ihr Gegenüber zu verwirren? »Monika, weißt du denn, was für ein Tag heute ist?«, tastete sie sich vor.

»Mittwoch. Am Mittwoch kocht Meli, und es gibt meistens Pfannkuchen.«

»Kannst du dich noch an den Sonntag erinnern?«

»Mittwoch, Dienstag, Montag, Sonntag«, zählte Monika an ihren Fingern zurück. »Sonntags kocht Jutta, die macht oft was anderes.«

»Am letzten Sonntagabend gab es Pizza, das hat mir Jutta erzählt.«

»Ja, ich hab die Tomaten in Scheiben geschnitten.« Monika Peters nickte.

»Und Klaus hat den Salat gemacht, oder?«

»Nein, Klaus hat keinen Salat gemacht. Er war doch gar nicht da.« Das Mädchen blickte Ira irritiert an.

Iras Herz klopfte rascher. »Er war nicht da? Wirklich, Monika?«

»Ja, er war den ganzen Abend weg, obwohl er mir versprochen hatte, mir nach dem Essen was vorzulesen.«

Ira atmete tief aus. Das Alibi stimmte also nicht. Und da war noch etwas. Ihr Studium hatte auch Stunden zur Medizin umfasst. Diabetes führte manchmal zu Erektionsproblemen. Konnte das der Grund sein, weshalb Wolfgang Scholzen vor seinem qualvollen Tod nicht missbraucht worden war?

17. Kapitel

Der Auspuff des VW-Käfers knatterte ohrenbetäubend, während Ira die Nord-Süd-Fahrt entlangfuhr. Jetzt, nach neun Uhr am Abend, herrschte ausnahmsweise einmal nicht viel Verkehr, und auf der breiten, übersichtlichen Straße ignorierte sie die Geschwindigkeitsbegrenzung. Sie war müde, aber fast etwas euphorisch – auch wenn dies im Zusammenhang mit einer Mordermittlung unangemessen sein mochte. Aber sie war einfach so froh, etwas Entscheidendes zur Aufklärung des Verbrechens beigetragen zu haben. Das war es, was sie sich von ihrer Arbeit immer gewünscht hatte.

Erst im Morgengrauen war Klaus Bartels in der Mordnacht nach Hause gekommen. Ein paar der jungen Leute hatten dies schließlich nach weiteren Vernehmungen, konfrontiert mit Monika Peters' unabsichtlicher Aussage, zugegeben. Dazu, wo er an jenem Abend tatsächlich gewesen war, konnten – oder wollten – sie nichts sagen. Aber es passte einfach alles zusammen. Bestimmt war Bartels Wolfgangs Mörder. Hoffentlich wurde er bald gefasst und verurteilt. Vielleicht würde dies Frau Scholzen ein bisschen Frieden bringen.

Als Ira kurz darauf vor dem schmucken Einfamilienhaus ihrer Verwandten in Lindenthal parkte, sah sie ihre Tante in der erleuchteten Küche herumwerkeln. Zu einem Heim war das Haus für Georg und sie nie geworden. Der Onkel und die Tante hatten sich redlich bemüht, aber sie hatten sich eigentlich immer wie zu Besuch gefühlt. Ach, es war einfach ein kompliziertes Verhältnis.

Mit dem Vorsatz, aus dem Abend das Beste zu machen, klingelte Ira an der Eingangstür.

»Tut mir leid, dass es doch so spät geworden ist.« Sie reichte der Tante die Hand.

»Du hast ja vom Präsidium aus angerufen, wie schön, dass du überhaupt noch kommen konntest.« Tante Gunda war eine füllige, nicht unattraktive Frau Ende fünfzig. Wie immer war sie sorgfältig geschminkt. Zu ihrem Twinset trug sie eine Perlenkette. »Wir sind mit dem Hauptgericht fertig. Soll ich dir etwas davon bringen? Nein? Dann hole ich schnell den Nachtisch.« Tante Gunda hängte Iras Anorak an die Garderobe. »Dass du nur immer Hosen tragen musst! Sie stehen dir ja. Aber du könntest dich manchmal ein bisschen weiblicher anziehen. Und du hast doch wirklich sehr hübsche Beine.«

Was der Onkel und die Tante wohl sagen würden, wenn sie in einem Minirock ankäme, der nur bis zur Mitte der Oberschenkel reichte? Ira unterdrückte ein Grinsen und wartete an der Küchentür.

Die Einbauküche mit ihren hellblauen Schränken und dem farblich dazu passenden Linoleumboden blitzte wie immer vor Sauberkeit und war ganz neu. Der Onkel und die Tante wechselten die Kücheneinrichtung alle paar Jahre, sogar eine Geschirrspülmaschine und einen Gefrierschrank gab es. Ira konnte sich nicht beklagen, denn den alten Kühlschrank und die Waschmaschine hatten Georg und sie geschenkt bekommen.

Aus dem Esszimmer waren die lauten Stimmen von Georg und Onkel Fritz zu hören. Offensichtlich stritten die beiden wieder einmal.

»Das geht schon den ganzen Abend so«, sagte die Tante, als hätte sie Iras Gedanken erraten. Sie nahm eine Platte mit einer Pavlowa vom Küchentisch.

»War es sehr schlimm?«

»Ja, dein Onkel kann sich leider überhaupt nicht mäßigen.«

Wenn die Streiterei sogar der Tante, die sonst immer mit dem Onkel solidarisch war, auf die Nerven ging, musste das Essen bisher tatsächlich sehr anstrengend gewesen sein.

Ira öffnete ihr die Tür zum Speisezimmer. Der Onkel stand vom Esstisch auf. Sein Gesicht war wie stets stark gerötet.

»Ira, Mädchen, schön, dich zu sehen …« Er tätschelte ihr den Arm. »Dein Bruder muss mal zum Friseur, seine Haare sind viel zu lang.«

»Ich werde mir ganz bestimmt nicht die Haare schneiden lassen!« Georg schob angriffslustig das Kinn vor.

»Aber Fritz, dem Jungen stehen die längeren Haare wirklich gut. Und die beiden Söhne von Professor Heinze tragen sie jetzt auch so.«

»Heinze ist ein verdammter Liberaler. Der ist auch beim

Trauerzug für diesen Revoluzzer, diesen Ohnesorg, mitgelaufen!«

Ira trat Georg, der etwas erwidern wollte, gegen das Bein. »Onkel, Ohnesorg war wirklich kein Revoluzzer«, sagte sie rasch. »Er war ein Student, der friedlich demonstrieren wollte.«

»Kurras hat ihn kaltblütig umgebracht!« Georg war nicht zu bremsen.

»Meine Lieben, es reicht mit der Politik.« Tante Gunda blickte beschwörend in die Runde.

Onkel Fritz bedachte Georg noch mit einem aufgebrachten Blick und wandte sich dann Ira zu. »Ist denn die Polizei bei den Ermittlungen in dem Mordfall Wolfgang Scholzen weitergekommen?«

»Es gibt einen Verdächtigen, aber mehr darf ich dazu nicht sagen.«

»Natürlich, das verstehe ich. Wahrscheinlich mal wieder so ein asoziales Gesocks.«

Ira billigte die Wortwahl des Onkels nicht. Aber so, wie es aussah, kam der Täter tatsächlich vom Rand der Gesellschaft.

»Ich habe die Artikel von Ben Weber über den Mordfall gelesen.« Tante Gunda teile die Pavlowa aus. »Ich fand sie sehr gut geschrieben. Sensibel und gar nicht reißerisch.«

»Benedikt Weber ist auch einer von diesen linken Vögeln.«

»Du kennst ihn, Onkel Fritz?« Ira war überrascht.

»In erster Linie seinen Vater, den Oberstaatsanwalt. Ein sehr guter Mann, verfolgt eine klare Linie und biedert sich nicht bei den Linken an.« Onkel Fritz stieß seinen Dessertlöffel in die Baisermasse. »Und es sieht diesem Benedikt Weber ähnlich, die Arbeit der Polizei madig zu machen. Wie in seinen Artikeln über diesen Kommissar, der angeblich wegen eines Komplotts der Strafverfolgungsbehörden in Bezug auf Trunkenheit am Steuer und Fahrerflucht nur zu einer geringen Strafe auf Bewährung verurteilt wurde. Mein Gott, ein psychiatrischer Sachverständiger hat dem Mann bescheinigt, dass er unter Schock stand und nicht mehr Herr seiner Sinne war, als er die Unfallstelle und den verletzten Fußgänger verließ!«

»Ben Weber hat diese Artikel geschrieben?« Ira war gerade auf einer mehrwöchigen Fortbildung gewesen, als sich besagter Unfall ereignet hatte.

»Onkel«, mischte sich Georg ein, »der Fußgänger war nicht nur verletzt, er war schwer verletzt. Und der psychiatrische Gutachter hat den Kommissar noch nicht mal gesehen. Er hat eine Ferndiagnose gestellt.«

»Na und? Er wird schon gewusst haben, was er tut. Außerdem sollte Benedikt Weber mal vor seiner eigenen Tür kehren. Sein bester Freund ist ein verurteilter Straftäter. Über den hat er sich nicht öffentlich ausgelassen.«

»Ehrlich, ein verurteilter Straftäter?« Georg war fasziniert.

»Ja, er war an einem bewaffneten Bankraub beteiligt und hat sich eine wilde Verfolgungsjagd mit der Polizei geliefert. War ein Wunder, dass dabei niemand zu Schaden kam. Und was macht dieser Weber? Besorgt seinem Freund einen Top-Anwalt.«

»Und weshalb wurde der Freund zum Bankräuber?« Georg nahm sich noch einmal von dem Nachtisch.

»Weshalb, weshalb ... Irgendein Seelenklempner würde wahrscheinlich eine schwere Kindheit vermuten. Neuerdings dient das ja als Entschuldigung für alles.« Die Stimme des Onkels klang erbittert.

»Und wie konnte es sich Ben Weber leisten, dem Freund einen Anwalt zu bezahlen?« Ira war jetzt wirklich interessiert.

»Hat von seiner Großmutter mütterlicherseits wohl einiges geerbt. Noch nie was gearbeitet, Geld in der Hinterhand und den Kapitalismus kritisieren. Aber das ist ja oft so bei diesen Linken.«

»Aber Fritz, Ben Weber arbeitet doch! Jetzt bist du wirklich ungerecht.« Tante Gunda blickte ihren Mann tadelnd an.

Georg grinste. »Ein Bankräuber als Freund hört sich irgendwie dufte an!«

»Das darf doch wohl nicht wahr sein! Hast du jetzt völlig den Verstand verloren, Junge?« Onkel Fritz, hochrot im Gesicht, schmiss seine Serviette auf den Tisch. »Dein Vater würde sich im Grab umdrehen.«

Womit er nicht ganz unrecht hatte. Ira widmete sich dem Dessert und blendete Georgs gereizte Antwort aus. Hoffentlich konnten sie und der Bruder bald gehen. Aber auch wenn sie es nicht gern zugab, Ben Weber, dieser arrogante Schnösel, zeigte immer wieder unerwartete Seiten.

• • •

Auf dem Parkplatz vor dem Herzblatt standen etwa zwei Dutzend Wagen. Ungefähr die Hälfte davon stammte laut den Nummernschildern aus Köln, andere aus umliegenden Städten und Landkreisen. Dortmund und Koblenz waren die entlegensten.

Nachdem Ben den Citroën abgeschlossen hatte, blieb er stehen und blickte die Straße entlang. In etwa hundert Metern Entfernung befand sich die Einmündung zur Sackgasse mit den Garagen. Sie war noch so eben zwischen den Bäumen am Straßenrand zu erkennen. Aber Ben hatte in seiner Arbeit als Journalist gelernt, jeder noch so vagen Möglichkeit nachzugehen.

Das Herz aus rot blinkenden Neonröhren über dem Eingang des Bordells wirkte bei Dunkelheit genauso deprimierend wie bei Tage. Der Türsteher trug, dem Klischee entsprechend, eine dicke Goldkette um den Hals, und sein trotz des kühlen Abends fast bis zum Bauchnabel aufgeknöpftes Hemd entblößte eine haarige Brust. Er musterte Ben misstrauisch, ließ ihn dann jedoch in die Bar ein.

Einige Männer in mehr oder weniger angeduseltem Zustand saßen auf den hohen Stühlen aus Metall. Ben ließ sich am Ende der Bar nieder. Die Wand hinter der Theke war als ein riesiger Mund gestaltet, der, mit der Zungenspitze zwischen den Lippen, wohl lasziv aussehen sollte. An manchen Stellen blätterte die Farbe ab.

»He, Süßer, was kann ich dir denn bringen? Sekt, Champagner, ein kühles Kölsch, ein Pils oder was Härteres?« Eine platinblonde Frau in einer schwarzen Korsage beugte sich zu ihm.

»Ein Kölsch.«

»Wird gemacht.« Sie winkte dem Barmann, es zu zapfen. »Bist du aus Köln?«

»Ja.«

Kurz darauf schob sie ihm das Kölsch zu. Der Preis war, wie nicht anders zu erwarten, astronomisch.

»Ich bin übrigens Jeanette. Interessante Frisur hast du.« Sie ließ eine von Bens Haarsträhnen durch ihre Finger gleiten. »Ich hab was für Hippies übrig.« Sie schenkte ihm einen tiefen Blick aus mit Kajal umrandeten Augen.

Er konnte das Ganze genauso gut abkürzen. Jeanette oder eine andere Prostituierte, das machte keinen Unterschied.

»Bist du frei?«

»Ja klar. Du bist aber ein schnell Entschlossener.« Jeanette wirkte ein bisschen irritiert.

»Dann lass uns hier verschwinden.« Ben legte das Geld auf die Theke.

Der Raum war überheizt und roch nach Tannennadelspray und Desinfektionsmitteln. Ben blieb vor dem breiten Bett stehen. Das Neonherz blinkte durch dünne rote Vorhänge. Draußen auf der Straße fuhr ein Auto vorbei, und die Scheinwerfer wanderten über die Decke. Wer fand nur so eine Umgebung erotisch?

»Jeanette, ich bin nicht an Sex interessiert, sondern an Informationen.«

»Ach ja?« Ihr Blick wurde wachsam. »Was bist du denn für einer?«

»Ein Journalist. Du hast bestimmt von dem Jungen gehört, der in der Nacht von Sonntag auf Montag ganz in der Nähe in einer Garage ermordet wurde. Fünfzig Mark gehören dir, wenn du dich unter den anderen Frauen umhörst. Ich wüsste gern, welche Freier in jener Nacht hier waren. Beruf, Herkunftsort, Name, falls sie denn einen genannt haben, Aussehen – alles ist wichtig für mich. Du kriegst noch mal fünfzig Mark, wenn du etwas für mich herausfindest.«

»Für zweimal hundertfünfzig Mark mach ich's vielleicht.«

»Sechzig jetzt, sechzig später.«

»Hundertzwanzig auf die Hand.«

»Okay, einigen wir uns auf hundert.« Glücklicherweise hatte er einiges geerbt. Er reichte Jeanette den Schein, und sie ließ ihn mit einer einstudierten Geste im Ausschnitt der Korsage verschwinden.

»Ist hier eigentlich mal ein langhaariger, bärtiger Mann aufgetaucht?«

»Nicht, dass ich wüsste.« Jeanette zuckte mit den Schultern.

»Frag auch danach bitte. Und nein danke, kein Sex. In den nächsten Tagen komme ich wieder.« Ben verabschiedete sich eilig.

Selbst im Citroën, als er sich eine Gauloise ansteckte, hatte Ben noch das Gefühl, dass der widerliche Tannennadelduft an ihm klebte. Er wollte gerade den Wagen starten, als ein beiger Cadillac mit schokoladefarbenem Dach die Zufahrt, die hinter das Bordell führte, entlangrollte. Dieser Wagen war in Kölns Unter- und Halbwelt allseits bekannt. Ebenso wie der Mann am Steuer. Sein mit Pomade zurückgekämmtes Haar glänzte im Licht der Straßenlaternen. Sein markantes Profil hätte jedem amerikanischen Gangsterfilm zur Ehre gereicht. Was machte jemand wie Hennes Schaffrath in einem zweitklassigen Schuppen wie diesem?

18. Kapitel

Erleichtert verließ Ira zusammen mit Georg das Haus ihrer Verwandten. Tante Gunda hatte ihnen die Reste des Essens in Tupperdosen mitgegeben. Es ging Ira wie so oft: Sie erkannte es an, dass der Onkel und die Tante versuchten, sich um sie und Georg zu kümmern. Gleichzeitig hatte sie ein schlechtes Gewissen, da sie es nicht richtig schätzen konnte.

Georg ließ sich auf den Beifahrersitz des VW-Käfer fallen. »Hoffentlich war's das mit den Besuchen für die nächsten ein, zwei Monate«, knurrte er gereizt. »Noch vier Jahre, bis ich volljährig werde! Wie soll ich das bis dahin nur aushalten?«

Ira sparte sich einen Kommentar und schaltete das Radio ein, das noch auf den britischen Soldatensender eingestellt war. Sie fühlte sich immer noch wie unter Strom stehend. Mittlerweile wurde im ganzen Rheinland nach Klaus Bartels gefahndet. Vielleicht war er ja sogar schon festgenommen worden.

»Du hast vorhin gesagt, dass ihr einen Verdächtigen im Mordfall Wolfgang Scholzen habt.« Georg sah sie von der

Seite an. »Ist das denn jetzt ein ernsthafter Verdächtiger? Anders als dieser Gebhardt Koch?«

Georg und der Vater hatten sich oft nicht sehr gut verstanden, und im Gegensatz zu Ira hatte Georg sich nie sehr für Polizeiarbeit interessiert. Aber manchmal merkte man es ihm doch an, dass der Beruf des Vaters nicht spurlos an ihm vorbeigegangen war.

»Es deutet sehr viel darauf hin, dass er den Jungen umgebracht hat. Sobald er festgenommen ist und die Anklage steht, erzähle ich dir mehr.«

»Bist du Ben Weber mal während der Ermittlungen begegnet?«

»Ja.«

»Und wie findest du ihn?«

»Sehr von sich selbst überzeugt.«

»Ich mag seine Artikel und dass er keine Angst hat, Autoritäten infrage zu stellen.«

So konnte man es auch sehen ... Selbstgerechtigkeit war ein anderer Blickwinkel. Ira mühte sich wieder einmal mit der Gangschaltung, und das Getriebe ächzte.

»Kriegst du jemals einen neuen Dienstwagen?« Georg grinste.

»Nicht unter dem derzeitigen Leiter des Fuhrparks.«

»Wie steht's eigentlich zwischen dir und diesem großen, gut aussehenden Typen, der dich in der letzten Zeit gelegentlich abgeholt hat?«

»Christoph Gmeiner? Wir gehen zusammen aus. Das ist alles.« Das mit ihr und dem jungen Rechtsanwalt war noch nichts Ernstes. Aber vielleicht würde mehr daraus werden.

Er war sportlich und zuverlässig und hatte Humor. Ira verbrachte einfach gern Zeit mit ihm.

»Ich wäre nur lieber darauf vorbereitet, wenn er eines Tages bei mir um deine Hand anhalten sollte.«

»Ach, halt den Mund.« Am Wochenende wollten Christoph und sie zum Segeln nach Holland fahren – falls nicht eine unerwartete Wendung in der Mordermittlung dies noch verhinderte. Wie sich die Dinge dann wohl zwischen ihnen entwickeln würden? Sie hatten eine Übernachtung in einer Pension am Ijsselmeer geplant. Nun, im Moment gab es in ihrem Leben wirklich Dinge, die wichtiger waren.

Als Ira zum Eigelstein einbog, drang hinter den rot erleuchteten Fenstern eines Bordells laute Schlagermusik bis auf die Straße. Einige Prostituierte schritten auf dem Gehweg auf und ab, und ein Mercedes der Oberklasse hielt gerade neben ihnen am Straßenrand. Aus einer Kneipe drängte eine Gruppe Angetrunkener nach draußen. Das übliche Nachtleben im Viertel.

Ira fand einen Parkplatz direkt vor dem Haus, in dem sie und Georg wohnten. »Hast du Lust auf ein Bier?«

»Du fragst mich, ob ich Lust auf ein Bier habe? Und du fürchtest nicht, mich damit zum Alkoholismus zu verführen?« Georg sah sie mit übertriebenem Erstaunen an. »Was ist denn mit dir los?«

»Ich muss einfach wieder runterkommen.«

»Soll ich das Bier holen? Und ja, ich trinke gern eins mit dir.«

»Lass nur, ich geh schnell zum Kiosk da vorn.« Ira schloss den Wagen ab und rannte zu dem Büdchen.

Vor ihr bezahlte ein kleiner, alter Mann, den Wollschal bis zur Nase hoch gewickelt, eine Tageszeitung und eine Tüte Bonbons. Dann war Ira an der Reihe und kaufte zwei gekühlte Flaschen Kölsch. Sie hatte eben das Geld auf die Theke gelegt, als die Ladenglocke bimmelte und eine Frau in einem kurzen, offenherzigen Kleid und einem Jäckchen aus Tigerfell-Imitat in den Kiosk stöckelte. Ihre großen goldenen Ohrringe wippten bei jedem Schritt – Hedda Ganser. Sie nickte Ira kurz zu und orderte dann ein Päckchen Kaugummi.

Ira verließ den Kiosk, blieb draußen jedoch stehen. Vor ein paar Wochen war Hedda Ganser am Rand des Eigelsteins vergewaltigt worden. Sie war mit ihr zum Krankenhaus gefahren, hatte ihre Anzeige aufgenommen und sie dann nach Hause gebracht. Am Wochenende und während der Messen schaffte Hedda oft im Herzblatt an, dem Bordell in der Nähe der Oskar-Jäger-Straße. Marxen hielt es ja nicht für nötig, dass sie, Ira, den Kontakt zu den Frauen dort suchte. Das hatte er ihr am Vormittag sehr klargemacht. Aber sollte sie es nicht doch einmal versuchen? Ein Schaden würde daraus bestimmt nicht entstehen.

Die Prostituierte trat auf die Straße.

Ira wandte sich ihr zu. »Hedda, könnte ich kurz mit Ihnen sprechen?«

»Ja, aber lassen Sie uns in 'ne Toreinfahrt gehen, Fräulein Schwarz. Nichts für ungut, aber ich will nicht mit Ihnen gesehen werden.« Hedda blickte sich nervös um.

Ira ging mit ihr in die nächstgelegene Einfahrt. Licht aus einigen Fenstern fiel in einen Hinterhof. Irgendwo briet jemand Zwiebeln – am Eigelstein wurde die Nacht ziemlich häufig zum Tag –, und der Geruch hing durchdringend in der Luft.

»Hedda, Sie arbeiten doch öfter mal im Herzblatt, und Sie sind mit den Frauen dort gut bekannt. Ich möchte Sie um einen Gefallen bitten. Könnten Sie sich bei den Frauen umhören, welche Freier in der Nacht von Sonntag auf Montag zwischen zehn Uhr nachts und zwei Uhr morgens bei ihnen waren? Es geht um den Jungen, der ganz in der Nähe ermordet wurde. Vielleicht hat ja ein Freier irgendetwas beobachtet, was für die Ermittlungen wichtig sein könnte.«

»Sind Sie verrückt, Fräulein Schwarz?« Hedda lachte trocken auf. »Wenn der Betreiber vom Herzblatt mitkriegt, dass ich seinen Kunden nachspioniere, wirft er mich raus. Und wahrscheinlich lässt er mich auch noch von seinen Türstehern verprügeln.«

»Hedda, ich brauche Ihre Hilfe, meinen Kollegen gegenüber haben die Frauen nichts gesagt.«

»Na ja, und das mit gutem Grund. Welcher Freier will denn plötzlich die Polente vor der Tür stehen haben? Das ist nicht gut fürs Geschäft.«

»Der Junge war gerade einmal sechzehn Jahre alt. Es muss doch niemand erfahren, dass die Frauen mit Ihnen geredet haben.«

»Ach ja? Jeder Kerl kann doch zwei und zwei zusammenzählen. Von wem, wenn nicht von den Huren, sollte so ’ne Information wohl stammen? Nee, Fräulein Schwarz, es tut mir leid, aber auf mich können Sie da nicht zählen.« Hedda Ganser machte Anstalten, zur Straße zurückzugehen.

»Bestimmt gibt es eine Möglichkeit, das zu verschleiern.«

»Dann sagen Sie mir mal, welche.«

Ira überlegte fieberhaft. Sie hatte sich das wohl zu einfach vorgestellt.

»Ein Blitzer«, sagte sie dann.

»Hä? Was meinen Sie denn damit?«

»Ein Blitzgerät, mit dem die Polizei die Geschwindigkeit misst. Alle Autos, die daran vorbeifahren, werden fotografiert. Auf den Fotos sind das Heck der Wagen mit dem Nummernschild und die jeweilige Geschwindigkeit zu sehen.« Seit knapp zehn Jahren waren diese Geräte im Einsatz. »Den Freiern gegenüber könnte man einfach behaupten, in der Nähe vom Herzblatt habe ein Blitzer gehangen, so sei die Polizei auf sie gestoßen.«

»Hm ...« Hedda Ganser klang nicht überzeugt. »Und was ist, wenn der Freier überhaupt keinen Wagen hat?«

Mist, diese Möglichkeit hatte sie gar nicht bedacht. »Das Herzblatt ist ziemlich abgelegen. Die Freier, die von außerhalb kommen, fahren bestimmt mit dem Auto oder mit einem Motorrad dorthin.«

»Na, ich weiß nicht ...«

»Hedda, bitte, versuchen Sie doch Ihr Glück. Ich werde auch alles tun, um Sie und die Frauen zu schützen.«

»Ich überleg's mir mal, Fräulein Schwarz. Aber versprechen tu ich nichts.«

»Danke trotzdem.« Ira drückte Heddas Hand. Auch wenn es ihr schwerfiel, musste sie sich damit erst einmal begnügen.

• • •

Mein Gott, war diese Frau heiß! Sylvia lag auf dem Bett, die langen Beine leicht gespreizt, nackt bis auf ein Unterhemd aus Seide. Unter dem dünnen Stoff zeichneten sich ihre Brustwarzen ab. Sie stützte sich auf die Unterarme, schüttelte ihre Haare in den Nacken und ließ die Hüften leicht kreisen. Die Augen halb geschlossen, lächelte sie ihn an. Ben Weber zerrte sich die Jeans herunter, griff nach einem Kondom. Gleich, gleich würde er in ihr sein ... Sie streckte die Arme nach ihm aus. Er glitt auf sie, streifte ihr das Hemd ab. Die Erregung riss ihn mit wie eine Welle.

Von irgendwoher ertönte ein durchdringender, penetranter Ton. Die Türklingel.

»Ignorier das doch einfach!« Sylvias Mund dicht an seinem Ohr. »Es ist sicher nicht wichtig.«

Er versuchte, sich auf sie zu konzentrieren, alles andere auszublenden. Doch das Klingeln ließ nicht nach.

»Verdammt!« Er ließ sich neben Sylvia fallen. »Tut mir leid, ich kann nicht.«

»Erwartest du denn jemand?«

»Nein ... Ich klär das schnell.« Ben lief zur Wohnungstür und riss den Hörer der Gegensprechanlage von der Halterung. Wer auch immer dort unten stand, er würde ihn umbringen.

»Ben!« Katjas Stimme, aufgeregt, fast hysterisch. »Bist du das? Ich muss dich sofort sprechen.«

Auf dem Herd brodelte die Espressokanne. Das herbe Kaffeearoma mischte sich mit dem Duft von Katjas Parfüm. Voller Sexualhormone und Promille, benötigte Ben dringend Koffein, um wieder klar denken zu können.

»Katja, was ist denn los?« Ben hatte Sylvia eilig hinauskomplimentiert und sich die Jeans und ein Hemd übergezogen. So aufgelöst, wie die sonst immer beherrschte und kühle Katja war, würde das Gespräch sicher länger dauern. Es musste etwas wirklich Schwerwiegendes vorgefallen sein.

Er bezweifelte sehr, ob Sylvia ihm glaubte, dass Katja nur eine alte Freundin war. Wahrscheinlich würde sie nie wieder ein Wort mit ihm sprechen. Sie war ziemlich angepisst gewesen, als plötzlich eine andere Frau in der Wohnung erschien, was er ihr nicht verübeln konnte. Doch er bereute seine Entscheidung nicht.

»He ...« Er rüttelte Katja sanft an der Schulter. »Ist etwas mit Horst passiert? Jetzt sag schon.« Hoffentlich hatte der Freund nicht beschlossen, aus dem Gefängnis zu türmen. Oder Schlimmeres.

»Ich hab Kontakt zu einer Gruppe, Studenten und so, die junge Leute, die aus dem Erziehungsheim geflohen sind, bei sich in einem Gehöft bei Rodenkirchen verstecken.« Katja schob die Hände zwischen die übereinandergeschlagenen Beine und zog den Kopf ein, als wollte sie sich vor einem unsichtbaren Gegenüber ducken.

»Herrje, Katja ...« Erleichterung und Ärger brandeten in Ben auf. »Du kannst nicht alle Mühseligen und Beladenen retten, nur weil Horst durch das Erziehungsheim auf die schiefe Bahn geraten ist.«

»Ach ja? Und was ist mit dir? Dass dein Vater und du euch völlig zerstritten habt, das hat doch auch mit Horst zu tun.« Ihre dunklen Augen funkelten zornig.

»Das hat auch noch andere Gründe.« Ben versuchte sich an einem Scherz, um die Freundin aufzumuntern. »Katja, wegen dir hab ich wahrscheinlich gerade eine echt scharfe Frau verloren. Noch einmal, weshalb bist du gekommen?«

»Tut mir leid, sie sah wirklich toll aus.« Katja lächelte, nur um gleich darauf in Tränen auszubrechen.

»Katja, bitte nein ...« Ben legte den Arm um sie. Er hasste es, wenn Frauen weinten.

Katja kramte in ihrer Handtasche nach einem Taschentuch und schnäuzte sich.

»Ich bin wegen einem jungen Mann hier, Klaus Bartels. Er hat vor ein paar Monaten in dem Gehöft bei Rodenkirchen Zuflucht gesucht.«

»Bei diesen Studenten?«

»Ja, heute hat die Polizei das Gehöft gestürmt. Sie haben nach Klaus gesucht. Eine Frau konnte entwischen. Sie hat mich angerufen.«

»Du scheinst einen ziemlich engen Kontakt zu diesen Leuten zu haben.«

»Ich helfe ihnen gelegentlich mit Geld und was sie sonst noch brauchen. Lebensmitteln und Kleidung. Und ich stelle auch mal den Kontakt zu einem Anwalt her.«

Katja war da also ziemlich tief involviert. Ben enthielt sich eines weiteren Kommentars, das würde nur wieder zu Streit führen.

»Klaus hat das Gehöft schon vor ein paar Tagen verlassen. Seit der Mord an Wolfgang Scholzen bekannt wurde. Er …« Katja hob in einer hilflosen Geste die Hände. »Die Polizei sucht ihn deswegen.«

»Die Bullen glauben, dieser Klaus Bartels hat den Jungen umgebracht?«

»Ja, aber er hat's nicht getan. Er ist einfach nur ein Sündenbock für die Polizei.«

»Weshalb bist du dir da so sicher?«

»Auf welcher Seite stehst du eigentlich?«, fuhr sie ihn an.

»Auf überhaupt keiner. Aber im Gegensatz zu dir neige ich nicht zu einer übermäßig ausgeprägten Sozialromantik. Nicht jeder, der in einem Gefängnis oder einem Erziehungsheim einsitzt, ist ein verkappter Heiliger.«

»Du bist manchmal so ein arroganter Idiot!«

»Katja, so beschimpfen mich sonst nur die Frauen, mit denen ich zusammen bin. Ich schlage vor, du fängst noch mal von vorn an. Und bevor wir weiterreden – ich brauche jetzt wirklich dringend Koffein.« Ben stand auf. Er goss den Espresso in zwei Keramiktassen und gab Zucker hinein. Eine schob er Katja hin.

Sie trank einen Schluck. »Danke, und es tut mir leid wegen eben. Ach, jetzt entschuldige ich mich schon wieder.« Sie schüttelte den Kopf.

Wo war Katja da nur hineingeraten? So gern Ben sie mochte, und auch wenn das bloße Hören des Wortes »Erziehungsheim« ihn aufregte, er musste versuchen, objektiv zu bleiben.

»Also, was weißt du über diesen Klaus Bartels? Und wie lange kennst du ihn eigentlich?«

»Seit ein paar Monaten.« Sie schwieg, als ob sie sich sammeln müsste. »Mit fünfzehn oder sechzehn kam er in Dortmund in ein Erziehungsheim. Er hatte Unfug angestellt, in einem Laden was geklaut, ein Auto geknackt ... Die Polizei und das Jugendamt schlugen vor, ihn ›zur Besserung und moralischen Stärkung‹ in ein Erziehungsheim zu geben. Sein Stiefvater stimmte zu.«

Bei Horst war es ähnlich gewesen. Kleinere Delikte, nichts wirklich Gravierendes, und auch bei ihm hatte der Stiefvater dem Erziehungsheim zugestimmt. Kein Wunder, dass Katja so auf diesen Klaus Bartels ansprang.

»Vor etwa einem Jahr ist er von dort geflohen. Ich kenne keine Details. Aber er kam wohl in Kontakt mit Leuten, die Drogen aus den Niederlanden nach Deutschland schmuggeln, und hat jemandem aus der Gruppe einen Joint verkauft. Sie kamen ins Gespräch. So fing es an.«

»Und warum verdächtigt die Polizei ihn, Wolfgang Scholzen umgebracht zu haben?«

»Klaus war so eine Art Zwischenhändler für Haschisch. Er hat es an Schüler verteilt, die es weiterverkauften und ihn am Gewinn beteiligten. Wolfgang Scholzen war wohl einer dieser Schüler. Dass er eine Art Zwischenhändler war, hat mir Klaus selbst erzählt. Und von Wolfgang Scholzen weiß ich von der jungen Frau, die den Bullen entkommen konnte und mich angerufen hat.«

»Ein Zwischenhändler für Haschisch, o super!«

»Mein Gott, jetzt spiel nicht den Moralapostel. Gerade du bist doch einem Joint wirklich nicht abgeneigt.«

»Ja, aber ich verkaufe das Zeug nicht an Schüler.«

»Klaus musste irgendwie an Geld kommen. Er ist Diabetiker, braucht Medikamente, und bei seiner Geschichte kann er nicht einfach in die nächstbeste Arztpraxis gehen und um ein Rezept bitten.«

»Weißt du, wo er sich versteckt hält?«

»Ich habe keine Ahnung und seine Mitbewohner wohl auch nicht.«

»Dass Klaus Bartels verschwand, als der Mord an dem Jungen publik wurde, könnte doch auf ein gewisses Schuldbewusstsein hindeuten.«

»Ach, spar dir deinen Sarkasmus. Klaus hatte seine Gründe.« Katjas Stimme klang müde, aber nicht aggressiv.

»Welche Gründe?« Ben schwante Übles.

»Klaus ist homosexuell. Und ... Er hat für den Abend, an dem der Junge umgebracht wurde, kein Alibi.«

Ben hatte das Gefühl, Katja nur mit Mühe folgen zu können. »Darf ich mal zusammenfassen, was du eben gesagt hast: Dein Schützling kannte Wolfgang Scholzen und hat über ihn Hasch verkauft. Außerdem ist er homosexuell und kann für den Zeitraum des Mordes kein Alibi vorweisen.«

Manchmal fragte er sich, ob er es nicht auch seinem verdammten Vater, dem Oberstaatsanwalt, zu verdanken hatte, dass er nur bedingt auf das Gute im Menschen vertrauen konnte.

»Lieber Himmel, ich weiß, wie sich das anhört. Was glaubst du denn, warum ich zu dir gekommen bin?« Katja starrte ihn trotzig an. »Klaus wurde während seiner Zeit im Erziehungsheim einmal wegen Belästigung angezeigt. Darauf wird sich die Polizei ganz sicher stürzen. Und er hat mal einen Erzieher zusammengeschlagen. Das kannst du auch gleich noch wissen.«

»Zwei Punkte, die der Liste hinzugefügt werden müssen.«

»Ich hab gesagt, die Polizei wird sich darauf stürzen. Das heißt nicht, dass es die Wahrheit ist. Die Bullen verdrehen die Dinge doch immer in ihrem Sinne. Das solltest gerade du wissen. Klaus und ein gleichaltriger Junge im Erziehungsheim hatten sich ineinander verliebt. Der Vater des Jungen hat mitbekommen, dass zwischen ihnen was lief, und hat Klaus wegen Belästigung angezeigt. Die Staatsanwaltschaft hat das Verfahren wegen Geringfügigkeit eingestellt. Und was die Sache betrifft, dass Klaus einmal die Kleidung eines anderen Insassen angezündet hat ...«

»Das hat er also auch noch gemacht?«

»... der Junge hatte ihn immer wieder gehänselt und gequält. Und den Erzieher hat er zusammengeschlagen, weil der ihn missbrauchen wollte. Klaus hat sich nur gewehrt. Ich hab mich öfter mit ihm unterhalten. Er ist hochintelligent und belesen und ...«

»Katja«, unterbrach Ben sie, »du kennst den Obduktionsbericht doch auch. Klaus Bartels ist Diabetiker, und der Junge wurde *nicht* vergewaltigt.«

»Na und? Es kann doch ganz verschiedene Gründe haben, weshalb es nicht zu einem Missbrauch kam. Das muss nicht an Erektionsproblemen liegen. Vielleicht liegt dem Mord ja überhaupt kein sexuelles Motiv zugrunde.«

Ben seufzte. »Außerdem hat der Mörder den Leichnam des Jungen angezündet.«

»Du verhältst dich wirklich wie die Polizei, wendest alles zu Klaus' Ungunsten. Ist jetzt auch für dich jeder Homosexuelle gleich ein perverser Sadist?«

Ben war nahe daran, die Geduld zu verlieren. »Nein, aber unter homosexuellen Männern gibt es nun mal Vergewaltiger, ebenso wie unter den heterosexuellen.« Katja lesbisch, Klaus Bartels homosexuell – beide wegen ihrer Sexualität von der Gesellschaft ausgegrenzt und diffamiert. Ja, es war kein Wunder, dass Katja so zornig und mitgenommen war.

Ben ging ins Wohnzimmer. Dort holte er die Kopie des Polaroidfotos aus seinen Unterlagen hervor und zeigte sie Katja.

»Der Junge ist Wolfgang, nicht wahr?«

Ben nickte. »Ja, das Foto wurde am Abend, ehe er umgebracht wurde, auf der Kirmes in Bayenthal aufgenommen.«

»O Gott!«

»Der Mann neben ihm im Schatten, könnte das Klaus Bartels sein?«

»Klaus hat auch lange Haare und einen Bart. Aber man kann das Gesicht ja gar nicht richtig sehen. Und dann ist da auch noch der Hut. Ich weiß es wirklich nicht.«

Ben glaubte ihr. Etwas anderes fiel ihm ein. »Hast du denn herausfinden können, ob an Wolfgangs Kleidung falsche Haare gefunden wurden?«

»Der Leiter der Spurensicherung war heute Nachmittag nicht im Haus. Ben«, Katja legte ihm die Hand auf den Arm und sah ihn flehend an, »ich will wirklich, dass der Mörder des Jungen gefunden wird. Aber die Polizei wird alles so drehen, dass Klaus der Täter ist. Das weiß ich genau. Bei Horst haben sie ja auch von seinen ersten kleinen Vergehen an alles zu seinen Ungunsten ausgelegt. Du schreibst doch sowieso über den Fall. Ich kann dir den Namen einer Frau aus der Gruppe nennen, die noch mehr über Klaus weiß als ich. Etwa, wo genau er im Erziehungsheim war, und vielleicht kennt sie sogar den Namen des Jungen, in den Klaus im Heim verliebt war. Du musst Partei für ihn ergreifen, wenn die übrige Presse Schmutz über ihn ausschüttet, und zeigen, wie voreingenommen die Polizei ihm gegenüber ist.«

Ben schüttelte den Kopf. »Ich bin Journalist und kein Detektiv und fühle mich nun doch einer gewissen Objektivität verpflichtet.«

»Bitte, tu es für Horst.«

Katja wusste genau, dass er wegen des Freundes immer noch Schuldgefühle hatte und sie ihn so manipulieren konnte.

»Gut, ich höre mich über Klaus Bartels um«, sagte Ben nach kurzem Zögern. »Aber falls ich im Laufe meiner Recherchen zu dem Schluss kommen sollte, dass er schuldig ist, werde ich mich nicht für ihn einsetzen.«

»Danke.« Katja küsste seine Wange. »Er ist nicht schuldig. Davon bin ich fest überzeugt.«

• • •

In der Küche am Eigelstein trank Ira den letzten Schluck Kölsch und lächelte ihren Bruder an. Sie war einfach nur froh, dass Georg hier bei ihr war und dass es ihm gut ging. Anders als so vielen Jugendlichen und jungen Leuten, mit denen sie bei ihrer Arbeit zu tun hatte. Und auch anders als Monika Peters, die eine Kollegin in ein Heim für geistig behinderte Menschen gebracht hatte.

Ira erhob sich. Endlich war sie nicht mehr so aufgedreht. Sie wuschelte Georg durch die Haare, wie manchmal, als sie beide noch Kinder gewesen waren. »Schlaf gut.«

»He, was soll das denn?« Er wehrte sie gutmütig ab. »Gute Nacht.«

In ihrem Zimmer nahm Ira die Tonstatue des Samurai in die Hand – wie am Montagmorgen, als sie bei Hauptkommissar Marxen vergeblich wegen eines Praktikums angefragt hatte – und schloss die Augen. Sie erinnerte sich noch genau daran, wie ihr Vater ihr den kleinen Krieger geschenkt hatte, weil sie sich als Jugendliche so sehr für japanische Geschichte und die edlen Kämpfer begeistert hatte. Sie fühlte sich ihm jetzt sehr nahe. Hoffentlich wäre er stolz auf sie.

• • •

Hauptkommissar Marxen verließ das Polizeipräsidium. Der Parkplatz, wo sein Privatwagen stand – ein alter Ford –, lag verlassen da. Schwerfällig ließ er sich auf den Fahrersitz sinken.

Er startete den Wagen, fuhr über den Platz und bog dann Richtung Rheinufer ab. So spät in der Nacht waren die Ampeln ausgeschaltet, und die vierspurige Straße war ganz frei. Das Hafengelände erstreckte sich menschenleer zum Fluss hin, nirgends brannte ein Licht. Marxen gab Gas, ließ die

Tachonadel auf siebzig, achtzig Stundenkilometer klettern. Wie viele Kollegen betrachtete er die Geschwindigkeitsbegrenzung allenfalls als einen Richtwert, und jetzt herrschte ja sowieso so gut wie kein Verkehr.

Die Häuser der Altstadt glitten an ihm vorbei, dahinter der Dom, eine riesige graue Gebäudemasse.

Alles deutete auf Klaus Bartels als Wolfgang Scholzens Mörder hin. Noch in der Nacht war er zur Fahndung ausgeschrieben worden. Gesonderte Warnungen würden an Apotheken und Arztpraxen herausgehen. Früher oder später musste sich der Kerl ja mit Insulin eindecken. Es war nur eine Frage der Zeit, bis er geschnappt wurde. Er, Marxen, hätte zufrieden sein müssen. Und doch ... Der schwule, langhaarige Gammler, der Hasch an Jugendliche vertickte und aus dem Erziehungsheim geflohen war – irgendwie passte das alles fast zu gut zusammen.

Urplötzlich jagte ein glühender Schmerz von seiner Hüfte aus durch seinen Körper. Marxen krümmte sich, verriss das Lenkrad. Eine Mauer kam auf ihn zu. Er wollte bremsen, aber sein Bein gehorchte ihm nicht mehr. Gleich darauf wurde sein Körper von einer gigantischen Kraft nach vorn gerissen und durch die berstende Windschutzscheibe geschleudert.

Und dann war da nur noch Dunkelheit.

19. Kapitel

Donnerstag, vierter Tag

Der grauhaarige Beamte am Eingang des Polizeipräsidiums kontrollierte Ben Webers Journalistenausweis wieder einmal besonders gründlich.

»Ich hab keine Waffen dabei! Sehen Sie doch.« Ben öffnete demonstrativ seine Lederjacke. Der Witz verfing nicht.

»Pressekonferenz Raum zwo im ersten Stock.« Der Bulle verzog keine Miene. Als ob die Pressekonferenzen nicht immer dort abgehalten würden.

In dem Raum auf der Vorderseite des Präsidiums saßen etwa ein Dutzend Kollegen von Zeitungen und vom Rundfunk. Ben nickte einigen ihm bekannten Gesichtern zu und setzte sich, als auch schon Polizeipräsident Achern und ein großer, bulliger Mann den Raum betraten und zum Podium schritten. Glatt rasiertes Gesicht, kräftiges Kinn, Ende fünfzig, joviale Ausstrahlung. Hauptkommissar Jochen Steinert arbeitete seit ein paar Jahren bei der Mordkommission. Weshalb war denn der hier und nicht Marxen? In der Mitteilung an die Presse hatte doch ausdrücklich gestanden, dass die Konferenz wegen neuer Entwicklungen im Mordfall Wolfgang Scholzen stattfand.

»Meine Herren, meine Dame ...« Achern, der irgendwie mitgenommen wirkte, sah kurz in Richtung der einzigen Journalistin, eine sichtlich nervöse Anfängerin vom Rundfunk, ehe er den Blick in die Runde schweifen ließ. »Bevor wir zum eigentlichen Kern der Pressekonferenz kommen, habe ich eine bedauerliche Mitteilung zu machen. Letzte Nacht hat Hauptkommissar Marxen einen schweren Verkehrsunfall erlitten. Zurzeit schwebt er in Lebensgefahr, und die guten Wünsche und Gebete aller Kollegen sind bei ihm. Hauptkommissar Steinert wird an seiner Stelle die Ermittlungen im Mordfall Wolfgang Scholzen leiten. Seit gestern gibt es in dem Fall eine neue Entwicklung. Die Polizei fahndet nach dem zwanzig Jahre alten Klaus Bartels, seit etwa einem Jahr aus einem Erziehungsheim in Dortmund flüchtig ...« Achern begann mit seinen Erläuterungen.

Ben hatte nach wie vor seine Zweifel, dass Klaus Bartels unschuldig war. Aber er musste zugeben, Katjas Befürchtungen waren nur zu berechtigt gewesen. Der Polizeipräsident stellte alles so dar, dass es gegen Bartels sprach.

»Haben die Herrschaften von der Presse noch Fragen?« Achern blickte in die Runde.

Ben meldete sich.

»Ja, sicher, der Herr Weber, wie könnte es anders sein.« Acherns Stimme klang süffisant.

Die Kollegen lachten.

»Wolfgang Scholzen soll, das sagten Sie eben, von Klaus Bartels in einem dunklen Ford entführt worden sein.«

»Da haben Sie mich ganz richtig verstanden, Herr Weber.«

»Wurde Bartels denn zweifelsfrei als Entführer identifiziert?«

»Zurzeit liegt uns nur ein veraltetes Foto aus Bartels' Akte vor.«

»Er wurde also nicht identifiziert?«

Achern lächelte milde. »Wir sind auf der Suche nach einer aktuellen Fotografie. Außerdem kann eine formelle Identifizierung erst nach seiner Festnahme erfolgen.«

Aha! »Ich habe noch eine Frage. Wie kam Bartels denn zu dem Ford?«

»Einer der jungen Leute, die Bartels aufnahmen, hatte Zugang zu einem solchen Wagen.«

»Bartels hat einen Führerschein? Für den Insassen eines Erziehungsheims wäre das ja ganz was Neues.«

Hauptkommissar Steinert beugte sich vor und blickte Ben mit hochgezogenen Augenbrauen an.

»Auch wenn es illegal ist, man braucht nicht unbedingt einen Führerschein, um Auto fahren zu können. Ich schätze mal, ziemlich viele der hier versammelten Herren haben es sich selbst beigebracht.«

Abermals Gelächter. Der Punkt ging an Steinert.

Achern übernahm wieder. »Zurzeit gehen wir davon aus, dass Wolfgang Scholzen schon auf der Kirmes ein Betäubungsmittel verabreicht wurde. Ferner besteht Grund zu der Annahme, dass der Junge mit dem Versprechen, ihm einen neuen Song der Beatles auf Kassette vorzuspielen, zu dem Wagen gelockt wurde.«

Ben machte sich eine Notiz. Das klang zumindest nicht unwahrscheinlich. Schließlich hatten Wolfgang Scholzens

Schulkameraden gesagt, dass er ein großer Fan der Band gewesen war.

Die Neue vom Rundfunk meldete sich. »Gibt es denn Hinweise, woher Bartels wusste, dass Wolfgang Scholzen zur Kirmes wollte?«

Eine gute Frage.

»Darauf haben wir im Moment noch keine Antwort«, erwiderte Achern. »Möglicherweise ist er dem Jungen gefolgt. Möglicherweise hat Wolfgang es ihm auch arglos erzählt.«

Und wenn Bartels doch nicht der Entführer und Mörder war? Ben lauschte mit halber Aufmerksamkeit, wie ein älterer Kollege jetzt Fragen zu dem Betäubungsmittel stellte. Ja, er würde über Bartels recherchieren. Vorher wollte er aber noch etwas anderes abklären.

Ein riesiger Kettenhund sprang auf und bellte wie wild, als Ben die Fahrertür des Citroën zuschlug. Vor ihm, geschützt von einem massiven Zaun, erstreckte sich ein Schotterplatz voller Unkraut und Schlaglöcher. Der Kontrast zu den vier Fahrzeugen, die darauf standen, hätte kaum größer sein können. Allesamt Luxuskarossen und höchstwahrscheinlich von sehr dubioser Herkunft.

Das Eisentor ließ sich öffnen. Der Hund bleckte die Zähne und erdrosselte sich fast an seiner Kette, so heftig zerrte er daran. Ben ignorierte das Tier und blieb neben einem roten Ford Mustang stehen. Was für ein Geschoss. Gewissermaßen eine Erektion aus Chrom und Blech.

»Hallo, Ben, interessiert?« Ein großer, breitschultriger Mann in einem ölverschmierten Arbeitsoverall war aus einem Schuppen getreten. Unter seinem karierten Hemd trug er eine Goldkette, und die Haare hatte er über der Stirn zu einer Tolle frisiert.

»Grüß dich, Guido. Danke, aber ich bin mit meinem Citroën DS ganz zufrieden.« Einen Moment lang musterten sie sich abwägend. Der Hund ließ sich hechelnd zu Boden sinken.

Guido Breidtscheidt, Provinzrocker, Elvis-Verschnitt und in alles involviert, was irgendwie Geld brachte, war in der Regel bestens über die Kölner Halb- und Unterwelt informiert. Beide waren sie Freunde von Horst. Das war das Einzige, was sie verband.

»Kannst du mir sagen, weshalb sich Hennes Schaffrath für das Herzblatt interessiert?«, fragte Ben schließlich.

»Tut er das?« Guido lehnte sich gegen den Ford Mustang.

»Ich hab ihn dort gestern Abend in seinem Caddy vom Parkplatz fahren sehen.«

»Vielleicht hat er's sich ja besorgen lassen.« Guido zuckte mit den Schultern.

»Ach, komm schon, Guido. Ein solches Etablissement ist doch weit unter seinem Niveau.«

»Weshalb stellst du Fragen über den Hennes Schaffrath? Schreibst du an einer Geschichte über ihn?« Guidos Blick war wachsam. Schaffrath stammte aus einer alten Kölner Ganovendynastie und war jemand, mit dem man sich besser nicht anlegte. Schon ein paarmal hatte er wegen diverser Delikte vor Gericht gestanden und war jedes Mal freigesprochen worden. Was auch daran lag, dass er Zeugen massiv hatte einschüchtern lassen.

»Ich war wegen dem Mord an Wolfgang Scholzen in dem Bordell. Schaffrath hab ich zufällig gesehen. Aber als Journalist interessiert mich das natürlich.«

»Ich hab munkeln hören, dass das Geschäft mit den Kölner Puffs neu aufgeteilt wird. Der Schaffrath kauft wohl in großem Stil die kleinen Läden auf. Aber lass da bloß meinen Namen raus.«

»Klar. Danke für die Auskunft.« Köln hatte die höchste Kriminalitätsrate in Deutschland und besaß den nicht gerade schmeichelhaften Beinamen »Chicago vom Rhein«, was auch an Männern wie Schaffrath lag.

»Hör mal, Ben ...« Guido zögerte und rieb sich über das stoppelige Kinn. »Wir beide lieben ja die Bullen nicht gerade. Und ich sag dir das im Vertrauen und wegen Horst. Ich hab da was läuten hören, dass der Schaffrath Beamte besticht.«

»Das ist nichts Neues. Ist doch klar, dass der regelmäßig vor Razzien gewarnt wird.«

»Ja, aber es geht nicht nur um die von der Streife, das Fußvolk. Es geht um eins von den hohen Tieren.«

»Hast du einen Namen?«

»Nee, hab ich nicht. Ich dachte nur, du solltest das wissen.«

Stimmte Guidos Information? Oder wollte er sich nur wichtigmachen? Ben beschloss, dem später nachzugehen. Jetzt hatte der Mord an Wolfgang Scholzen Priorität.

Im Citroën blickte Ben auf seine Armbanduhr. Kurz nach zwölf. Ab fünf würde er, so hatte Katja ihm gesagt, einige

Leute der Rodenkirchener Gruppe in der Hacketäuer Kaserne antreffen, wo sie Kindern ehrenamtlich Nachhilfe gaben. Also würde er jetzt seinen Artikel über die Pressekonferenz im Polizeipräsidium verfassen und danach – ehe er sich nach Mülheim auf den Weg machte – zu den Diskotheken am Ring fahren, dem langen Straßenzug, der sich in einem Halbkreis um die Kölner Innenstadt zog. Viele Besitzer und Pächter kannte er, da er regelmäßig Artikel über die dort gastierenden Bands schrieb. Wenn er Glück hatte, waren einige schon dort.

Es war nur so eine Idee, aber wenn das mit dem Beatles-Song und dem Kassettenrekorder stimmte, schien sich der Mörder ganz gut mit gerade angesagter Musik auszukennen. Gesetzt den Fall, Klaus Bartels war nicht der Mörder und Wolfgang Scholzen nur ein zufälliges Opfer, dann hatte sein Mörder ja vielleicht vorher schon einmal versucht, einen Jungen zu entführen. Und die Diskotheken waren dafür ideale Plätze. Es konnte nicht schaden, dort die Frage zu streuen, ob vielleicht ein langhaariger, bärtiger Mann kürzlich versucht hatte, sich an Jungen im Alter von Wolfgang Scholzen heranzumachen.

•••

Ira hatte sich schnell ein belegtes Brötchen in der Kantine des Polizeipräsidiums geholt. Der schwere Unfall von Hauptkommissar Marxen war seit dem Morgen das bestimmende Gesprächsthema. Ja, er war reizbar und unleidlich und manchmal verletzend schroff ihr gegenüber gewesen.

Zu sagen, dass sie ihn mochte, wäre übertrieben. Aber sie schätzte ihn, und sie hoffte sehr, dass er überleben würde.

»Kriminalhauptmeisterin Schwarz.« In der Eingangshalle sprach sie jemand an.

»Ja bitte?« Ira drehte sich um.

Hauptkommissar Jochen Steinert stand vor ihr. Sie hatte gehört, dass er nun die Leitung im Mordfall Wolfgang Scholzen übernehmen würde.

»Herr Hauptkommissar.« Ira richtete sich unwillkürlich ein bisschen auf. Er war ein altgedienter Beamter und hatte sich als Ermittler einige Meriten erworben.

»Die Tochter von Arthur Schwarz, so hat man mir gesagt.« Seine Miene war freundlich. »Ich habe in den Vierzigerjahren einige Male mit Ihrem Vater zusammengearbeitet. Er war ein guter Kollege und hervorragender Polizist. Sie scheinen ihm nachzuschlagen. Laut Polizeipräsident Achern haben Sie sich im Mordfall Wolfgang Scholzen bewährt.«

»Oh.« Ira wusste nicht, was sie erwidern sollte. Sie war stolz auf ihren Vater und, bei aller Freude, auch verlegen über das Lob.

»Falls es die weiteren Ermittlungen erforderlich machen, werde ich Sie sehr gern für mein Team anfordern.«

»Das ... ich ... ich wäre sehr froh, meinen Teil zu den Ermittlungen beitragen zu dürfen.« Ira errötete.

Hauptkommissar Steinert legte ihr die Hand auf die Schulter und lächelte sie an. »Das ist die richtige Einstellung, Kriminalhauptmeisterin.« Er nickte ihr zu und setzte dann seinen Weg fort.

Kriminalhauptkommissarin oder gar Kriminalrätin Ira Schwarz von der Mordkommission. Mit klopfendem Herzen stieg Ira in den Paternoster. Vielleicht würde dieser Traum ja doch eines Tages für sie wahr werden.

20. Kapitel

Für Ben Weber stellte die Hacketäuer Kaserne in Köln-Mülheim alles dar, was er in der jüngeren deutschen Geschichte hasste und verachtete. Die Kaserne war ein riesiger, düsterer Gebäudekomplex, der erst die Reichswehr, dann die Wehrmacht beherbergt hatte. Nach dem schnellen Zerfall des ›Tausendjährigen Reiches‹ hatte die Anlage als eine von vielen Notunterkünften in der von Bomben zerstörten Stadt gedient. Doch sie war nie saniert worden. Bettler hausten nun hier und arme Familien, die die wachsende Wohnungsnot und die steigenden Mieten aus ihren Heimen getrieben hatten. Wer hier leben musste, hatte die unterste Stufe der sozialen Leiter erreicht. Entsprechend grassierten die Kriminalität und der Vandalismus. Den Citroën hatte Ben ein paar Straßen entfernt geparkt. Er wollte ihn bei seiner Rückkehr möglichst heil wieder antreffen.

In vielen Diskotheken hatte er jetzt, am Nachmittag, schon Personal angetroffen, das Vorbereitungen für den Abend traf, und die Leute gebeten, sich bei den Jugendlichen nach einem langhaarigen, bärtigen Mann umzuhören, der ihnen vielleicht angeboten hatte, angesagte Musik in seinem Wagen zu hören. Er war gespannt, ob sein Versuch irgendwohin führen würde.

Nachdem Ben eine nach Pisse stinkende Toreinfahrt durchquert hatte, tat sich ein weitläufiger Innenhof vor ihm auf. In einer Ecke befanden sich die Überreste eines Karussells. Ein Schaukelbrett baumelte an einer Kette von einem Holzgerüst. Ben sah sich suchend um. Einige Jugendliche lungerten in einer Ecke herum, rauchten und kauten Kaugummi.

»Könnt ihr mir sagen, wo hier die Nachhilfe stattfindet?«, rief er ihnen zu.

»Hallo, Pussy!«, schrie ein Junge mit hoher Stimme und vollführte einen zierlichen Trippelschritt. Die anderen lachten. Ben zeigte ihnen den Stinkefinger und rempelte versehentlich ein blondes Mädchen an, das seinen Weg kreuzte. Die Tasche des Mädchens fiel zu Boden, und er hob sie auf.

»Entschuldige.« Er stutzte. Vierzehn oder fünfzehn Jahre alt. Ein hübsches Gesicht mit großen blauen Augen. »Sag mal, kenn ich dich nicht von irgendwoher?«

Das Mädchen zögerte.

»Die Hanni ist eine Fotze!«, brüllte ein anderer Junge.

»Halt die Klappe, Gandolf!« Das Mädchen drohte ihm mit der Faust.

»Hanni ... Du bist die Kleine von der Kirmes in Bayenthal, nicht wahr?« Jetzt erinnerte sich Ben wieder.

Das Mädchen gab sich einen Ruck. »Sie haben mir geholfen gegen diesen ekelhaften Kerl.«

»Geht's dir gut? Oder hast du Ärger mit der Polizei bekommen?«

»Nein, ich hab keinen Ärger. Fräulein Schwarz war nett zu mir.«

Ben horchte auf. Fräulein Schwarz, sieh an.

»Inwiefern?« Er war sehr gespannt, was das Mädchen erzählen würde.

»Sie hat sich bei ihrer Vorgesetzten für mich eingesetzt. Ich muss nicht in ein Erziehungsheim.«

»Das ist gut zu hören.« Nun, Ira Schwarz schien in vielerlei Hinsicht eine ungewöhnliche Polizeibeamtin zu sein.

»Ich geh jetzt sogar zur Nachhilfe.« Das Eingeständnis schien dem Mädchen ein bisschen peinlich zu sein. Ben verkniff sich ein Grinsen. »Dann begleite ich dich. Denn dorthin will ich auch.«

In dem Raum im Erdgeschoss des Gebäudes roch es nach Schimmel. An der Decke prangten große Wasserflecken. Eine junge Frau in Rock und Bluse, die die Haare streng aus dem Gesicht gekämmt hatte, saß mit einigen Kindern im Grundschulalter um einen Tisch und buchstabierte mit ihnen. Eine weitere Frau im Hippie-Look schrieb mathematische Gleichungen an eine zersprungene Tafel, und ein Mann in Jeans und Rollkragenpullover verteilte Aufgabenblätter an ein halbes Dutzend Jugendliche, zu denen sich auch Hanni gesellte. An dem sozial-karitativen Engagement der Gruppe beteiligten sich offenbar auch Männer. Anscheinend änderte sich die Welt wirklich.

»Katja schickt mich«, wandte sich Ben an die Frau im Hippie-Look. »Sie hat gesagt, ihr könnt mir einiges über Klaus Bartels erzählen.« Unter Studenten war es häufig noch üblich, sich zu siezen. Aber das schien Ben hier nicht nötig zu sein.

»Jutta, kommst du mal bitte?«, rief die Frau ihrer Mitstreiterin zu. »Der Journalist, mit dem Katja befreundet ist, ist hier.«

Jutta stand auf und ließ sich dann mit Ben an einem Tisch weiter hinten im Raum nieder. Sie musterte ihn aus grauen Augen misstrauisch. »Katja hat sehr gut über dich gesprochen. Aber ich weiß trotzdem nicht, ob wir dir vertrauen können.«

»Tatsächlich, und warum nicht?«

»Ihr Journalisten seid doch alle gleich und opfert alles für eine gute Story.«

Klischeehafter ging es ja wirklich nicht. Aber Ben hatte keineswegs vor, sich zu rechtfertigen. »Na ja, entweder ihr redet mit mir, oder ihr lasst es bleiben. Aber bei Klaus' Vorgeschichte werden garantiert nicht viele Kollegen für ihn in die Bresche springen.«

»Katja hat gesagt, du hast reich geerbt und musst nicht arbeiten.« Der Vorwurf in Juttas Stimme war nicht zu überhören.

»Soll ich jetzt meine Vermögensverhältnisse vor dir offenlegen?« Er war selbst ein Linker, aber manchmal fielen ihm seine politischen Gesinnungsgenossen wirklich auf die Nerven. Ben schob seinen Notizblock wieder in die Lederjacke.

»Nein, warte.« Jutta streckte begütigend die Hand aus. »Es ist nur so … Klaus wurde schon von vielen Menschen übel mitgespielt. Ich möchte ihn einfach beschützen.«

»Wenn ich der Ansicht bin, dass Klaus unschuldig ist, werde ich das auch schreiben. Aber ich werde keinen Mörder decken. Es ist deine Entscheidung, ob du das akzeptierst oder nicht.«

»Klaus hat den Jungen nicht umgebracht!«

Ben unterdrückte einen gereizten Seufzer. »Wie wär's denn jetzt mal mit ein paar Namen? Zum Bespiel mit dem des Jungen, in den er verliebt war und dessen Vater ihn wegen Belästigung angezeigt hat?«

Jutta zögerte. »Er heißt Bernd Zweibier und lebt in Dortmund, mehr weiß ich nicht«, sagte sie dann.

»Zweibier?«, vergewisserte sich Ben. »Hab ich dich richtig verstanden?«

»Ich hab mir den Nachnamen gemerkt, weil er so seltsam ist.«

»Na ja, damit müsste Bernd sich aufspüren lassen. Hatte Klaus in den letzten Monaten noch mal Kontakt zu ihm?«

»Ich glaube nicht, Bernd hat jetzt wohl eine Freundin.«

Ben fragte die junge Frau noch, in welchem Erziehungsheim Klaus gewesen war, und sie konnte es ihm sagen, ebenso wie die Namen von einigen Lehrern und Erziehern.

»Was hat Klaus an dem Abend, an dem Wolfgang Scholzen umgebracht wurde, gemacht? Und jetzt behaupte bitte nicht, dass du es nicht weißt. Das nehme ich dir nämlich nicht ab.«

Sie nagte unschlüssig an ihrer Unterlippe.

»Ich kann ihm nicht helfen, wenn ich nicht die Wahrheit kenne.«

»Ich war mit ihm in Aachen.«

»Und weshalb?« Himmel, musste er ihr jedes Wort aus der Nase ziehen?

»Klaus hat wieder Insulin gebraucht, und er hatte eine Entzündung am Arm. Er hat sich beim Holzhacken verletzt.«

»Ja, und?«

»Ich bin mit einem Medizinstudenten befreundet. Er hat die Wunde versorgt und Klaus Rezepte für Insulin ausgestellt. Er hat das früher schon gemacht.«

»Das heißt, er hat die Rezepte gefälscht?«

»Ja, sein Vater hat eine Arztpraxis. So kommt er an die Rezepte ran. Ich konnte das der Polizei nicht sagen. Wenn das rauskommt, wird mein Freund exmatrikuliert und hat ein Strafverfahren am Hals.« Sie sah Ben unglücklich an.

»Schon klar. Wann wart ihr wieder in Köln?«

»So gegen acht. Ich hab Klaus am Himmel und Hölle in der Altstadt abgesetzt. Er wollte da unbedingt hin. Ich hab ihm abgeraten, die Polizei führt da ja immer mal wieder Razzien durch, aber er hat sich nicht davon abbringen lassen. Wahrscheinlich war er dort verabredet.«

Das Himmel und Hölle war ein bekanntes Schwulenlokal. »Nach acht hast du Klaus also nicht mehr gesehen?«, vergewisserte sich Ben.

»Nein.« Jutta schüttelte den Kopf.

Klaus hätte also ausreichend Zeit gehabt, zur Kirmes in Bayenthal zu fahren. Er, Ben, musste herausfinden, wie lange er in dem Lokal gewesen war.

»Besitzt Klaus einen Kassettenrekorder?«

»Nein, für so was hat er doch gar kein Geld.« Jutta sah ihn überrascht an.

»Hätte er sich von einem von euch einen leihen können?«

»Nein, wir haben uns ganz bewusst dagegen entschieden, dem immer weiter um sich greifenden Konsumzwang zu frönen.« Sie richtete sich sehr gerade auf.

»Okay, okay ...« Was natürlich kein Beweis war, dass Klaus Bartels nicht doch Zugang zu einem Kassettenrekorder gehabt hatte. Aber Juttas Aussage machte dies zumindest etwas unwahrscheinlicher.

Ben verabschiedete sich. Beim Hinausgehen blickte er zu Hanni. Sie war ganz in ein Arbeitsblatt vertieft. Nun ja, das Engagement der Studenten schien Früchte zu tragen.

• • •

Endlich verließen die Jungen mit ihrem Fußball das Ruinengrundstück. Eine ganze Weile schon hatte Annie Eggers auf der anderen Straßenseite im Schutz einiger Büsche gewartet. Das Areal am Rand von Ehrenfeld gehörte zu den Orten, wo Axel manchmal bei schlechtem Wetter übernachtete. Zwei andere seiner Schlafplätze hatte sie bisher aufgesucht, ohne eine Spur von ihm zu entdecken.

Annie Eggers war immer noch fiebrig, und sie fühlte sich schwach und zittrig. Doch die Sorge um Axel hatte ihr einfach keine Ruhe gelassen und sie aus dem Bett getrieben. Es sah ihm einfach nicht ähnlich, sich nicht mehr bei ihr zu melden! Und dann war da auch noch die Sache, dass er nicht mit dem Bautrupp in den Westerwald gegangen war. Sie fühlte sich für ihn verantwortlich, und irgendwie war das – bei aller Sorge – auch ein schönes Gefühl. Denn das hieß, dass sie nicht mehr so allein war.

Auf dem Grundstück blickte sich Annie suchend um. Unkraut und Gestrüpp wucherten aus den Schutthaufen, und Müll lag überall verstreut. Eine windschiefe Metalltür führte in einen Keller hinunter. Die Kette, mit der der Eingang gesichert gewesen war, lag zerbrochen am Boden. Annie zog die Tür auf. Ihr Herz klopfte wie wild, und der Schweiß brach ihr aus.

Stufen führten nach unten. Sie schaltete die Taschenlampe ein, die sie sich extra für die Suche gekauft hatte. Und wenn dort im Keller jemand anderes als Axel war? Die Hand in der Tasche ihres Anoraks krampfte sich um das Küchenmesser.

Langsam stieg Annie die Stufen hinunter. Es roch seltsam modrig, nach brackigem Wasser und rostigem Metall. Nun stand sie in einem Gang. Der Lichtstrahl der Taschenlampe fiel auf feuchte Backsteinwände. Der Gestank wurde intensiver. Sie schluckte, atmete schwer.

»Axel?« Ihre Stimme, dünn und schrill, hallte in dem Gewölbe wider. Im Krieg hatte sie in solchen Kellern während der Bombenangriffe Schutz gesucht.

»Axel?« Eine Ratte kam aus einem Keller gerannt. Annie drückte sich gegen die Wand. Der Gestank war jetzt so schlimm, dass ihr übel wurde. Wahrscheinlich verweste irgendwo ein Tier. Sie leuchtete mit der Taschenlampe in eine Türöffnung, doch nur Unrat lag dahinter. Annie zwang sich weiterzugehen. Noch ein Keller, und noch einer ...

Der Lichtschein fiel auf etwas leuchtend Rotes in der

Wand. Sie ging näher. Dort, wo ein Backstein fehlte, stand ein Kranich. Es war der Kranich, den sie Axel zum Abschied geschenkt hatte. Der Junge war hier gewesen! Im nächsten Moment sah Annie das Deckenlager und darauf …

Sie schrie auf. Die Taschenlampe glitt aus ihrer Hand und erlosch beim Aufprall auf dem Boden. Und nun umschwärmten sie die Fliegen, drangen in ihre Nase, in ihre Ohren und den Mund. Annie schlug um sich, bekam keine Luft mehr.

Sie würde hier sterben, in dem entsetzlichen Gestank und der Dunkelheit.

Axel, jammerte sie tief in ihrem Inneren, Axel …

21. Kapitel

Die Gasse Unter Käster gehörte zur Altstadt rund um die Kirche Groß St. Martin. Hier hatte sich die enge mittelalterliche Bebauung erhalten. Eine Lampe mit dem Logo einer Kölner Brauerei über dem Eingang einer Kneipe verbreitete ein spärliches Licht. Vom nahen Rhein war das Motorengeräusch eines Schiffes zu hören, das stromaufwärts fuhr.

Ben Weber ging zum Eingang des Himmel und Hölle und klingelte. Wie bei vielen Schwulenlokalen erfolgte der Einlass erst nach einer Kontrolle – eine Vorsichtsmaßnahme gegen verdeckt ermittelnde Polizeibeamte und Mitarbeiter des Ordnungsamtes. Ben zeigte dem Türsteher seinen Ausweis. »Katja Behrens kennt mich.«

Der Türsteher verschwand. Es musste ein ziemlich beschissenes Gefühl sein, als Schwuler hier draußen zu stehen, auf Einlass zu warten und zu fürchten, bemerkt und erkannt zu werden.

Die Tür schwang auf. »Ist in Ordnung, Sie können rein.« Der Türsteher gab Ben den Weg frei.

Gipsputten und Geigen hingen von den Wänden. In einer Ecke stand eine Harfe – dies war der Himmel. Ben hatte sagen hören, dass es im Untergeschoss noch einen ganz in Schwarz gehaltenen Raum gab, die Hölle.

Laute englische Musik schallte durch das Lokal. Ein Discjockey legte Platten auf. Kellnerinnen gingen zwischen den Tischen umher, an denen überwiegend Männer saßen. Manche hielten sich eng umschlungen, andere tanzten. Auf zehn Männer in einem Lokal musste mindestens eine Frau kommen, sonst wurde es als anrüchig geschlossen.

Ben schob sich zur Bar vor.

Auch der Barkeeper war eine Frau. Sie war attraktiv, das dunkle Haar trug sie modisch kurz geschnitten, und sie war stark geschminkt.

»Ben Weber«, stellte Ben sich vor.

»Katja hat Sie angekündigt.« Die Frau nickte. Erst jetzt fiel Ben ihr stark ausgeprägter Adamsapfel auf. Offensichtlich hatte er es doch mit einem Kerl zu tun. »Wie kann ich Ihnen helfen?«

»War dieser Mann am letzten Sonntag hier?« Er versuchte, die Lautstärke der Musik zu übertönen, und zeigte dem Transvestiten ein Foto von Klaus Bartels. »Ich recherchiere wegen des Mordes an Wolfgang Scholzen.«

»Der ist mir nicht aufgefallen.« Der Transvestit drehte sich zu einer ebenfalls stark geschminkten, attraktiven Frau um, die die Biergläser spülte. »Carmen, hast du den jungen Mann bemerkt?«

Sie studierte das Foto. »Ja, der war an dem Abend hier.«

»Weshalb sind Sie sich da so sicher?«

»Weil ich an dem Abend beim Kellnern ausgeholfen hab. Wir waren knapp mit dem Personal. Er saß dort hinten.« Sie wies auf einen Tisch unter einer rundlichen Putte. »Ich hatte den Eindruck, dass er auf jemanden wartet.«

»Wie kommen Sie darauf?«

»Sie stellen aber auch Fragen!« Carmen wirkte amüsiert. »Er hat ständig zur Tür geblickt, und er war aufgeregt. Ein Glas Kölsch, das ich ihm gebracht hab, hat er versehentlich umgeworfen.«

»Wie lange ist er denn geblieben?«

»So bis gegen halb neun. Ganz genau weiß ich das nicht mehr. Ein rothaariger, sommersprossiger junger Mann hat das Lokal betreten, und der Mann, nach dem Sie suchen ...«

»Klaus Bartels ist sein Name.«

»... ist aufgesprungen und zu ihm gelaufen. Die beiden haben noch ein Bier zusammen getrunken, dann sind sie gegangen. Ich hatte den Eindruck, dass sie in Eile waren.«

»Kennen Sie diesen Rothaarigen?«

»Lediglich vom Sehen. Er kommt nur sehr sporadisch.«

»Könnte sich vielleicht der Türsteher an seinen Namen erinnern?« Ben war elektrisiert. Eventuell konnte dieser Mann Klaus ein Alibi geben.

»Das wäre möglich, aber Hubert, der am Sonntagabend die Ausweise kontrolliert hat, hat ein paar Tage Urlaub. Er ist erst nächste Woche wieder hier.«

Verdammt ... Ben unterdrückte einen Fluch. Da hatte er gerade gehofft, einen wichtigen Schritt weiterzukommen, und schon wurde er wieder aufgehalten.

• • •

Aus den wummernden Beats im Love Interest trat Freddy nach draußen. Sein Herz klopfte wie wild vom Tanzen. Er musste einfach mal frische Luft schnappen.

Wegen des Nieselregens hielten sich nicht viele Jugendliche vor der Diskothek auf. Freddy zündete sich eine Zigarette an und beobachtete, wie die Autos auf dem Ring vorbeifuhren. Ob das kesse grünäugige Mädchen wirklich an ihm interessiert war? Oder war es nur Zufall gewesen, dass sie eben ganz dicht neben ihm getanzt hatte?

Freddy war entschlossen, das herauszufinden, und wollte eben in die Diskothek zurückkehren, als er den langhaarigen, bärtigen Mann bemerkte. Er unterhielt sich sichtlich angeregt mit einem blonden Jungen. Der Kerl hatte ihn doch vor ein oder zwei Wochen auch angesprochen und ihn in ein Gespräch über Musik verwickelt! Er hatte ihm sogar angeboten, ihm eine Kassette mit dem neuesten Album *Face to Face* der Kinks in seinem Wagen vorzuspielen. Dann aber hatte er sich ganz plötzlich verabschiedet. Er habe gar nicht gemerkt, wie spät es schon sei. Seine Verlobte warte auf ihn, hatte er gesagt.

Damals hatte sich Freddy nichts dabei gedacht. Aber dass der Mann nun schon wieder vor dem Love Interest auftauchte, war seltsam. Und dann war ja auch noch das Foto mit dem nur schemenhaft zu erkennenden langhaarigen, bärtigen Mann in der Zeitung erschienen, der verdächtigt wurde, diesen Wolfgang Scholzen ermordet zu haben.

Freddy ging zu dem Mann und dem blonden Jungen.

»Mal wieder hier?«, sagte er zu dem Bärtigen.

»Oh, du bist das. Ja, ich hab mit dem Besitzer über Geschäftliches gesprochen. Du weißt ja, ich arbeite in einem Plattenladen in Düsseldorf.« Der bärtige Mann wandte sich Freddy gelassen zu. Ja, das mit dem Plattenladen hatte er damals gesagt.

»Ich muss dann mal weiter. Man sieht sich.« Er nickte Freddy und dem blonden Jungen zu. Dann ging er davon.

»Hat er dir auch angeboten, dir was auf Kassette in seinem Auto anzuhören?«, fragte Freddy den Jungen.

»Nee, wir haben uns aber auch nicht lange unterhalten.« Der Junge zuckte mit den Schultern. »Der kennt sich wirklich super mit Musik aus. Schade, dass er schon wegmusste.«

Ob er wegen ihm, Freddy, so plötzlich gegangen war? Freddy blickte sich nach dem Mann um. Aber er war schon zwischen den Passanten verschwunden.

Zweiter Teil

22. Kapitel

Montag, achter Tag

Was Hauptkommissar Steinert wohl von ihr wollte? Ira eilte die Treppe im Polizeipräsidium hinunter. Durch die verglaste Front fielen in breiten Streifen Sonnenstrahlen herein, der Septembertag präsentierte sich von seiner schönsten Seite. Eben hatte Steinert bei ihr angerufen und sie zu sich gebeten. Hoffentlich gab es endlich eine Entwicklung im Mordfall Wolfgang Scholzen. Eine gute Woche war nun vergangen, seit er getötet worden war.

»Kommen Sie rein, Fräulein Schwarz«, klang es gleich nach ihrem Klopfen jovial aus Steinerts Büro. Nicht nur sein Tonfall war anders als der von Marxen, auch die beiden Büros der Männer hätten kaum unterschiedlicher sein können. Marxens war mehr als asketisch eingerichtet, bei Steinert hingen die Wimpel von Sport- und Fußballvereinen an den Wänden. Einige Pokale erzählten von seinen Erfolgen im Boxverein der Kölner Polizei.

Steinert lud Ira mit einer Handbewegung ein, sich zu setzen. »In der Kriegsruine einer früheren Porzellanfabrik in Ehrenfeld wurde gestern ein Leichnam gefunden. Genau genommen eigentlich eher die Überreste davon, denn die

Verwesung ist weit fortgeschritten, und Ratten und größere Tiere, vielleicht Füchse, haben nicht viel davon übrig gelassen.«

»Oh.« Ira schluckte. Das war natürlich auch ein Aspekt, wenn man bei der Mordkommission arbeitete. Dann fiel ihr ein, dass sie während ihrer Tätigkeit als Sozialarbeiterin einmal im Sommer die Leiche eines alten Mannes gefunden hatte, der eine Woche lang in seiner Wohnung gelegen hatte. Den Geruch würde sie nie vergessen. Viel schlimmer konnten Tatorte auch nicht sein.

»Ja, es war kein schöner Anblick. Laut Dr. Breuer, dem Gerichtsmediziner, handelt es sich bei dem Toten um einen Mann, wahrscheinlich um die achtzehn Jahre alt, vielleicht auch jünger. Breuer versucht noch, das anhand der Knochen einzugrenzen.«

Gestern war Sonntag gewesen. Vermutlich war da keine umfassende Obduktion durchgeführt worden. »Schon wieder ein Mordopfer im Alter von Wolfgang Scholzen? Das ist doch seltsam.«

»Im Moment ist es noch nicht klar, ob es sich bei dem Toten in der Ruine wirklich um ein Mordopfer handelt, und wenn, dann dürften die beiden Fälle kaum etwas miteinander zu tun haben. Wahrscheinlich war der Tote ein Herumtreiber.« Steinert beugte sich vor. »Gehen Sie die Vermisstendatei durch, und überprüfen Sie, ob jemand im Alter von, sagen wir mal, sechzehn bis zwanzig als vermisst gemeldet wurde. Ich habe Kriminalrätin Wiener vorhin noch in ihrem Büro angetroffen und mit ihr abgesprochen, dass Sie dafür freigestellt sind.«

Clara Wiener nahm ab morgen für ein paar Tage an einer Fortbildung teil. Ira hatte das ganz vergessen. »Natürlich, Herr Hauptkommissar.« Ira hatte sich eigentlich eine interessantere Tätigkeit erhofft. »Gibt es denn überhaupt keine Hinweise, wer der Tote sein könnte?«

»Kein Ausweis, und von seiner Kleidung waren nur noch Fetzen vorhanden.« Hauptkommissar Steinert zuckte mit den Schultern. »Es ging schon eine Mitteilung an die Presse raus. Vielleicht hilft das ja auch weiter.«

»Und wer hat den Leichnam entdeckt?« Bei Steinert hatte Ira keine Hemmungen, Fragen zu stellen.

»Es gab einen anonymen Anruf im Präsidium, dass in der Ruine eine Leiche liegt.«

»Das ist ja merkwürdig.« Iras Neugierde war nun doch geweckt.

»Falls es sich um einen Mord handelt, hat den Täter oder jemanden, der in den Mord involviert war, vielleicht das schlechte Gewissen gepackt. Manchmal kommt so etwas vor.«

»Aber der junge Mann ist doch schon lange tot. Warum sollte sich die Person erst jetzt melden?«

»Reue braucht manchmal Zeit – wenn denn der Täter überhaupt der Anrufer war.« Steinert erhob sich, und auch Ira stand auf. »Versuchen Sie Ihr Bestes.«

»Natürlich, darf ich fragen, ob es neue Hinweise auf Klaus Bartels gibt? Wurde er irgendwo gesehen?«

»In Düren wurde vor zwei Tagen in eine Apotheke eingebrochen. Neben Geld, Kokain und Heroin wurde auch Insulin gestohlen. Wahrscheinlich war er das. Die Kollegen im

Raum Aachen haben verstärkt ein Auge auf Apotheken und Arztpraxen, und die Beamten an der Grenze sind auch alarmiert. Ich bin überzeugt, es wird nicht mehr lange dauern, bis Bartels gefasst ist.« Steinert lächelte Ira an. Im Vorbeigehen streifte er sie versehentlich. Aber er schien es nicht zu bemerken, denn er entschuldigte sich nicht.

Ira öffnete dem Vorgesetzten die Tür. Hoffentlich hatte Hauptkommissar Steinert recht, und Klaus Bartels wurde bald gefunden.

Ein paar Stunden würde sie sich mit der Vermisstendatei befassen und dann ausnahmsweise früher Feierabend machen.

Heute war Christophs Geburtstag, und sie wollte sich das erste Mal seit Langem etwas Neues zum Anziehen kaufen. Ob sie es doch einmal mit einem Minikleid versuchen sollte? Vielleicht. Am Wochenende, beim Segeln auf dem Ijsselmeer, hatte es sehr zwischen ihnen geknistert. Immer wieder hatten sie sich bei den diversen Tätigkeiten auf dem Boot berührt – was schön gewesen war. Ira mochte Christophs zupackende Hände und seine Gestalt, groß und sportlich und irgendwie bodenständig. Und ihr gefiel sein ruhiges, zuverlässiges Wesen.

Und dann am Abend, nach dem Essen in einem kleinen Lokal an Land, hatten sie sich das erste Mal geküsst. Christoph war viel zu sehr Gentleman, um sie zu fragen, ob sie noch mit in sein Zimmer in der Pension hätte kommen wollen. Und sie selbst war sich noch nicht ganz sicher gewesen, was sie wollte. Deshalb hatte sie nicht die Initiative ergriffen.

Ira lächelte vor sich hin. Ach, sie war gespannt, wie sich der Abend entwickeln – und wo er enden würde.

• • •

Zu den harten, rockigen Rhythmen des Albums *Are you experienced* von Jimi Hendrix ging Ben Weber seine Notizen durch. Die Musik half ihm, sich zu konzentrieren. Mittlerweile hatte er mit Bernd Zweibier gesprochen – dem Jungen, dessen Vater Klaus Bartels wegen Belästigung angezeigt hatte. Bernd hatte nach einigem verlegenen Herumgedruckse Katjas Geschichte bestätigt, dass er und Klaus mit fünfzehn Jahren ineinander verliebt gewesen waren.

Außerdem war es Ben gelungen, ehemalige Insassen aus dem Erziehungsheim in Dortmund, ein paar Lehrer sowie einen Gärtner ausfindig zu machen, in dessen Betrieb Klaus Bartels für einen Hungerlohn geschuftet hatte. Dabei hatte er ein sehr widersprüchliches Bild erhalten. Die Aussagen reichten von »gewalttätig« und »jähzornig« bis hin zu »sanft« und »freundlich«.

Und dann gab es auch noch die Tatsache, dass Bartels ein Feuerzeug an das Polyesterhemd eines Mitschülers gehalten hatte, der daraufhin eine schlimme Verbrennung erlitt.

Ben glaubte, ein Muster zu erkennen. Wenn man Bartels provozierte, tickte er anscheinend sehr schnell aus.

Aber war es denkbar, dass Bartels Wolfgang Scholzen entführt und brutal umgebracht hatte, nur weil der Junge seine Avancen abgewiesen hatte? Noch dazu, da er ja wohl an dem rothaarigen jungen Mann im Himmel und Hölle interessiert gewesen war? Ben hielt das mittlerweile für kaum noch vorstellbar. Vorausgesetzt, Bartels litt nicht an einer schweren Persönlichkeitsstörung. Psychologisch untersucht worden war er anscheinend nie. Was typisch für dieses beschissene Heim- und Erziehungssystem war!

Der Tonarm hob sich von der LP und setzte mit leisem Knacken auf der Halterung auf. Bei seinen Gesprächen hatte Ben den Eindruck gewonnen, dass Katjas Einschätzung stimmte und Klaus Bartels tatsächlich sehr intelligent war. Aber würde jemand, der einigermaßen bei Verstand war, als langhaariger »Gammler« und mit einem auffälligen Hut ausgestattet, einen Jungen von einer Kirmes entführen? Katja war bei der Frage, ob an Wolfgang Scholzens Leichnam künstliche Haare gefunden worden waren, leider immer noch nicht weitergekommen. Es hatte sich noch keine Möglichkeit zu einer Unterhaltung unter vier Augen mit dem Leiter der Spurensicherung ergeben.

Ben trommelte mit den Fingern ungeduldig auf die Schreibtischplatte. Diese Frage war einfach sehr wichtig. Aber ... Vielleicht gab es ja eine Möglichkeit, wie er sie selbst klären konnte. Dazu musste er vorab nur schnell ein paar Telefonate führen.

Ben nutzte den schönen Tag, um mit dem Motorrad nach Düsseldorf zu fahren, denn bald würde er die Maschine für die Wintermonate abmelden.

Die Staatsanwaltschaft war in einem kasernenartigen Gebäude aus der Kaiserzeit untergebracht. Ben zeigte dem

Justizbeamten am Eingang seinen Ausweis und erklärte, er sei der Sohn von Oberstaatsanwalt Ludwig Weber. Dies hielt den Beamten jedoch nicht davon ab, im Büro des Vaters anzurufen und nachzufragen, ob denn ein gewisser Benedikt Weber tatsächlich mit dem Herrn Oberstaatsanwalt verwandt sei. Die Motorradkluft war wohl auch nicht gerade vertrauenerweckend.

»Ben, ach, du meine Güte, ich hätte dich ja fast nicht mehr erkannt!« Fräulein Scherer, die Sekretärin seines Vaters, schlug überrascht die Hände zusammen. Ben kannte sie seit seiner Kindheit. Sie war eine kleine Frau Mitte fünfzig, die immer schlichte Kostüme und Schuhe mit Zwei-Zentimeter-Absätzen trug. Er hatte nicht vergessen, dass sie ihn – wenn er als Kind wieder einmal von seiner Mutter im Büro abgesetzt worden war – mit Papier und Klebstoff hatte spielen lassen. Auch seine ersten Sätze auf der Schreibmaschine hatte er auf ihrem Schoß getippt.

»Fräulein Scherer, wie schön, Sie wieder einmal zu sehen.« Ben meinte es ehrlich. »Ist mein Vater denn hier? Ich hatte wegen eines Artikels in Düsseldorf zu tun, und da dachte ich, ich komme mal vorbei. Hier ist ja sozusagen neutraler Boden …« Er hoffte, dass sie ihm die reumütige Nummer abkaufte.

»O Ben, das heißt, ich darf dich doch noch Ben nennen, oder? Es tut mir leid. Dein Vater ist im Gericht.« Fräulein Scherer blickte ihn aufrichtig bekümmert an. »Er wird erst am Abend wieder ins Büro kommen.«

»Wie schade.« Ben seufzte. Über den Gerichtstermin hatte er sich vorher informiert. »Aber Fräulein Scherer, da ich nun schon einmal hier bin, was würden Sie denn davon halten, wenn wir zusammen Butterkuchen essen? Das haben wir doch früher oft gemacht.« Er zog einen Fünfmarkschein aus seinem Portemonnaie. »Hätten Sie denn Lust, uns zwei Stücke zu holen? Ich weiß gar nicht mehr, welche Bäckerei das damals war.«

Fräulein Scherer zögerte, gab sich dann jedoch einen Ruck. »Nun ja, Ihr Herr Vater wird sicher nichts dagegen haben. Und ich bin ja auch nicht lange weg.«

»Ganz bestimmt hat er nichts dagegen. Er weiß ja, was er an Ihnen hat.« Ben lächelte sie an. Wie gut, dass die Sekretärin zu der Generation von Frauen gehörte, die niemals den Chef selbst – und nicht einmal den Sohn des Chefs – hätten Kuchen holen lassen. Er wartete, bis ihre Schritte im Korridor verklungen waren, wählte dann die Nummer des Kölner Polizeipräsidiums und ließ sich mit der Asservatenkammer verbinden.

»Hier Clarenbach, Gerichtsassessor von Herrn Oberstaatsanwalt Weber in Düsseldorf.« Ben versuchte, seiner Stimme einen näselnden Tonfall zu verleihen. »Der Oberstaatsanwalt benötigt eine Auskunft im Zusammenhang mit dem Mordfall Wolfgang Scholzen. Es geht um eine mögliche Verbindung zu einem Delikt, mit dem der Herr Oberstaatsanwalt befasst ist. Geben Sie mir bitte eine Auflistung von Fasern und sonstigen Spuren, die an der Kleidung des Opfers gefunden wurden. – Nein, ich benötige die Auskunft jetzt sofort. Dies kann nicht auf dem Postweg erfolgen. Es ist wirklich sehr eilig.«

Der Polizeibeamte im Kölner Polizeipräsidium ließ sich

die Telefonnummer vom Büro des Oberstaatsanwalts nennen und erklärte, er würde zurückrufen. Ben sah im Geiste vor sich, wie der Mann einen Vorgesetzten kontaktierte und sich bestätigen ließ, dass die Nummer, die ihm der Gerichtsassessor gegeben hatte, tatsächlich die des Oberstaatsanwalts war.

Dann würde er gemächlich durch die Asservatenkammer schlendern, den Durchschlag der Auflistung heraussuchen, das Original befand sich ja bei der Fallakte und … Mein Gott, Ben stöhnte ungeduldig. Wie viel Zeit benötigte der Polizist denn noch? Dabei hatte er ja schon einkalkuliert, dass sich der zuständige Beamte ganz sicher kein Bein herausreißen würde, um den Auftrag zu erfüllen.

Beim ersten Klingeln des Telefons riss Ben den Hörer von der Gabel. »Clarenbach!«

»Tja, Herr Gerichtsassessor, sehr viele Spuren wurden an der Kleidung des Opfers nicht gefunden.«

»Aber es gab welche?«

»Lassen Sie mich einmal sehen …« Papier raschelte. »Schwarze Kunststofffasern von einem Autositz …« Erneutes Papierrascheln. »Haare …«

»Ja …?« Draußen auf dem Korridor ertönte das Klackern von Absätzen. Fräulein Scherer mochte ja gutgläubig sein, aber doch nicht so sehr, dass es sie nicht misstrauisch gemacht hätte, ihn am Telefon vorzufinden. Irgendwo fiel eine Tür zu. Weitere Schritte.

»Ach, Fräulein Scherer …«, hörte er dann. Eine andere Frau hatte die Sekretärin angesprochen. Ben atmete auf.

»Vier blonde Haare, zwischen drei und fünf Zentimeter

lang. Ein grauschwarzes Haar, Länge zwölf Zentimeter, und zwei Haare aus Kunststoff, mittelbraun, fünfunddreißig Zentimeter lang.«

»Danke für die Auskunft.«

Die Türklinke wurde heruntergedrückt. Ben legte den Hörer auf die Gabel und hastete vom Schreibtisch weg.

»Entschuldigen Sie bitte, Herr Weber, dass es so lange gedauert hat.« Fräulein Scherer lächelte ihn an. In der Hand hielt sie ein Tablett mit einer Kaffeekanne und Geschirr sowie einem Kuchenpäckchen. »Aber in der Bäckerei war viel Betrieb. Und dann hat mich noch eine Kollegin um eine Auskunft gebeten.«

»Das macht doch nichts.«

Die Kunststoffhaare mussten von einer Perücke stammen. Also hatte ihn seine Ahnung nicht getrogen.

23. Kapitel

Ben schob sich durch die Tanzenden im Love Interest. Als er von Düsseldorf nach Hause gekommen war, hatte ihn über seinen Anrufdienst eine Nachricht von Rocky, dem Betreiber der Diskothek, erreicht. Eine Lichtorgel an der Decke übergoss die Menge mit einem Mix aus knallbunten Farben. Aus den Lautsprechern tönte *Ob-La-Di, Ob-La-Da* von den Beatles, und die jungen Leute hüpften ekstatisch im Takt der Musik mit. Junge Leute ... Mit seinen siebenundzwanzig Jahren kam sich Ben verglichen mit den Teenagern sehr alt vor.

»Hey, Rocky.« Sie klatschten sich ab. Rocky – mit bürgerlich deutschem Namen Reinhardt Kaufmann – stand hinter dem Plattenspieler und dem Mischpult. Er trug ein wild gemustertes Hemd. Seit Kurzem hatte er sich lange Koteletten wachsen lassen, und auch seine Haare waren länger geworden.

Rocky ließ geschickt eine neue Single auf den Plattenwechsler gleiten, *Pictures of Lily* von The Who, auch nicht viel besser als die Beatles. Er zuckte mit den Schultern, denn er kannte Bens Musikgeschmack.

»Später noch verabredet?« Er sah Ben fragend an.

»Ja.« Ben wollte sich noch mit Sylvia zum Tanzen treffen und hatte sich dafür in Schale geworfen. Erfreulicherweise hatte sie ihm das Intermezzo mit Katja verziehen.

Rocky winkte nun einem Jungen zu, der sich ganz in der Nähe mit eckigen Arm- und Beinbewegungen zur Musik drehte. Hatte er sich wohl von den Sängern in der Fernsehsendung Beat-Club abgeschaut, die bewegten sich oft genauso steif.

»Hey, Freddy, das ist Ben Weber, der Journalist, der sich gern mit dir über den langhaarigen Kerl unterhalten würde, den du letzten Donnerstag wieder draußen auf der Straße getroffen hast.« Rocky stellte sie einander vor. »Geht ruhig in mein Büro. Da könnt ihr besser reden.« Er reichte Ben einen Schlüssel.

»Danke.« Ben kannte den Weg, und Freddy folgte ihm. Im Korridor zu den Toiletten schob er sich an einem heftig knutschenden Pärchen vorbei. Süßlicher Marihuana-Geruch waberte durch die Luft. Das Büro war ein kleiner, fensterloser Raum, die deckenhohen Regale standen voll mit LPs und Singles. Über dem Schreibtisch hing ein signiertes Poster von Keith Richards. Wie immer, wenn er es sah, blutete Ben das Herz. Ach, wenn es doch nur ihm gehörte!

Sie ließen sich in den beiden mit Cord bezogenen Sesseln nieder.

»Freddy«, wiederholte der Junge. »Also eigentlich Friedhelm …« Er wirkte ein bisschen nervös, und Ben wurde klar, dass er für Freddy wahrscheinlich richtig alt und eine Respektsperson war. Erst jetzt kam er dazu, ihn genauer zu betrachten. Er trug eine Stoffhose und – wohl eigens für den Besuch im Love Interest erworben – ein Hemd mit einem psychedelischen Muster. Sein blondes Haar war kurz geschnitten und ordentlich gescheitelt. Ein hübscher Junge, und er sah Wolfgang Scholzen ziemlich ähnlich. Beide hatten sie hohe Wangenknochen und ein ausgeprägtes Kinn, und auch Freddy war wirklich groß für sein Alter.

»Zigarette?« Ben bot ihm eine an. »Erzähl doch mal, wie das mit dem Kerl so war.«

Freddy nahm eine selbst gedrehte Gauloise aus dem schmalen Metalletui, Ben steckte sich ebenfalls eine an. »Interessiert Sie das wegen dem Jungen, der letzte Woche ermordet wurde? Jetzt wird ja nach einem bärtigen, langhaarigen Mann gesucht, und es gab das Foto in der Zeitung. Ich find's wirklich gruselig.«

»Genau, deshalb interessiert mich, was du erlebt hast.« Wenn Jungen wie Freddy daraufhin wachsam geworden waren, hatte der Abdruck ja seinen Zweck erfüllt.

»Es war vor zwei, drei Wochen.« Freddy rieb sich über die Unterarme. »Ich bin so gegen zehn Uhr mal aus der Disco raus. Ein Mädchen, für das ich mich interessiert hab, hatte mit einem anderen rumgemacht.«

»Dumm gelaufen.«

»Ich wollte kurz allein sein und hab überlegt, ob ich nicht nach Hause gehen soll. Ich hab eine geraucht, und da hat mich dieser Langhaarige angesprochen. Er hat gemeint, die würden im Love Interest ja eine wirklich klasse Musik spielen. Und irgendwie waren wir plötzlich im Gespräch. Er hat sich richtig gut mit den neuesten Songs ausgekannt. Na ja, das war auch kein Wunder, denn er arbeitet in einem Plattenladen in Düsseldorf. Er hat damit aber überhaupt nicht angegeben.«

»Hat er seinen Namen genannt und den des Plattenladens?«

»Er hat gesagt, dass er Tom heißt. Und nein, den Namen des Ladens hat er nicht genannt. Irgendwann hab ich erwähnt, dass ich das Album *Face to Face* von den Kinks und vor allem den Song *Dandy* so super finde und noch auf die LP spare. Und er daraufhin: ›Ich hab das Album auf Kassette. Wenn du Lust hast, können wir den Song in meinem Auto hören, das steht gleich da vorn, und eine zusammen rauchen, bevor ich weitermuss.‹«

Ben fühlte ein Kribbeln in der Magengrube. »Und dann?«

»Na ja, ich bin mitgegangen. Er war nett und hat nicht gewirkt wie einer vom anderen Ufer. Es waren viele Leute auf dem Ring unterwegs. Und auf einmal ist er stehen geblieben, hat auf seine Uhr geblickt und gesagt, es tue ihm leid, ihm sei nicht klar gewesen, wie spät es schon ist. Er sei mit einer Frau in einem Lokal in der Innenstadt verabredet. Die könne er nicht warten lassen. Ich hab gesagt: ›Klar, das versteh ich.‹ Er ist zu seinem Auto gegangen, und ich bin zurück in die Disco.«

»Hast du die Automarke erkannt?«

»Nee, hab nicht darauf geachtet.«

»Vermute ich richtig, dass das nicht deine einzige Begegnung mit Tom war?«

»Ja. Letzte Woche am Donnerstagabend steh ich wieder vor dem Love Interest, und da bekomme ich mit, dass Tom mit ’nem Jungen spricht. Ich musste plötzlich an die Berichte über den Mord denken. Denn ein bisschen seltsam ist es ja schon, dass jemand in seinem Alter hierherkommt und Schüler anspricht.«

»Wie alt, schätzt du, ist Tom denn?«

»Na ja, Ende zwanzig, Mitte dreißig.« Freddy zuckte mit den Schultern.

Okay, für Freddy war er, Ben, also wirklich alt.

»Ich bin zu Tom und dem Jungen gegangen und hab gesagt: ›Na, Tom, wieder hier?‹ Also, so was in der Richtung. Und Tom: ›Ja, ich hatte mit dem Betreiber was Geschäftliches zu bereden.‹ Er war ganz gelassen, und er arbeitet ja in einem Plattenladen. Deshalb hab ich ihm geglaubt. Dann hat er sich verabschiedet.«

»Hat Tom diesem Jungen auch angeboten, sich eine Kassette in seinem Wagen anzuhören?«

»Ich hab das den Jungen, er heißt Jacky, extra gefragt. Und er hat Nein gesagt. Sie hätten sich aber auch nicht lange unterhalten. Aber irgendwie kam mir das alles ein bisschen komisch vor. Und ich wollte Rocky, den Betreiber, fragen, ob er Tom denn wirklich kennt. Aber Rocky war an dem Abend nicht mehr in der Disco.«

»Hast du die Polizei verständigt?«

»Nein.« Freddy sah Ben an und rieb sich wieder über die Unterarme. »Ich dachte, ich mach mich mit meinem komischen Gefühl doch nur lächerlich.«

Ben konnte gut nachvollziehen, dass die Situation Freddy peinlich gewesen war. Aber vielleicht sollten Jungs – und Männer – doch weniger Furcht davor haben, als Weicheier dazustehen. »Aber jetzt beurteilst du die Situation anders. Das sehe ich dir doch an«, sagte er aufmunternd.

»Am nächsten Tag hab ich dann morgens in der Zeitung gelesen, dass der Mörder des Jungen wahrscheinlich einen Kassettenrekorder im Auto hatte. Heute bin ich das erste Mal seit Donnerstag wieder im Love Interest und hab vorhin kurz mit Rocky gesprochen. Er sagte, er kennt Tom überhaupt nicht.«

Das hatte Ben inzwischen schon geahnt.

Er überlegte kurz und zog eine Fotografie von Klaus Bartels aus seiner Brieftasche, die ihm Katja gegeben hatte.

»Ist das vielleicht Tom?« Er wollte ganz sicher sein.

Freddy beugte sich vor und studierte das Bild. »Nee, eindeutig nicht«, sagte er dann.

»Wie sah er denn aus?«

»Na ja, er hatte auch 'nen Bart und lange Haare. Aber sein Gesicht war anders, irgendwie ... feiner.«

»Feiner?«

»Dünnere Knochen und so. Und, wie ich schon gesagt hab, er war viel älter.«

»Könnte er eine Perücke und einen falschen Bart getragen haben?«

»Keine Ahnung.«

»Hatte er einen Cowboyhut auf?«

Freddy runzelte die Stirn. »Jetzt, wo Sie mich das fragen ... Beim ersten Mal, ja.«

»Bei eurer zweiten Begegnung nicht?«

»Nee.« Freddy schüttelte den Kopf.

Am Donnerstag war das Foto in der Zeitung erschienen,

gut möglich, dass der Kerl daraufhin darauf verzichtet hatte, den Hut zu tragen.

»Du hast vorhin auch gesagt, dass sich dieser Tom bei eurer ersten Begegnung recht abrupt von dir verabschiedet hat. Gehen wir jetzt mal davon aus, dass seine Verabredung mit der Frau in der Innenstadt eine Lüge war. Könnte es einen triftigen Grund für seinen plötzlichen Aufbruch gegeben haben? Kam vielleicht jemand auf ihn zu, der ihn erkannt hat? So wie du letzte Woche?«

»Nein, das war nicht der Fall.« Freddy runzelte die Stirn.

»Denk bitte genau nach.«

»Jetzt fällt's mir wieder ein!« Freddy sah Ben überrascht an. »Ein Polizeiwagen ist langsam den Ring entlanggefahren. Ich dachte noch, vielleicht kontrollieren die wegen Hasch. Und ich war froh, dass ich keinen Joint eingesteckt hatte.«

Ein Polizeiwagen, sieh an ...

Freddy beugte sich vor und nahm eine zweite Gauloise von Ben entgegen.

Das Licht der Deckenlampe fiel auf sein Haar, ließ es goldblond aufleuchten.

»Sag mal, wie sieht denn dieser Jacky aus?«, fragte Ben langsam.

»Na ja, er ist ziemlich groß. Und er ist blond.«

Wolfgang Scholzen war blond gewesen, Freddy hatte die gleiche Haarfarbe und Jacky ebenfalls. Ben überlief eine Gänsehaut. Das konnte kein Zufall sein.

»Du solltest doch mit der Polizei sprechen«, hörte er sich sagen.

• • •

Das Hämmern des Schlagzeugs und englische Songfetzen waren bis in die Damentoilette im Untergeschoss der Universität zu hören.

Ira zog den Lippenstift nach und betrachtete sich prüfend im Spiegel über dem Waschbecken. Ihr Gesicht erschien ihr ein bisschen fremd, was nicht nur daran lag, dass sie selten Make-up benutzte. Die Haare, die sie sonst meist zu einem Pferdeschwanz gebunden hatte, fielen ihr nun lockig über die Schultern. Eine Friseuse am Eigelstein hatte die Naturkrause mit einem Brenneisen in Form gebracht. Statt der Hosen trug sie ein ärmelloses Minikleid aus einem metallisch glänzenden Stoff und dazu hohe Schnürstiefel. Sie sah eigentlich nicht schlecht aus – aber ungewohnt, und irgendwie fühlte sie sich in dem Look auch ein bisschen unsicher.

Vorhin hatten sie in einem Lokal in der Innenstadt Christophs Geburtstag gefeiert. Dann hatte eine Studentin aus der Clique vorgeschlagen, noch zu einer Party in der Kölner Universität zu gehen, und sie waren in zwei Autos hierhergefahren.

Ira verstaute den Lippenstift in ihrem Handtäschchen. Mit den hohen Absätzen war das Laufen ein bisschen ungewohnt. Am Eingang zu dem Partyraum begegnete ihr Christoph.

»Ira, ich hab einen Freund getroffen. Er hat Probleme mit seiner Autobatterie, ich gebe ihm Starthilfe und bin gleich wieder da.« Sie küssten sich, und Ira konnte es kaum erwarten, gleich wieder mit ihm zu tanzen. Immer wenn sie sich berührten, spürte sie ein prickelndes Verlangen.

Sie lächelte ihn an. »Kein Problem. Ich bin dann an der Bar.«

Dort schob sie sich auf einen hohen Hocker und bestellte sich einen Cocktail. Dann ließ sie ihren Blick über die Tanzfläche schweifen. Es war alles vertreten. Ganz konventioneller Paartanz, Leute, die sich allein zur Musik bewegten, manche ekstatisch, andere gehemmt. Die Kleidung reichte von langen Hippieröcken und Cocktailkleidern bei den Frauen bis hin zu Jeans und Anzügen und Rüschenhemden bei den Männern.

Der Barkeeper schob den Cocktail über den Tresen, und Ira sog an dem Strohhalm. Und dann gab es auch noch diesen Kerl, der ein albernes Jackett aus Samt mit dem großen Kragen und den riesigen Manschetten im Stil einer längst vergangenen Mode trug. Angeblich war das in England gerade sehr angesagt. Er tanzte gekonnt mit einer kurvenreichen Schönen und sah selbst auch nicht gerade schlecht aus. Blonde Haare, ein schmales arrogantes Gesicht und eine Nickelbrille im Stil von John Lennon. Ira verschluckte sich fast an ihrem Cocktail. Der Kerl war ja Ben Weber!

Der Song endete. Ein anderer Mann wechselte ein paar Worte mit der schönen Frau. Sie und Ben Weber küssten sich ausgiebig. Dann tanzte die Schöne mit dem anderen weiter. Ira wandte sich hastig ab. Das Letzte, was sie wollte, war, von Ben Weber bemerkt zu werden. Doch gleich darauf ließ sich jemand auf dem Barhocker neben ihr nieder.

»Kriminalhauptmeisterin Schwarz, mit Ihnen hätte ich

hier wirklich nicht gerechnet«, hörte sie eine vertraute, lästige Stimme sagen. »Und dieses Mal tatsächlich Alkohol und keine Limonade. Sind Sie etwa als Spitzel hier, um revolutionären Umtrieben auf die Spur zu kommen?«

»Lange nicht mehr so gelacht.« Sie mimte ein gelangweiltes Gähnen.

»Kein Begleiter?«

»Nein, ich bin ein armes Mauerblümchen.«

»So sehen Sie eigentlich nicht aus.« Ben Weber grinste.

»Was Sie da anhaben, soll das etwa die Mode des 17. Jahrhunderts imitieren? Reichlich albern, würde ich sagen.«

»Ich würde es eher als eklektischen Stil bezeichnen.« Ben Weber bestellte sich ein Bier. »Und über Geschmack lässt sich bekanntlich nicht streiten.«

»Ihre Begleitung scheint ja nicht sehr an Ihnen interessiert zu sein.« Ira nickte in Richtung Tanzfläche. Die kurvenreiche Schöne war verschwunden.

»Der Typ, mit dem sie eben getanzt hat, ist ein Fotograf. Sylvia modelt manchmal. Sie muss was Geschäftliches mit ihm besprechen.«

Unter einem Mannequin tat es Ben Weber wohl nicht.

Er trank einen Schluck Bier. »Ich war kürzlich in der Hacketäuer Kaserne, und da hab ich das blonde Mädchen von der Kirmes getroffen, Hanni, so heißt sie doch, oder? Sie hat mir erzählt, dass Sie sich bei Ihrer Vorgesetzten sehr dafür eingesetzt haben, dass sie nicht in ein Erziehungsheim eingewiesen wird.«

»Das muss Ihr schwarz-weißes Weltbild ja sehr erschüttert haben.«

»Na ja, bei Ihnen hatte ich eh noch Hoffnung, dass der Polizeiapparat Sie noch nicht völlig der Gehirnwäsche unterzogen hat.« Er grinste wieder.

»Sagt der Typ, der mit linken Scheuklappen durch die Welt läuft.«

Ben Weber holte ein Zigarettenetui aus einer Innentasche des Jacketts. Er klappte es auf und hielt es ihr hin.

»Bitte, bedienen Sie sich.«

»Ich rauche nicht.« Ira schüttelte den Kopf.

»Na, das hab ich mir fast schon gedacht.« Er zündete sich eine selbst gedrehte Gauloise an und schien für ein paar Augenblicke über etwas nachzusinnen. Als er sich Ira wieder zuwandte, hatte sich sein Gesichtsausdruck verändert, war nicht mehr so blasiert, eher nachdenklich.

»Ich gehe davon aus, dass für die Polizei Klaus Bartels immer noch der Hauptverdächtige im Mordfall Wolfgang Scholzen ist, oder täusche ich mich?«

»Ich habe Ihnen schon mal gesagt, dass ich mit Ihnen nicht über Fälle spreche.«

»Sie sollten etwas wissen ...«

»Ach ja?« Ira signalisierte dem Barkeeper, dass sie noch einen Cocktail haben wollte. »Da bin ich aber rasend gespannt.«

»Ich hab mich vorhin im Love Interest am Ring mit einem Jungen unterhalten.« Ben fasste sein Gespräch mit Freddy zusammen.

»Der Mann hatte einen Kassettenrekorder im Wagen?« Ira hatte anfangs ziemlich desinteressiert zugehört, doch nun horchte sie auf.

»Ja, wie wahrscheinlich Wolfgang Scholzens Entführer. Nur – der Mann, der versucht hat, Freddy zu ködern, war nicht Bartels. Ich hab Freddy ein Foto von ihm gezeigt. Er hat ihn darauf nicht wiedererkannt. Freddy ist blond, und er hat eine gewisse Ähnlichkeit mit Wolfgang Scholzen. Auch Jacky, der andere Junge, mit dem der langhaarige Kerl sich unterhalten hat, war groß für sein Alter und blond.«

»Und was folgert der große Detektiv Ben Weber daraus?«

»Das, was Ihnen auch in die Augen springen sollte – da läuft ein Mann in der Stadt herum, der es auf blonde Jungen im Teenager-Alter abgesehen hat. Und dieser Mann ist nicht Klaus Bartels.«

»Ich gehe davon aus, dass Sie sich auch mit Bartels' Vergangenheit beschäftigt haben.«

»Ich habe mit Leuten gesprochen, die ihn kennen.« Ben Weber nickte.

Ira setzte sich aufrechter hin, fasste ihn ins Auge. »Dann wissen Sie auch, dass vieles auf Bartels als Täter hindeutet.«

»Man kann das so oder so sehen. Und aus Erfahrung weiß ich, dass die Polizei Menschen aus prekären sozialen Verhältnissen schnell als Kriminelle abstempelt.«

»Wie Ihren Freund Horst, der auch in einem Erziehungsheim war?«

Ben Weber drückte die Zigarettenkippe langsam und sorgfältig im Aschenbecher aus. »Sie scheinen sich ja tatsächlich über mich informiert zu haben, Kriminalhauptmeisterin.«

Hielt Ben Weber sein blödes Machogehabe ernsthaft für verführerisch?

»Ich habe das in einer Unterhaltung aufgeschnappt. Aber um wieder zu Ihrer abenteuerlichen These zurückzukommen: Wolfgang Scholzen wurde auf dem Jahrmarkt ein Betäubungsmittel in einem Bier verabreicht. Freddy nicht …«

»Ich vermute mal, dass ihm dieser Kerl, sobald er ihn im Auto gehabt hätte, etwas zu trinken angeboten hätte. Und zwar auch mit einem Betäubungsmittel angereichert. Wahrscheinlich hat er nur von seinem Plan Abstand genommen, weil in dem Moment ein Streifenwagen den Ring entlangfuhr. Das war ihm wohl zu gefährlich. Kommt ja nicht oft vor, aber ausnahmsweise waren die Bullen mal zur richtigen Zeit am richtigen Ort. Sonst wäre Freddy jetzt wohl nicht mehr am Leben.«

Ira schüttelte den Kopf. »Sie haben eine blühende Fantasie.«

»An Wolfgang Scholzens Kleidung wurden lange künstliche Haare gefunden. Worauf könnte das hindeuten, Kriminalhauptmeisterin?«

»Sagen Sie es mir!«

»Dass der Mörder eine Perücke getragen und sich als ›Gammler‹ verkleidet hat – um dem Klischee der Polizei von einem Übeltäter zu entsprechen.«

»Woher wollen Sie das mit den künstlichen Haaren wissen?«

»Ich habe meine Quellen. Wenn Sie mir nicht glauben, sehen Sie sich doch den Bericht der Spurensicherung an.«

Ira hatte endgültig genug. »Es ist völlig absurd, dass ich mich mit Ihnen unterhalte. Sie sollten sich wieder Ihrer schönen Begleiterin widmen. Wahrscheinlich werden Sie schon schmerzlich vermisst.«

»Wenn Sie sich nicht mehr mit mir unterhalten wollen …« Ben stellte die Bierflasche auf die Bar. »Hätten Sie stattdessen Lust, mit mir zu tanzen?«

»Wie bitte?« Ira starrte ihn an. Sie glaubte, sich verhört zu haben.

»Ich bin kein schlechter Tänzer und trete Ihnen bestimmt nicht auf die Füße.«

»Auf gar keinen Fall!«

»Haben Sie Angst davor?«

»Weshalb sollte ich?«

»Vielleicht, weil Sie mich anziehend finden könnten?« Er lächelte sie an. Seine blauen Augen funkelten hinter der albernen Nickelbrille.

»Ich finde Sie arrogant, überheblich, eitel, eingebildet und völlig selbstgefällig – aber ganz bestimmt nicht anziehend.«

»Ira!« Christoph war zu ihnen getreten. »Tut mir leid, dass es so lange gedauert hat, die Batterie war uralt. Oh, ich wollte dein Gespräch nicht unterbrechen.« Er blickte von ihr zu Ben Weber.

»Du unterbrichst gar nichts.« Ira glitt vom Barhocker und ging Hand in Hand mit Christoph zur Tanzfläche.

Eng umschlungen bewegten sie sich zu *I never loved a man the way I love you* von Aretha Franklin im Takt der Musik. Ira schmiegte ihren Kopf an Christophs Brust. Ja, sie begehrte ihn sehr. Nach einer Weile blickte sie auf. Ben Weber und seine Begleiterin tanzten ebenfalls Körper an Körper geschmiegt. Ira schlang ihre Arme um Christophs Hals und küsste ihn leidenschaftlich.

»Lass uns zu dir gehen«, flüsterte sie dann.

• • •

»Ich geh mal schnell ins Bad.« Sylvia drehte sich in Bens Diele zu ihm um. Eben waren sie leicht angetrunken und bekifft von der Party an der Uni nach Hause gekommen.

»Und ich bin im Wohnzimmer.« Ben ließ sich auf das Sofa fallen.

Zeitgleich mit ihnen waren auch Ira Schwarz und ihr dunkelhaariger Freund – so ein verlässlicher, solider Paul-Hubschmidt-Typ, gut aussehend und langweilig – vom Parkplatz der Universität losgefahren.

Ben wusste selbst nicht genau, was ihn dazu veranlasst hatte, die Kriminalhauptmeisterin zu fragen, ob sie mit ihm tanzen wolle. Es war ihm einfach in den Sinn gekommen. Spaß gemacht hätte es wahrscheinlich. Ira Schwarz hatte eine sehr anziehende Art, grimmig dreinzublicken. Und überhaupt hatte sie in diesem silberfarbenen Fummel und den Schnürstiefeln umwerfend ausgesehen. Aber nein, sie war eigentlich gar nicht sein Typ.

Ben blickte auf seine Armbanduhr. Kurz nach eins. Ob er noch mit dem Anrufdienst telefonieren sollte? Große Lust hatte er keine. Aber dann gab er sich doch einen Ruck. Vielleicht war ja eine wichtige Nachricht von der Redaktion für ihn eingetroffen.

Eine Frau meldete sich, gut gelaunt und sehr wach für

die Uhrzeit. Ben nannte seinen Namen und die Telefonnummer.

»Eine gewisse Katja Behrens hat eine Nachricht für Sie hinterlassen. Es geht um …«, die Telefonistin zögerte kurz, und eine gewisse Irritation schwang in ihrer Stimme mit, »… einen Obduktionsbericht, Sie sollen sich so schnell wie möglich mit ihr in Verbindung setzen.«

Ben bedankte sich für die Auskunft. Ob es mittlerweile irgendwelche neuen Erkenntnisse zu Wolfgang Scholzens brutalem Tod gab? Katja hatte kein Telefon. Er würde sie am nächsten Morgen bei ihr zu Hause aufsuchen, bevor sie sich auf den Weg zur Gerichtsmedizin machte.

»Arbeit …?« Sylvia war aus dem Bad gekommen. Sie trug nur noch ihren Slip und eines seiner T-Shirts. Unter dem Baumwollstoff zeichneten sich ihre Brustwarzen deutlich ab. Ben schluckte hart.

»In gewisser Weise …« Er beeilte sich, aus seiner Kleidung zu schlüpfen. Aber dann, im Bett, war er nicht ganz bei der Sache. Das hatte mit Katjas Nachricht zu tun. Und auch mit Ira Schwarz, die ihm einfach nicht aus dem Kopf ging.

24. Kapitel

Dienstag, neunter Tag

Katja wohnte in einem Hochhaus im Kölner Norden. Es war kurz nach sieben, als Ben unten am Eingang bei ihr klingelte. Sylvia hatte nicht sehr enthusiastisch reagiert, als eine halbe Stunde vorher sein Wecker klingelte.

»Ben?«, kam nun Katjas Stimme aus der Gegensprechanlage. Sie hatte ihn offensichtlich schon erwartet. Gleich darauf ertönte der Summer, und er betrat das Haus.

Katja empfing ihn an der Wohnungstür im sechsten Stock. Sie trug einen modischen Trägerrock aus einem dunkelgrauen Wollstoff und einen schwarzen kurzärmeligen Pullover. Beides war elegant, und doch erinnerte der Schnitt auch irgendwie an Kinderkleidung, und die gedeckten Farben ließen ihre dunklen Augen riesengroß erscheinen. Was ihre Fragilität einmal mehr betonte.

»Ach, es ist nett, dass du so früh gekommen bist.« Sie küsste ihn auf die Wange und ließ ihn ein. Ben war bisher nur einige wenige Male in der Wohnung gewesen. Was ihrer komplizierten Freundschaft entsprach. Meist hatte er Katja unten am Eingang abgesetzt.

Katja führte ihn in die kleine Küche. Die weißen Einbauschränke waren perfekt eingepasst, sogar eine schmale Spülmaschine gab es. Das große Fenster eröffnete den Blick auf den Rhein. Nebelschwaden hingen noch über dem Wasser und in den Baumwipfeln am Ufer. Doch hinter den Häusern auf der anderen Rheinseite war schon die Sonne aufgegangen.

Auf dem Klapptisch zeichneten sich die Ränder von Gläsern ab, und auf der Spülmaschine stand benutztes Geschirr. Was untypisch für die so akkurate Freundin war.

Katja schien die Unordnung erst jetzt zu bemerken, und sie machte eine entschuldigende Geste. »Es gibt immer noch keine Nachricht von Klaus. Und Moni, eine junge, geistig behinderte Frau aus der Hofgemeinschaft, wurde in ein Heim gesteckt. Und ... Ach, ich stehe nur noch neben mir.«

Diesen Eindruck hatte Ben auch. »Katja, was hat es mit diesem Obduktionsbericht auf sich?« Er zog sie neben sich auf einen Stuhl.

»Am Sonntag wurde in einer Industrieruine in Ehrenfeld ein Leichnam gefunden. Also, eigentlich eher die Überreste eines Leichnams. Sehr viel ist nicht mehr davon übrig gewesen. Er lag da wohl schon ein paar Wochen. Gestern habe ich den Obduktionsbericht abgetippt. Der Tote war ein Junge oder ein junger Mann, zwischen sechzehn und zwanzig Jahre alt. Ein paar Arm- und Beinknochen und Teile des Brustkorbs und des Schädels waren noch erhalten. Der Schädel war eingeschlagen, und die anderen Knochen waren mehrfach gebrochen. Wie von heftigen Schlägen.« Katja holte tief Atem.

»Ja?« Eine Ahnung regte sich in Ben.

»Mich hat das sehr an den Obduktionsbericht von Wolfgang Scholzen erinnert. Also habe ich Dr. Breuer, der die Obduktion durchgeführt hat, darauf angesprochen. Ihn kann man so etwas fragen. Er hat ja gar kein Chefgehabe. Und er meinte, ich hätte gut aufgepasst. Ihm sei das auch aufgefallen. Die Ähnlichkeit im Alter und bei den Verletzungen. Daraufhin habe ich gefragt, wie Hauptkommissar Steinert das denn aufgenommen hat.«

»Steinert ist für den Fall zuständig?«

»Ja, er war auch beim Fundort der Leiche. Und Dr. Breuer hat gesagt, Steinert habe das nicht weiter interessiert. Er ist wohl überzeugt, der Tote in der Industrieruine war ein Obdachloser, und ein anderer Obdachloser hat ihn im Streit einfach erschlagen. Dr. Breuer wird nichts weiter unternehmen. Er ist ja Gerichtsmediziner und kein Ermittler. Aber sieh dir das einmal an. Ich habe die Röntgenaufnahmen von Wolfgang Scholzens Leichnam und die des unbekannten Toten gestern Abend, nachdem alle gegangen waren, in Dr. Breuers Büro auf die Kopiermaschine gelegt.« Katja nahm einige große Papierbogen von einem Küchenschrank und legte sie vor Ben auf den Tisch.

Ein vollständiger und ein unvollständiger Brustkorb. Die Knochen hoben sich vor der Schwärze des Hintergrunds sehr grell ab. Glatte Brüche auf beiden Bildern. Das Gleiche bei den Aufnahmen von Arm- und Beinknochen. Die Ähnlichkeit der Verletzungen war frappierend, auch wenn bei dem noch nicht identifizierten Leichnam nur Teile der Gliedmaßen erhalten waren.

»Gibt es Anzeichen, dass der junge Mann aus der Industrieruine auch am Rücken verbrannt wurde?«

»Ratten und Füchse haben von der Leiche gefressen. Außerdem ist die Verwesung schon weit fortgeschritten, und die Maden haben zudem ganze Arbeit geleistet.« Katja schüttelte den Kopf, und Ben war plötzlich froh, dass er noch nicht gefrühstückt hatte.

»Aber an den Knochen müssten doch Spuren von Verbrennungen festzustellen sein?«

»Nur mit aufwendigen Untersuchungen. Und daran sind die Polizei und die Staatsanwaltschaft offenbar nicht interessiert. In ihren Augen handelt es sich bei dem Toten nur um einen Herumtreiber.« Katjas Stimme klang bitter. »Aber die Röntgenaufnahmen sind doch Aussage genug! Steinert will das nur nicht wahrhaben, weil es der Theorie widerspricht, dass Klaus Wolfgang Scholzen umgebracht hat, weil der nichts von ihm wissen wollte. Es gibt Gerüchte, dass Steinert ein Schläger ist und Homosexuelle hasst ...« Ihre Stimme brach. »Ich will mir gar nicht vorstellen, was er Klaus gerade antut.«

»Hast du Beweise für ein Fehlverhalten von Steinert?«

»Nein, aber du weißt doch, wie homophob die meisten Polizisten sind.«

»Jetzt steigere dich mal nicht in was rein. Ich vermute mittlerweile, dass Wolfgang Scholzen nur ein zufälliges Opfer war und dass er und sein Mörder sich wahrscheinlich gar nicht kannten.«

»Du hältst Klaus also endlich auch für unschuldig?«

»Ja.« Ben berichtete Katja, was Freddy ihm über seine Begegnungen mit dem langhaarigen, bärtigen Mann vor dem Love Interest erzählt hatte.

»Das würde bedeuten, in der Stadt ist ein Serienmörder unterwegs, der es ganz gezielt auf junge, blonde Männer abgesehen hat? Denn ich bin überzeugt, das Alter von Wolfgang Scholzen und dem unbekannten Toten und die Ähnlichkeit der Verletzungen sind nicht zufällig.«

»Ein Zufall erscheint mir auch sehr unwahrscheinlich.« Ben dachte nach. »Es würde mich nicht wundern, wenn der junge Mann, dessen Leichnam in der Industrieruine gefunden wurde, auch blond war«, sagte er schließlich. »Wie auch immer ... Ich glaube, dass der Mörder sich gut mit der Lebenswelt von Jugendlichen auskennt und weiß, was sie interessiert und wie er zwanglos mit ihnen ins Gespräch kommt. Und ich gehe davon aus, dass er sich als Gammler verkleidet hat, um die Polizei zu täuschen.«

»Vergleichbare Fälle gab es in Köln aber in den letzten Jahren nicht. Durch meine Arbeit in der Gerichtsmedizin hätte ich das bestimmt erfahren.«

»Ich kann mich auch an nichts Ähnliches erinnern. Die Umstände des Mordes an Wolfgang Scholzen sind so bizarr! Ich werde mal recherchieren, ob es Morde nach einem ähnlichen Muster außerhalb von Köln gab.«

Der Leichenfund in der Industrieruine ließ Ben Schlimmes vermuten. Ja, er würde sich schleunigst hinter die Recherche klemmen.

• • •

Ira fuhr an der Statue des heiligen Hermann vor dem Polizeipräsidium vorbei – dem »Hermännnche«, wie er im Volksmund liebevoll genannt wurde. In Gestalt eines kleinen Jungen reichte der populäre Kölner Heilige dem Jesuskind einen Apfel, und irgendjemand hatte wieder einmal ein paar rotwangige Früchte auf den Sockel gelegt. Der Morgen war kühl, aber der Himmel ganz klar, er besaß dieses spezielle, irgendwie durchscheinende Blau, das für den Herbst so typisch war. Ira bog schwungvoll auf den Parkplatz des Polizeipräsidiums ab.

Ihr *erstes Mal* ... Sie lächelte vor sich hin. Es war nicht die welterschütternde, berauschende, einzigartige, mit nichts zu vergleichende Erfahrung gewesen, von der die Bücher und Filme erzählten, aber sehr schön. Und Christoph war sehr zärtlich gewesen und hatte sich ganz auf sie eingelassen. Sie war in ihn verliebt, und sie vertraute ihm.

Und ja, sie würde dieses erste Mal mit ihm noch oft wiederholen. Sie musste nur unbedingt einen Arzt finden, der sich nicht an die staatlichen Vorgaben hielt und ihr die Pille verschrieb, obwohl sie nicht verheiratet war und auch keine drei Kinder vorweisen konnte. Auf Dauer einem Kondom zu vertrauen war ihr zu unsicher. Am Wochenende würde Christoph wieder in Köln sein. Für die kommenden Tage musste er im Auftrag seiner Anwaltskanzlei nach Frankfurt reisen. Sie konnte es kaum erwarten, ihn wiederzusehen.

»Morgen, Ira.« Walter Sievers, die Uniformmütze in den Nacken geschoben, sprach sie an, als sie ihr Fahrrad abschloss. Kleine Bartstoppeln sprossen auf seinen Wangen. Er hatte anscheinend gerade die Nachtschicht hinter sich.

»Es gibt Neuigkeiten. Klaus Bartels wurde in der Gegend von Düren festgenommen bei dem Versuch, in eine Arztpraxis einzubrechen. Er wird heute nach Köln überführt. Das ist übrigens noch streng geheim. Die Presse soll erst mal keinen Wind davon bekommen.«

»Und weshalb weißt du es dann?«

»Ein Kumpel von mir gehört zu den Aachener Kollegen, die Bartels hopsgenommen haben. Er hat mich im Präsidium angerufen.«

»Na, das ist wirklich eine gute Nachricht.« Vielleicht würde sie ja dabei sein können, wenn Klaus Bartels vernommen wurde.

Gegen Mittag lehnte Ira sich auf ihrem Stuhl zurück, zufrieden mit ihrer Arbeit. Sie hatte die Vermisstenkartei nach jungen Männern im Alter zwischen sechzehn und zwanzig Jahren durchforstet, die vor ein bis zwei Monaten verschwunden waren. Dies entsprach dem Zeitraum, zu dem der junge Mann, dessen Leichnam in der Industrieruine gefunden worden war, höchstwahrscheinlich – laut der zwischenzeitlich erfolgten umfassenden Obduktion – erschlagen worden war. Dabei war sie auf zwei männliche Teenager gestoßen, die seit Juli vermisst wurden. Einer war von seinen Eltern, der andere vom Direktor des Erziehungsheims, in dem er eingesessen hatte, der Polizei gemeldet worden. Sie wollte schnell etwas in der Kantine zu Mittag essen und dann zu den Eltern und dem Direktor fahren.

Ira hängte sich ihre Handtasche um und trat auf den Korridor. Vor ihrem Büro prallte sie fast mit einer Frau zusammen, die offensichtlich zu ihr wollte. Mitte fünfzig, rundlich, der dünne Mantel und der Hut schon etwas abgetragen, aber sauber, klare braune Augen und eine resolute Ausstrahlung. Irgendwoher kannte sie die Frau.

»Fräulein Schwarz, ich stör Sie doch hoffentlich nit? Ich würd Sie jern um 'nen Jefallen bitten, wenn's Ihnen nit zu viel Mühe macht.« Die Frau sprach mit dem üblichen rheinischen Singsang. »Sie ham uns doch vor zwei Jahren so mit der neuen Wohnung jeholfen. Und da Sie jetzt ja bei der Polizei sind … Ich weiß einfach nit, an wen ich mich sonst wenden könnt.«

Jetzt erkannte Ira ihr Gegenüber. »Frau Jülich, natürlich! Was kann ich denn für Sie tun?« In ihrer Zeit als Sozialarbeiterin hatte sie Trude Jülich unterstützt, als diese nach dem Tod ihres Mannes die alte Wohnung trotz Witwenrente und diverser Anstellungen als Putzfrau nicht mehr hatte halten können und mit ihren drei Kindern fast auf der Straße gelandet wäre. Sie mochte die couragierte Frau, die trotz ihres nicht einfachen Lebens ein offenes Herz für andere hatte.

»Es jeht um meine Nachbarin Annie Eggers, also, ich mein, dat Fräulein Eggers. Sie is ein bissken seltsam. Aber nit zurückjeblieben, obwohl das manche meinen tun. Nur sehr zurückhaltend und scheu. Irjendwat treibt sie um. Ich jlaub, es hat mit diesem Toten zu tun. Wissen Sie, der, der in der Industrieruine in Ehrenfeld jefunden wurd. Sie hat ihn wohl jekannt oder jlaubt, ihn jekannt zu ham. So jenau hab ich dat nit bejriffen, und sie is sehr aufgeregt. Sie spricht mit sich selbst und weint und rennt stundenlang in ihrer Wohnung hin und her, sie is janz verzweifelt.«

»Weshalb glaubt Ihre Nachbarin denn, den Toten gekannt zu haben? In der Zeitung standen doch nur sehr allgemeine Angaben.« Ira wunderte sich.

»Ich hab keine Ahnung. Eijentlich müsst man die Fürsorjebehörden verständijen, so wie sie sich verhält. Aber dat will ich nit, denn die würden dat Fräulein Eggers womöglich in die Klapse einweisen. Könnten Sie nit mal mit ihr sprechen, Fräulein Schwarz? Ihnen würd sie vielleicht sagen, wat sie so mitnimmt.«

»Natürlich, kommen Sie doch mit dem Fräulein ins Präsidium«, erwiderte Ira freundlich.

»Dat hab ich ihr schon vorjeschlagen. Aber darauf is sie janz panisch jeworden.« Trude Jülich seufzte. »Sie hat mit der Polizei wohl mal schlechte Erfahrungen jemacht. Könnten Sie nit vielleicht zu mir kommen? Dann würd ich dat Fräulein Eggers unter ’nem Vorwand zu mir bitten. Vielleicht können Sie ja irjendwat für dat arme Ding tun.«

Ira dachte kurz nach. Müngersdorf, wo Trude Jülich und ihre Nachbarin lebten, lag auf dem Weg zu dem Erziehungsheim. Also konnte sie guten Gewissens einen Abstecher dorthin machen.

»Würde es Ihnen gegen zwei Uhr passen?«, fragte sie.

Trude Jülich nickte dankbar. »Ja, und ich sorg dafür, dass dat Fräulein Eggers auf jeden Fall da is.«

• • •

Den Ausdruck »sich die Finger wund wählen« – gab es den eigentlich? Ben Weber drehte sich eine weitere Gauloise.

Falls nicht, dann war er der lebende Beweis dafür, dass dies möglich war. Seit er von Katja nach Hause zurückgekehrt war, telefonierte er, abgesehen von einer kurzen Kaffeepause am Schreibtisch, quasi ununterbrochen mit den Kollegen von diversen Zeitungs- und Hörfunkredaktionen.

Ausgehend von Köln hatte sich Ben bisher systematisch bis nach Koblenz im Süden und Duisburg im Norden vorgearbeitet. Bisher ohne Erfolg. Nicht, dass es einen Mangel an ermordeten Jungen und jungen Männern gegeben hätte – um es mal zynisch auszudrücken. Doch die erschossenen, erwürgten und erstochenen schieden nun einmal aus. Ebenso die, bei denen ein Täter ermittelt worden war. Für diese Recherche würde er sich also noch einige weitere Tage Urlaub nehmen müssen. Eigentlich war das eine Arbeit für ein ganzes Team von Polizisten und nicht für einen einzelnen Streiter in Sachen Gerechtigkeit. Allmählich kam er sich vor wie ein Sheriff auf verlorenem Posten im Outback.

»Henrichs, Essener Tageblatt«, meldete sich nun ein Kollege mit vollem Mund am anderen Ende der Leitung. Papier knisterte. Anscheinend hatte er ihn bei der Mittagspause gestört.

»Grüß dich, Rolf, Ben hier, Ben Weber …« Sie hatten zusammen an der Kölner Universität studiert. »Hör mal, ich recherchiere zurzeit für eine Artikelserie über Morde an Jugendlichen, so im Alter zwischen sechzehn und zwanzig Jahren. Über die Milieus der Täter und der Opfer und so weiter. – Ja, der Fall Jürgen Bartsch ist der Anlass, der beschäftigt die Öffentlichkeit schließlich immer noch ungemein … Und deshalb wollte ich mal fragen, was in deinem Gebiet diesbezüglich in den letzten Jahren passiert ist. Ich wäre dir wirklich sehr dankbar für deine Hilfe …«

Ben war nicht so verrückt, Rolf Henrichs anzuvertrauen, dass er möglicherweise einem Serienmörder auf der Spur war. Eine Artikelserie über Morde an Jugendlichen, das war das typische Saure-Gurken-Zeit- oder Wochenendbeilagen-Thema und keines, das den Neid und den Ehrgeiz der Kollegen anstachelte. Man half ihm – und wenn man mal wieder Informationen aus Köln benötigte, konnte man sich getrost an Ben Weber wenden.

»Zwei Fälle im letzten Jahr fallen dir auf die Schnelle ein? Die Opfer von Messerstechereien? Aha …« Das war nicht das, worauf er aus war. »Schaust du netterweise mal im Archiv nach, ob du noch mehr findest? Das wäre super.«

Wieder raschelte Papier, und Kaugeräusche drangen durch den Hörer. Dann: »Ben, versuch's auch mal in Münster.«

»In Münster? Wie kommst du denn darauf?«

»Ich hab dort mein Volontariat gemacht. Und ich glaube, mich zu erinnern, dass es in der Gegend rings um Münster vor einigen Jahren ein paar ungeklärte Morde an Jugendlichen gegeben hat. Der Polizeireporter hat das mal erwähnt. Aber Genaueres weiß ich nicht mehr. Warte mal …« Eine Schublade wurde aufgezogen. »Sein Name ist Michael Nelles, und die Nummer …« Henrichs nannte ihm die Ziffern.

Ben notierte sich beides. »Danke dir, Rolf, du hast was bei mir gut.« Nach dem üblichen Small Talk über Fußball und die allgemeine Weltlage beendete Ben das Gespräch und wählte die Nummer des Polizeireporters.

Eine Frauenstimme meldete sich. »Sekretariat des Münsterländer Boten.«

Kein guter Anfang, Nelles war anscheinend nicht am Platz. »Ben Weber vom Rheinischen Anzeiger. Ich hätte gern Herrn Nelles gesprochen.«

Die Frauenstimme beschied ihm, Herr Nelles sei zu einem Termin außer Haus. Aber er könne seine Telefonnummer hinterlassen. Herr Nelles werde ihn so bald wie möglich zurückrufen. Ben gab ihr seine Nummer.

Mist! Was Henrichs über Morde in der Gegend von Münster gesagt hatte, hatte sich vielversprechend angehört. Zumindest verglichen mit seiner bisherigen, mehr als spärlichen Ausbeute. Falls er mit seiner Theorie über einen Serienmörder überhaupt richtiglag. Manchmal kam sie ihm ja selbst unglaublich vor.

Auf Bens Schreibtisch stand die Fotografie, die Wolfgang Scholzen und seinen mutmaßlichen Mörder zeigte. Er betrachtete den langhaarigen, bärtigen Mann im Schatten. *Wer bist du?*

Dann griff Ben wieder zum Telefon.

25. Kapitel

Trude Jülich lebte mit ihren drei Kindern in einer Zwei-Zimmer-Wohnung in einer von Kölns vielen Neubausiedlungen. In allen Stadtvierteln schossen sie seit einigen Jahren in die Höhe, ehemalige Ackerflächen und Wiesen waren nun von Straßen und Baugruben durchzogen.

Manchmal, wenn Ira längere Zeit nicht in Gegenden am Stadtrand gewesen war, standen dort auf einmal Häuser. Und doch war die Wohnungsnot in der Stadt immer noch groß. Was an den vielen Zuzüglern lag und auch daran, dass die wohlhabenderen Familien nun – anders als in der Nachkriegszeit mit ihrer Enge – mehr Platz für sich beanspruchten.

Die Nadelbäume in den Vorgärten waren noch winzig, manchen Gebäuden fehlte der Anstrich. Aber zur Haustür der Nummer neun – Trude Jülichs Heim – führte ein Plattenweg und nicht, wie auf der anderen Straßenseite, nur eine Reihe von Brettern. Ira hatte kaum geklingelt, als auch schon Schritte im Treppenhaus erklangen und Trude Jülich ihr gleich darauf öffnete. Anscheinend hatte sie auf sie gewartet. »Dat Fräulein Eggers is in der Küche«, raunte sie.

»Ich hab ihr nit jesagt, dass Sie von der Polizei sind, lassen Sie dat mal besser erst im Vagen.«

Ira folgte ihr in die Erdgeschosswohnung. Die Küche war zur Straße hin gelegen. Es duftete nach frisch gebrühtem Bohnenkaffee. An dem mit einem blauen Geschirr gedeckten Tisch saß eine kleine Frau, die in ihrer Strickjacke fast zu versinken schien. Ihr dünnes Haar trug sie seitlich gescheitelt. Sie hatte ein zartes Gesicht mit einem spitzen Kinn, und irgendwie erinnerte sie Ira an eine in die Jahre gekommene Elfe. Jemand, der nicht in diese harte Welt gehörte.

»Fräulein Eggers, dat is Fräulein Schwarz, die junge Frau von der Fürsorje, die mir jeholfen hat, die Wohnung zu kriejen«, stellte Trude Jülich Ira vor.

»Dann will ich nicht weiter stören.«

Die zierliche alte Frau richtete sich hastig auf, bereit, aus der Wohnung zu flüchten. Ihre sehr hellen blauen Augen beobachteten Ira ängstlich.

»Unsinn, Sie stör'n doch nit, wir trinken jetzt alle zusammen 'nen schönen Kaffee.« Trude Jülich hatte sogar Plunderteilchen aus der Bäckerei besorgt.

Ira setzte sich an den Tisch. So verschreckt, wie Annie Eggers wirkte, war es vermutlich am besten, nicht gleich mit der Tür ins Haus zu fallen. Sie beschloss, behutsam vorzugehen.

»Wohnen Sie schon lange hier, Fräulein Eggers?«, versuchte Ira, mit ihr ins Gespräch zu kommen.

»Vor 'nem juten Jahr sind Sie einjezogen, Fräulein Eggers. Dat weiß ich noch janz jenau«, antwortete Trude Jülich an ihrer Stelle. »Jegossen hat's in Strömen. Und Ihre Sachen war'n janz nass. Nit, dat Sie viele Möbel haben tun.« Sie tätschelte Annie Eggers' Arm.

»Wo haben Sie denn vorher gewohnt?«, fragte Ira freundlich.

»In Junkersdorf«, kam die leise Antwort. Immerhin sprach Annie Eggers jetzt mit ihr.

»In 'nem Notquartier, so wie ich und meine Kinder auch.« Wieder Trude Jülich. Ira wünschte sich, sie hätte der älteren Frau das Reden überlassen. »Ihrem Kanarienvogel hat's hier von Anfang an jefallen. Ich hab ihn schon am ersten Abend zwitschern hör'n.«

»Sie haben einen Kanarienvogel, Fräulein Eggers?«, griff Ira rasch das Gesagte auf.

»Ja.«

»Der Vogel und Papier zu falten, dat is dat, wat Fräulein Eggers wirklich liebt.«

»Sie falten Papier?« Ira wusste sich keinen Reim darauf zu machen.

»Ja, Tiere und Blumen.« Annie Eggers fixierte das Gebäck auf ihrem Teller.

»Heißt das, Sie machen Origami?«

»Sie wissen, was das ist?« Zum ersten Mal sah Annie Eggers Ira an.

»Ich interessiere mich sehr für Japan. Ich habe eine Lehre in einem Antiquitätengeschäft gemacht, das auf japanische Kunst spezialisiert ist, und ich möchte unbedingt mal nach Japan reisen.«

»Manchmal fährt Fräulein Eggers sojar nach Düsseldorf und kauft sich da besonderes Papier«, warf Trude Jülich ein.

»Ich finde Origamis sehr schön. Ich fürchte nur, ich hätte dazu keine Geduld, und ich habe für so etwas ohnehin zwei linke Hände.«

»Ach, es ist gar nicht so schwer.« Annie Eggers schenkte Ira ein scheues Lächeln.

»Dat Tierchen hat mir Fräulein Eggers jeschenkt.« Trude Jülich nahm einen aus grün gemustertem Papier gefalteten Vogel von einem Wandbord und stellte ihn auf den Küchentisch.

»Der Vogel ist sehr hübsch.« Ira meinte es ehrlich, und es berührte sie, dass diese so schüchterne und nach außen hin unscheinbare Frau etwas so Schönes und Graziles erschaffen hatte. »Es ist ein Kranich, nicht wahr?«

»Fräulein Eggers hat jesagt, dass Kraniche Jlück bringen, und Jlück, dat können wir ja alle brauchen.« Trude Jülich trank einen Schluck Kaffee und lächelte die alte Frau an.

»Fräulein Eggers, Frau Jülich hat mir gesagt, dass es Sie sehr aufgeregt hat, über den jungen Mann in der Zeitung zu lesen, der in der Industrieruine in Ehrenfeld gefunden wurde.« Ira begann vorsichtig, auf den eigentlichen Grund ihres Besuchs zu sprechen zu kommen.

Annie Eggers' Blick irrte zwischen Ira und der Nachbarin hin und her.

»Fräulein Schwarz will Ihnen nur helfen, Fräulein Eggers«, sagte Trude Jülich begütigend, »sagen Sie ihr doch, wat Sie so beunruhigt.«

Die alte Frau senkte den Kopf und zog die Ärmel der Strickjacke über ihre Hände. Sie schien nicht gewillt zu sein, sich Ira anzuvertrauen. Sollte sie es gut sein lassen und sich verabschieden? Aber was, wenn Annie Eggers wirklich etwas über den Toten wusste?

»Fräulein Eggers, ich möchte Ihnen wirklich gern helfen.« Ira nahm noch einen Anlauf. »Haben Sie denn eine Ahnung, wer der tote junge Mann in der Industrieruine sein könnte?«

Sie machte Trude Jülich ein Zeichen, sich nicht einzumischen.

Annie Eggers schwieg.

»Ich glaube, Sie kannten ihn«, sagte Ira sanft. »Und ich glaube auch, Sie hatten ihn gern, denn sonst hätte Sie sein Tod nicht so mitgenommen.«

Annie Eggers' »Ja« war so leise, dass man es kaum hören konnte.

»Sie kannten den Toten?«, vergewisserte sich Ira.

Annie Eggers nickte stumm.

»Aber woher wissen Sie denn, wer er ist? In der Zeitung standen doch nur sehr allgemeine Angaben.«

»Im Frühsommer bin ich einem Jungen am Decksteiner Weiher begegnet. Wir ... wir haben uns angefreundet. Und danach haben wir uns immer an dem Weiher getroffen, nachdem ich alle Zeitungen ausgetragen hatte.« Wenigstens sprach Annie Eggers jetzt wieder, wenn auch immer noch mit abgewandtem Blick.

»Wie lautet denn der Name des Jungen?«

»Axel ... Er wollte eine Stelle am Bau annehmen, im Westerwald, für einen Kölner Betrieb. Für vier Wochen. Anfang September wollte er wiederkommen. Aber er kam nicht. Ich hab mir Sorgen gemacht. Er war immer so zuverlässig, und wir wollten in der Eifel wandern gehen. Das hatten wir ganz fest verabredet.«

»Ich kann verstehen, dass Sie sich Sorgen gemacht haben. Wie alt ist Axel denn?«

»Siebzehn. Er ist vor ein paar Monaten aus einem Erziehungsheim geflohen.« Annie Eggers verkroch sich noch tiefer in der Jacke.

»Und wie heißt er mit Nachnamen?«

»Schneider ... Axel Schneider.«

»Könnte es denn nicht sein, dass er festgenommen wurde und sich deshalb nicht mehr bei Ihnen gemeldet hat?«

»Nein, ich lese immer die Polizeimeldungen in der Zeitung. Das wäre mir nicht entgangen.«

Wie seltsam. Aber Trude Jülich hatte ja gesagt, dass Annie Eggers wahrscheinlich schlechte Erfahrungen mit der Polizei gemacht hatte. »Vielleicht ist Axel ja auch länger auf der Baustelle im Westerwald geblieben?«

»Ich bin zu dem Betrieb in Nippes gegangen. Der Inhaber hat mir gesagt, dass Axel an dem Tag, an dem die Arbeiter in den Westerwald fahren sollten, gar nicht gekommen ist. Der Mann war ... er war sehr wütend.« Annie Eggers zitterte, als ob die bloße Erinnerung sie ängstigte. »Axel hat mir erzählt, wo er manchmal bei schlechtem Wetter schläft. In Kriegsruinen und Abbruchhäusern. Dort bin ich ihn suchen gegangen.«

»Das war sehr mutig.« Die scheue Frau musste das viel Überwindung gekostet haben. Der Junge hatte ihr wohl wirklich sehr viel bedeutet. »Sie haben Axel also gesucht ...«

»Ja.«

»Und Sie haben ihn auch gefunden, nicht wahr?«

Annie Eggers starrte vor sich hin.

»Sie haben ihn gefunden?«, wiederholte Ira leise, aber beharrlich.

Annie Eggers atmete schwer und ließ den Kopf noch tiefer sinken. Ihre Lippen zitterten.

»Fräulein Eggers, ich sehe Ihnen doch an, dass ich richtig vermutet habe. Bitte, vertrauen Sie mir doch.«

»Ja, ich hab Axel dort gefunden.«

»Woher wissen Sie denn, dass der Leichnam Axel war?« Viel war ja nicht von ihm übrig geblieben, aber das brachte Ira nicht über die Lippen.

»Da war der Kranich in einem Loch in der Kellerwand.«

»Sie haben Axel also auch ein Origami geschenkt?«

»Ja, ich hab ihm zum Abschied einen gefaltet, aus rot gemustertem Papier. Und der lag da.«

»Sie hätten die Polizei verständigen sollen, Fräulein Eggers«, sagte Ira behutsam.

Die alte Frau erwiderte nichts. Ira fiel plötzlich ein, dass die Polizei ja durch einen anonymen Anrufer über den Leichnam informiert worden war. »Fräulein Eggers, haben Sie vielleicht im Präsidium angerufen, ohne Ihren Namen zu nennen?«, fragte sie und legte ihr behutsam die Hand auf den Arm. »Das ist nicht schlimm, ich muss nur die Wahrheit wissen.« Keine Reaktion. »Fräulein Eggers …?«, hakte sie nach.

Wieder ein stummes Nicken. Dann blickte sie Ira unvermittelt an. »Axel – er sah dem anderen toten Jungen ähnlich!« Ihre hellen blauen Augen waren weit aufgerissen und verzweifelt.

»Sprechen Sie von Wolfgang Scholzen?«

»Ja, der Junge, der in Ehrenfeld ermordet wurde. Ich hab sein Foto in der Zeitung gesehen.«

»Würden Sie mir Axel, Ihren Freund, bitte beschreiben?«

»Er war groß für sein Alter und hübsch, und er hatte schöne blonde Haare. Wenn das Licht drauf fiel, sahen sie aus wie ein schimmernder Helm.«

Blond, groß und hübsch, so sahen laut Ben Weber auch die Jungen aus, die von einem langhaarigen, bärtigen Mann vor der Diskothek am Ring angesprochen worden waren. Ira war plötzlich alarmiert.

Sie wandte sich wieder der alten Frau zu. »Fräulein Eggers, vielen Dank, dass Sie mit mir gesprochen haben. Was Sie über Axel erzählt haben, ist sehr wichtig, um die Identität des Toten einwandfrei feststellen zu können. Würden Sie bitte mit mir ins Polizeipräsidium kommen, damit ich Ihre Aussage protokollieren kann? Draußen steht mein Dienstwagen.«

»Sie ... Sie sind von der Polizei?« Annie Eggers' Gesicht spiegelte Angst und Entsetzen.

»Ja, ich gehöre zur Weiblichen Kriminalpolizei.« Ira war bestürzt. Eine solch heftige Reaktion hatte sie nun doch nicht erwartet.

»Fräulein Schwarz meint es wirklich nur jut mit Ihnen, Fräulein Eggers«, mischte sich Trude Jülich begütigend ein. »Sie möchte Ihnen doch nur helfen.«

»Und Sie tun es doch für Axel«, versuchte Ira es noch einmal. »Sie fahren jetzt mit mir ins Präsidium, ich nehme Ihre Aussage auf, Sie lesen sie durch und unterschreiben sie, und danach bringe ich Sie wieder nach Hause. Das dauert noch nicht einmal anderthalb Stunden.« Sie erhob sich.

»Nein!« Annie Eggers sprang auf, ihr Stuhl fiel krachend zu Boden. Sie streckte abwehrend die Hände aus. »Nein!«

»Fräulein Eggers, jetzt nehmen Sie sich doch zusammen.« Trude Jülich legte beruhigend den Arm um sie. Doch Annie Eggers stieß sie fort mit einer Kraft, die Ira ihr gar nicht zugetraut hätte. Urplötzlich hielt sie ein Schälmesser in der Hand, das wohl auf dem Küchenschrank oder auf der Spüle gelegen hatte, und richtete es auf Ira und die Nachbarin. Ihr Gesicht war ganz irre vor Panik.

»Fräulein Eggers, es ist ja gut, Sie müssen nicht mit ins Präsidium kommen. Wir finden einen anderen Weg.« Ira machte eine begütigende Geste, die Annie Eggers jedoch falsch deutete. Denn das Messer zuckte auf sie zu, und sie fühlte einen brennenden Schmerz am Unterarm.

Dann drehte die alte Frau sich um und rannte aus der Küche. Ira lief ihr nach, durch den Flur und ins Treppenhaus. Als sie die Haustür aufriss, hetzte Annie Eggers schon über die Straße. Aus dem Augenwinkel sah Ira einen Lieferwagen näher kommen.

»Fräulein Eggers, Vorsicht!«, schrie sie.

Zu spät. Bremsen quietschten. Der Lieferwagen erfasste Annie Eggers. Schleuderte sie durch die Luft. Reglos blieb sie auf dem Asphalt liegen. Eine Blutlache bildete sich um ihren Kopf.

Ira eilte zu ihr. Die Augen der alten Frau waren weit aufgerissen. Doch sie erkannte Ira, ihr Körper zuckte, als wollte sie von ihr wegkriechen.

»O Jott …« Auch Trude Jülich kniete sich jetzt neben die alte Frau und fasste nach ihrer Hand.

»Sie ist einfach über die Straße gerannt! Ich konnte nicht mehr rechtzeitig bremsen!« Der Fahrer war aus dem Lieferwagen gestiegen. Menschen kamen aus den Häusern.

»Ich rufe einen Rettungswagen. Haben Sie einen Verbandskasten dabei?«, wandte Ira sich hastig an den Fahrer. »Ja? Dann versuchen Sie, die Blutung aus der Kopfwunde zu stillen.« Es war besser, wenn das jemand anderes machte, denn sie selbst ängstigte die alte Frau ja nur zu Tode.

An der nächsten Straßenecke stand eine Telefonzelle. Ira rannte dorthin und wählte mit zitternden Fingern den Notruf. Hätte sie Annie Eggers nur nicht gebeten, mit ins Präsidium zu kommen! Hoffentlich überlebte die alte Frau den Unfall. Und warum hatte sie eine so panische Angst vor der Polizei?

Im Korridor vor den Vernehmungszimmern lehnte sich Ira gegen die Wand. Sie fühlte sich immer noch ganz zittrig. Wenn doch nur Kriminalrätin Clara Wiener nicht bei einer Fortbildung wäre! Wenn sie doch zu ihr gehen und ihr von dem entsetzlichen Vorfall berichten könnte! Sie würde ihr, Ira, wie immer ruhig und geduldig zuhören, und die Welt würde wieder eine Ordnung annehmen. Stattdessen musste sie nun Hauptkommissar Steinert berichten.

Noch immer glaubte Ira, das schreckliche dumpfe Geräusch zu hören, als Annie Eggers von dem Lieferwagen erfasst und auf die Straße geschleudert worden war. Als der Krankenwagen kam, war sie schon nicht mehr bei Bewusstsein gewesen.

Eine Tür schwang auf. Ira erhaschte einen Blick auf einen langhaarigen jungen Mann, der zusammengesunken auf einem Stuhl hockte. Natürlich, Klaus Bartels war ja festgenommen und ins Präsidium gebracht worden.

»Fräulein Schwarz, Sie wollten mir dringend etwas mitteilen?« Hauptkommissar Steinert trat zu ihr. Sie hatte eine Nachricht mit ihrer Bitte in den Vernehmungsraum reichen lassen. Der Hauptkommissar war verschwitzt, er wirkte voller Adrenalin, Ira kannte das selbst von Vernehmungen.

»Ich habe mit einer älteren Frau gesprochen ... Wegen des Leichnams des jungen Mannes in der Industrieruine. Sie glaubt zu wissen, wer er war. Axel Schneider, ein aus einem Erziehungsheim Geflüchteter. Ich wollte die Frau mit ins Präsidium nehmen, damit sie hier ihre Aussage macht. Aber sie ist voller Panik auf die Straße und vor ein Auto gerannt. Ich weiß nicht, ob sie den Unfall überleben wird.«

»Kriminalhauptmeisterin, bitte beruhigen Sie sich.«

Erst jetzt bemerkte Ira, wie hoch und schrill ihr Tonfall war. Sie war doch sonst nicht so leicht aus der Fassung zu bringen. »Es tut mir leid.«

»Schon gut.« Steinert legte ihr väterlich den Arm um die Schultern. »Wir verlieren alle mal die Nerven. Die Frau war offensichtlich geistig verwirrt. Nehmen Sie sich das nicht so zu Herzen.«

»Sie war sehr schüchtern und ängstlich. Aber ich glaube nicht, dass sie geistig verwirrt war. Und da ist noch etwas:

Diese Annie Eggers hat gesagt, dass Axel Schneider Wolfgang Scholzen sehr ähnlich sah. Auch er war blond und groß für sein Alter.« Ira zögerte kurz und fuhr dann fort: »Ben Weber, der Journalist, hat mir kürzlich erzählt, dass ein langhaariger, bärtiger Mann zwei blonde Jungen vor einer Diskothek am Ring angesprochen hat. Dieser Mann war aber nicht Bartels.«

Da Ben Weber der Polizei das Foto von Wolfgang Scholzen und seinem mutmaßlichen Mörder gegeben hatte, würde Steinert wahrscheinlich schlussfolgern, dass sie mit ihm gesprochen hatte. Rasch fasste sie die Unterhaltung zusammen. »Der Mann schlug einem der Jungen vor, mit ihm zu seinem Wagen zu gehen und sich dort seinen Lieblingssong auf Kassette anzuhören. So wurde Wolfgang Scholzen ja wahrscheinlich auch von seinem Mörder von der Kirmes weggelockt.«

»Sie haben mit diesem Schmierfinken Ben Weber über den Fall gesprochen?« Steinerts Stimme hörte sich plötzlich ganz schroff an.

»Nein, eigentlich nicht, wir sind uns zufällig begegnet, und er hat mir erzählt, was er herausgefunden hat. Ich habe ihm nichts verraten.«

»Das will ich hoffen. Dieser Kerl da drin«, Steinert wies auf das Vernehmungszimmer, »hat Wolfgang Scholzen auf dem Gewissen, und niemand sonst.«

»Aber die Ähnlichkeit zwischen Wolfgang Scholzen und Axel Schneider und den beiden Jungen vor der Diskothek am Ring, denken Sie denn nicht, dass dies von Bedeutung ...«

Steinert ließ sie nicht ausreden. »Ich hätte Sie für intelligenter gehalten, als auf das Geschwätz eines eitlen Journalisten und einer verwirrten Frau hereinzufallen.«

»Ben Weber vermutet, dass der Mörder eine Perücke getragen hat …«

Steinert hörte ihr überhaupt nicht zu. »Lassen Sie mich wieder meine Arbeit machen, Kriminalhauptmeisterin, und ein andermal verschonen Sie mich gefälligst mit einem solchen Unsinn.« Die Tür des Vernehmungszimmers schlug hinter ihm zu.

Ira fuhr sich mit den Händen über das Gesicht. So kannte sie den Hauptkommissar ja gar nicht. Und das mit der Perücke konnte Steinert doch nicht einfach ignorieren – wenn es denn tatsächlich stimmte.

26. Kapitel

Die Metalltür zu dem Keller, in dem die Leiche des jungen Mannes gefunden worden war, war mit einem einfachen Vorhängeschloss gesichert. Wäre das Opfer nicht ein mutmaßlicher »Herumtreiber« gewesen, hätte die Polizei wahrscheinlich ganz andere Vorsichtsmaßnahmen ergriffen. So was bekam doch jeder Möchtegern-Kriminelle mit links auf. Ben Weber zog einen langen, dünnen Nagel aus der Innentasche seiner Lederjacke und machte sich damit an dem Schloss zu schaffen.

Nach wenigen Augenblicken ließ es sich mühelos öffnen. Er hatte nichts verlernt. Die Freundschaft mit Horst und diverse kleinere Einbrüche in ihrer Jugend hatten mal wieder Früchte getragen.

Ben ließ das Licht seiner Taschenlampe über die feuchten Stufen und dann in die Kellerräume wandern. Er hatte es nicht versäumen wollen, sich den Fundort der Leiche anzusehen. Auch seine Kamera hatte er mitgenommen. Dann, im letzten Raum, der von dem Gang abzweigte, sah er endlich die charakteristischen Kreidespuren auf dem Boden, die die Lage eines Leichnams markierten. Er steckte das Blitzlicht auf die Kamera und machte einige Fotos. Die Reste einer Feuerstelle waren ebenfalls auf dem Boden zu sehen. Der Sommer war teilweise recht kühl gewesen. Wahrscheinlich hatte sich der junge Mann an kalten Abenden an dem Feuer gewärmt. Sonst gab der Raum nichts preis.

Bestimmt war das Leben des Ermordeten überwiegend armselig und beschwerlich gewesen. Und dann, nachdem er in diesem Loch brutal umgebracht worden war, ermittelte die Polizei noch nicht einmal anständig.

Ben nahm am Boden eine Bewegung wahr. Eine fette Ratte betrachtete ihn lauernd und rannte schnell davon, als er den Strahl der Taschenlampe auf sie richtete. Seit seiner Kindheit im Nachkriegs-Köln, als es überall in der Stadt von diesen Viechern gewimmelt hatte, hasste Ben die dreisten Nagetiere. Er wollte sich lieber nicht vorstellen, dass auch diese Ratte sich vielleicht an dem Leichnam gütlich getan hatte.

Aus einem benachbarten Keller ertönte ein Klirren. Wahrscheinlich hatte das ekelhafte Vieh es verursacht. Ben leuchtete in die Türöffnungen. In einem Raum lagen welke Blätter und einige Plastiktüten, die der Wind durch die Fensterschlitze oben in der Wand hereingeweht hatte. Im nächsten wurde das Licht der Lampe von etwas in einem Abfallhaufen reflektiert.

Vorsichtig schob Ben mit dem Fuß den Müll beiseite, darauf gefasst, dass die Ratte plötzlich auf ihn zuspringen würde. In dem Unrat lag eine Glasflasche. Er holte ein Päckchen Papiertaschentücher aus der Innenseite seiner Lederjacke, wickelte eines um die Flasche und hob sie hoch. Aus dem Hals roch es schwach, aber unverkennbar nach hochprozentigem Alkohol.

Wolfgang Scholzens Leichnam war mit hochprozentigem Alkohol übergossen und angezündet worden. Die verdammten Penner von der Polizei hatten noch nicht einmal den Keller der Industrieruine richtig durchsucht.

In dem Unrat entdeckte Ben jetzt einen Drehverschluss, der auf den Flaschenhals zu passen schien. Behutsam wickelte er ihn in ein weiteres Papiertaschentuch und schob ihn in seine Kameratasche.

Wieder oben im Freien, atmete Ben tief durch. Vielleicht war es Zufall, dass die Schnapsflasche in dem Keller gelegen hatte. Vielleicht hatte sie aber auch dem Mörder gehört. Es konnte nicht schaden, sie von einem befreundeten Chemiker auf Fingerabdrücke und sonstige Spuren untersuchen zu lassen.

• • •

Ira stieg aus dem Dienstwagen. Auf dem noch unbebauten Feld jenseits des Neubauviertels war das Motorenbrummen eines Traktors zu hören. Die Sonne stand tief, im Westen war der Himmel rot übergossen. In fast allen Wohnungen brannte Licht, was die eintönige Siedlung ein bisschen heimeliger wirken ließ. Einige Kinder mit Körben und Plastiktüten voller Kastanien rannten an ihr vorbei. Wo auch immer sie die gefunden haben mochten, denn hier wuchsen weit und breit keine Bäume.

Auch in Trude Jülichs Wohnung brannte Licht. Ein etwa

vierzehn Jahre alter Junge, der eine knielange Lederhose trug, öffnete ihr.

»Meine Mutter ist in Fräulein Eggers' Wohnung, einen Stock höher«, erwiderte er auf Iras Frage.

In der ersten Etage war eine der drei Eingangstüren nur angelehnt. Ira klopfte dagegen. »Frau Jülich?«

»Fräulein Schwarz!« Die rundliche Frau erschien in dem engen Flur, ihr Gesicht war verweint. »Ich jeb nur schnell dem Vogel Futter und Wasser. Ham Sie denn wat von Fräulein Eggers erfahren?«

»Ich habe im Krankenhaus angerufen. Man hat mir nur gesagt, dass sie operiert wird.« Ira folgte Trude Jülich in die Küche. Auf einem alten Büfett stand ein Käfig, darin saß auf einer Stange ein Kanarienvogel mit leuchtend grünem Gefieder. Er war nicht das einzige Tier in dem Raum. Es gab noch Dutzende aus Papier gefaltete – Vögel, Frösche, Pferde, Elefanten und Schmetterlinge. Sie standen überall, auf dem Büfett, auf dem Schränkchen über der Spüle und dem Fensterbrett, farbenfrohe Gebilde, die so gar nichts mit der unscheinbaren Frau gemein hatten.

»Die finden Sie auch im Schlafzimmer.« Trude Jülich war Iras Blick gefolgt. Sie seufzte. »Dat is 'ne Marotte von ihr. Genauso, wie Vögel im Winter zu füttern. Sie hat immer Meisenknödel vor den Fenstern hängen und streut Futter im Vorjarten aus. Dabei hat sie doch so wenig Jeld. Der Kanarienvogel is ihr zujeflogen, aber auch der braucht Futter.« Sie ließ sich auf einen Küchenstuhl sinken, als hätte sie ganz vergessen, dass sie in einer fremden Wohnung war. »Ich hab ja jewusst, dat sie Angst vor der Polizei hat. Aber ich hätt doch nie jedacht, dat sie so panisch reagiert. Ich wollt doch nur helfen.«

»Das weiß ich. Ich frage mich auch die ganze Zeit, wie ich den Unfall hätte verhindern können.« Ira setzte sich ebenfalls. Unten waren gewiss Frau Jülichs Kinder in der Küche. Hier konnten sie ungestört reden. »Haben Sie denn irgendeine Ahnung, woher Fräulein Eggers' Furcht vor der Polizei rührt?«

»Sie is nit jerade jesprächig, wie Sie sich bestimmt vorstellen können. Ich hab mir manches zusammenjereimt. Sie stammt wohl aus 'ner Familie, die bei den Nazis nit jern jesehen war.« Trude Jülich senkte die Stimme. »Der Vater ein Trinker, und arbeiten wollt er auch nit. Vielleicht war'n sie sogar Zijeuner ... Die Nazis ham mit solchen Leuten ja häufig kurzen Prozess jemacht.«

»Ich weiß.« Ira nickte. Auf Menschen, die als asozial galten, hatte die Gestapo oft Jagd gemacht. Viele waren inhaftiert und in Konzentrationslager deportiert worden.

»Heute Nachmittag, auf der Straße, als ich mich neben sie jekniet hab, hat dat Fräulein Eggers so jewimmert. Ich dacht erst, sie redet nur wirres Zeug. Aber dann hab ich verstanden. ›Nit der Kommissar, nit der Kommissar, nit in die Schilderjasse ...‹«

In der Schildergasse hatte sich bis zur Zerstörung durch die alliierten Bomber das Kölner Polizeipräsidium befunden. War Annie Eggers einmal dort gewesen?

»Welcher Kommissar denn?«

»Dat hab ich sie auch jefragt.« Trude Jülich seufzte. »Sie hat wieder nur jewimmert ›nit der Kommissar‹ und dann noch wat, dat sich anjehört hat wie ›Nit, bitte nit …‹. Und ihr Jesicht war vor Angst janz verzerrt.«

O Gott. »Sind Sie sich ganz sicher, dass Sie Fräulein Eggers richtig verstanden haben?« Es hörte sich ja fast so an, als hätte ein Polizeibeamter eine inhaftierte Frau misshandelt.

»Ich konnt es ja selbst kaum jlauben.« Trude Jülich sah Ira ratlos an. »Aber doch … so hörte es sich an.«

»Fräulein Schwarz, es ist weit nach sechs. Ich möchte nach Hause gehen.« Der für das Archiv zuständige Kollege hatte schon abgeschlossen.

Ira hatte ihn gerade noch vor der Tür abgepasst.

»Es ist wirklich dringend, Herr Hauptwachtmeister. Hauptkommissar Steinert benötigt die Akte unbedingt.« Ira hoffte, dass man ihr die Lüge nicht ansah.

»Gut, dass dieser Bartels gefasst ist. Ist nur eine Frage der Zeit, bis der gesteht. Steinert ist gut darin, Geständnisse zu bekommen. Der ist noch einer vom alten Schrot und Korn.« Der Hauptwachtmeister grinste.

»Na gut, Fräulein Schwarz. Machen Sie das Licht aus, wenn Sie gehen, und ziehen Sie die Tür hinter sich ins Schloss. Es wird für die eine Nacht schon gehen, dass nicht abgesperrt ist.«

»Danke, Herr Hauptwachtmeister.«

Ira schritt langsam an den Regalen im Archiv des Polizeipräsidiums entlang. Die Akten waren alphabetisch geordnet. Manche aus Pappe verströmten einen leicht modrigen Geruch und stammten vielleicht noch aus der Zeit zwischen den beiden Weltkriegen. Es war seltsam, sie hier in dem modernen Keller zu sehen.

Den Bombardierungen waren viele Akten zum Opfer gefallen. Und die der Gestapo befanden sich ohnehin nicht hier. Noch war Ira sich nicht sicher, ob Annie Eggers nicht doch von ›Polizei‹ gesprochen, aber ›Gestapo‹ gemeint hatte.

E ... Ira blieb vor dem Metallregal stehen. Diverse *Ebert, Eckert, Eder* ... Sie zog die Kladden heraus, überflog die Namen. *Eggers. Eggers Franz* ...

Eggers Annie, tatsächlich ... Ob Franz Eggers ihr Vater gewesen war? Sie würde später nachsehen. Ira trug die beiden Akten zu einem Stehpult und schlug die von Annie Eggers als Erstes auf. Ganz vorn befand sich das polizeidienstliche Merkblatt mit ihrer Fotografie. Sie sah ängstlich aus, sichtlich eingeschüchtert von dem erkennungsdienstlichen Verfahren. Aber damals war ihr elfenhaftes Gesicht sehr zart und hübsch gewesen. Ihr Geburtsjahr war 1915. Annie Eggers war noch viel jünger, als Ira gedacht hatte. Sie hatte sie für weit über sechzig gehalten. Das Leben schien ihr wirklich übel mitgespielt zu haben.

Ira überflog die Einträge auf dem Merkblatt. Ja, ein Franz Eggers war ihr Vater gewesen. Festnahme von Annie bei einer Razzia gegen Zigeuner in Ehrenfeld. Verhöre wegen »Schwarzhandel in ihrer Sippe«. Laut den Daten hatten diese Verhöre über zwei Wochen gedauert. Eigentlich viel zu lange für die Kriegszeit, in der gerade bei Delikten wie Schwarzhandel sehr schnell Urteile gefällt worden waren. In Ira regte sich ein beklemmender Verdacht.

Annie Eggers war wirklich sehr hübsch gewesen. Und dann ihre panische Angst vor der Polizei. Was, wenn es bei diesen Verhören nicht »nur« zu Misshandlungen gekommen war? Vielleicht war ihr ja noch Schlimmeres angetan worden?

Wer hatte denn die Verhöre geführt? Ira blätterte durch die brüchigen Seiten. Sie stutzte. Kriminalkommissar Jochen Steinert. Ja, so waren die Protokolle der Vernehmungen unterzeichnet. Und ganz hinten in der Akte befand sich ein Schriftstück, auf dem die Überstellung von Annie Eggers in ein Konzentrationslager »wegen sittlicher Verwahrlosung und Zugehörigkeit zu einer minderwertigen Rasse« dringend empfohlen wurde. Auch dies war mit seiner Unterschrift versehen.

Ira hatte plötzlich das Gefühl, in dem Archiv nicht mehr atmen zu können, sie fühlte sich wie eingeschlossen, wollte nur noch weg. Fahrig hob sie die beiden Akten hoch, um sie zurück ins Regal zu stellen, griff jedoch nicht richtig zu. Die von Franz Eggers fiel ihr aus der Hand. Ein Teil des Inhalts verteilte sich über den Boden. Nicht auch noch das!

Ira bückte sich, um die Seiten wieder einzusammeln. Ein ähnlich lautendes Schriftstück wie das in Annie Eggers' Akte. Auch für Franz Eggers war die Überstellung in ein Konzentrationslager »dringend« empfohlen worden. Trug auch dieses Formular die Unterschrift von Kriminalkommissar Jochen Steinert? Ira hob es hoch und erstarrte, als sie den Namen des Beamten sah.

»Kriminalkommissar Arthur Schwarz« stand dort neben dem amtlichen Stempel.

In der Küche brannte Licht, Georg war noch wach. Aber Ira konnte ihm jetzt nicht gegenübertreten. Das ertrug sie nicht. Sie schlüpfte in ihr Zimmer. Dort ließ sie sich auf ihr Bett sinken. Nach kurzem Zögern holte sie das Schriftstück, das Franz Eggers' Überstellung in ein Konzentrationslager gewiss besiegelt hatte, aus ihrer Handtasche. Ohne nachzudenken, mehr aus einem Instinkt heraus, hatte sie es aus der Akte entwendet. Im Licht der Nachttischlampe studierte sie die Unterschrift. Irgendwie hatte sie gehofft, dass sie sich vielleicht doch getäuscht hatte und dass es gar nicht der Name und die Handschrift ihres Vaters waren. Doch dort stand Arthur Schwarz, und er hatte den Namen selbst geschrieben. Es waren die für ihn so charakteristischen Buchstaben mit der breiten Strichführung und der Anmutung von Energie und Eile.

Der Vater musste doch gewusst haben, dass er mit dieser Einschätzung höchstwahrscheinlich den Tod von Franz Eggers verschuldete! Vielleicht hatte er ja auch noch weitere Beurteilungen verfasst und unterschrieben ... War ihm dies gleichgültig? Aber ihr Vater war kein Nationalsozialist gewesen. Sicher, er konnte streng sein und auch autoritär. Er hatte jedoch auch an den Wert jedes einzelnen Menschen geglaubt. Sonst wäre er nicht so leidenschaftlich darum bemüht gewesen, Mordopfern und ihren Angehörigen Gerechtigkeit widerfahren zu lassen.

»Ira ...« Georgs Stimme ließ sie zusammenzucken. Der Bruder war in ihr Zimmer getreten. »Ich hab Licht gesehen, deshalb hab ich geklopft. Aber du hast nicht reagiert. Dein Kollege Sievers ist vor ein paar Stunden vorbeigekommen und wollte dich sprechen. Ich soll dir ausrichten, dass ein gewisser Klaus Bartels den Mord an Wolfgang Scholzen gestanden hat. Sag mal, steht dieser Sievers eigentlich auf dich? Er wollte unbedingt auf dich warten. Hat mich einige Mühe gekostet, ihn wieder hinauszukomplimentieren.«

»O danke, dass du es mir gesagt hast.« Der Mord an Wolfgang Scholzen war gerade so weit weg ...

»Geht's dir nicht gut? Du bist ja kreidebleich.« Georg beugte sich zu ihr und blickte ihr ins Gesicht.

Ira schob das Schriftstück hastig unter das Kopfkissen. Sie konnte Georg nicht sagen, dass ihr Vater einen Menschen in den sicheren Tod geschickt hatte. »Ich ... ach, es war ein harter Tag.«

»Das ist deine Standard-Auskunft, wenn es dir nicht gut geht.« Georg lehnte sich an den kleinen Schreibtisch. »Falls du es noch nicht bemerkt haben solltest, ich bin kein Kind mehr. Also, was ist vorgefallen?«

Ira kannte ihren Bruder gut genug, um zu wissen, dass er sich nicht länger mit einer Ausrede abspeisen lassen würde. Also erzählte sie ihm von dem Gespräch mit Annie Eggers und dem Unfall. »Vielleicht ist sie tot.« Ihre Stimme brach.

»Mein Gott, Ira ...« Georg setzte sich neben sie auf das Bett und nahm sie in Arm. »Das ist ja furchtbar.«

»Und ... und dann habe ich herausgefunden, warum sie so große Angst vor der Polizei hatte. Hauptkommissar Jochen Steinert, der jetzt die Ermittlungen im Mordfall Wolfgang Scholzen leitet, hat vor Jahren ihre Überstellung in ein Konzentrationslager empfohlen. Vorher hat er sie zwei Wochen lang wegen angeblichen Schwarzhandels verhört. Annie Eggers war als junge Frau sehr hübsch.« Das zumindest musste sich Ira von der Seele reden. »Ich ... ich glaube, er hat sie in der Haft ...« Sie schluckte hart, nahm einen neuen Anlauf. »Ich fürchte, er hat sie vergewaltigt. Und ich kann es einfach nicht fassen, dass ein Polizist so gehandelt hat. Die Polizei war doch nicht die Gestapo!«

»Na ja, in der Beziehung bist du immer ziemlich blauäugig.«

»Wie meinst du das?« Ira schob Georgs Arm weg.

»Die Polizei war ein Teil des Regimes. Garantiert haben die allermeisten Dreck am Stecken.«

»Wie kommst du darauf?«

»Der Bruder einer meiner Lehrer war bei den Edelweißpiraten. Den hat die Polizei verhaftet und der Gestapo übergeben. Nur mit viel Glück hat er die Haft im KZ in Brauweiler überlebt. Und der Lehrer hat auch gesagt, dass ganz normale Polizisten den Abtransport von Juden in die Konzentrationslager überwacht haben und dass sie an Kriegsverbrechen im Osten beteiligt waren. Warum hätte sich die Polizei auch anders verhalten sollen als ein großer Teil der Bevölkerung?«

»Du hast mir noch nie von diesem Lehrer erzählt.«

»Ich weiß doch, wie viel dir die Arbeit bei der Polizei bedeutet. Ich wollte sie dir nicht madig machen.« Georg zuckte mit den Schultern. »Außerdem stellst du unseren Vater immer auf ein Podest.«

Ira starrte Georg stumm an.

Der Bruder deutete ihr Schweigen falsch. »Dass mehrmals straffällig Gewordene ohne richterlichen Beschluss in

Vorbeugehaft genommen werden durften, fand er bestimmt sehr gut.«

»Woher willst du das wissen?«

»Weil er im Grunde ein reaktionäres Arschloch war.«

»Georg!«

»Damit, dass der Kurras den Benno Ohnesorg ermordet hat, hätte er ganz bestimmt kein Problem. Staatliche Autoritäten infrage zu stellen, das war für ihn ein Sakrileg. Er war ja auch vehement für die Notstandsgesetze, das hab ich sogar als Kind mitbekommen. Und über die Bürgerrechtsbewegung in den USA hat er sich immer nur abfällig geäußert. Schwarze waren für ihn Menschen zweiter Klasse.« Georg hielt inne. »Tut mir leid, du brauchst jetzt sicher eher Ruhe als mein Gerede. Ich geh dann mal besser.« Georg drückte noch einmal liebevoll ihre Schulter. Gleich darauf fiel die Tür hinter ihm ins Schloss.

Ira vergrub ihr Gesicht in den Händen. Das alles konnte einfach nicht wahr sein! Ein tränenloses Schluchzen schüttelte sie.

Als sie aufsah, fiel ihr Blick auf die kleine Tonstatue des Samurai auf ihrem Schreibtisch. Das Geschenk ihres Vaters, das sie seit der Kindheit begleitet hatte. Sie ertrug den Anblick nicht mehr. Ira stand auf, warf den Krieger in den Papierkorb. Doch auch das war nicht genug. Sie wollte ihn nicht mehr in ihrem Zimmer haben. Also verließ sie die Wohnung, rannte in den Hinterhof zu den Mülltonnen.

Dort zerschmetterte sie die kleine Tonstatue. Erst als sie die Scherben in der Tonne sah, ging es ihr wieder etwas besser.

27. Kapitel

Mittwoch, zehnter Tag

Wie Ira gehofft hatte, hielt sich Walter Sievers in der Kantine auf. Sein Kollege, der mit ihm am Tisch gesessen hatte, stand glücklicherweise gerade auf und ergriff sein Tablett mit dem benutzten Geschirr. Anscheinend hatte er sein Frühstück beendet. Sie nickte dem Wachtmeister grüßend zu und ließ sich dann bei Walter nieder.

»Dein Bruder hat dir doch ausgerichtet, dass ich gestern Abend bei euch war?« Walter sah sie besorgt an.

»Ja, das war nett von dir, danke. Gut, dass Klaus Bartels gestanden hat.«

»Ich sag's ja immer wieder, diese verdammten Gammler! Na, das Geständnis trägt bestimmt zu Marxens Genesung bei. Nicht, dass er im Präsidium sehr vermisst würde.«

Mit seinen Worten hatte Walter Ira unabsichtlich eine Überleitung zum eigentlichen Grund gegeben, weshalb sie ihn in der Kantine gesucht hatte.

»Weißt du, wie es Marxen geht?«

»Wohl besser. Na ja, Unkraut vergeht nicht.« Walter verzog den Mund.

»Sag mal, ich hab die Tage mal gehört, dass Marxen an

der Front war.« Ira versuchte, ihre Stimme beiläufig klingen zu lassen. »Weißt du vielleicht, weshalb er, obwohl er doch Kriminalkommissar war, eingezogen wurde?« Walter war in der Regel über alles, was im Präsidium vor sich ging, bestens informiert.

»Weshalb interessierst du dich denn dafür?« Der Kollege sah sie überrascht an.

»Ach, einfach nur so. Es ist auch nicht wirklich wichtig ...« Ira zuckte mit den Schultern. »Es hat mich nur einfach gewundert, dass er eingezogen wurde. Und dann der Unfall, der ja, wenn die Gerüchte stimmen, mit der Kriegsverletzung zusammenhängt ...«

»Marxen hat wohl den Mund nicht halten können und hat zu offen gesagt, dass er nichts hielt von dem Regime und davon, wie mit den Juden und Zigeunern umgegangen wurde. Deshalb wurde er an die Front strafversetzt. Aber, wie ich eben schon sagte, Unkraut vergeht nicht ...« Walter stand auf. »Ich muss los. Hast du Lust, demnächst mal mit mir in den neuen James Bond zu gehen?«

»Ich überleg es mir«, schwindelte Ira. Bedrückt sah sie Walter nach. Es hatte also auch Polizeibeamte gegeben, die sich, anders als ihr Vater, dem Regime widersetzt hatten.

Und was war mit Klaus Bartels? Sicher, er hatte den Mord gestanden. Aber mittlerweile traute sie Hauptkommissar Steinert nicht mehr über den Weg. Und das Gespräch mit Ben Weber an der Bar in der Universität ging ihr auch nicht aus dem Sinn.

»Ich möchte die Asservate im Mordfall Wolfgang Scholzen einsehen.« Ira blickte den jungen Kollegen fest an.

Der Polizeimeister, den sie bei einem Frühstück an seinem Schreibtisch gestört hatte, konsultierte wenig enthusiastisch eine Liste in einem Ordner. »Kiste Nummer 341«, sagte er dann. »Sie finden die Sachen in der dritten Regalreihe von links. Wollen Sie das hier einsehen, oder wollen Sie alles mitnehmen?«

»Hier, das reicht mir.« Ira wusste, dass sie in diesem Fall nichts mit ihrer Unterschrift quittieren musste. Was sie nach Möglichkeit vermeiden wollte. Sie ging rasch zu den Regalen, um nicht zu riskieren, dass ihr der Kollege doch noch neugierige Fragen stellte. Die Beamtinnen der Weiblichen Kriminalpolizei suchten die Asservatenkammer nur sehr selten auf.

Die Kiste aus dickem Pappkarton mit der Nummer 341 hatte Ira schnell gefunden. Sie trug sie zu einem Metalltisch und öffnete sie. Obenauf lag, in einem durchsichtigen Beutel aus Plastik, eine Windjacke. Dann nahm sie einen genauso verpackten Pullover, ein Hemd, Unterwäsche, Socken und Schuhe sowie einen Rucksack heraus und versuchte, sich dagegen zu verschließen, dass all dies einem Jungen gehört hatte, der nun tot war. Ganz unten in dem Karton lag eine flache Akte.

Ira schlug sie auf. Die Akte enthielt den Durchschlag einer Liste von allen Gegenständen in der Kiste und – in Beutelchen – die Fasern, die auf Wolfgang Scholzens Kleidern gefunden worden waren. Dann eine Pappe in einer Plastikfolie, auf der Haare befestigt waren. Zwei waren lang und braun, ein drittes viel kürzer und grauschwarz. Und dann gab es noch vier blonde, relativ kurze Haare. Ein Zettel vermerkte ihre exakte Länge und die Beschaffenheit. Das graue und die blonden Haare waren echt, die beiden braunen bestanden aus Kunststoff.

Ira atmete langsam aus. Womöglich hatte Ben Weber also recht, und der Mörder hatte tatsachlich eine Perücke getragen.

...

»Vielen Dank, Herr Nelles, Sie haben mir sehr geholfen. Wenn Sie mal in Köln sind, melden Sie sich, vielleicht kann ich Ihnen ja auch mal einen Gefallen tun.« Ben Weber legte den Hörer auf die Gabel. Es hatte sich gut getroffen, dass er, um einen weiteren Telefon-Marathon in Angriff zu nehmen, zeitig am Schreibtisch gewesen war. Denn Michael Nelles, der Polizeireporter des Münsterländer Boten, gehörte offensichtlich zu den Frühaufstehern. Sechs ungeklärte Morde an jungen Männern im Zeitraum der letzten zwölf Jahre hatte ihm der Kollege nennen können.

Zwei davon klangen für Ben verdächtig. In einem Fall war die Todesursache unklar, da von dem Leichnam – wie bei dem Toten in der Ehrenfelder Industrieruine – nicht mehr viel übrig gewesen war. Der andere Junge war brutal erschlagen worden. Weil die Polizei sich in ihren Mitteilungen an die Presse sehr bedeckt gehalten hatte, konnte »brutal erschlagen« alles bedeuten – von im Affekt getötet bis systematisch zu Tode geprügelt. Nelles, der zwar sehr hilfsbereit, aber nicht gerade ein Investigativreporter war, hatte sich mit dieser sehr allgemeinen Information zufriedengegeben und nicht weiter nachgeforscht. Die beiden Jungen waren groß und blond gewesen. Das hatten sie mit Wolfgang Scholzen gemeinsam.

Ben wollte unbedingt mit den Angehörigen sprechen. Und sich dann bei seiner Recherche weiter nach Norden und Osten vorarbeiten. Vielleicht gab es ja noch mehr mysteriöse Morde an blonden Jungen außerhalb des Erscheinungsgebiets des Münsterländer Boten, von denen Nelles nichts wusste.

Das Telefon klingelte. Noch einmal Nelles? Ben nahm den Hörer ab. »Ben Weber?«

»Ben …« Katjas Stimme, wieder einmal ziemlich aufgelöst. »Du hast es doch sicher auch schon in den Nachrichten gehört?«

»Nein, ich habe telefoniert und hatte das Radio leise gestellt. Was ist denn?«

»Klaus wurde gestern festgenommen, und er hat den Mord gestanden – das Geständnis ist sicher erzwungen! Bestimmt hat die Polizei Druck auf ihn ausgeübt, gut möglich, dass man ihn sogar geschlagen hat. Ich habe den Anwalt verständigt, der Horst damals verteidigt hat. Er ist schon unterwegs zum Polizeipräsidium. Garantiert haben ihm diese Schweine bisher einen Anwalt vorenthalten.«

»Vermutlich ist das der Fall.« Ein aus dem Erziehungsheim entlaufener ›Gammler‹ … Dem standen ja aus Sicht der Behörden keine Rechte zu. Er, Ben, musste sich also bei seiner Recherche nach einem möglichen Serienmörder beeilen. Und er sollte mal wieder das Herzblatt aufsuchen. Vielleicht hatte die platinblonde Jeanette ja mittlerweile Informationen für ihn.

• • •

Man muss für das, was einem wichtig ist, einstehen. Warum glaubte Ira ausgerechnet jetzt, da sie das Büro des Polizeipräsidenten betrat, die Stimme ihres Vaters zu hören? Bis zum gestrigen Abend wäre dies eine Ermutigung für sie gewesen, jetzt erschienen ihr die Worte, die er so oft gesagt hatte, wie purer Hohn.

»Kriminalhauptmeisterin Ira Schwarz, Herr Polizeipräsident.« Bisher war Ira Achern eigentlich immer nur bei offiziellen Anlässen begegnet.

»Ja, ich weiß, die Tochter von Arthur Schwarz. Was gibt es denn? Ich habe nicht viel Zeit.« Achern saß hinter seinem breiten Schreibtisch. Er bedeutete ihr, näher zu kommen, seine Miene war nicht unfreundlich.

»Herr Polizeipräsident, ich bin ohne Wissen von Hauptkommissar Steinert hier. Es geht um den Mordfall Wolfgang Scholzen.« Irgendwie musste sie einen Anfang finden. Sie berichtete ihm von Freddys Erlebnissen vor dem Love Interest.

Achern hörte ihr mit nur mäßigem Interesse zu. »Dann wird Klaus Bartels schon einmal versucht haben, ein Opfer zu finden. Worauf wollen Sie hinaus, Fräulein Schwarz, und warum berichten Sie dies nicht Hauptkommissar Steinert?«

»Jener Mann war laut Zeugenaussage eindeutig nicht

Bartels. Und ... Ich habe versucht, dies dem Hauptkommissar zu sagen, aber er fand es nicht wichtig. Er erachtete es auch nicht für wichtig, dass jener junge Mann, der tot in Ehrenfeld gefunden wurde, Wolfgang Scholzen sehr ähnlich sah.«

»Wollen Sie damit ernsthaft sagen, Kriminalhauptmeisterin, dass ein altgedienter, verdienstvoller Beamter wie Hauptkommissar Steinert nicht in der Lage ist, einen Fall angemessen zu beurteilen? *Sie* dagegen schon?« Alles Wohlwollen war aus Acherns Stimme gewichen. Sie klang eisig.

»Ich weiß, dass sich das anmaßend anhört, Herr Polizeipräsident. Aber ...«

»Kriminalhauptmeisterin.« Kriminaldirektor Achern lehnte sich auf seinem Bürostuhl zurück und musterte sie einige Sekunden lang. »Sie haben in den letzten Tagen sehr gute Arbeit geleistet. Deshalb werde ich Ihren Besuch hier bei mir Ihrem jugendlichen Übereifer zuschreiben und über diese Unterhaltung nichts verlauten lassen. Falls mir jedoch zu Ohren kommen sollte, dass Sie erneut die Arbeit eines Vorgesetzten anzweifeln, wird das Auswirkungen auf Ihre weitere berufliche Laufbahn haben. Eine Fortbildung an der Polizeiakademie in Hiltrup zum Allgemeinen Polizeidienst wird es dann für Sie nicht geben. Haben wir uns verstanden?«

»Herr Polizeipräsident ...« Sie musste ihm sagen, dass vieles darauf hindeutete, dass Hauptkommissar Steinert Annie Eggers während ihrer Haft vergewaltigt hatte. Aber was, wenn dann auch das Verhalten ihres Vaters zur Sprache kam?

»Kriminalhauptmeisterin?«

»Ja, Herr Polizeipräsident, ich habe Sie verstanden.«

»Dann gehen Sie mir jetzt aus den Augen. Ihr Vater würde sich für Ihren Auftritt schämen.« Achern wandte sich einigen Papieren auf seinem Schreibtisch zu.

Der Polizeipräsident hatte sie weggeschickt, als wäre sie ein unartiges Schulmädchen. Ira lief bis zum Treppenhaus, dann konnte sie sich nicht mehr beherrschen und hieb wütend gegen die Wand. Wie hatte sie nur annehmen können, dass Achern ihr Glauben schenkte? Sie würde alles dafür tun, damit Wolfgang Scholzens richtiger Mörder gefunden wurde. Und wenn sie dafür aus dem Polizeidienst flog.

28. Kapitel

Regen wehte Ira ins Gesicht, als sie von der Straßenbahnhaltestelle in Richtung Oskar-Jäger-Straße lief. Noch nicht einmal der Schirm nutzte viel. Bei diesem Wetter wäre sie sogar froh gewesen, einen uralten Käfer aus dem Fuhrpark des Polizeipräsidiums fahren zu können. Doch da sie auf eigene Faust unterwegs war, hatte sie lieber auf einen Dienstwagen verzichtet.

Da Ira Hedda Ganser weder auf dem Straßenstrich am Eigelstein noch in deren Wohnung angetroffen hatte, hatte sie beschlossen, es im Herzblatt zu versuchen. Zurzeit war Messe in Köln. Gut möglich, dass Hedda hier ihr Geld verdiente. Dem vollen Parkplatz nach zu schließen herrschte schon Hochbetrieb in dem Bordell, obwohl es erst kurz nach acht war.

Unter dem Vordach vor dem Eingang stand ein Türsteher mit Goldkette um den Hals und rauchte. »Frauen kommen hier nicht rein, Süße, außer zur Arbeit«, sagte er, bevor Ira ihren Ausweis zücken konnte, und ließ seinen Blick über ihren Körper wandern. »Ein bisschen mehr Oberweite wär kein Fehler. Aber sonst bist du ja ganz hübsch.«

»Ich bin nicht Ihre ›Süße‹«, Ira hielt ihm ihren Ausweis unter die Nase, »und ich möchte Hedda Ganser sprechen. Ich komme im Auftrag des Gesundheitsamtes.« Was eine Lüge war, aber sie brauchte einen unverdächtigen Grund, um Hedda in dem Bordell aufsuchen zu können. Manchmal arbeitete die Weibliche Kriminalpolizei mit dem Gesundheitsamt zusammen, wenn es um amtsärztliche Zeugnisse von Prostituierten ging.

»Da müssen Sie wiederkommen, wenn Hedda fertig ist, Fräulein. Versuchen Sie's mal so gegen zwei oder drei Uhr heute Nacht.« Der Türsteher grinste Ira anzüglich an. »Kann aber auch später werden. Heute ist viel los.«

Immerhin schien sie tatsächlich hier zu sein. »Ich möchte Hedda Ganser auf der Stelle sprechen. Falls nicht, kann sich dieser Laden hier auf eine gründliche Überprüfung durch das Gesundheitsamt und die Sitte gefasst machen.« Ira hatte es satt, sich herumkommandieren zu lassen. »Also bewegen Sie Ihren Hintern mal nach drinnen, und rufen Sie Hedda.«

»He, he, Fräulein, nicht in diesem Ton mit mir.« Er kniff die Augen zusammen.

»Kriminalhauptmeisterin, und wenn Sie nicht sofort in die Gänge kommen, findet hier in einer Stunde eine Razzia von der Sitte statt.«

Ira fixierte den Türsteher kalt und hoffte, dass ihr das wild klopfende Herz nicht anzumerken war.

»Schon gut …« Er bedachte Ira mit einem bösen Blick, dann ging er endlich hinein. Ira folgte ihm rasch.

»Sie bleiben hier drin und warten.« Der Kerl öffnete eine

Tür, die zu einem kleinen Kabuff führte. »Ich muss erst mal sehen, ob Hedda Kundschaft hat.«

Der Raum maß höchstens vier Quadratmeter und diente als Abstellkammer für Putzutensilien. Ira lehnte sich gegen einen Schrank. Es roch stechend nach Reinigungsmitteln. Draußen fuhren weitere Autos auf den Parkplatz. Irgendwo grölte ein Mann, und eine Frau lachte hoch und schrill. Die Zeit dehnte sich.

• • •

Ben Weber hatte Mühe, vor dem Herzblatt seinen Citroën abzustellen. Der Parkplatz war fast voll. Die Messe machte sich bis zu den Puffs in den Außenbezirken bemerkbar. Unter diesem Aspekt mochte sich das schäbige Bordell auch für eine Kölner Unterweltgröße wie Hennes Schaffrath lohnen. Sobald er seine Recherchen im Mordfall Wolfgang Scholzen abgeschlossen hatte, musste er dringend dem Gerücht nachgehen, dass ein hoher Polizeibeamter im Rotlichtmilieu mitmischte.

Das würde eine super Schlagzeile werden: *Die Polizei, dein Freund und Zu-Helfer* oder *Gesetzeshüter kassieren bei Sünde mit.* Er lächelte vor sich hin. Und das im nach außen so prüden, katholischen Köln.

Auch an der Bar war heute viel mehr los als bei Bens letztem Besuch. Er schnappte verschiedene Dialekte auf sowie französische und englische Wortfetzen und quetschte sich neben einen dicken Mann im Dreiteiler.

»Ach, da bist du ja endlich wieder, Süßer, ich hab dich

schon vermisst.« Die platinblonde Jeanette bedachte ihn mit einem schmachtenden Blick.

Ben orderte wieder ein völlig überteuertes Kölsch. Er leerte es, um den Schein zu wahren, und verschwand dann eilig mit Jeanette aus der Bar. Länger als nötig wollte er sich im Herzblatt nun wirklich nicht aufhalten.

»Und, hast du was für mich rausfinden können?«, fragte er in ihrem Zimmer.

»Ja doch, Süßer, und eines von den Mädels will auch selbst mit dir reden. Ich hol sie schnell, in Ordnung?«

»Klar, gern.« Ben nahm sich eine Zigarette aus dem Etui und zündete sie an. Das klang doch vielversprechend.

Gleich darauf flog die Tür auf, und Ben dachte noch, dass die beiden Frauen ja sehr stürmisch waren, als zwei Türsteher in den Raum drängten. Ehe Ben reagieren konnte, hatte ihm einer die Arme auf den Rücken gedreht, und der andere verpasste ihm eine schallende Ohrfeige.

»Rumschnüffeln ist hier nicht, du Schmierfink.« Dann wurde er auf den Flur und in Richtung Ausgang gezerrt. Ben trat um sich. Es gelang ihm, sich aus dem Griff zu befreien und einen Boxhieb in den Magen eines seiner Gegner zu landen. So einfach würden sie nicht mit ihm fertig!

• • •

Nach zwanzig Minuten hatte es Ira gereicht. Sie hatte sich gerade auf die Suche nach dem Türsteher machen wollen, als auf dem Flur das Geräusch von hohen Absätzen zu hören war und die Tür zu der Abstellkammer aufgerissen wurde.

»Kann einen die verdammte Polente aber auch nie in Ruhe lassen!« Hedda, in eine Art schwarzen seidenen Kimono gehüllt, stand vor ihr. »Als wenn das mit dem blöden Gesundheitszeugnis nicht auch noch bis morgen Zeit gehabt hätte!« Krachend schlug sie die Tür hinter sich zu. Dann senkte sie die Stimme. »Fräulein Schwarz, Sie können doch nicht einfach so hierherkommen! Sie bringen mich in Teufels Küche.« Nur um gleich darauf zu schreien: »Das ist Belästigung, was Sie da machen!«

»Es tut mir leid, aber ich konnte nicht länger warten. Haben Sie denn etwas über die Freier herausgefunden, die in der Nacht, als Wolfgang Scholzen umgebracht wurde, hier waren?«

»Schwör'n Sie mir, dass niemand erfährt, dass die Informationen aus dem Herzblatt kommen?«

»Ich verspreche Ihnen, es wird niemand eine Verbindung herstellen. Und Sie haben was bei mir gut.«

»Na schön ... Um den Jungen tut's mir ja wirklich leid.« Hedda zupfte mit ihren rot lackierten Fingernägeln nervös an dem Kimono herum. »Viel ist es ohnehin nicht, was ich Ihnen sagen kann. Nach zehn war ein Futtermittel-Vertreter hier, der kam aus 'nem Kaff bei Hameln. Und bei der Renate war ein Vertreter für Damenstrümpfe. Und dann gab's noch einiges an Laufkundschaft. Über die Typen konnten mir die Frauen nichts Spezielles sagen.«

»Können Sie die Männer nicht noch etwas genauer beschreiben, Hedda?« Ira sank das Herz. Damit konnte sie rein gar nichts anfangen.

»Na, die Laufkundschaft kommt und geht. Die reden

normalerweise nicht viel.« Hedda zuckte mit den Schultern. »Der Futtermittel-Vertreter ... Warten Sie mal, der arbeitet für ’ne Firma, die heißt ... Nee, das fällt mir nicht mehr ein. Aber ich glaub, es ist Futtermittel für Pferde. Könnten aber auch Kühe sein.«

»Und der andere?«

»Der Vertreter für die Damenstrümpfe hat die Marke Bi in seinem Sortiment. Der wohnt irgendwo im Sauerland. Sehr katholische Gegend.«

»Weshalb sind Sie sich bei der Strumpfmarke so sicher?« Ira kam es etwas seltsam vor, dass Hedda sich ausgerechnet das gemerkt hatte.

»Der Kerl verschenkt hier schon mal Strümpfe. Ist ’ne gute Qualität, das muss ich wirklich sagen.«

»Haben Sie vielleicht einen Namen für mich?«

»Nee, leider nicht.«

Ira hatte ihre Zweifel, dass sie damit weiterkommen würde. Aber es war besser als nichts. »Danke, Hedda, dass Sie sich umgehört haben.«

»Und Sie sind wirklich verschwiegen?«

»Ja, das bin ich.« Sie nickte.

Draußen auf dem Flur gab es jetzt einen Tumult. Ein paar Männer brüllten sich an.

»Na, hat wohl mal wieder ein Freier Ärger gemacht und wird rausexpediert.« Hedda verzog das Gesicht. »Ein paar von den Kerlen, die auf der Messe war’n, sind schon ziemlich betrunken hergekommen.«

Ira verabschiedete sich. Auf dem Flur rief Hedda ihr der Form halber noch ein paar Beschimpfungen nach, ehe sie zu ihrem nächsten Freier davonstöckelte. Zwei Vertreter ... Nein, groß war ihre Ausbeute wirklich nicht.

Im Regen auf dem Parkplatz prügelten sich drei Männer heftig. Ein Langhaariger in einer Lederjacke versetzte dem Widerling mit der Goldkette einen Kinnhaken, nur um jetzt selbst durch einen Hieb in die Nieren zu Boden zu gehen. Ein breitschultriger Kerl in einem Seidenjackett, wohl ein weiterer Türsteher, trat ihm in die Rippen.

Iras Sympathie für den an die Luft gesetzten Freier hielt sich in Grenzen. Aber das sah gefährlich aus.

»Aufhören, Polizei!« Sie rannte zu den Kämpfenden.

Der Kerl in dem Seidenjackett drehte sich zu ihr um und grinste sie an. »Da hab ich jetzt aber mächtig Angst, Liebelein.«

Der Mann in der Lederjacke kam auf die Knie. Er blutete aus der Nase. Das war ja Ben Weber! Ira starrte ihn verblüfft an. Der Typ mit dem Seidenjackett verlagerte sein Gewicht, wohl um wieder nach ihm zu treten, und auch der Widerling mit der Goldkette, der einen Moment ganz benommen gewirkt hatte, machte einen Schritt auf ihn zu.

Ira dachte kurz, dass es gar nicht gut für Ben Weber aussah, ehe sie dem Kerl in dem Seidenjackett auch schon mit aller Kraft, zu der sie fähig war, in die Kniekehle seines Standbeins trat. Er taumelte, verlor das Gleichgewicht und sackte nach vorn. Der andere Türsteher glotzte ihn verwundert an. Da war Ben Weber auch schon auf die Füße gekommen und versetzte ihm einen weiteren Kinnhaken, der ihn zu Boden schickte.

»Los, kommen Sie mit!«

»Was …?« Ira hatte plötzlich das Gefühl, den Ereignissen gar nicht richtig folgen zu können.

»Dort drüben … Zu meinem Wagen.«

Sie rannte mit Ben Weber zu einem Citroën DS, der am Rand des Parkplatzes stand.

»Haben Sie einen Führerschein?«

»Ja.«

»Fahren Sie.« Er drückte ihr den Autoschlüssel in die Hand und presste ein Taschentuch auf seine immer noch heftig blutende Nase.

Ira setzte sich auf den Fahrersitz, und er ließ sich neben sie fallen.

»Kommen Sie mit 'ner Lenkradschaltung klar?« Durch das Taschentuch klang Ben Webers Stimme gedämpft.

»Ich bin schon mal mit einer Ente gefahren.«

»Das hier ist aber keine Ente.«

Ira drehte den Zündschlüssel im Schloss und legte den ersten Gang ein. Im Rückspiegel konnte sie den Parkplatz sehen. »Wenn Sie mir nicht vertrauen, fahren Sie doch selbst. Ihre beiden Gegner haben sich inzwischen aber wieder aufgerappelt.«

Ben Weber drehte sich um. »Okay, okay … Jetzt geben Sie schon Gas.«

»Wie wär's mit ›bitte‹?«

»Herr im Himmel, seien Sie doch nicht so zickig!«

Ira legte selbst keinen Wert darauf, noch einmal Bekanntschaft mit den beiden Türstehern zu machen. Die Straße war frei, sie trat auf das Gaspedal, und der Citroën schoss vom Parkplatz. Ben beugte sich zu ihr und schaltete den Scheibenwischer ein. Seine Lippe war ebenfalls ziemlich in Mitleidenschaft gezogen, sie war blutig und geschwollen.

»Wohin soll ich Sie denn bringen?«

»Zu mir nach Hause, *bitte*.« Er grinste sie tatsächlich an. »Nach Neu-Ehrenfeld.«

»Wie praktisch, dass ich vom Herzblatt links abgebogen bin. Wollten Sie dort verschwinden, ohne zu bezahlen, oder warum hat man Sie sonst verprügelt?«

»Mich verprügelt? Ich würde sagen, ich habe mich wacker meiner Haut gewehrt. Und der Kinnhaken, mit dem ich diesen einen Kerl zu Boden geschickt habe, hatte doch was.«

»Ja, es war ein grandioser Kampf, wie der zwischen Cassius Clay und Sonny Liston. Aber Sie haben meine Frage noch nicht beantwortet.«

»*Ich* habe einiges bezahlt, um an Informationen über Freier zu kommen, die in der Nacht, als Wolfgang Scholzen ermordet wurde, in dem Puff waren. Aber stattdessen sind dann diese beiden Typen aufgetaucht.« Ben Weber nestelte ein weiteres Papiertaschentuch aus der Packung und presste es gegen seine Nase. »Die eigentlich interessante Frage ist jedoch, warum *Sie* im Herzblatt waren. Und irgendwie sagt mir eine Ahnung, dass es ohne Wissen Ihrer Vorgesetzten geschehen ist.«

»Möglicherweise war ich an denselben Informationen interessiert wie Sie.«

»Und, waren Sie erfolgreich?«

»Ja, sehr.« Was leider nicht so ganz der Wahrheit entsprach.

»Aber Sie waren auf eigene Faust dort?«

»Ja«, gab Ira zu.

»Und was hat Sie dazu bewogen? Haben Sie inzwischen etwa auch Zweifel an Klaus Bartels' Schuld?«

Sie hatten jetzt die Venloer Straße erreicht, und Ira musste an einer Ampel halten. Nach Neu-Ehrenfeld war es nicht mehr weit.

»Wo wohnen Sie denn genau?«, wich sie seiner Frage aus.

»In der Eichendorffstraße.«

Die Ampel schaltete auf Grün, und Ira fuhr wieder los. In dem Citroën zu sitzen war ungewohnt. Er schaukelte ein bisschen wie ein Schiff. Aber sie mochte das Fahrgefühl. Sie beugte sich vor, um die Straßenschilder in dem Regen besser erkennen zu können.

»Die Zweite von hier nach rechts, und dann ist es die Nummer fünf«, hörte sie Ben Weber sagen. Ira setzte den Blinker und bog ab.

Großbürgerliche Häuser aus der Gründerzeit tauchten hinter schmiedeeisernen Zäunen zu beiden Seiten der Straße auf. In dem Stadtviertel hatten früher viele höhere Beamte gewohnt.

»Was halten Sie davon, wenn wir beide unsere Karten auf den Tisch legen? So finden wir mehr heraus, als wenn jeder allein ermittelt.«

Ira lenkte den Citroën in eine Parkbucht. »Ich denke nicht daran, mit Ihnen ...«

Er fiel ihr ins Wort. »Bartels ist, wie Sie ja sicher wissen, Diabetiker. Er hat während des Verhörs unterzuckert, und

Steinert hat ihm das Insulin verweigert, bis er das Geständnis unterschrieben hat.«

»Woher wissen Sie das?«

»Über eine Vertrauensperson vom Anwalt, der Bartels bis nach dem Geständnis vorenthalten wurde.« Ben Weber sah sie ruhig an.

Noch vor einem Tag hätte Ira dies für unmöglich gehalten, doch nun glaubte sie ihm. Steinert, dieses Schwein ... Wegen ihm wurde womöglich Wolfgang Scholzens wahrer Mörder nie gefasst. Es konnte nicht schaden herauszufinden, was Ben Weber wusste.

»Gut, wir sollten reden«, stimmte sie schließlich zu.

»Dann würde ich vorschlagen, dass Sie mit mir nach oben kommen.« Ben Weber öffnete die Wagentür, und Ira folgte ihm zu einem aus Backsteinen errichteten mehrstöckigen Gebäude im Bauhausstil.

29. Kapitel

Ben Webers Wohnung lag unter dem Dach. In einer geräumigen Diele nahm er Ira den Anorak ab und öffnete dann eine Tür, die in einen großen kombinierten Wohn- und Arbeitsraum führte.

»Ich muss mich mal um meine Nase und die Lippe kümmern, fühlen Sie sich wie zu Hause.« Er verschwand, und gleich darauf hörte Ira Wasser rauschen.

Der Raum war sehr sparsam möbliert, und er gefiel Ira. Eine Wand wurde ganz von Bücherregalen eingenommen. Eine beeindruckende Schallplattensammlung füllte die unterste Reihe. Es gab einen Schreibtisch, ein Sofa und einen von diesen sehr stylischen Sesseln aus Holz und Leder. Ira ließ sich auf dem Sofa nieder.

Eine zweiflügelige Tür, die offen stand, führte in ein Schlafzimmer. Es wurde fast vollständig von einem breiten Bett eingenommen. Die Decken waren zerwühlt. Dort vergnügte er sich also mit seiner Mannequin-Freundin.

Als Ben Weber wieder zurückkam, hatte er das Gesicht vom Blut gesäubert und hielt einen Eisbeutel an seine geschwollene Lippe. Wenigstens würde er nun wohl nicht so viel überhebliches Zeug reden wie sonst. Er schloss die Tür zum Schlafzimmer und setzte sich dann in den Sessel.

»Kann ich Ihnen ein Bier oder was anderes zu trinken anbieten?«

»Nein danke, ich möchte nichts.« Ira schüttelte den Kopf und mahnte sich zur Vorsicht. Schließlich war Ben Weber ein Journalist.

»Der Tritt, mit dem Sie diesen einen Kerl zu Fall gebracht haben – Judo war das aber nicht?«

»Nein, ich habe das beim Spielen mit Jungs auf den Ruinengrundstücken gelernt.«

»Muss toll gewesen zu sein, mit Ihnen zu spielen.« Ben Weber grinste, verzog jedoch gleich darauf vor Schmerzen das Gesicht. »Ich wüsste immer noch gern, Kriminalhauptmeisterin, warum *Sie* offensichtlich an Klaus Bartels' Schuld zweifeln.«

Er ließ aber auch gar nicht locker. »Weil Sie mit den künstlichen Haaren recht hatten, sie wurden an Wolfgang Scholzens Kleidung gefunden, und das könnte tatsächlich auf eine Perücke hindeuten«, gab Ira widerstrebend zu. »Sie haben eben gesagt, wir sollen unsere Karten auf den Tisch legen. Was haben Sie denn noch herausgefunden?«

»Damit habe ich nicht gemeint, dass ich mein Blatt als Erster präsentiere. Aber, nun ja ... Ich will ja nicht so sein. Im Keller einer Industrieruine in Ehrenfeld wurde vor ein paar Tagen die Leiche eines jungen Mannes gefunden.«

»Das weiß ich.« Ira nickte. »Ich habe im Auftrag von Hauptkommissar Steinert versucht, die Identität des Toten zu klären.«

»Und, waren Sie erfolgreich?«

»Sie haben mir noch nichts wirklich Wichtiges gesagt.«

»Ich gehe davon aus, dass der Tote in der Industrieruine und Wolfgang Scholzen demselben Mörder zum Opfer gefallen sind.«

»Wie kommen Sie denn darauf?« Ira war verblüfft. Davon, dass Axel Schneider und Wolfgang Scholzen sich wohl ähnlich gesehen hatten, konnte Ben Weber ja nichts wissen.

Statt einer Antwort stand er auf und ging zu seinem Schreibtisch. Er kehrte mit ein paar großen Papierbögen zurück, die er vor Ira auf den Boden legte. Die Kopien von Röntgenaufnahmen, wie sie nun erkannte. Ein vollständiges und ein unvollständiges Skelett. Bei beiden wiesen die Knochen zahlreiche Brüche auf.

»Wie Sie vermutlich erraten haben, stammen die Röntgenbilder von Wolfgang Scholzens Leichnam und dem des unbekannten Toten«, hörte Ira ihn sagen. Ihr Herz klopfte rascher. Ja, die Verletzungen glichen sich wirklich sehr.

»Der Leichnam des Jungen war zu stark verwest und von Maden durchsetzt, als dass man noch hätte feststellen können, ob er auch angezündet wurde. Aber ich habe mir gestern den Fundort der Leiche angesehen und dabei in einem benachbarten Keller eine Flasche entdeckt, die vermutlich hochprozentigen Alkohol enthielt. Und die, nebenbei bemerkt, Ihre Kollegen übersehen haben. Ich habe sie einem Freund, einem Chemiker, übergeben, damit er sie auf Fingerabdrücke untersucht und den Inhalt analysiert.«

»Damit ist sie möglicherweise nicht mehr als Beweis vor Gericht verwendbar.«

»Und was hätte ich Ihrer Meinung nach machen sollen? Sie Hauptkommissar Steinert übergeben, der sie wahrscheinlich in den Papierkorb befördert hätte?« Ben Weber hob die Augenbrauen.

Er hatte ja recht. Ira hätte nie gedacht, dass sie einmal den Glauben an ihre Kollegen verlieren würde.

»Was ist Ihnen durch den Kopf gegangen, als Sie die Röntgenaufnahmen betrachtet haben? Sie wären eine schlechte Pokerspielerin, man sieht Ihnen Ihre Gedanken zu sehr an.«

Ben Weber beugte sich gespannt vor.

Er war ein guter Beobachter, das musste sie ihm lassen. »Der Name des toten jungen Mannes in der Industrieruine ist Axel Schneider. Er war aus einem Erziehungsheim entflohen. Er war nur ein Jahr älter als Wolfgang Scholzen, und er war groß und blond.«

»Woher wissen Sie das?«

»Das möchte ich vorerst noch für mich behalten.« Ira war noch nicht gewillt, Ben Weber von Annie Eggers' Unfall und ihrer bedrückenden Vergangenheit zu erzählen. So sehr vertraute sie ihm nun doch nicht. »Ich frage Sie ja auch nicht, wie Sie an die Kopien der Röntgenaufnahmen gekommen sind.«

»Wie Sie meinen ... Aber wenn Axel Schneider und Wolfgang Scholzen etwa gleich alt waren und sich ähnlich sahen, stützt das meine These.«

»Dass es ein als Gammler verkleideter Mann in Köln auf blonde Jungen auf der Schwelle zum Erwachsenwerden abgesehen hat?«

»Oh, meine These ist inzwischen viel weitreichender.« Ben Weber machte eine wegwerfende Handbewegung.

Die geschwollene, blutige Lippe hinderte ihn *nicht* daran, arrogant zu sein.

»Das müssen Sie mir genauer erklären.«

»Nun, ich habe viele Telefonate mit Kollegen geführt. Erst bin ich in der Gegend von Münster auf zwei ungeklärte Mordfälle gestoßen und dann noch auf einen im Umkreis von Osnabrück. Die Morde fanden in den Jahren von 1955 bis 1960 statt. Die Opfer waren Jungen im Alter von fünfzehn bis achtzehn Jahren, alle blond und groß für ihr Alter. Und alle wurden brutal erschlagen.«

Ira benötigte einen Moment, bis diese Information bei ihr wirklich gesackt war. »Aber wurden die Leichen dieser Jungen denn auch angezündet?«

»In der Presse steht dazu nichts. Aber diese Information hat die Polizei bei Wolfgang Scholzen ja auch zurückgehalten.«

»Haben Sie denn mit den Beamten gesprochen, die damals die Ermittlungen geleitet haben?«

»Meine liebe Kriminalhauptmeisterin, wie denken Sie denn, dass ich meine Arbeit mache?« Ben Webers Stimme klang so süffisant, dass Ira sich bei dem Wunsch ertappte, ihm eine Ohrfeige zu verpassen. »Natürlich habe ich versucht, ein Treffen mit Ihren Kollegen zu vereinbaren, und habe deshalb mit ihnen telefoniert. Aber mir wurde beschieden, dass man mit Journalisten nicht über unabgeschlossene Fälle spreche. Ich fürchte, mir eilt doch ein gewisser Ruf voraus …«

»Tatsächlich? Ich kann mir aber nicht vorstellen, dass Ihr journalistischer Ruhm bis nach Münster und Osnabrück vorgedrungen ist.«

»Das nicht ... Zumindest noch nicht.« Ben Weber verzog die geschwollene Lippe zur Andeutung eines Lächelns. »Aber die Beamten haben sich vermutlich bei Ihren Kölner Kollegen über mich erkundigt. Ich werde morgen nach Münster fahren und mit den Eltern des Jungen sprechen, der 1955 ermordet wurde, Peter Vogler ist sein Name. Dann habe ich noch die Adresse des Gerichtsmediziners ausfindig gemacht, der Peter und noch ein anderes Opfer obduziert hat. Er ist inzwischen pensioniert und hat leider kein Telefon. Also werde ich es auf gut Glück versuchen.«

»Und die Eltern der beiden anderen ermordeten Jungen, was ist mit denen?«

»Die Familie von Manfred Gerlach hat auch kein Telefon. Und die Familie des dritten Opfers, Otmar Carstensen, hat zum Zeitpunkt des Mordes im Sommer 1960 in einem Dorf südlich von Osnabrück gewohnt. Sie sind weggezogen, bisher weiß ich noch nicht, wohin. Aber ich arbeite daran.«

Ben Weber hatte so viele Informationen zusammengetragen! Und alles, worauf sie, Ira, zurückgreifen konnte, waren die mehr als vagen Auskünfte, die ihr Hedda im Herzblatt über die Freier gegeben hatte. Ach, verdammt! Möglicherweise brachte ein Serienmörder seit mehr als zwölf Jahren blonde Jungen um, und Steinert und Achern verschlossen davor die Augen. Sie war doch zur Polizei gegangen, um Menschen zu beschützen ...

Ira traf eine Entscheidung. »Ich werde mit den Beamten

sprechen, die die drei Mordfälle bearbeitet haben. Einer Kollegin werden sie ja Auskunft geben.«

»Das heißt, Sie wollen mit nach Münster kommen?«

»Ich habe eigentlich eher gedacht, mit den Kollegen zu telefonieren.«

»Sich mit jemandem zu treffen ist immer besser.«

Da hatte Ben Weber, wie Ira durch ihre Arbeit wusste, natürlich recht.

»Ich habe den Obduktionsbericht von Wolfgang Scholzen gelesen und weiß, wie grausam der Junge ums Leben kam. Und ich war in dem Kellerloch, in dem Axel Schneider brutal umgebracht wurde.« Ben Weber blickte sie eindringlich an. Alle Überheblichkeit war aus seiner Stimme gewichen. Sie klang ernst und aufrichtig. »Ich will, dass der Kerl gefunden wird, der das getan hat. Das ist mein vordringlichstes Ziel.«

»Und Ihr journalistischer Ruhm?«

»Wenn der Mörder gefunden ist, werde ich natürlich darüber schreiben. Aber im Moment ist das für mich zweitrangig.«

Ira glaubte ihm.

»Wollen Sie noch etwas Genaueres zu den Umständen der anderen Morde wissen? Peter Vogler wurde das letzte Mal lebend im August 1955 auf einer Kirmes gesehen. Manfred Gerlach verschwand im Januar 1958, als er abends Prospekte austrug, drei Tage später fand man dann seine Leiche. Und Otmar Carstensen verbrachte den Abend, bevor er ebenfalls verschwand, in einem Tanzschuppen – wie man die Diskotheken damals noch nannte. Die Morde an Peter

Vogler und an Otmar Carstensen – erinnern Sie die an etwas?«

»Ja, ich sehe die Verbindung zu Wolfgang Scholzen und zu Freddys Begegnung vor dem Love Interest.« Ira hob die Hände. »Gut, ich nehme mir frei und komme mit.«

»Was haben Sie eigentlich in dem Bordell erfahren?«

Natürlich hatte Ben Weber das nicht vergessen. Sie erzählte es ihm.

»Na ja, das hört sich nicht gerade nach einem Durchbruch in den Ermittlungen an.« Seine Mundwinkel hoben sich. »Aber vielleicht lässt sich ja etwas daraus machen.«

Ira verdrehte die Augen. So ganz konnte er von seiner Arroganz wohl einfach nicht lassen.

30. Kapitel

Donnerstag, elfter Tag

Der Morgen war grau und neblig. Der übliche Berufsverkehr wälzte sich durch die Stadt. Ira trug Handschuhe. Trotzdem waren ihre Finger am Lenker ihres Fahrrads eiskalt, und die Abgase, die in der feuchtkalten Luft besonders penetrant stanken, kratzten in ihren Lungen. Schon wieder musste sie an einer roten Ampel stehen bleiben! Sie blickte auf ihre Armbanduhr. Zehn vor neun. Um neun war sie mit Ben Weber in Neu-Ehrenfeld verabredet. Und sie befand sich erst am Grüngürtel, anderthalb Kilometer entfernt, obwohl sie rechtzeitig vom Polizeipräsidium aufgebrochen war. Sie hasste es, zu spät zu kommen.

Ein bisschen unwohl war es Ira schon, dass sie sich entschieden hatte, mit Ben Weber nach Münster zu fahren, und sich wegen einer angeblichen dringenden Familienangelegenheit freigenommen hatte. Sie hatte kein Problem damit, Hauptkommissar Steinert und Polizeipräsident Achern zu hintergehen. Kriminalrätin Clara Wiener würde ihr Verhalten jedoch sicher auch nicht billigen, obwohl sie sehr tolerant und aufgeschlossen war. Und Ira fiel es schwer, die Vorgesetzte zu enttäuschen. Aber sie hatte ihre Entscheidung getroffen, und anders als ihr Vater wollte sie sich nicht an einem offensichtlichen Unrecht beteiligen. Die Ampel sprang endlich auf Grün, und Ira trat in die Pedalen.

Mit dem Glockenschlag um neun Uhr von einer nahen Kirche kam sie vor Ben Webers Haus an. Sie hatte ihr Fahrrad gerade an dem schmiedeeisernen Zaun festgeschlossen, als er aus dem Gebäude trat. Zur Abwechslung trug er einen kurzen, taillierten Mantel und nicht seine Lederjacke und eine Cordhose statt der Jeans. Das sollte wohl gegenüber den Eltern, die sie besuchen wollten, Seriosität vortäuschen. Allerdings war seine Lippe immer noch geschwollen, und auf der Wange hatte er einen Bluterguss.

»Morgen.« Ira hatte dies nicht beabsichtigt, aber sie bemerkte selbst, dass ihre Stimme ziemlich frostig klang.

»Einen wunderschönen guten Morgen. Auf nach Münster.« Ben Weber hörte sich unverschämt gut gelaunt an. »Der Tank ist voll, im britischen Soldatensender und bei Radio Luxemburg sollte gute Musik laufen, also steht einer angenehmen Fahrt nichts entgegen.« Er öffnete die Beifahrertür des Citroën DS.

Ira ließ sich auf den Sitz gleiten. *Angenehme Fahrt* … Zwei oder drei Stunden mit Ben Weber auf engem Raum. Da hatte sie ihre Zweifel.

»Und, haben Sie sich krankgemeldet oder Urlaub genommen?« Ben Weber warf ihr einen Blick von der Seite zu, während er den Citroën aus der Parkbucht lenkte.

»Ich habe mir natürlich Urlaub genommen.« Die Heizung verbreitete Wärme. Ira legte ihren Schal und die Jacke ab, ausnahmsweise hatte sie sich gegen ihren Anorak entschieden. »Der Kollege aus Osnabrück hat Urlaub. Aber Hauptkommissar Melzer aus Münster, der in den Mordfällen Peter Vogler und Manfred Gerlach die Ermittlungen geleitet hat, wird sich am Spätnachmittag, so gegen fünf, mit mir treffen.«

»Oh, sehr gut …«

»Er hat gesagt, es sei ja erfreulich, dass Hauptkommissar Steinert doch noch auf seine Nachricht reagiert habe. Ist das nicht seltsam?«

»Hat er das näher erläutert?«

»Nein, er war gerade auf dem Sprung zu einer Besprechung. Ich hatte Glück, dass ich ihn noch erwischt habe.«

»Wenn Sie sich erst am Spätnachmittag mit dem Hauptkommissar treffen, könnten wir eigentlich in Münster übernachten.«

»Wie kommen Sie denn darauf? Länger als eine Stunde sprechen der Hauptkommissar und ich bestimmt nicht miteinander. Dann sind wir am späteren Abend wieder zurück in Köln.«

Mit Ben Weber eine Nacht in Münster zu verbringen war nun wirklich das Letzte, was Ira wollte.

»Ich hege keinerlei unlauteren Absichten Ihnen gegenüber. Nicht zuletzt, weil ich sehr wohl weiß, dass Sie in festen Händen sind.«

»Könnten Sie aufhören, wie jemand aus einem Roman des neunzehnten Jahrhunderts zu reden?« Ira bedachte ihn mit einem gereizten Blick.

»Schon gut, schon gut … Mein Vorschlag hat seine Gründe. Sie haben mir ja gestern von den beiden Vertretern erzählt, die in der Nacht, als Wolfgang Scholzen ermordet wurde, im Herzblatt waren. Nun, ich habe ein bisschen herumtelefoniert, und ich gehe davon aus, dass der bisher anonyme Vertreter für Pferdefutter für eine Firma Baukens in Bodenwerder arbeitet. Das ist der einzige Hersteller für Pferdefutter im Umkreis von zwanzig Kilometern um Hameln.«

»Als ich gestern von Ihnen weggegangen bin, war es fast elf! Sie können doch um diese Uhrzeit nicht noch bei irgendwelchen Leuten angerufen haben.«

»Ich bin Journalist, Kriminalhauptmeisterin.«

»So oft, wie Sie das hervorheben, konnte ich das beim besten Willen nicht vergessen.«

Ben Weber ließ sich nicht aus der Ruhe bringen. »Anders als mit der Polizei sprechen die Menschen gern mit mir. Und wenn ich morgens um sieben einen Bürgermeister oder einen Ortsvorsteher aus dem Bett klingele und ihm sage, dass ich an einer Reportage arbeite, in der auch sein schöner Ort Erwähnung finden wird, dann ist er nur zu gern bereit, sich mit mir zu unterhalten.«

»Das mag ja sein. Sie haben mir aber immer noch nicht erklärt, weshalb wir deshalb in Münster übernachten sollten.«

»Die Firma Baukens verkauft ihre Produkte vor allem im Rheinland und im nördlichen Nordrhein-Westfalen. Deshalb wäre es gut möglich, dass unser Freier morgen irgendwo zwischen Köln und Münster unterwegs ist. Ich könnte von einem Hotel aus mit der Firma telefonieren und das abklären. So würden wir womöglich zwei Fliegen mit einer Klappe schlagen. Und vielleicht finde ich über den Vertreter für Damenstrümpfe ja auch noch etwas Brauchbares heraus.«

»Hm ...« Ben Webers Argument hatte etwas für sich. »Ich könnte mir morgen wahrscheinlich auch noch freinehmen«, räumte Ira ein. »Zumindest bis zum frühen Nachmittag.«

»Dann haben wir ja einen guten Plan.« Ben Weber wirkte sehr zufrieden mit sich.

Die Eltern von Peter Vogler, einem der Jungen, dessen Mörder nie gefasst worden war, lebten in einem Dorf etwa zehn Kilometer nördlich von Münster. Weiden säumten Wasserläufe, und große Gehöfte, aus Fachwerk und Backsteinen erbaut, standen wie kleine Burgen inmitten der flachen Landschaft. Hinter Dortmund hatte sich der Nebel allmählich gelichtet. Seitdem kämpfte die Sonne gegen Dunst und Wolken an.

Inzwischen war es kurz nach eins. Im Ruhrgebiet hatten sie eine ganze Weile im Stau gestanden und danach in einer Raststätte eine Kaffeepause eingelegt. Im Laufe der Fahrt hatten Ben Weber und sie sich über alles Mögliche unterhalten, Filme, Musik und auch Literatur. Fast immer waren sie unterschiedlicher Meinung gewesen, aber es hatte Spaß gemacht, sich mit ihm zu streiten.

»Die Straße dort vorne links müsste es sein.« Ira deutete auf eine Abzweigung am Ortseingang. An einer Tankstelle hatten sie sich den Weg erklären lassen. Die Nummer fünf war ein Fachwerkhaus, vor dem ein Walnussbaum wuchs. Rauch stieg aus dem Schornstein.

Ira reckte sich, als sie aus dem Wagen stieg, und schlüpfte in ihre Jacke. Ben Weber drückte seine Zigarette im Aschenbecher aus und folgte ihr dann nach draußen. Sie gingen über den gepflasterten Hof. Die Voglers schienen eine Nebenerwerbslandwirtschaft zu betreiben, denn hinter dem Wohnhaus gab es zwei Ställe.

»Wir handhaben es wie während der Fahrt besprochen? Ich stelle Sie als eine Kollegin vor?«

»Ja, so machen wir es.«

»Wie soll ich Sie denn nennen?«

»Oh ...« Darüber hatte Ira nicht nachgedacht.

Ehe sie antworten konnte, wurde schon die grüne Eingangstür geöffnet. Eine Frau Anfang fünfzig, die ein blau gemustertes Kleid trug, stand vor ihnen – Ira vermutete, dass sie sich wegen des Besuchs extra gut gekleidet hatte. Die graubraunen Haare hatte sie im Nacken hochgesteckt. Zwischen ihrem Mund und ihrer Nase hatten sich tiefe Falten eingegraben.

»Frau Vogler«, Ben Weber reichte ihr die Hand, »entschuldigen Sie, dass wir uns verspätet haben. Im Ruhrgebiet gab's einen großen Stau. Das ist Fräulein Blei, eine Kollegin. Sie unterstützt mich bei meiner Recherche.«

»Es macht doch nichts, dass Sie später kommen. Bitte, treten Sie ein.«

In der Diele nahm Frau Vogler ihnen Jacke und Mantel ab und führte sie dann in ein Wohnzimmer. Ein Kohleofen brannte, aber die Wände strahlten noch Kälte ab. Ein Esstisch war mit Porzellangeschirr gedeckt, und auf Platten lagen belegte Brote und Kuchen. Ira wurde das Herz schwer.

Frau Vogler hatte sich so viel Mühe gegeben. Ihr Besuch musste ihr sehr viel bedeuten.

»Ich dachte, nach der langen Fahrt haben Sie bestimmt Hunger. Nehmen Sie doch Platz, ich hole nur schnell meinen Mann.« Frau Vogler eilte hinaus, und Ira und Ben Weber setzten sich an den Tisch.

Über einem ausladenden Sofa hingen gerahmte Fotografien. Frau Vogler und ein Mann mit kantigem Schädel mit zwei Mädchen im Teenager-Alter. Nur die beiden Mädchen auf einem Bild, nun älter. Eine Tochter im Hochzeitskleid mit ihrem Bräutigam. Ein kleines Kind – wahrscheinlich ein Enkel. Und ein – schon etwas ausgebleichtes – Foto mit einem Trauerflor, das einen hübschen blonden Jungen zeigte. Unwillkürlich fasste Ira nach Ben Webers Arm.

In der Diele ertönten Schritte. Gleich darauf betrat Frau Vogler, eine Kaffeekanne in der Hand, das Wohnzimmer. Ihr Mann begleitete sie. Er trug ein Jackett über seinem Pullover und roch nach Heu. Die Hand, die er Ira und Ben Weber reichte, war rot und schwielig.

»Danke, dass Sie und Ihre Frau sich für uns Zeit nehmen«, eröffnete Ben das Gespräch.

Frau Vogler goss Kaffee in die Tassen. Der Höflichkeit halber nahm Ira ein belegtes Brot. Sie hatte keinen Appetit, und sie vermutete, dass es Ben Weber mit seinem Stück Kuchen ähnlich erging.

»Ich konnte es ja kaum glauben, als Sie am Telefon sagten, dass Sie mit uns über Peters Tod sprechen wollen.« Herr Vogler sah Ben Weber an. »Nach so vielen Jahren interessiert sich endlich wieder jemand für unseren Jungen. Was genau hat es denn mit diesem Hinweis auf sich, dass sein Tod mit zwei Morden in Köln in Verbindung stehen könnte?«

»Die Jungen, die in Köln umgebracht wurden, standen an der Schwelle zum Erwachsenwerden, beide waren blond, und sie wurden vermutlich auf die gleiche Weise umgebracht. Das hat mich auf den Gedanken gebracht, dass der Mörder womöglich früher schon einmal getötet hat.«

»Aber seit dem Mord an Peter sind jetzt zwölf Jahre vergangen, und Münster liegt zweihundert Kilometer von Köln entfernt.« Frau Vogler fasste nach der Hand ihres Mannes.

»Ihr Sohn war siebzehn, und er war blond und hübsch«, erwiderte Ben. Seine Stimme klang mitfühlend. »Wir haben am Telefon ja nur kurz miteinander gesprochen. Erzählen Sie uns doch bitte ausführlich, was an dem Abend, an dem Peter das letzte Mal lebend gesehen wurde, geschah.«

Ira hatte sich entschlossen, das Sprechen ihm zu überlassen, denn er hatte ja den Kontakt zu den Eltern hergestellt. Sie holte ihr Notizbuch und einen Bleistift aus ihrer Umhängetasche. Auch eine Journalistin würde sich ja Notizen machen.

»Peter war auf einer Kirmes im Nachbarort«, antwortete Herr Vogler. »Mit ein paar Freunden. Sie haben sich gestritten. Wegen einer Kleinigkeit. Wegen Fußball. Peter war Fan von Werder Bremen und die anderen drei Fans vom HSV, und es ging um ein Tor, das Werder in einem Spiel gegen die Hamburger angeblich zu Unrecht nicht zuerkannt worden war.« Er fuhr sich mit der Hand über die Augen.

»Peter und seine Freunde haben sich auf der Kirmes getrennt?«

»Die drei Jungen sind kurz nach dem Streit mit dem Rad nach Hause gefahren, so haben sie es uns am nächsten Tag erzählt«, warf Frau Vogler ein.

»Und Peter blieb noch dort?«, vergewisserte sich Ben.

»Ja, er wurde noch einmal vor dem Autoscooter gesehen.« Die Stimme von Herrn Vogler war rau. »Danach ist unser Junge verschwunden.«

»Gab es noch andere Dinge außer Fußball, für die er sich begeistert hat und über die man ihn leicht in ein Gespräch hätte verwickeln können?«

»Klar, Elvis Presley, den hat er ständig gehört. Jetzt wäre er wahrscheinlich verrückt nach dieser englischen Gruppe, den Beatles, und er hätte lange Haare wie Sie.« Herr Vogler blickte Ben Weber an. Wieder war seine Stimme ganz rau und brüchig.

»Gefunden hat man Peter dann erst ein paar Monate später – stimmt diese Information, die ich aus der Presse habe?«

»Genau vier Monate und zwölf Tage, nachdem wir ihn bei der Polizei als vermisst gemeldet haben. In einem verlassenen Hof, fünfzehn Kilometer von der Kirmes entfernt. Die Polizei hatte die Umgebung rings um den Jahrmarkt abgesucht und auch die Gegend rund um unser Dorf. Aber der Hof gehörte zu einer anderen Polizeidirektion. Deshalb fand man Peter erst so spät.«

Verschiedene Polizeidirektionen und die Grenzen von Landkreisen waren auch der Grund gewesen, weshalb die Morde von Jürgen Bartsch jahrelang nicht entdeckt worden waren, dachte Ira. Hoffentlich würde sich an diesen Organisationsstrukturen bald etwas ändern. Sie erschwerten die Arbeit der Polizei so sehr.

»Seitdem ständig über die Morde von diesem Jürgen Bartsch geschrieben wird, frage ich mich immer wieder, was der Mörder wohl unserem Peter angetan hat.« Frau Vogler begann zu weinen.

»Das kann ich gut verstehen«, sagte Ira sanft. Würde Ben Weber jetzt fragen, ob auch Peters Leichnam angezündet worden war? Denn deshalb waren sie ja hier. Sie berührte seinen Arm. Doch er warf ihr einen hilflosen Blick zu.

Ira wartete, bis sich Frau Vogler wieder etwas gefasst hatte. »Frau Vogler, ich möchte Sie und Ihren Mann gern etwas fragen, auch wenn das Ihre Ängste sicher nicht verringern wird«, sagte sie dann. »Darf ich Ihnen die Frage trotzdem stellen?«

»Fragen Sie nur.« Herr Vogler drückte die Hand seiner Frau.

»Bei einem der beiden Jungen, die in Köln ermordet wurden, wissen wir mit Sicherheit, dass sein Leichnam nach seinem Tod angezündet wurde. Bei dem anderen vermuten wir es. Hat Ihnen die Polizei so etwas auch in Bezug auf Ihren Sohn gesagt?«

»Nein, davon wissen wir nichts.« Frau Vogler schlug die Hand vor den Mund.

»Von unserem Jungen war nicht mehr viel … da, als er gefunden wurde.« Wieder fuhr sich Herr Vogler über die Augen.

Wie bei Axel Schneider, dachte Ira. Schweigen senkte sich über den Raum. »Gibt es denn noch etwas, das Ihnen im Zusammenhang mit dem Tod Ihres Sohnes wichtig erscheint und das nicht in der Presse stand?«, fragte Ira nach einer Weile.

»Nein.« Frau Vogler wirkte, als wäre sie mit ihrer Kraft am Ende und würde jeden Moment zusammenbrechen.

»Doch, da gibt es etwas, Liebes.« Herr Vogler griff wieder nach ihrer Hand und streichelte sie. »Ein Junge aus dem Nachbardorf sagte, er hätte Peter mit 'nem Mann ein Bier trinken sehen, der ihm irgendwie bekannt vorkam.«

»Tatsächlich?« Ben Weber erwachte wieder zum Leben und schaltete sich in das Gespräch ein. »Ist die Polizei dem nachgegangen?«

»Die Polizei machte eine Gegenüberstellung mit einigen Männern, die als gewalttätig galten oder im Verdacht standen, sich an Jungen vergangen zu haben. Aber der Junge aus dem Nachbardorf erkannte keinen von ihnen wieder.«

»Können Sie uns den Namen des Jungen nennen?«, erkundigte sich Ben Weber.

»Mit dem können Sie nicht mehr sprechen.« Herr Vogler schüttelte den Kopf. »Der ist vor ein paar Jahren bei einem Motorradunfall ums Leben gekommen.«

»Nach der Aussage dieses Jungen müssen Sie Hauptkommissar Melzer unbedingt fragen.« Im Citroën zündete sich Ben Weber eine Zigarette an und nahm einen tiefen Zug.

»Denken Sie etwa, das ist mir nicht klar?«, fuhr Ira ihn ärgerlich an. »Sie mögen ja der geniale Journalist sein, aber ich weiß, wie ich zu ermitteln habe.«

»Das bezweifle ich ja gar nicht. Tut mir leid, aber das Gespräch hat mich mitgenommen. Und in dem Wohnzimmer, mit Peters Foto an der Wand und mit dem Kaffee und dem Kuchen auf dem Tisch, konnte ich die Eltern einfach nicht fragen, ob der Leichnam ihres Sohnes angezündet wurde. Es war gut, dass Sie das übernommen haben.«

»Leicht fiel es mir auch nicht.« Ira war besänftigt. Sie hätte nicht erwartet, dass Ben Weber eine Schwäche eingestehen würde.

Ben Weber blickte auf seine Armbanduhr. »Es ist jetzt kurz nach zwei. Der Gerichtsmediziner, der Peter Vogler und noch einen der ermordeten Jungen, Manfred Gerlach, obduziert hat, wohnt in einem Dorf südlich von Münster, etwa dreißig Kilometer von hier entfernt. Das könnte in Bezug auf Ihren Termin mit dem Hauptkommissar knapp werden.«

Ira nickte. »Das habe ich auch schon befürchtet.«

»Was halten Sie davon, wenn wir nach Münster fahren und uns schon mal in einem netten Hotel, das ich kenne, einmieten? Ich gebe mir Mühe, über die beiden Vertreter etwas rauszubekommen, und während Sie mit dem Hauptkommissar sprechen, versuche ich mein Glück bei dem Gerichtsmediziner?«

»Da habe ich nichts gegen.«

»Gut, dann mal los.« Ben Weber startete den Wagen.

31. Kapitel

Es war schon Abend, als Ira durch die kleine Eingangshalle des Hotels in der Münsteraner Altstadt eilte. Ihr Gespräch mit Hauptkommissar Melzer, einem ruhigen, fast pedantischen Mann in den Fünfzigern, war erfolgreich gewesen. Sie war gespannt, was Ben Weber herausgefunden hatte.

»Herr Weber wartet im Restaurant auf Sie«, sagte ihr die Rezeptionistin, als sie Ira den Zimmerschlüssel aushändigte. Ira bedankte sich und unterdrückte ein Lächeln. Bei der Anmeldung am Nachmittag hatten Ben Weber und sie, wie dies Vorschrift war, ihre Ausweise vorgelegt. Die Rezeptionistin war sichtlich erleichtert gewesen, dass sie, ein unverheiratetes Paar, kein Doppelzimmer verlangt hatten.

Das Restaurant hatte eine Balkendecke, und die Wände bestanden aus Fachwerk. Teppiche lagen auf den breiten Holzbohlen. In einem Kamin brannte ein Feuer. Wie auch das übrige Hotel war der Raum sehr behaglich. Ira sah sich suchend um und entdeckte Ben Weber dann an einem Tisch vor einem Fenster. Er hatte ein Bier vor sich stehen. Sie überreichte ihre Jacke einem Kellner und setzte sich dann Ben Weber gegenüber.

»Gab's Probleme? Sie sind ziemlich spät dran.« Ben Weber sah sie fragend an.

»Der Gerichtstermin hat länger gedauert, Hauptkommissar Melzer war erst gegen halb sechs im Präsidium. Aber dann war das Gespräch mit ihm sehr ergiebig. Und bei Ihnen?« Der Kellner trat an den Tisch und händigte ihnen die Speisekarten aus.

»Teils war ich erfolgreich, teils nicht.« Ben Weber wiegte den Kopf.

»Lassen Sie uns schnell etwas zu essen bestellen, ich hab einen riesigen Hunger. Dann können wir in Ruhe sprechen.« Ira schlug die Speisekarte auf und überflog die Gerichte. Sie stutzte – es war eine Damen-Speisekarte ohne Preise. Sie drehte sich um und winkte nach dem Kellner.

»Die Dame, ist etwas nicht in Ordnung?« Der ältere Mann beugte sich höflich vor.

»Ich möchte eine normale Speisekarte – mit den Preisen.«

»Gewiss, wie Sie wünschen.« Der Kellner händigte ihr mit irritierter Miene eine andere Karte aus.

»Haben Sie den Kellner angewiesen, mir eine Damen-Karte zu bringen?«, fuhr Ira Ben Weber an.

»Nein, die machen das hier immer so, wenn ein Mann und eine Frau zusammen speisen.« Er zuckte mit den Schultern. »Aber ich hätte Sie gern eingeladen.«

Anscheinend war er auch schon mit einer seiner zahlreichen Freundinnen in dem Hotel gewesen. »Sehr großzügig von Ihnen. Aber das ist ein geschäftliches Essen und kein Rendezvous.«

»Etwas anderes wäre mir auch niemals in den Sinn gekommen. Trotzdem hätte ich Sie gern eingeladen.«

»Nein, ich zahle selbst.« Sie wollte Ben Weber nichts schuldig sein. Ira vertiefte sich in die Speisekarte und entschied sich dann für ein Bier und Hering mit Bratkartoffeln. Ben Weber orderte ein Kalbsschnitzel mit Pommes.

»Also, was haben Sie herausgefunden?« Ira beugte sich gespannt vor, nachdem der Kellner den Tisch verlassen hatte.

»Wie gesagt, meine Ausbeute ist gemischt. Den Gerichtsmediziner habe ich nicht angetroffen, und auch die Familie von Manfred Gerlach war nicht zu Hause. Aber ich habe der Frau des Gerichtsmediziners meine Visitenkarte hinterlassen. Hoffentlich setzt er sich mit mir in Verbindung, wenn er wieder aus Hamburg zurück ist, er hilft dort wohl dem Sohn beim Umzug.« Ben Weber unterbrach sich, als der Kellner Ira das Bier brachte, und orderte selbst ein neues.

»Aber nach einigen Telefonaten vom Hotelzimmer aus weiß ich jetzt, wie der Vertreter für Pferdefutter heißt – nämlich Ludwig Franzen – und dass er morgen Vormittag Bauernhöfe in Dörfern bei Beckum besuchen wird.«

»Das ist aber ein bisschen sehr allgemein.« Ira trank einen großen Schluck Bier.

»Jetzt seien Sie doch nicht so ungeduldig.« Ben Weber hob die Augenbrauen. »Ich habe mir natürlich von seiner Firma die Namen der Höfe geben lassen.«

»Gut.«

»Schön, dass Sie mal etwas anerkennen, das ich geleistet

habe. Außerdem habe ich, ebenfalls durch einige Telefonate, den Namen des Vertreters für die Damenstrümpfe der Marke Bi herausbekommen und erfahren, dass er morgen Termine in Geschäften in der Essener Innenstadt hat. Und ja, auch deren Namen habe ich mir geben lassen.«

»Das ist sehr gut.« Ira lächelte Ben Weber an. Das Bier auf den leeren Magen machte sich schon ein bisschen bemerkbar.

Er erwiderte ihr Lächeln. »Jetzt sind Sie an der Reihe.«

»Um das Wichtigste vorauszuschicken: Manfred Gerlach wurde zu Tode geprügelt und mit Alkohol übergossen und angezündet. Dieses Detail hat die Polizei als Täterwissen nie an die Presse weitergegeben. Wie Wolfgang Scholzen war auch Manfred da schon nicht mehr am Leben.«

»Also hat der Mörder, der Wolfgang Scholzen und Axel Schneider auf dem Gewissen hat, höchstwahrscheinlich auch schon in der Gegend von Münster getötet.« Ben Weber lehnte sich auf seinem Stuhl zurück. Er wirkte nachdenklich, aber auch irgendwie erleichtert, als wäre er froh, endlich eine Antwort auf eine drängende Frage erhalten zu haben.

»Ja, das sehe ich auch so. Eine Leiche mit Alkohol zu übergießen und anzuzünden ist wirklich sehr speziell.« Ira verstummte kurz, ehe sie fortfuhr: »Auch wenn zwischen dem Mord an Manfred Gerlach und dem an Wolfgang Scholzen neun Jahre liegen, deutet das doch sehr auf denselben Täter hin.«

»Wurde Manfred Gerlach missbraucht?«

»Trotz der Verbrennungen war sich der Gerichtsmediziner damals sicher, dass keine Vergewaltigung vorlag. Gefunden wurde der Leichnam in einem Bootsschuppen, der normalerweise im Winter nicht benutzt wurde. Es war Zufall, dass der Besitzer im Januar, wenige Tage, nachdem der Junge verschwunden war, dorthin kam.«

»Gab es Festnahmen?«

»Der Besitzer des Bootsschuppens wurde natürlich ausführlich befragt, aber er hatte für den Zeitraum des Mordes ein einwandfreies Alibi. Er war für ein paar Tage geschäftlich in München, was mehrere Zeugen bestätigen konnten. Manfred hat regelmäßig Werbeprospekte ausgetragen und kam dabei immer an einem Platz vorbei, auf dem ein Obdachloser hauste. Der Obdachlose wurde für kurze Zeit festgenommen, musste jedoch wieder freigelassen werden. Er litt an Arthritis und hätte gar nicht die Kraft gehabt, den Jungen zu Tode zu prügeln.«

»Hat Hauptkommissar Melzer denn eine Verbindung zu dem Mord an Peter Vogler hergestellt?«

»Wie Peters Vater schon sagte, war von dem Skelett nicht mehr viel übrig. Nicht nur Füchse, auch Wildschweine sind darüber hergefallen.« Ira war froh, dass das Essen noch nicht auf dem Tisch stand. »Hauptkommissar Melzer sind auch die Brüche an den noch vorhandenen Knochen aufgefallen. Aber das war zu wenig, als dass er ernsthaft einen Serienmord vermutet und entsprechend ermittelt hätte. Vielleicht wäre das jetzt nach dem Fall Jürgen Bartsch ja anders.« Sie zuckte mit den Schultern. »Der Mord an Manfred Gerlach hat Hauptkommissar Melzer offensichtlich nie losgelassen. Gestern, während unseres kurzen Telefonats, sagte er ja, es sei erfreulich, dass Hauptkommissar Steinert doch noch auf seine Nachricht reagiert habe.«

»Ich erinnere mich.« Ben Weber nickte.

»Seine Frau stammt aus Köln, sie waren dort letzte Woche zu einem runden Geburtstag auf Besuch. Ein Verwandter hat den Mord an Wolfgang Scholzen erwähnt, und das Interesse von Hauptkommissar Melzer war geweckt. Er hat sich entsprechende Zeitungsausgaben besorgt und über den Mord nachgelesen. Darunter auch Ihre Artikel.«

»Ich freue mich doch immer wieder, wenn ich gelesen werde.«

»Das Alter von Wolfgang, sein Aussehen und was über die Todesursache in den Artikeln stand – also, dass der Junge erschlagen wurde – haben ihn, auch wenn es etwas weit hergeholt erschien, an den Mord an Manfred Gerlach erinnert. Deshalb hat er Hauptkommissar Steinert kontaktiert, der sich jedoch nicht bei ihm meldete. Bis ich, scheinbar in seinem Auftrag, Hauptkommissar Melzer dann gestern anrief.«

Der Kellner trat an den Tisch und platzierte die bestellten Speisen vor ihnen. Ausgehungert, wie Ira war, stürzte sie sich auf das Essen. Die Bratkartoffeln und der Hering schmeckten sehr gut. Als ihr größter Hunger gestillt war, wandte sie sich wieder Ben Weber zu. »Und ich habe Hauptkommissar Melzer natürlich auch danach gefragt, ob es irgendwelche Erkenntnisse zu dem Mann gab, mit dem ein Junge Peter Vogler gesehen hatte und der ihm irgendwie bekannt vorkam. Worauf Sie mich ja eigens hinwiesen.« Diese Spitze hatte sich Ira jetzt nicht verkneifen können.

»Ja, ja, ich bin davon ausgegangen, dass Sie das fragen würden.« Ben Webers Stimme klang friedfertig.

»Was Herr Vogler nicht wusste: Dieser Junge, ein Benno Schirmer, ist immer mal wieder wegen kleiner Delikte mit dem Gesetz in Konflikt geraten und hatte dadurch Kontakte zu jungen Männern, die straffällig wurden. Die Polizei hat dann auch in diesem Umfeld ermittelt, doch ebenfalls ohne Ergebnis.«

»Ein Phantombild von dem Mann, mit dem Benno Schirmer Wolfgang Scholzen gesehen hat, gibt's wahrscheinlich nicht?«

»Nein, die Polizei arbeitet ja leider erst seit Kurzem mit Phantombildern. Laut der Beschreibung von Benno hat der Mann sein Haar in einer auffälligen Tolle getragen, und er hatte einen kurzen Bart.«

»Hört sich wie ein Beatnik an, unser Mörder scheint mit der jeweiligen Jugendmode zu gehen. Vor zehn Jahren war das ja *in*.« Ben Webers Stimme klang bei allem Sarkasmus auch bitter.

Ira konnte seine Frustration gut nachvollziehen. »Hoffentlich erfahren wir von den Vertretern irgendetwas, das uns weiterhilft«, sagte sie bedrückt. Sie mussten den Mörder so bald wie möglich finden. Axel Schneider und Wolfgang Scholzen waren innerhalb weniger Wochen brutal umgebracht worden. Es war also nicht auszuschließen, dass der Mörder erneut töten würde.

Der Kellner räumte das Geschirr ab. »Möchten die Dame und der Herr noch etwas zu trinken bestellen?«, erkundigte er sich.

»Für mich nicht, danke.« Ira schüttelte den Kopf.

»Hätten Sie Lust auf einen Spaziergang durch die Altstadt?« Ben Weber sah sie fragend an.

Zu ihrer eigenen Überraschung sagte Ira: »Ja.«

Während des Essens hatte es geregnet. Das Pflaster glänzte noch feucht und spiegelte das Licht der Gaslaternen. Überall lag buntes Laub verstreut. Ira atmete die frische Luft tief ein. Über den Dächern ragten die gedrungenen Türme des Doms auf und auch ein schmaler Kirchturm, an dem ein großer Käfig hing. Ira erinnerte sich, irgendwo gelesen zu haben, dass darin im Mittelalter Ketzer qualvoll zu Tode gekommen waren.

Zu beiden Seiten der Gasse standen hübsche alte Häuser mit Restaurants und kleinen Läden im Erdgeschoss. Zwischen den Wolken kam immer wieder der Vollmond hervor und übergoss alles mit seinem silbrigen Schein.

Sie schlenderten los. Ira vergrub ihre Hände in den Taschen ihrer Jacke, denn es war kalt geworden. Sie konnte es noch nicht ganz fassen, dass sie sich tatsächlich bereit erklärt hatte, mit Ben Weber spazieren zu gehen. Alle anderen Aktivitäten an diesem Tag waren ja gewissermaßen dienstlich gewesen, und das hier war *privat*.

»Na, ist doch schön hier, oder?«, hörte sie ihn sagen.

»Ja, ist es«, gab sie zu. »Sagen Sie mal ... Wie sind Sie eigentlich darauf gekommen, mir gegenüber Herrn und Frau Vogler den Namen Blei zu geben? Sehr charmant fand ich das ja nicht gerade. Haben Sie dabei an Bleisatz oder Bleiwüste gedacht?«

»Ich hatte den englischen Nachnamen Bly im Sinn, der sich ja Blei ausspricht. Nach Nellie Bly, einer amerikanischen Reporterin, die Anfang des Jahrhunderts etliche große Skandale aufgedeckt hat.«

»Tatsächlich?« Dann war der Nachname ja vielleicht eine Art Kompliment gewesen. »Und woher kennen Sie eigentlich das Hotel? Es ist wirklich hübsch.«

»Ich war hier früher öfter mit meiner Großmutter. Ihr gehörte ein Gut auf dem platten Land. Wenn ich bei ihr zu Besuch war, fuhr sie öfter mal an den Wochenenden mit mir nach Münster und stieg mit mir in dem Hotel ab.«

»Ist das die Großmutter, von der Sie viel geerbt haben?«, rutschte es Ira heraus.

»Sie scheinen sich wirklich gut über mich informiert zu haben.« Ben Weber blickte sie amüsiert an.

»Das habe ich rein zufällig von meinem Onkel und meiner Tante erfahren. Mein Onkel Fritz spielt mit Ihrem Vater Golf.«

»Natürlich, der Kölner Klüngel.«

»Aber in der letzten Zeit sind Sie auch mal in dem Hotel abgestiegen, oder? Ich hatte den Eindruck, dass das Personal Sie ganz gut kennt.«

»Ja, ich war schon gelegentlich dort, beruflich und privat. Vernehmen Sie mich eigentlich gerade?«

»Nein, überhaupt nicht.«

Eine Gruppe Studenten kam aus einer Kneipe und füllte mit ihrem Lachen und lauten Reden die Straße. Sie wichen ihr aus und gingen langsam weiter.

»Das hörte sich aber so an. Da wir beim Thema sind …

Sie haben doch bestimmt vor, in den allgemeinen Polizeidienst zu wechseln, jetzt, da es diese Möglichkeit gibt?« Ben Weber zündete sich die unvermeidliche Zigarette an. »Und dann in der Mordkommission zu arbeiten?«

»Wie kommen Sie darauf, dass ich es *bestimmt* will?«

»Sonst würden Sie sich nicht so in diese Mordfälle verbeißen.«

»Und Sie, was ist mit Ihnen, haben Sie vor, beim Rheinischen Anzeiger zu bleiben?«

»Nein, ich will so bald wie möglich zu einer großen Zeitung nach München oder Hamburg wechseln. Köln ist mir auf Dauer zu provinziell.«

»Das kann ich verstehen.« Die Vorstellung, dass er nicht mehr in der Stadt sein würde, war irgendwie seltsam.

»Darf ich Sie was ziemlich Persönliches fragen?« Ira blickte Ben von der Seite an. »Und, nein, ich vernehme Sie wirklich nicht.«

»Solange Sie nicht meine Trefferquote bei der Bundeswehr oder meine Noten im Abschlussexamen wissen wollen …«

»War beides denn so schlecht?« Ira lächelte.

»Kein Kommentar.«

»Wie war das mit Ihnen und Ihrem Freund Horst, und wie kam es dazu, dass er zum Bankräuber wurde?«

Ben Weber rückte seine Nickelbrille zurecht. Eigentlich war sie gar nicht so albern, wie Ira immer gefunden hatte. Und er hatte schöne Augen. Manchmal sahen sie ganz warm und leuchtend und nachdenklich aus – und ein bisschen traurig.

»Wir kannten uns seit der ersten Klasse in der Volksschule in Sülz, in dem Stadtteil sind wir aufgewachsen, und am Anfang konnten wir uns beide nicht ausstehen. Er hat mich für ein verwöhntes Bürgersöhnchen gehalten und ich ihn für einen Angeber und Proleten. Ein Problem war auch, dass wir beide ganz gern Anführer sind.«

»Ach ja?«

»Ja ... Wir hatten unsere jeweiligen Anhänger, und wir haben uns regelmäßig geprügelt. Und dann, eines Tages, sind wir auf eine blödsinnige Wette verfallen. Wir sind uns auf einem Ruinengrundstück über den Weg gelaufen. Ich weiß noch, es war ein heißer Tag. Alles war ganz staubig, und irgendwelches Zeug, wahrscheinlich verrostete Metallteile im Schutt oder ein Tierkadaver, hat ganz furchtbar gestunken.« Er nahm einen tiefen Zug von der Zigarette. »In einem Keller haben wir eine Handgranate gefunden. Und wir haben darum gewettet, wer von uns sie am weitesten tragen würde.«

»O Gott ...«

Ben Weber zuckte mit den Schultern. »Sie war noch gesichert. Aber sie lag da natürlich schon ein paar Jahre und war rostig. Zuerst hab ich die Handgranate ein paar Meter weit getragen. Dann Horst noch ein Stück weiter. Dann habe ich ihn wieder überboten. So ging das, bis wir sie den ganzen langen Kellergang nach draußen getragen hatten. Ich hab sie auf den Boden gelegt. Und in dem Moment ist ein Stück Mauer zusammengebrochen, wir sind zur Seite gesprungen, und fast gleichzeitig ist die verdammte Granate explodiert. Der Mauerschutt hat uns geschützt. Wir hätten beide tot oder fürs Leben gezeichnet sein können. Das hat uns zu Freunden gemacht.«

»Jungs sind manchmal wirklich Idioten.«

»Sie sagen es.« Ben Weber warf die Zigarettenkippe in einen Gully. »Bis zum Ende der vierten Klasse waren wir unzertrennlich. Ich ging dann aufs Gymnasium, Horst blieb auf der Volksschule. Wenn er ein bisschen was für die Schule getan hätte, hätte er ein Stipendium kriegen können. Aber er hatte kein Interesse, und sein Stiefvater war sowieso der Ansicht, dass eine höhere Schulbildung für einen Jungen aus einer Handwerkerfamilie nicht nötig sei.«

»Das ist ja leider oft so.«

»Horst und ich haben uns nach der Schule häufig getroffen, und so mit vierzehn, fünfzehn haben wir angefangen, Autos und Motorräder zu knacken. Es war ein Spiel und ein Nervenkitzel. Horst wurde erwischt und in ein Erziehungsheim eingewiesen. Sein Stiefvater hatte keine Einwände. Ich habe meinen Vater angefleht, sich für Horst einzusetzen, aber er meinte, er könne da nichts tun. In seiner Position als Staatsanwalt werde ihm das womöglich als Begünstigung ausgelegt. Für den Sohn eines jeden seiner beschissenen Freunde hätte er sich eingesetzt. Sie wissen ja, wie es in Erziehungsheimen zugeht ...«

»Ja, und ich hasse die Zustände dort.«

»Sie haben Horst nicht kleingekriegt. Dazu war er zu stark. Aber als er nach einem Jahr wieder freikam, war er erst recht zum Rebellen geworden. Er knackte wieder Autos, beging kleinere Einbrüche, wurde erneut eingewiesen ... Nach seiner Entlassung machte er eine Weile mit schnellen Autos und Antiquitäten ziemlich viel Geld. Aber er konnte mit dem Schotter nicht umgehen. Er ging pleite, ließ sich wieder mit den falschen Leute ein und war dann so bescheuert, sich an einem bewaffneten Bankraub zu beteiligen.«

»Und Sie haben ihm den Anwalt bezahlt.«

»Nach einer irrwitzigen Flucht und einer Schießerei mit den Bullen, Verzeihung, Ihren Kollegen, hat er sich freiwillig gestellt. Aber bei seiner Vorgeschichte wertete das Gericht das nicht zu seinen Gunsten. Außerdem weigerte er sich, gegen seine Mittäter auszusagen. Sehr viel konnte der Anwalt deshalb nicht für ihn tun.«

»Besuchen Sie ihn im Gefängnis?«

»Manchmal. Ich sollte öfter hingehen. Aber es macht mich fertig, Horst dort zu sehen.« Ben Weber zündete sich eine neue Zigarette an.

»Ich finde Gefängnisse auch sehr bedrückend«, stimmte Ira ihm zu. »Und es muss schlimm sein, wenn dort jemand einsitzt, der einem nahesteht.«

Schweigend gingen sie weiter. Aber Ira fand die Stille nicht belastend. Ben Weber war tatsächlich jemand, mit dem es sich gut schweigen ließ.

Wieder einmal kam der Mond zwischen den Wolken hervor. Riesengroß und rund hing er über den alten Gebäuden, und er hatte einen blassgelben Hof.

»Ist ja die reinste Caspar-David-Friedrich-Szenerie.« Ben Weber schien ihren Blick zum Himmel bemerkt zu haben. Seine Stimme klang ein bisschen amüsiert, aber auch versonnen.

»Ich finde den Vollmond schön. In Japan gab es Adelige,

die sich Terrassen eigens dafür anlegen ließen, um den Mond betrachten zu können.«

»Sie interessieren sich für Japan?«

»Ja.«

»Na ja, ich assoziiere Japan mehr mit einem imperialistischen Regime, das Nazi-Deutschland im Zweiten Weltkrieg unterstützt hat, und weniger mit Romantik.«

»Ist ja klar, dass Sie das mal wieder so sehen.« Ira seufzte.

»Tut mir leid. Waren Sie schon mal dort – in Japan, meine ich?«

»Nein, aber ich möchte unbedingt mal dorthin reisen. Was ist mit Ihnen? Haben Sie ein Sehnsuchtsland?«

»Die USA.«

»Tatsächlich? Und das trotz des Krieges in Vietnam?«, frotzelte Ira.

»Mich fasziniert da anderes.« Ben Weber ließ sich nicht provozieren. »Die Weite des Landes, die Musik, die Protestbewegungen gegen den Krieg und die Rassentrennung ... Vor zwei Jahren bin ich ein paar Monate lang mit dem Motorrad durch das Land gereist.«

»Den legendären Highway 61 entlang?« Ira lächelte.

»Klar, das auch.« Ben Weber erwiderte ihr Lächeln. Wie es wohl wäre, hinter ihm auf einem Motorrad zu sitzen, die Arme um seinen Körper geschlungen, den Fahrtwind zu spüren und auf eine ferne Bergkette zuzudonnern? Aber was dachte sie denn da? Was war nur mit ihr los? Unwillkürlich ging Ira schneller.

Sie waren mittlerweile wieder zum Hotel zurückgekehrt.

Plötzlich geriet Ira auf dem feuchten Laub vor dem Eingang ins Rutschen, und sie verlor das Gleichgewicht.

»He, Vorsicht …« Ben Weber fing sie auf und beugte sich zu ihr. Sein Gesicht war ihrem ganz nah. Er sah sie an, erschrocken und besorgt, und ihr Herz pochte unvermittelt schneller. Sein Griff war fest, zuverlässig, aber nicht einengend, und sie mochte es, seinen Arm um ihre Schultern zu fühlen. Sie mochte es sogar sehr.

Sie blickten sich immer noch an. Ja, Ben Weber hatte schöne Augen und einen schönen sinnlichen Mund. Eigentlich hätte er sie schon loslassen müssen. Oder sie hätte sich von ihm befreien sollen. Aber sie wollte es gar nicht. Im Gegenteil … Sie wollte ihn umarmen … Und sie wollte ihn küssen … Und von ihm geküsst werden. Lange und leidenschaftlich. Und … Das war kein prickelndes Verlangen. Das war tief und elementar. Sie öffnete die Lippen.

Ganz in der Nähe ging eine Haustür auf, und jemand stellte einen Metalleimer scheppernd auf den Boden. Der Bann war gebrochen. Rasch machte sich Ira los.

»Alles in Ordnung?«

»Ja, danke, dass Sie mich aufgefangen haben.« Ira bemühte sich um einen beiläufigen Tonfall. Um Himmels willen … Hoffentlich hatte Ben Weber nicht bemerkt, was sie sich eben gewünscht hatte.

• • •

In seinem Hotelzimmer atmete Ben Weber tief durch und ließ sich auf das Bett fallen. Sein Körper war immer noch in Aufruhr. Er bewunderte die Entschlossenheit von Ira Schwarz. Wenn sie sich für etwas entschieden hatte, zog sie es ohne Wenn und Aber durch. Er mochte auch ihre Kratzbürstigkeit ihm gegenüber, und dass sie nicht seinem Charme erlag, forderte ihn heraus. Und eben, als sie fast hingefallen wäre und er sie aufgefangen hatte ... Sie war so schön und sexy. Beinahe hätte er sich vergessen und sie geküsst. Was ihm ganz sicher eine schallende Ohrfeige eingebracht hätte.

32. Kapitel

»Halt, warten Sie!« Andreas Jacobeit winkte und rief. Doch der Bus fuhr los, obwohl er nur noch wenige Meter von der Haltestelle entfernt war.

Verdammter Penner von Busfahrer ... Garantiert hatte er ihn im Rückspiegel gesehen und beschlossen, dem Jugendlichen in den Jeans und den zu langen blonden Haaren eine Lektion zu erteilen.

Die Straßenbeleuchtung am Rand von Nippes, in der Nähe der Bahngleise, war schlecht, und Andreas Jacobeit musste sich vorbeugen, um den Fahrplan studieren zu können. Erst in einer guten halben Stunde kam der nächste Bus, und nun fing es auch noch an zu regnen. Aber das Notquartier in Junkersdorf, wo er mit seinem Vater wohnte, war viel zu weit entfernt, als dass er zu Fuß dort hätte hingehen können. Wenigstens befand sich ganz in der Nähe ein überdachter Eingang. Andreas stellte sich darunter und zündete sich eine Zigarette an.

»Hast du auch den Bus verpasst? Ich hab nur noch die Rücklichter gesehen.« Ein Mann stellte sich zu ihm. Er trug eine Jeansjacke, und mit seinen langen Koteletten und dem

Schnurrbart sah er ein bisschen aus wie Ringo Starr von den Beatles.

»Ja, so ein Idiot von Fahrer!« Andreas machte seiner Empörung Luft.

»So sind sie nun mal.« Der Mann zuckte mit den Schultern. »Wenn du ein hübsches Mäntelchen und 'nen Anzug und Krawatte tragen würdest, hätte er dich bestimmt noch mitgenommen. Willst du ein Bier, um die Wartezeit zu verkürzen? Ich hab in dem Kiosk ein Sechserpack gekauft.«

»Klar, gern.« Andreas nickte. Das war doch ein Angebot!

Der Mann wandte sich ab, um ein bisschen mehr Licht von der Straßenbeleuchtung abzubekommen, und öffnete mit einem Feuerzeug erst für Andreas, dann für sich eine Bierflasche.

»Prost, auf alle Nicht-Spießer!«

»Prost!« Sie stießen miteinander an.

Der Mann fummelte eine Zigarette aus seiner Jacke, und Andreas gab ihm Feuer. Einige Momente lang standen sie rauchend und in einträchtigem Schweigen da. Auf dem Bahndamm rumpelte ein Zug vorbei und ließ den Boden vibrieren.

»Mann, wenn ich doch nur mit dem Motorrad in die Stadt gefahren wäre!« Der Mann seufzte. »Aber bei dem miesen Wetter und dem Regen war mir das zu heikel.«

»Sie haben ein Motorrad?« Andreas Jacobeit liebte Motorräder, und eines zu besitzen war sein großer Traum.

»Ja, eine Ducati.«

»Ehrlich? Was für eine denn?«

»'ne Ducati Monza.«

»Oh, toll …« Aus Andreas' Stimme sprach tiefe Bewunderung, denn diese Motorräder waren eigentlich für den Rennsport gebaut.

Eine Weile lang fachsimpelten sie über Motorräder. Der Mann hatte wirklich Ahnung, Andreas dachte noch, dass es doch gar nicht so schlimm war, den Bus verpasst zu haben, als er plötzlich merkte, dass ihm schwindelig wurde. Er musste sich an der Hauswand abstützen.

»Ist dir nicht gut?« Der Mann sah ihn besorgt an.

»Keine Ahnung, was mit mir los ist, das geht bestimmt gleich wieder vorbei.« Aber es ging nicht vorbei – alles begann sich um den Jungen zu drehen.

»He, lass mich dir helfen. Ich bring dich hier weg.« Der Mann legte sich seinen Arm um die Schultern und führte ihn die Straße entlang. Andreas taumelte neben ihm her. Ein Geräusch, als würde ein Schlüssel in einem Schloss gedreht. Dann schob ihn der Mann auf einen weichen Sitz. Eine Tür schlug zu. Andreas blinzelte. Er saß in einem Wagen.

Aber … der Mann hatte doch vorhin von seinem Motorrad gesprochen! Jetzt besaß er auf einmal auch noch ein Auto. Und wie kam es, dass es ganz in der Nähe stand? Angst stieg in dem Jungen auf. Er wollte raus aus dem Wagen. Doch seine Glieder waren viel zu schwer. Er konnte noch nicht einmal mehr den Arm zum Türgriff heben. Und dann fuhr der Mann auch schon los.

• • •

Ihre Mutter war so eine blöde Kuh! Spät am Abend stolperte

Hanni den Feldweg am Rand von Mülheim entlang. Tränen rannen ihr übers Gesicht. Da lernte sie seit Tagen eifrig, ging freiwillig zur Nachhilfe, hatte im Diktat eine Zwei geschrieben und sogar mehrmals auf die nervigen kleinen Geschwister aufgepasst. Und trotzdem wollte ihre Mutter ihr nicht erlauben, dass sie am Wochenende zur Party einer Freundin ging. Da werde es bestimmt Alkohol und Drogen geben, hatte die Mutter gesagt. Na ja, ein bisschen wahrscheinlich schon, aber bestimmt nicht viel. Und als sie, Hanni, erwidert hatte, sie lasse sich das nicht verbieten, hatte die Mutter ihr eine runtergehauen.

Im Mondlicht tauchte jetzt eine Ansammlung von Ruinen vor Hanni auf. Sie würde die Nacht hier, in den ehemaligen Lagerhäusern verbringen. Sollte sich die Mutter nur um sie sorgen. Das geschah ihr recht!

Sie schlüpfte durch die Tür eines flachen Gebäudes und zündete im Innern die Kerze an, die sie in einem Kiosk gekauft hatte. Im Sommer trafen sich hier manchmal Jugendliche zum Knutschen, und in einer Ecke lagen auch noch ein paar Decken und alte Säcke.

Hanni wickelte sich hinein und befestigte die Kerze mit Wachs am Boden. Der Schein der Flamme zuckte über die feuchten Backsteinwände. Auf dem Rhein fuhr ein Schiff entlang. Das Motorengeräusch hallte sehr laut in der Nacht wider und machte Hanni klar, wie einsam sie hier war. Sie fror jetzt auch. Und was, wenn plötzlich ein Obdachloser hereintrottete? Wenn sie nicht bald nach Hause kam, würde die Mutter bestimmt die Polizei verständigen, und Frau Kriminalrätin Wiener und Fräulein Schwarz würden über ihr

Benehmen sicher nicht erfreut sein. Mittlerweile war es gewiss schon gegen elf.

Eine Weile hielt Hanni aus purem Trotz noch durch. Aber dann, als ein Rascheln in der Ecke sich verdächtig nach Ratten anhörte, sprang sie auf und rannte nach draußen und in Richtung der Häuser. Sie hatte fast die Straße erreicht, als ein Wagen mit eingeschaltetem Abblendlicht in den Feldweg einbog. Hanni trat zur Seite. Das Auto war teuer, das sah selbst sie. Weshalb fuhr es mitten in der Nacht zu den Ruinen?

Unwillkürlich blickte sie neugierig in das Wageninnere. Ein Mann mit einem Schnurrbart und langen Koteletten saß am Steuer. Er wandte ihr den Kopf zu, musterte sie. Aber das war ja ... Nun erkannte sie, wer der Mann war. Sein Blick veränderte sich, wurde ganz hart. Auch er hatte sie erkannt. Zum Weglaufen war es zu spät. Der Wagen stoppte, und der Mann stieg aus, versperrte ihr den Weg. Hannis Herz hämmerte wie wild in ihrer Brust.

»Hallo, Hanni«, sagte der Mann ruhig. »Steig sofort in den Wagen.«

Mit bleischweren Gliedern gehorchte sie.

• • •

Andreas Jacobeit stöhnte vor Angst. Er war immer noch benommen, und ihm war übel. Aber er hatte allmählich begriffen, dass dies kein schlimmer Traum war. Er lag auf einem harten Untergrund in einem kalten, nach Moder stinkenden Raum, war gefesselt und geknebelt. Und da war noch etwas.

Etwas Entsetzliches, das in einem Winkel seines Bewusstseins lauerte.

Wie aus weiter Ferne war das Motorengeräusch eines Schiffes zu hören, das stromaufwärts fuhr. Irgendwo da draußen waren Menschen.

Er musste auf sich aufmerksam machen. Vielleicht gab es eine Tür, gegen die er trotz seiner gefesselten Beine treten konnte. Wenn er doch nur etwas hätte sehen können! Einen winzigen Lichtschein wenigstens. Aber eine Binde bedeckte seine Augen.

Er versuchte, über den Boden zu kriechen. Aber er kam nicht weit. Ein Strick, der um seine Leibesmitte geschlungen und irgendwo befestigt war, hielt ihn zurück.

Sein Vater würde die Polizei verständigen, und man würde nach ihm suchen. Für einen Moment beruhigte ihn dies etwas. Aber dann wurde ihm klar, dass der Vater ja auf dem Bau in Süddeutschland war. Erst in einer Woche kehrte er nach Köln zurück. Und in der Fabrik, wo er, Andreas, arbeitete, würde man nur denken, dass er blaumachte. Niemand würde sich um ihn sorgen.

Verdammt ... Er riss verzweifelt an seinen Fesseln. Und plötzlich, mit einem panischen Schrecken, als ob ein wildes Tier seine Klauen in ihn schlüge, wusste er, was das Entsetzliche war. Dieser blonde Junge, Wolfgang Scholzen, er war in einer Garage erschlagen worden. In einem Auto hatte man ihn dorthin entführt. Das hatte in der Zeitung gestanden.

Dieser Mann mit dem Schnurrbart und den langen Koteletten an der Bushaltestelle – er hatte ihn zu einem Wagen geschleppt. Nein, nein! Tränen rannen über Andreas' Wangen. Er wimmerte, schluchzte. Da war ein Geräusch. Er erstarrte. Es klang wie ein Automotor.

33. Kapitel

Freitag, zwölfter Tag

»Sind Sie sich sicher, dass man Ihnen bei der Firma Bi-Strümpfe die richtigen Informationen gegeben hat? Mittlerweile haben wir fast alle entsprechenden Läden in Essen abgeklappert und diesen Vertreter Olaf Schmitz immer noch nicht gefunden.« Ira war selbst klar, wie übellaunig sie sich anhörte und dass sie ungerecht war. Aber der Vormittag war einfach frustrierend verlaufen. Sie hatten ein knappes halbes Dutzend Bauernhöfe abgeklappert, bis sie endlich den Vertreter für das Pferdefutter aufspürten. Nur um zu erfahren, dass er in der Nähe der Oskar-Jäger-Straße absolut nichts beobachtet hatte.

Und nun waren sie schon über eine Stunde in der Innenstadt von Essen unterwegs. Ira hatte das Gefühl, dass ihnen die Zeit davonlief.

Außerdem, wenn sie sich selbst gegenüber ehrlich war, gab es noch einen weiteren Grund für ihre schlechte Stimmung. Sie hatte es sich noch nicht ganz verziehen, dass sie sich einen Moment lang gewünscht hatte, sie und Ben Weber würden sich küssen.

»Seien Sie nicht so pessimistisch.« Ben Weber parkte

den Citroën schwungvoll vor einem weiteren Geschäft für Dessous und Damenstrümpfe. »Neues Spiel, neues Glück.«

Ira bedachte ihn mit einem gereizten Blick, ehe sie aus dem Wagen stieg. Sie hatten verabredet, dass sie den Vertreter – falls sie ihn denn irgendwann finden sollten – als Polizistin befragen würde. Andernfalls hätten sie nicht glaubhaft erklären können, wie sie an das Kennzeichen seines Wagens gekommen waren.

In dem Laden blickte sich Ira suchend um. Er war groß und elegant eingerichtet. An einem Tisch im rückwärtigen Teil entdeckte sie einen Mann Ende vierzig mit schütterem Haar, in Anzug und Krawatte, der einer perfekt geschminkten Frau Muster von Damenstrümpfen präsentierte. Sie atmete auf. Das musste Olaf Schmitz sein! Zu dumm nur, dass sich das Geschäft über die gesamte Breite der Häuserzeile erstreckte und auch auf der Rückseite einen Eingang hatte. Was, wenn Schmitz den Laden dadurch verließ?

»Kann ich Ihnen helfen, Fräulein?« Eine Verkäuferin trat auf sie zu.

Sie schüttelte den Kopf. »Ähm, nein danke, ich schaue mich nur um.« Während des Verkaufsgesprächs wollte sie Schmitz lieber nicht stören, denn das würde seine Kooperation sicher nicht fördern. Ira trat zu den Ständern mit den BHs und Dessous und gab vor, sich dafür zu interessieren. Meine Güte – die Sachen waren schön, aber sehr hochpreisig. Während Ira sich angelegentlich mit den Waren beschäftigte, schielte sie immer wieder zu Olaf Schmitz.

»Sie sagen es mir, wenn Sie Hilfe brauchen?« Die Verkäuferin hatte sich ihr wieder genähert. Eine Viertelstunde hielt sie sich jetzt bestimmt schon in dem Laden auf. Wenn das so weiterging, wurde sie noch als Ladendiebin verdächtigt.

»Ja, auf jeden Fall …« Vielleicht war es am besten, wenn sie schnell nach draußen lief und Ben Weber sagte, dass er zur Rückseite des Ladens gehen sollte. Ira wollte das Geschäft gerade verlassen, als ihr Blick auf einen Ständer fiel, der separat platziert war. Die BHs, die daran hingen, hatten ganz kleine Körbchen und bestanden aus einem wunderbar leichten schwarzen Stoff – völlig anders als die sonst üblichen mit den wattierten Schalen.

»So einen hätte ich gern.« Ira wandte sich an die Verkäuferin.

»Das ist ein ganz neues Modell. Bei Ihrer schlanken Figur können Sie den sehr gut tragen.« Die Verkäuferin lächelte sie an.

Während Ira schnell einen BH in ihrer Körbchengröße in der Umkleidekabine anprobierte, lugte sie durch den Spalt im Vorhang zu Olaf Schmitz.

Er sammelte seine Muster ein. Anscheinend neigte sich das Verkaufsgespräch dem Ende zu. Sie zog ihren Pullover über und eilte zur Kasse.

Dort schlenderte Ben Weber auf sie zu. Ihm hatte es also auch zu lange gedauert. Sein Blick fiel auf den BH. Er hob die Augenbrauen und grinste – natürlich!

»Sehr sexy«, raunte er ihr zu. Manchmal war er so ein Idiot!

»Schauen Sie sich doch nach ein paar Dessous für Ihre zahlreichen Freundinnen um«, zischte Ira zurück.

Olaf Schmitz hatte seine Muster mittlerweile in einem

Koffer verstaut und verließ den Laden. Ira riss der Verkäuferin das Wechselgeld aus der Hand und rannte ihm nach.

»Herr Schmitz!« Sie holte ihn bei einem hellen Opel Kadett ein und präsentierte ihren Ausweis. »Kriminalhauptmeisterin Ira Schwarz von der Weiblichen Kriminalpolizei in Köln. Ich unterstütze die Kollegen bei den Ermittlungen im Mordfall Wolfgang Scholzen. Ein sechzehnjähriger Junge, der vorige Woche in der Nacht von Sonntag auf Montag in einer Garage in der Nähe der Oskar-Jäger-Straße in Köln brutal umgebracht wurde. Vielleicht haben Sie davon gehört.«

»Nein, das habe ich nicht.« Sein Blick war misstrauisch geworden. »Ich war aber auch schon länger nicht mehr in Köln.«

»Auf der Fotografie eines Geschwindigkeitsmessgeräts an der Oskar-Jäger-Straße ist Ihr Wagen zu sehen. Und zwar in dem Zeitraum, in dem der Junge mutmaßlich ermordet wurde. Haben Sie dort irgendetwas beobachtet? Auch eine vermeintliche Kleinigkeit kann für die Ermittlungen wichtig sein.«

»Ich war in der Nacht nicht in Köln! Ein Kollege hat den Firmenwagen gefahren.« Sein Blick irrte zur Seite. Es war ganz offensichtlich, dass er log.

Mist! Wie konnte sie ihn nur festnageln, ohne die Prostituierten in dem Bordell zu verraten? Ira war für einen Moment völlig ratlos. Olaf Schmitz steckte den Schlüssel ins Schloss der Fahrertür. »Ich wünsche Ihnen jedenfalls viel Erfolg bei den Ermittlungen, Fräulein.«

»Ach, hallo! So sieht man sich wieder, die Welt ist wirklich klein.« Ben Weber tauchte plötzlich neben ihnen auf.

Er hieb dem Vertreter auf die Schulter und grinste ihn an. »Wir kennen uns doch aus dem Herzblatt! Sonntagabend vorige Woche waren Sie dort, wir haben an der Bar nebeneinander einen getrunken, ehe Sie mit 'ner echt heißen Braut abgezogen sind. Wenn Sie mal wieder dort sind, ich kann Ihnen auch Jeanette wärmstens empfehlen.« Er winkte Olaf Schmitz noch zu und schlenderte dann weiter. Der Vertreter starrte Ben Weber perplex hinterher.

Ira nutzte das Überraschungsmoment. »Herr Schmitz, Sie waren also doch in der Mordnacht in Köln.« Sie zog den Autoschlüssel aus der Fahrertür. »Sie behindern eine Mordermittlung und sollten sich schämen.«

Der Vertreter sank in sich zusammen. »Ja, ich war in der Nacht in dem Bordell. Versprechen Sie mir, dass Sie meiner Frau und meiner Firma nichts sagen! Laut meinem Fahrtenbuch hab ich die Nacht in Koblenz verbracht. Ich werd gefeuert, wenn das rauskommt.«

»Weder Ihre Frau noch Ihre Firma müssen von diesem Gespräch erfahren, wenn Sie mir die Wahrheit sagen.«

»Gut.« Er schwitzte. »Ich war in dem Bordell und bin so gegen eins dort weg. Und ich habe tatsächlich ... Also, im Wagen hab ich mir 'ne Zigarette angezündet, aber die ist mir aus den Fingern gerutscht und auf den Boden gefallen. Ich hab angehalten und in Ruhe zu Ende geraucht. Und da, ein Stück vor mir, in der Nähe von der Sackgasse ...«

»... woher wissen Sie, dass es die Sackgasse war?«, unterbrach Ira ihn.

»Ich bin öfter mal in der Gegend, deshalb kenne ich mich dort ganz gut aus.« Olaf Schmitz räusperte sich verlegen. »Also, ganz in der Nähe der Sackgasse hat ein dunkler Wagen gehalten. Ein Mann in einem langen Mantel ist ausgestiegen und zu den Garagen gegangen. Und ich hab noch gedacht, was macht er denn zu dieser nachtschlafenden Zeit hier?«

»Können Sie den Mann genauer beschreiben?«

»Nee, der war zu weit weg.«

»Hatte er lange Haare und einen Bart?«

»Ich hab ihn wirklich nur ganz kurz im Licht der Straßenbeleuchtung gesehen.« Der Vertreter schüttelte den Kopf. »Aber jetzt, da wir darüber sprechen, fällt mir ein Teil des Kennzeichens wieder ein.«

»Tatsächlich?« Ira war skeptisch.

»Ja, eine Kölner Nummer, und dann die Buchstaben IN. An die Ziffern kann ich mich aber nicht mehr erinnern.«

»Und weshalb haben Sie sich die beiden Buchstaben gemerkt?«

»I wegen des Slogans ›Bi-Strümpfe, der i-Punkt echter Eleganz‹, und das N wegen Nanette, der Prostituierten, bei der ich war.« Olaf Schmitz errötete.

Ira fiel noch etwas ein. »Sind Sie sich ganz sicher, dass der Buchstabe ein I und kein J war?«

»Ziemlich.« Er zuckte mit den Schultern.

»Danke für die Information.« Ira verabschiedete sich und lief nachdenklich zu dem Citroën, wo Ben Weber rauchend wartete.

»Es ist doch immer wieder verrückt, aus welchen Gründen sich Leute Dinge merken.« Ben Weber schüttelte amüsiert den Kopf, als Ira ihm gleich darauf von ihrem Gespräch berichtete. »Ich würde mal sagen, dass wir die beiden Buchstaben von einem Kölner Kennzeichen haben, ist ein wirklicher Durchbruch. Jetzt müssen wir nur noch einen Mitarbeiter der Kfz-Zulassungsstelle dazu bewegen, uns die entsprechenden Halter herauszusuchen. Ich habe da schon eine Idee, wie sich das bewerkstelligen ließe.«

»Ach ja, und zwar wie?«

»Das wollen Sie lieber nicht wissen.« Ben Weber umkurvte elegant einen parkenden Lkw und fuhr dann Richtung Autobahn.

Ira ließ es auf sich beruhen. Den Halter des Wagens zu ermitteln war zu wichtig, als dass sie auf die Einhaltung der Gesetze gepocht hätte. »Da ist noch etwas. Wahrscheinlich handelt es sich bei dem Auto um einen Ford, denn laut einer Zeugin wurde Wolfgang Scholzen in einem Ford entführt.«

»Gut, das grenzt es noch mehr ein.«

»Ebenso, dass der eine Buchstabe ein I und kein J ist.«

»Denn das heißt, dass der Wagen vor dem November 1956 zugelassen sein muss, denn danach wurde der Buchstabe I bei den Erkennungszeichen durch ein J ersetzt«, griff Ben Weber Iras Gedanken auf.

»Genau. Wie kam es eigentlich dazu, dass Sie urplötzlich aufgetaucht sind und behauptet haben, Olaf Schmitz aus dem Herzblatt zu kennen?«

»Ich hab ihm angesehen, dass er log, und dachte, ich helfe Ihnen ein bisschen. War doch eine gute Idee von mir, nicht wahr?«

»Ja, das war eine gute Idee«, gab Ira zu.

»Ich finde, wir sind ein gutes Team.«

»Ich würde uns nicht unbedingt als ein *Team* bezeichnen. Wir sind eher eine Zweckgemeinschaft.«

»Nennen Sie es, wie Sie wollen. Aber wir ergänzen uns gut. Ich mit meinen genialen Ideen, Sie mit Ihrer Beharrlichkeit.«

»Ach, halten Sie den Mund.« Ira lehnte sich in dem Autositz zurück. Aber insgeheim war sie froh, dass sie Ben Weber an ihrer Seite hatte. Hoffentlich halfen ihnen die Buchstaben des Kfz-Kennzeichens weiter!

34. Kapitel

Es war seltsam, den Beamten am Eingang des Polizeipräsidiums zu grüßen, und es war ebenfalls seltsam, die große, helle Eingangshalle zu durchqueren. Jetzt, am späten Nachmittag, war es ruhig hier. Nur einen Tag lang hatte Ira mit Ben Weber auf eigene Faust ermittelt, aber es hatte alles verändert. Sie fühlte sich fremd in dem eigentlich doch so vertrauten Gebäude, und sie hatte – obwohl sie fest davon überzeugt war, das Richtige zu tun – ein bisschen das Gefühl, den Kollegen gegenüber illoyal zu sein. Schließlich paktierte sie mit einem linken Journalisten, der die Polizei mehr als kritisch sah.

»Kriminalhauptmeisterin Schwarz.« Hauptkommissar Steinerts Stimme erklang hinter ihr. Ira drehte sich langsam um. Das Herz klopfte ihr bis zum Hals. Steinert kam, ein belegtes Brötchen in der Hand, aus der Kantine. Sie schluckte und hoffte, dass ihre Stimme sie nicht verriet. »Guten Tag, Herr Hauptkommissar.«

»Sie haben sich anderthalb Tage freigenommen, habe ich gehört.«

»Ja, eine dringende Familienangelegenheit.«

»Hoffentlich nichts Schlimmes?« Sein Tonfall war freundlich und mitfühlend. Ira konnte es selbst kaum glauben, dass jemand wie er Klaus Bartels zu einem Geständnis genötigt haben sollte.

»Nein, meine Tante ist nur plötzlich krank geworden und brauchte Hilfe. Aber es geht ihr schon wieder besser.«

»Gut, gut. Falls ich am Dienstag etwas schroff zu Ihnen gewesen sein sollte, tut es mir leid. Die Anspannung während eines Verhörs ... Es hat sich inzwischen herausgestellt, dass tatsächlich ein Junge namens Axel Schneider aus einem Erziehungsheim in Detmold geflohen ist. Sie hatten mir ja diesen Namen genannt. Gut möglich, dass er der Tote aus der Industrieruine ist. Ich komme gern wieder auf Sie zurück.« Steinert tätschelte ihr die Schulter.

Ira zwang sich, seine Hand nicht wegzuschieben. »Danke, Herr Hauptkommissar. Das freut mich.«

Steinert nickte ihr zu und ging zu dem Paternoster.

Mit dem Gefühl, immer noch seine Hand auf ihrer Schulter liegen zu haben, lief Ira beklommen die Treppe hinauf. Oben in ihrem Büro zog sie ihre Jacke aus und stellte die Handtasche ab. Wenn doch nur Clara Wiener nicht erst am Montag wieder im Präsidium sein würde! Andernfalls hätte sie ihren ganzen Mut zusammengenommen und sich der Vorgesetzten anvertraut.

»Ira ...« Eine ältere Kollegin steckte den Kopf zur Tür herein. »Schön, dass Sie wieder da sind. Vorhin hat eine gewisse Frau Zirner im Präsidium angerufen und nach Ihnen gefragt. Sie war sehr aufgeregt und wollte nicht so richtig mit der Sprache heraus. Es geht um ihre Tochter Hanni. Irgendetwas ist mit dem Mädchen. Wollen Sie zu Frau Zirner fahren, oder soll ich eine Kollegin zu ihr schicken?«

»Ich fahre selbst«, sagte Ira rasch. Hoffentlich hatte Hanni nicht wieder irgendeinen Mist angestellt.

• • •

Der Schäferhund kläffte sich wieder die Seele aus dem Leib und riss an seiner Kette, als Ben Weber das eingezäunte Gelände mit den Luxuskarossen betrat. Guido Breidtscheidt ließ den Lappen, mit dem er einen chromglänzenden Alfa Romeo polierte, sinken. Er trat einen Schritt zurück, seine Miene und seine Körperhaltung signalisierten Abwehr.

»Tag, Ben, falls du wegen dem Hennes Schaffrath und dem korrupten Polizeibeamten hier bist, von mir erfährst du nichts. Das kann ich dir gleich sagen. Mit dem Schaffrath legt man sich besser nicht an. Gestern wurde ein Puffbesitzer übel zusammengeschlagen, der nicht an ihn verkaufen wollte. Ich leg keinen Wert drauf, dass mir das auch so ergeht. Ich hätt bei unserem letzten Treffen gar nichts über ihn sagen sollen.«

Alter Feigling … »He!« Ben hob die Hände, um ihn zum Schweigen zu bringen, aber Guido Breidtscheidt ließ sich nicht bremsen. »Und überhaupt, was ist dir denn passiert?« Er betrachtete Bens immer noch geschwollene Lippe und den blauen Fleck auf seiner Wange misstrauisch. »Bist du etwa mit dem Schaffrath aneinandergeraten, weil du zu neugierig warst?«

»Mit zweien von seinen Lakaien. Aber deswegen bin ich

nicht hier.« Ben hatte da durchaus noch eine Rechnung offen, und er war definitiv kein Anhänger des Bibelspruchs »Wenn einer dich auf die linke Wange schlägt, dann halt ihm noch die andere hin«. Aber das konnte warten.

»Ich brauche jemanden in der Kfz-Zulassungsstelle, der mir die Halter eines bestimmten Wagentyps mit Kölner Kennzeichen und den Erkennungsbuchstaben IN heraussucht.«

»Und wieso glaubst du, dass ich dir da helfen kann?«

»Ach, komm schon, Guido. Bei all den Wagen zweifelhafter Herkunft, die hier auf dem Gelände stehen, gibt's mindestens einen Mitarbeiter in der Zulassungsstelle, den du schmierst, damit er sich die Fahrzeugbriefe nicht so genau anschaut.«

»Das stimmt nicht.«

»Klar stimmt es. Wenn du mir nicht hilfst, steck ich den Bullen, dass du in dem Bankraub auch deine Finger drin hattest.« Ben hatte dies immer vermutet, aber er hatte keine Beweise. Doch so, wie Guidos Kiefer in unterdrückter Wut zu mahlen begannen, lag er damit wohl richtig.

»Das wagst du nicht.«

»Doch, denn ich will den Mörder von Wolfgang Scholzen finden. Der Kerl hat wahrscheinlich noch mindestens drei andere Jungen auf dem Gewissen, und ich werde nicht tatenlos zusehen, wie er weiter tötet, nur weil du deine Kontakte nicht nutzen willst.«

»Ein Serienmörder? Du spinnst doch!«

»Wie du willst.« Ben wandte sich zum Gehen.

»He, warte, ich red mit meinem Kontakt und sehe, was

ich tun kann. Fünfhundert kostet dich das aber mindestens.«

»Ich hab auch nicht gedacht, dass ich die Informationen umsonst bekomme. Tu mir den Gefallen, und beeil dich ein bisschen.« Ben nannte Guido noch die Details, wie etwa, dass es sich um einen dunklen Wagen der Marke Ford handelte, zugelassen vor dem November 1956. Dann ging er. Während er das Gelände verließ, fühlte er Guidos wütenden Blick im Nacken.

• • •

In der Küche der Zirners roch es nach verstopften Abflüssen. Wäsche hing zum Trocknen an einer quer durch den Raum gespannten Leine. Über dem Herd prangte ein feuchter, dunkler Fleck. Abgesehen davon war der Raum peinlich sauber und aufgeräumt, was von Frau Zirners ständigem Kampf gegen die menschenunwürdigen Zustände in der Hacketäuer Kaserne zeugte.

»Fräulein Schwarz, wie nett von Ihnen, dass Sie heute noch gekommen sind.« Frau Zirner wischte sich die Hände an der Schürze ab. Sie war eine Frau Ende vierzig, mit einem müden, verbrauchten Gesicht. »Ich mache mir solche Sorgen um die Hanni! Sie ist weggelaufen und war die ganze Nacht nicht zu Hause. Dabei war sie in der letzten Woche so fleißig, hat viel für die Schule gelernt ... Und die Frau Kriminalrätin kam am vergangenen Freitagnachmittag sogar hier vorbei. Sie hatte wohl was in Mülheim zu tun. Sie sagte, dass sie eine pensionierte Lehrerin kennt, die Hanni auch mit der

Schule helfen würde. Die Hanni war ganz stolz und verlegen. Und sie hat versprochen, sich richtig anzustrengen.«

Ja, Clara Wiener lag wirklich sehr viel an dem Mädchen. Aber dass Hanni wieder fortgelaufen war, hörte sich nicht gut an. »Gibt es denn einen Grund, weshalb Hanni das gemacht hat?«

»He, ihr beiden, raus mit euch.« Frau Zirner zerrte zwei kleine Jungen vom Boden hoch, die dort mit lautem Gekreische Autorennen gespielt hatten. Dann öffnete sie die Tür zum Flur und rief: »Margarethe!« Ein blondes hübsches Mädchen, das Hanni sehr ähnlich sah, erschien mit mürrischem Gesicht.

»Geh mit den beiden nach draußen zum Spielen, sie machen mich noch verrückt.« Frau Zirner schubste die beiden Kleinen in Richtung des Mädchens.

»Die Hanni will sich doch nur wichtigmachen.« Das Mädchen schob die Unterlippe vor. »Deshalb ist sie nicht nach Hause gekommen.«

»Sag das nicht noch mal!« Frau Zirner hob drohend die Hand.

»Margarethe, geh bitte mit deinen Brüdern hinaus, damit ich in Ruhe mit deiner Mutter sprechen kann«, schaltete sich Ira ein. »Aber bleib im Hof, denn ich will dir später auch noch ein paar Fragen stellen.«

»Na gut …« Das Mädchen zuckte mit den Schultern und verschwand mit den Jungen.

»Gibt es einen Grund, weshalb Hanni weggelaufen sein könnte?«, wiederholte Ira.

»Wir haben uns gestern Abend heftig gestritten, weil sie

morgen unbedingt zur Party von 'ner Freundin gehen will.« Frau Zirner ließ sich auf einen Stuhl sinken. Ira setzte sich ebenfalls. »Ich hab's ihr aber verboten, weil's dort ganz bestimmt Alkohol und Drogen geben wird. Ich hab einfach Angst, dass sie in schlechte Gesellschaft gerät. Ich war müde nach der Arbeit, ich war den ganzen Tag lang putzen.« Frau Zirner blickte Ira unglücklich an.

»Das ist verständlich.« Ira nickte.

»Und als die Hanni geschrien hat, dass sie auf jeden Fall gehen wird, hab ich die Geduld verloren und sie geohrfeigt. Hanni ist aus der Wohnung gerannt. Das macht sie öfter mal. Aber deshalb ist sie noch nie über Nacht fortgeblieben.«

»Hatte Hanni eine Tasche dabei?«

»Nein, sie hat nur ihre Jacke übergezogen.«

»Hat sie sich mal wieder so freizügig angezogen wie letzte Woche, als ich sie auf der Kirmes getroffen habe?«

»Ich hab ihr das Schminkzeug und das kurze Kleid weggenommen. Und ich bin mir sicher, dass sie das nicht mehr gemacht hat. Die Hanni hat sich wirklich in der Schule angestrengt und ist zur Nachhilfe zu diesen Studenten hier in der Kaserne gegangen.«

»Könnte sie nicht bei einer Freundin übernachtet haben?«

»Bei ihren Freundinnen war ich doch schon längst, Fräulein Schwarz.« Frau Zirner schüttelte den Kopf.

»Ich würde gern einmal einen Blick auf Hannis Sachen werfen.«

»Natürlich, Fräulein Schwarz.« Frau Zirner geleitete Ira

in ein angrenzendes Zimmer, in dem zwei Stockbetten und ein wackeliger Schrank standen und das sich Hanni wohl mit Margarethe und zwei kleinen Schwestern teilte. An einer Wand hingen Fotos von Stars und Bands, die aus Illustrierten herausgerissen waren. Ein vielleicht fünf Jahre altes Mädchen hockte auf dem Boden und blätterte in einem zerfledderten Bilderbuch. Es betrachtete Ira stumm aus großen Augen.

Frau Zirner öffnete eine Schranktür. »Diese Seite gehört Hanni.«

Am Boden lag die rote Tasche aus Lackleder, mit der Ira Hanni auf der Kirmes erwischt hatte. Ira nahm sie heraus und öffnete sie. Taschentücher und ein kleiner Kosmetikspiegel. Keine Geldbörse. Das was alles.

Rasch durchsuchte sie noch die wenigen Kleidungsstücke auf den Bügeln. Auch darin fand sich nichts, was einen Aufschluss darüber hätte geben können, wo sich Hanni befand.

»Kommt die Hanni nicht wieder?« Das kleine Mädchen steckte den Daumen in den Mund.

»Natürlich kommt sie zurück«, erwiderte Frau Zirner scharf. »Frag doch nicht so was Dummes.«

Das Mädchen begann zu weinen. Frau Zirner schien das Kind ärgerlich anfahren zu wollen, nahm es dann jedoch in den Arm, und ihr standen nun selbst die Tränen in den Augen. »Ich schaff das einfach nicht mit den Kindern. Mein Mann kommt erst in ’nem Monat wieder nach Hause, und wenn ich ihn anrufe und ihm sage, dass die Hanni verschwunden ist, dann behauptet er bestimmt, dass alles meine Schuld ist.« Sie ließ sich mit dem Mädchen auf eines der beiden unteren Stockbetten sinken.

Ja, gut möglich, dass der Ehemann so reagieren würde. Ira hatte das schon öfter erlebt. Die Männer ließen die Frauen mit den Kindern allein, und wenn dann etwas schiefging, lag es nie an ihnen.

»Das gehört der Hanni.« Das kleine Mädchen deutete plötzlich auf etwas, das von dem Kopfkissen halb verdeckt wurde. Ira hob das Kissen an. Ein Groschenroman aus den 1950er-Jahren mit dem Titel »Die Greiferin« lag darunter. Er handelte von einer Polizeibeamtin, die in Verkleidung zahlreiche Abenteuer erlebte. Hanni musste es auf irgendeinem Trödel erworben haben. Anscheinend interessierte sie die Arbeit der Weiblichen Kriminalpolizei doch, auch wenn sie an dem Abend, als Ira ihr nach der Kirmes in der Gaststätte ins Gewissen geredet hatte, das Gegenteil behauptet hatte.

Ira war berührt. Sie legte der Mutter die Hand auf den Arm. »Frau Zirner, ziehen Sie bitte Ihren Mantel an. Ich begleite Sie zur nächsten Polizeiwache, Sie müssen eine offizielle Vermisstenmeldung aufgeben.«

»O Gott …« Frau Zirner sah sie erschrocken an. »Ich will nicht, dass die Hanni wieder Ärger mit der Polizei bekommt.«

»Das wird sie nicht, ich verspreche es Ihnen. Aber die Vermisstenmeldung ist nötig, damit nach ihr gesucht wird.«

Frau Zirner nickte und wischte sich über die Augen.

Gottlob war Hanni kein Junge. Blond, wie sie war, wäre Ira sonst außer sich vor Sorge gewesen. Trotzdem hatte sie ein sehr ungutes Gefühl.

35. Kapitel

Am späteren Abend hielt Ira einen Waschlappen unter den warmen Wasserstrahl und seifte ihn ein. Bevor sie mit Georg aß, wollte sie sich schnell frisch machen. Vorhin war sie noch in den Jugendzentren in Köln-Mülheim und in Deutz gewesen und hatte sich nach Hanni erkundigt. Doch vergebens. Niemand hatte das Mädchen dort gesehen.

Hoffentlich hat Hanni auf der Kirmes ihre Lektion gelernt und versucht nicht wieder, sich an Männer heranzumachen, dachte Ira. Wenn sie nicht bis morgen wieder aufgetaucht war, würde sie, Ira, mit ihren Freundinnen sprechen. Gut möglich, dass die der Mutter etwas verschwiegen hatten.

Ira war eben in ein frisches Unterhemd geschlüpft, als die Türglocke klingelte. »Georg, siehst du bitte mal nach, wer da ist?« Sie öffnete die Badezimmertür einen Spaltbreit.

»Mach ich.« Schritte im Flur in Richtung Küche. Der Geruch von Dosenravioli wehte ins Bad. Gleich darauf wieder Georg. »Ein Mann will dich sprechen.«

»Christoph?« Aber Christoph war doch für ein paar Tage im Auftrag seiner Rechtsanwaltskanzlei in Frankfurt. War er etwa früher zurückgekommen? Irgendwie hätte sie sich mehr freuen sollen, ihn zu sehen. Aber wahrscheinlich lag das an ihrem immer noch schlechten Gewissen, weil sie sich gewünscht hatte, sie und Ben Weber würden sich küssen.

»Nee, ein dufter Typ mit langen Haaren.«

»Was?« Ira zog ihren Pullover über. Sie rannte in die Küche und beugte sich aus dem Fenster. Wenn man vom Teufel sprach beziehungsweise an ihn dachte ... Unten stand Ben Weber.

»Ein Zeuge ist aufgetaucht, ich will mich mit ihm unterhalten. Falls Sie mitkommen wollen, müssen Sie sich beeilen!«, rief er zu ihr herauf.

»Klar komme ich mit.«

»Viel Spaß mit dem Typen!« Georg grinste sie an. »Ich mach mir keine Sorgen, wenn du heute Nacht nicht nach Hause kommst.«

»Blödmann.« Ira bedachte ihren Bruder mit einem vernichtenden Blick. Dann schnappte sie sich Tasche und Jacke und eilte die Treppe hinunter.

»Der junge Mann, der Klaus Bartels möglicherweise ein Alibi geben kann, ist vorhin ins Himmel und Hölle gekommen«, sagte Ben Weber gleich darauf unten auf der Straße. »Der Barmann hat mich eben angerufen.« Er hatte Ira auf der Fahrt nach Münster von seiner Recherche im Himmel und Hölle erzählt.

»Das ist gut. Sind Sie denn in Bezug auf das Kennzeichen weitergekommen?«

»Ich arbeite daran. Und wie war der Tag bei Ihnen?« Er öffnete ihr die Beifahrertür des Citroën. »Sie wirken ein bisschen mitgenommen. Wenn Sie mir die offene Bemerkung gestatten.«

Manchmal war Ben Weber erstaunlich sensibel. »Hanni, das Mädchen von der Kirmes, ist seit gestern Abend nach einem Streit mit ihrer Mutter verschwunden.«

»Ich erinnere mich gut an sie.« Ben Weber sah Ira rasch an, bevor er sich wieder auf den Verkehr konzentrierte. Wie immer war abends am Eigelstein viel los. Autos krochen die Straße entlang – die Fahrer hielten offensichtlich Ausschau nach Prostituierten –, und die üblichen Kneipenschwärmer waren auch unterwegs. »Hat Hanni denn Geld mitgenommen?«

»Ihr Geldbeutel war nicht in ihrer Handtasche. Sie hat ihn wohl eingesteckt.«

»Vielleicht hat sie sich in einen Zug gesetzt und wird an einem Bahnhof aufgegriffen. Es wird in der Presse doch bestimmt eine Suchmeldung veröffentlicht. Ich kümmere mich darum, dass das Foto des Mädchens im Rheinischen Anzeiger prominent platziert wird.«

»Das wäre gut, danke für Ihre Hilfe.« Ben Weber schien wirklich an Hanni gelegen zu sein.

Ira lächelte ihn an und versuchte, die bedrückenden Gedanken beiseitezuschieben. Die Kollegen waren alarmiert und hielten Ausschau nach dem Mädchen. Im Moment konnte sie nichts für Hanni tun. Aber vielleicht für Klaus Bartels.

Kurze Zeit später hatten sie die Altstadt mit ihren engen Gassen erreicht, und nachdem Ben den Citroën in einer

Ausbuchtung geparkt hatte, gingen sie die Stufen zum Himmel und Hölle hinunter.

Ben betätigte die Klingel. Ein Fenster in der Eingangstür wurde geöffnet. »Ich bin mit Katja befreundet.« Er beugte sich zu dem Kontrolleur und deutete dann auf Ira. »Und das ist auch eine Freundin.«

»Ich frag mal nach.« Der Türsteher verschwand, und das Fenster schlug zu.

Die Luft in der Gasse nahe am Rhein war feucht und kalt. Ira vergrub sich tiefer in ihrer Jacke. Hoffentlich befand sich Hanni an einem warmen, sicheren Ort.

»Sind Sie eigentlich schon mal hier gewesen?« Ben Weber schnippte seine Zigarettenkippe in den Rinnstein.

»Nein, da das Lokal überwiegend von Männern frequentiert wird, ist die Weibliche Kriminalpolizei hier selten aktiv. Ich kenne es nur vom Hörensagen. Haben Sie eigentlich einen Plan?«

»Ich versuche, Klaus Bartels' Freund anzumachen und ihn abzuschleppen, und Sie folgen uns unauffällig.« Ben Weber zuckte mit den Schultern.

»Super Idee, die allerdings nur funktioniert, wenn der Freund auf Sie steht.«

»Warten Sie's ab.«

»Sie sind mal wieder sehr von sich überzeugt.«

Die Tür wurde geöffnet. »Alles in Ordnung, Sie können reinkommen«, bedeutete ihnen der Kontrolleur.

Ira folgte Ben durch das Lokal. Mit all den Putten an den Wänden wirkte es wirklich sehr schrill und ungewöhnlich. Sie ließen sich an der Bar nieder. Der Barkeeper, ein sehr sorgfältig zurechtgemachter Transvestit, nickte Ben Weber leicht zu und deutete dann unauffällig auf einen rothaarigen jungen Mann, der ein feinknochiges Gesicht hatte und einsam an einem Tisch saß. Ben Weber schenkte Ira noch ein rasches zuversichtliches Lächeln, ehe er von dem Barhocker glitt und zu dem jungen Mann schlenderte.

Das konnte doch einfach nicht wahr sein! Ira war amüsiert, erleichtert und ärgerlich zugleich. Auch Männer schienen Ben Weber attraktiv zu finden. Klaus Bartels' Freund hatte auf seine Annäherungsversuche reagiert und heftig mit ihm zu flirten begonnen. Und nun, nach noch nicht einmal einer halben Stunde, verließen die beiden das Lokal.

Ira zog ihre Jacke an, griff nach der Handtasche und folgte ihnen. Als sie die Treppenstufen hinaufgegangen war, verschwanden die zwei Männer gerade in dem Citroën. Sie eilte hin, öffnete eine der hinteren Türen und schlüpfte auf den Rücksitz.

»Hör mal, Tobias, es tut mir sehr leid, aber ich hab dir was vorgemacht, ich bin nicht schwul«, sagte Ben Weber gerade.

»Bist du etwa von der Polizei?« Panik schwang in der Stimme des jungen Mannes mit.

»Seh ich so aus? Nein, natürlich nicht, ich bin Journalist. Ich möchte nur in Ruhe mit dir sprechen, und ich befürchte, dass du, wenn ich dir das in dem Lokal offen gesagt hätte, weggerannt wärst.«

»Wer ist die denn?« Tobias' Kopf fuhr zu Ira herum. »Das ist 'ne Falle!« Er stieß die Tür auf, wollte aus dem Wagen springen. Ira hatte das vorausgesehen. Sie war schneller und stellte sich vor die Beifahrertür.

»Tobias, es geht um Klaus Bartels«, sagte sie eindringlich. »Wahrscheinlich haben Sie mitbekommen, dass er wegen des Mordes an einem Jugendlichen verhaftet wurde. Wir möchten nur gern wissen, wie lange Sie mit ihm in der Mordnacht zusammen waren.«

»Sie sind doch von der Polizei!« Voller Angst und Verachtung sah er sie an.

»Ich ja, ich arbeite für die Weibliche Kriminalpolizei, Ben Weber ist wirklich Journalist. Ich bin ohne das Wissen meiner Vorgesetzten hier, weil ich Klaus Bartels für unschuldig halte.«

»Ich habe Ihnen nichts zu sagen.« Tobias machte Anstalten, sich an Ira vorbeizudrängen. Ben Weber drückte ihn auf den Sitz nieder und hielt ihn fest. »Tobias, bitte!«

»Du mieses Schwein.« Der junge Mann schluchzte fast.

»Tobias«, Ira beugte sich zu ihm, »wahrscheinlich können Sie Klaus Bartels ein Alibi für den Zeitraum des Mordes geben. Wollen Sie denn, dass er für eine Tat verurteilt wird, die er nicht begangen hat?«

»Nein, natürlich nicht.«

»Dann sprechen Sie doch mit uns!«

Er fuhr sich mit den Händen über das Gesicht, rang sichtlich mit sich. »Gut, aber ich werde Ihnen weder meinen Nachnamen noch meine Adresse nennen«, sagte er schließlich.

»Lasst uns in die Kneipe dort vorn gehen.« Ben Weber stieg aus dem Wagen. »Dort lässt es sich besser reden.«

In der Kneipe war es eng und voll, aber in einem Winkel fanden sie einen freien Tisch. Ein Kellner stellte ungefragt drei Kölsch vor sie hin.

»Ich werde nicht vor Gericht aussagen.« Tobias sah Ira an, Ben Weber ignorierte er. »Lieber bringe ich mich um. Wenn herauskommt, dass ich homosexuell bin, sind meine Karriere und mein Leben ruiniert.« Er senkte den Kopf.

Wahrscheinlich war seine Angst allzu berechtigt. Wenn doch nur der berüchtigte Paragraf 195, der Homosexualität bis hin zu einer Gefängnishaft unter Strafe stellte, endlich abgeschafft würde!, dachte Ira.

»Wir wollen wirklich nur über den Abend mit Ihnen sprechen, an dem Wolfgang Scholzen ermordet wurde«, sagte sie sanft.

»Wir haben uns nach acht im Himmel und Hölle getroffen und was getrunken.« Tobias zuckte mit den Schultern. »Wir sind dann bald gegangen. In ein Hotel am Bahnhof.«

Ira wollte lieber nicht nachhaken, was für ein Hotel das gewesen war, denn vermutlich würde Tobias sich dann weigern, sich weiter mit ihnen zu unterhalten.

»Und dann?«, fragte sie stattdessen nur.

»Wir, na ja, Sie wissen schon …« Er lächelte schief. »Wir sind dann nach einer Stunde musste ich weg. Zu einem geschäftlichen Treffen.«

»Das war aber ein kurzes Beisammensein«, bemerkte Ben Weber. Ira trat ihm gegen das Bein. Er sollte das Gespräch besser ihr überlassen. Tatsächlich verschloss sich Tobias' Miene prompt.

»Tobias, ich kann Ihnen das mit dem geschäftlichen Termin aber auch nicht so richtig glauben«, sagte sie behutsam. »Sind Sie denn wirklich so bald aufgebrochen?«

»Ja.« Er legte die Hände um sein Glas.

Ira wechselte einen raschen Blick mit Ben Weber. Wenn das stimmte, hatte Klaus Bartels doch kein Alibi.

»Und warum sind Sie so früh schon fort?«

»Ich ... weil ... Ich wollte mit Klaus Schluss machen. Und mit meiner Homosexualität. Es sollte das letzte Mal sein, dass ich ...« Er senkte wieder den Kopf.

»Aber heute Abend waren Sie wieder im Himmel und Hölle ...«

»Ich schaffe es nicht. Ich schaffe es nie! Ich versuch's immer wieder ...« Seine Stimme klang verzweifelt. »Dabei will ich wirklich aufhören. Auch damit, mich als eine Frau zu verkleiden.«

Ira benötigte einen Moment, bis sie begriff. »Sie verkleiden sich als eine Frau?«

»Mein Gott, ja. Ich weiß selbst, dass das pervers ist.«

»Darum geht es mir nicht. Ich möchte nur wissen, ob Sie sich, bevor Sie sich mit Klaus Bartels getroffen haben, auch verkleidet haben?«

»Ja.«

»Haben Sie denn auch eine Perücke getragen?«

»Eine Perücke, Stöckelschuhe, Strapse ... Sind Sie jetzt zufrieden?« Sein bitteres Auflachen klang fast wie ein Schluchzen.

»Welche Farbe hatte die Perücke?«

»Braun, und die Haare gingen mir bis zu den Schultern. Mir reicht's jetzt.« Tobias sprang auf. Das Glas Kölsch kippte um, und der Inhalt ergoss sich über den Tisch. Er schob einen Mann, der ihm entgegenkam, grob zur Seite und stürmte aus der Kneipe.

»Penner!«, schrie der Mann ihm hinterher.

»Ach, verdammt.« Ira sah Tobias betreten nach.

»Das kann man wohl sagen.« Ben Weber lehnte sich auf seinem Stuhl zurück. »So wie es aussieht, hat Klaus Bartels also für den Zeitraum, in dem Wolfgang Scholzen umgebracht wurde, *kein* Alibi. Und ich möchte mir noch nicht mal ansatzweise vorstellen, was ein Staatsanwalt aus der Tatsache machen würde, dass der Mann, mit dem Klaus Bartels im Bett war, kurz vorher eine Perücke getragen hat. Jetzt hätten die künstlichen Haare, die auf der Kleidung des Jungen gefunden wurden, auf einmal eine sehr große Beweiskraft.«

»Ich muss das melden.« Ira fühlte sich elend.

»Sind Sie verrückt? Damit wäre Klaus Bartels' Verurteilung besiegelt.« Ben Weber fuhr sie wütend an.

»Ich weiß, aber ich kann Aussagen, nur weil sie mir nicht gefallen, nicht für mich behalten.« Ira schüttelte den Kopf. »Damit wäre ich auch nicht besser als Hauptkommissar Steinert.«

»Das können Sie nicht machen!«

»Ich habe einen Eid geschworen.«

»Einmal ein Bulle, immer ein Bulle. Und ich habe wirklich gedacht, Sie sind anders.«

»Sie selbstgerechter, eingebildeter Scheißkerl! Ich habe es satt. Ich war völlig bescheuert, mich mit Ihnen einzulassen.« Ira funkelte Ben Weber wütend an. »Geh'n Sie doch zur Hölle.«

Ben Weber erwiderte ihren Blick ebenso zornig. Dann hob er die Hände. »Ira ...«

»Sie können mich mal!«

»Ira, es tut mir wirklich leid. Das war borniert und ungerecht.«

Sie forschte in seiner Miene. Er schien es ehrlich zu meinen.

»Sie sind manchmal so ein Blödmann.«

»Ich weiß ...« Er seufzte. »Aber Sie werden mir doch recht geben, dass diese verdammte Perücke in Kombination mit dem fehlenden Alibi für Klaus Bartels lebenslänglich bedeuten kann. Und der langhaarige, bärtige Mann, der Freddy vor dem Love Interest angesprochen hat, war er nun mal nicht. Außerdem kann Klaus Bartels die Morde in der Gegend von Münster und Osnabrück nicht begangen haben, denn damals war er noch ein Kind.«

»Das stimmt«, gab Ira zu. »Aber trotzdem kann ich das, was Tobias uns erzählt hat, nicht einfach verschweigen. Ich muss es zumindest Kriminalrätin Wiener mitteilen.«

»Geben Sie uns doch noch drei, vier Tage Zeit! Vielleicht finden wir bis dahin eine entscheidende Spur.«

»Drei Tage, nicht mehr«, stimmte Ira schließlich zögernd zu.

36. Kapitel

Samstag, dreizehnter Tag

Warum musste sie nur ausgerechnet an diesem Samstag Dienst haben? Ira starrte zum Fenster ihres Büros hinaus. Sie konnte sich einfach auf nichts konzentrieren. Das frustrierende Gespräch mit Tobias verfolgte sie nun schon den ganzen Vormittag.

Statt Klarheit in Bezug auf Klaus Bartels' Alibi zu bringen, hatte es sie nur vor neue Probleme gestellt. Höchstwahrscheinlich hatte ein Serienmörder zwei Jungen in Köln umgebracht und noch mindestens zwei weitere Morde begangen. Aber sie waren ihm, diesem Phantom, das sich wie ein Chamäleon den Jugendlichen anzupassen verstand, noch keinen Schritt näher gekommen. Ihre einzige Hoffnung war jetzt die Autonummer K-IN. Wenn diese Spur auch nicht weiter führte, hatte sie einfach keine Idee, wie sie und Ben Weber noch weiter ermitteln sollten.

»Tag, Ira.« Walter Sievers pochte an die offen stehende Tür zu ihrem Büro. Sein rundes Gesicht sah ernst und besorgt aus. »Du, ich hab gehört, dass Hanni Zirners Jacke vorhin im Stadtwald gefunden wurde.«

Ira erschrak. Die Jacke hatte das Mädchen ganz bestimmt nicht freiwillig weggeworfen. »Ist es ganz sicher Hannis?«

»Ja, ihr Ausweis hat darin gesteckt. Das Gebiet soll jetzt weiträumig abgesucht werden. Ich bin auch dabei. Die Kollegen versammeln sich schon bei den Bussen.«

»Du sagst mir Bescheid, wenn du Näheres weißt?«

»Klar, mach ich.« Walter klopfte bekräftigend an den Türrahmen. »Ich sag ja immer, Unkraut vergeht nicht. Die Kleine ist bestimmt noch am Leben.« Er lächelte Ira noch aufmunternd an, ehe er ging.

Ira blickte auf ihre Armbanduhr. Kurz vor eins. Sie würde Mittagspause machen und zum Stadtwald fahren. Vielleicht konnte sie ja wenigstens dort etwas bewirken.

Schwere Schritte ertönten auf dem Flur. Dann stand eine massige Gestalt im Türrahmen – Steinert.

»Kriminalhauptmeisterin Schwarz.« Ein Unterton schwang in seiner Stimme mit, der Ira Angst machte.

»Herr Hauptkommissar ...« Sie schluckte hart und erhob sich von ihrem Stuhl.

Steinert schloss die Tür und kam auf sie zu, baute sich vor dem Schreibtisch auf. »Ich habe eben einen höchst merkwürdigen Anruf von dem Kollegen Melzer aus Münster erhalten. Er sagte, er habe vorgestern mit einer Kriminalhauptmeisterin Schwarz gesprochen, die ich zu ihm geschickt habe wegen eines alten Falls, den er mal bearbeitet hat.«

O nein, nicht das ... Sie hatte so gehofft, dass Hauptkommissar Melzer nach ihrem Gespräch nicht noch einmal versuchen würde, die Kölner Kollegen zu kontaktieren.

»Und nun, so Melzer, da allem Anschein nach derselbe Serienmörder in Köln und in Münster und Umgebung sein Unwesen treibe, habe ihm dies keine Ruhe gelassen, und er habe mit Polizeistellen im Umland telefoniert und dabei erfahren, dass ein weiterer Mord ähnliche Merkmale aufweise, nämlich der an einem Jungen namens Otmar Carstensen, begangen 1960 südlich von Osnabrück.« Hauptkommissar Steinerts Tonfall war sehr ruhig, beinahe belustigt, was jedoch viel furchteinflößender wirkte, als wenn er Ira angeschrien hätte. »Auch dieser Junge sei zu Tode geprügelt worden und, möglicherweise, habe der Täter den Toten dann angezündet. Der Leichnam sei stark verwest gewesen, als man ihn fand. Leider habe man es damals unterlassen, ihn auf Brandspuren zu untersuchen. Er, Melzer, werde mir gern eine Kopie des Obduktionsberichts zukommen lassen. So weit die spannende Geschichte des Kollegen aus Münster.« Jetzt schwieg Steinert, sah Ira nachdenklich an. »Ich kann mich nicht daran erinnern, Sie zu Melzer geschickt zu haben, Kriminalhauptmeisterin Schwarz«, sagte er nach einer lastenden Pause.

»Ich ... ich ...« Ira suchte fieberhaft nach einer Ausrede. Aber es gab einfach nichts Plausibles, das sie hätte vorbringen können.

»Ich kann es immer noch nicht glauben, dass Sie junges dummes Ding es gewagt haben, mich so zu hintergehen.« Urplötzlich war Steinerts Tonfall schneidend geworden.

Wenigstens wusste er nicht, dass sie mit Ben Weber unterwegs gewesen war.

»Es tut mir leid, ich wollte einfach herausfinden, ob der

Mörder, der Wolfgang Scholzen und Axel Schneider auf dem Gewissen hat, nicht auch noch andere Morde verübt hat.«

»Begreifen Sie es doch endlich! Das sind alles Hirngespinste. Es gibt keinerlei Zusammenhang zwischen den Taten. Bartels hat Wolfgang Scholzen umgebracht und niemand sonst.«

»Aber ... Die Jungen waren alle etwa im selben Alter und alle blond, hübsch. Zwei Opfer wurden nach ihrem Tod angezündet und alle brutal erschlagen.«

»Haben Sie es immer noch nicht verstanden? Ihre Meinung, Kriminalhauptmeisterin, ist nicht von Belang. Und jetzt verschwinden Sie aus dem Präsidium. Polizeipräsident Achern soll entscheiden, was mit Ihnen geschehen wird.«

Steinert konnte doch nicht einfach so damit durchkommen ... Jemand musste sich ihm doch in den Weg stellen ... Der Eid, den sie geschworen hatte, verpflichtete sie schließlich auch, die Unschuldigen zu beschützen. Nein, sie war anders als ihr Vater!

»Sie wollen nicht, dass es einen Serienmörder gibt, nicht wahr?«, hörte sie sich sagen. »Denn bei einem über zwölf Jahre zurückliegenden Mord könnte Klaus Bartels nicht der Täter sein. Er war damals noch ein Kind.«

»Wollen Sie etwa behaupten, ich würde Beweise missachten?«

»Aber das tun Sie doch gerade!« Ira ballte die Hände zu Fäusten. Ihr war eiskalt, gleichzeitig brach ihr der Schweiß aus. Aber sie hielt seinem Blick stand.

Hauptkommissar Steinerts Augen verengten sich. »Passen Sie auf, was Sie da von sich geben, Sie neunmalkluges

Fräulein. Vielleicht sitzen wir uns ja schon bald bei einer Vernehmung gegenüber. Allein …«

Es war sein Grinsen, das Ira jede Vernunft und jede Vorsicht vergessen ließ. »Würden Sie mich dann auch … auch vergewaltigen wie die schutzlosen Frauen, die Sie während des Krieges festgenommen haben?«, entfuhr es ihr. Die Worte schienen in dem Büro nachzuhallen. Hatte sie dies wirklich laut ausgesprochen? Ihr Herz klopfte wie rasend.

Steinert starrte sie an. In einem Nachbarbüro telefonierte eine Kollegin. Irgendwo klapperte eine Schreibmaschine. »Raus hier!« Er deutete auf die Tür.

Ja, nur weg aus diesem Büro, weg von Steinert. Ira schlüpfte in ihre Jacke und hängte ihre Tasche um. Sie hatte die Tür fast erreicht, als sie aus dem Augenwinkel wahrnahm, wie Steinert sich auf sie zubewegte. Instinktiv versuchte sie, ihn abzuwehren, doch zu spät. Er packte sie und drückte sie gegen die Wand. Mit der Hand presste er ihr die Kehle zu.

»Du miese kleine Fotze …« Seine Augen waren kalt und voller Wut. Er fasste ihr grob zwischen die Beine, drängte seinen Unterleib gegen ihren. Durch den Stoff konnte sie sein hartes Glied fühlen.

Ira wollte schreien. Aber sie bekam keinen Ton heraus. Ihre Hände griffen ins Leere. Sie vermochte nicht mehr zu atmen, sich nicht zu bewegen, sein Gewicht war zu schwer. Dann, urplötzlich, ließ er sie los.

Iras Beine gaben unter ihr nach, und sie rutschte an der Wand hinab. Sie keuchte, hustete, rang nach Atem.

»Lass dir das eine Lehre sein, du Miststück.« Ohne sie

noch eines weiteren Blickes zu würdigen, verließ Steinert das Büro.

• • •

Noch war sein Entführer nicht wiedergekommen. Noch lebte er. Aber es war nur eine Frage der Zeit, bis er ihn töten würde. Und auch wenn den Mann ein Unfall oder sonst etwas daran gehindert hatte, seinen Plan zu Ende zu bringen – bis man ihn, Andreas, fand, würde er längst verhungert und verdurstet sein. Seine Haut an Bauch und Rücken war schon ganz wund, so oft hatte er an dem Strick um seine Leibesmitte gezerrt. Andreas schluchzte, versuchte, den brennenden Schmerz zu ignorieren. Er zog erneut an dem Strick, hielt inne. Zerrte abermals. Wieder und wieder. Irgendwann vernahm er ein Geräusch, als würde sich ein Haken in einer Wand lockern. Fast gleichzeitig ließ die Spannung in dem Seil nach, und er rutschte ein Stück über den Boden. Wimmernd vor Erleichterung und vor Schmerzen blieb er liegen. Und ... Er blinzelte, die Binde über seinen Augen hatte sich ein bisschen verschoben. Ein schmaler Lichtstreifen dicht am Boden. Dort war eine Tür.

• • •

Irgendwie hatte Ira es vom Polizeipräsidium nach Hause geschafft. Im Badeofen war noch ein Rest warmes Wasser vom Vortag gewesen. Sie hatte es in die Wanne gelassen, sich hineingesetzt und abgeschrubbt, um Steinerts ekelhafte Berührung und seinen Geruch loszuwerden. Aber sie fühlte sich immer noch elend und beschmutzt, und sie konnte kaum glauben, dass er *das* getan hatte – mitten im Polizeipräsidium. Am liebsten hätte sie sich in ihrem Zimmer verkrochen, die Tür abgeschlossen und die Bettdecke über den Kopf gezogen. Aber wenn sie ihrer Furcht jetzt nachgab, würde sie sich wahrscheinlich nie ganz davon befreien können. Und diesen Triumph sollte Steinert nicht haben.

Mühsam raffte sie sich auf, verließ die Wohnung und schwang sich auf ihr Fahrrad. Hoffentlich war Kriminalrätin Wiener schon von der Tagung zurück, und hoffentlich konnte sie mit ihr sprechen, bevor Steinert oder Achern die Gelegenheit dazu fanden! Die Vorgesetzte sollte sie nicht verurteilen, ehe sie, Ira, die Gelegenheit bekommen hatte, sich zu erklären ...

Mittlerweile dämmerte es schon. An dem Kanal und in der kleinen Grünanlage in Lindenthal waren nicht viele Menschen unterwegs. Sonst ängstigte Ira sich hier auch im Dunkeln nicht, aber nun war sie froh, als sie beides hinter sich gelassen hatte.

Ira hatte eben die Straße erreicht, in der Clara Wiener wohnte, als ein Stück vor ihr eine Frau aus einem Mercedes stieg. Sie ging schnell und zielstrebig, mit weit ausgreifenden Schritten. Ira war schon fast an der Frau vorbeigeradelt, als sie ihre Vorgesetzte erkannte.

»Frau Kriminalrätin!« Ira hielt an. Gott sei Dank, die Vorgesetzte war wieder in Köln!

Clara Wiener blieb stehen. Das Licht einer Straßenlaterne fiel auf sie. Sie blickte Ira an, als wäre sie eine fremde

Person. Ihre Miene war irgendwie starr, nicht freundlich und offen wie sonst.

Hatte die Vorgesetzte etwa schon von ihrem Vergehen erfahren, und war sie böse auf sie? »Frau Kriminalrätin ...«, wiederholte Ira erschrocken.

»Ira, entschuldigen Sie, ich war mit meinen Gedanken gerade meilenweit entfernt.« Clara Wiener schüttelte sich leicht. Tatsächlich wirkte sie so, als müsste sie sich erst ihre Umgebung vergegenwärtigen. »Ich habe auf der Rückfahrt nach Köln im Radio von Hanni Zirners Verschwinden erfahren und war deshalb kurz im Präsidium, um mich zu erkundigen, ob es neue Erkenntnisse gibt. Auf dem Flur bin ich Hauptkommissar Steinert begegnet und habe von ihm gehört, dass Sie vom Dienst suspendiert sind. Sie sollen hinter seinem Rücken auf eigene Faust ermittelt haben. Ich konnte es kaum glauben.«

»Darüber möchte ich gern mit Ihnen sprechen.«

»Was haben Sie sich nur dabei gedacht?« Die Kriminalrätin strich immer wieder über ihre Hände, als würde sie sie massieren – oder eine unsichtbare Creme einreiben. Die Geste wirkte, als wollte sie sich damit selbst beruhigen, und sie versetzte Ira einen Stich. Ihr Verhalten hatte die Vorgesetzte offensichtlich sehr getroffen.

»Es tut mir so leid! Aber ... Aber ... Das lässt sich wirklich nicht mit ein paar Sätzen erklären«, stammelte sie.

»Dann kommen Sie mit.« Clara Wiener wies auf ein verwinkeltes Haus aus der Gründerzeit. Ira folgte ihr beklommen.

Clara Wiener führte sie in die Erdgeschosswohnung und

dort in ein kleines Arbeitszimmer. Die Regale reichten vom Boden bis zur Decke. Es gab einen Schreibtisch, auf dem einer der für sie so typischen farbenfrohen Blumensträuße stand. Das Fenster ging zum Garten hinaus. Ein Baum war in der Dunkelheit schemenhaft zu erkennen. Die Kriminalrätin drehte die Heizung an.

»Setzen Sie sich, Ira.« Clara Wiener deutete auf einen rostfarbenen Sessel neben einem niedrigen Tisch. Nun war sie wieder ganz beherrscht und souverän, wie Ira sie kannte.

Ira nahm Platz, und die Kriminalrätin ließ sich ihr gegenüber nieder und schlug die Beine übereinander. Sie trug einen Rollkragenpullover und einen eleganten Hosenanzug. Wahrscheinlich war ihr deshalb ihr Gang so ungewohnt vorgekommen. Ira hatte die Vorgesetzte bisher nur selten in Hosen gesehen.

»Ich hätte nicht gedacht, dass ich ein paar Tage lang an einer Fortbildung teilnehme und noch bevor ich wieder richtig im Dienst bin, von der Suspendierung einer meiner Beamtinnen erfahren muss.« Die Stimme der Vorgesetzten war ungewohnt streng.

Ira schluckte. »Bitte entschuldigen Sie mein Verhalten. Darf ich kurz fragen ... Gibt es denn Neuigkeiten von Hanni Zirner? Hat die Suche im Stadtwald etwas ergeben?«

»Nein, man hat sie leider nicht gefunden. Aber es geht jetzt um Sie, Ira, und nicht um Hanni.«

»Ich wollte auch nicht von mir ablenken. Ich mache mir nur Sorgen.«

»Das weiß ich.« Clara Wieners Tonfall wurde milder. »Also, was haben Sie mir zu sagen?«

»Ich hatte Grund zu der Annahme, dass der Mord an Wolfgang Scholzen mit dem Mord an einem anderen jungen Mann zusammenhing.« Ira erzählte Clara Wiener von Annie Eggers und dass die ältere Frau ihren verschwundenen Freund gesucht und schließlich den Leichnam in der Industrieruine in Ehrenfeld gefunden hatte. »Sie hat mir erzählt, dass der tote Junge Wolfgang Scholzen ähnlich sah. Beide waren auch etwa gleich alt. Und dann gab es auch noch einen langhaarigen, bärtigen Mann, der blonde Jungen vor der Diskothek Love Interest am Ring ansprach. Bei einem Jungen hat der Mann versucht, ihn mit dem Angebot, ihm seinen Lieblingssong vorzuspielen, in seinen Wagen zu locken. Ich habe Hauptkommissar Steinert über all das informiert. Aber es hat ihn überhaupt nicht interessiert. Ich bin dann zu Polizeipräsident Achern gegangen, aber auch er hat mich wieder weggeschickt.«

»Und deshalb haben Sie beschlossen, auf eigene Faust nach Münster zu fahren?« Ein Zittern durchlief Clara Wiener.

Wahrscheinlich fror sie, obwohl es eigentlich in dem Arbeitszimmer schon warm geworden war.

»Da war noch mehr. Ich habe Kopien der Röntgenbilder gesehen, die von den Skeletten der beiden Jungen angefertigt wurden. Beide wurden zu Tode geprügelt. Bei beiden waren viele Knochen gebrochen. Wenn Sie nicht bei der Fortbildung gewesen wären, wäre ich damit zu Ihnen gekommen. Aber Sie waren leider nicht da ...«

»Sie hätten warten können, Ira. Ich war ja nur ein paar Tage lang nicht anwesend.« Der Tadel war nicht zu überhören. Ach, sie hatte ja gewusst, dass Clara Wiener ihren Alleingang auch nicht gutheißen würde.

»Was genau haben Sie denn in Münster herausgefunden, Ira?« Clara Wiener bückte sich und holte das Cremedöschen aus ihrer Handtasche. Sehr langsam und sorgfältig begann sie, ihre Hände einzureiben.

Iras Magen verkrampfte sich. Jetzt musste sie die ganze Wahrheit gestehen. »Ich war nicht allein dort, Frau Kriminalrätin. Ich habe zusammen mit dem Journalisten Ben Weber recherchiert.«

»Ira, wie konnten Sie nur!« Die Stimme der Vorgesetzten war scharf und schneidend. Noch nie hatte Ira sie so aufgebracht erlebt.

»Ich weiß, wie sich das anhört. Aber Ben Weber hatte über ungeklärte Mordfälle in der Gegend von Münster recherchiert. Sie wiesen Ähnlichkeiten mit den Morden an Wolfgang Scholzen und Axel Schneider auf. Und ... Es hat sich bewahrheitet, dass die Morde nach dem gleichen Muster verübt wurden.«

Clara Wiener hörte Ira zu, ohne ein Wort zu sagen, während diese die Einzelheiten berichtete. Immer noch massierte sie die Creme in ihre Hände. Der Duft von Orange und Jasmin füllte den Raum, mischte sich mit dem der Blumen. Sonst mochte Ira den Geruch, aber diesmal legte er sich ihr schwer auf die Lungen.

»Möglicherweise hat ein Vertreter den Anfang des Autokennzeichens von Wolfgang Scholzens Mörder gesehen«, endete sie schließlich.

Das Schweigen der Vorgesetzten bedrückte sie. Hoffentlich tat Clara Wiener ihre Ermittlungen nicht auch einfach ab. Das hätte sie nicht ertragen.

Nach wenigen Sekunden hielt sie es nicht mehr aus. »Glauben Sie mir denn, Frau Kriminalrätin?«, fragte sie leise.

»Der Leichnam des einen Jungen, Manfred Gerlach, wurde auch am Rücken verbrannt?«, fragte Clara Wiener schließlich. Ihre Stimme war irgendwie flach und sehr hoch.

»Ja, das ist ganz sicher.« Ira nickte.

Die Vorgesetzte schien sich in sich zurückzuziehen, sie wirkte plötzlich wieder, als wäre sie meilenweit entfernt. Ein seltsamer Ausdruck, Schmerz oder Grauen, huschte über ihr starres Gesicht. Ira wagte kaum zu atmen.

Dann, auf einmal, sah die Vorgesetzte sie wieder an und war ganz präsent. »Ich halte Ihren Verdacht immerhin für so plausibel, dass er überprüft werden sollte.«

Gott sei Dank ... Ira wagte es kaum zu glauben.

»Ist noch etwas, Ira?«

»Ja ...«

»Was denn?«

Sollte sie es wirklich riskieren und der Vorgesetzten alles über Hauptkommissar Steinert erzählen? Andererseits, sie hatte ja ohnehin nichts mehr zu verlieren. Und wenn ihr irgendjemand im Präsidium glauben würde, dann die Kriminalrätin. »Es hat nicht direkt mit den Mordfällen zu tun. Aber als ich dieses Fräulein Eggers mit ins Präsidium nehmen wollte, um ihre Aussage zu dem Jungen aufzunehmen, nach dem sie gesucht und dessen Leichnam sie schließlich gefunden hatte, geriet sie in Panik, stürzte aus dem Haus und rannte vor einen Lieferwagen. Als ich mich das letzte Mal nach ihr erkundigt habe, lag sie leider immer noch im Koma.«

»Sie hatte so große Angst vor der Polizei, dass sie blindlings auf die Straße lief? Ira, übertreiben Sie jetzt nicht vielleicht die Reaktion der Frau?«

»Nein, wirklich nicht. Die Nachbarin nimmt an, Fräulein Eggers habe während des Krieges schlimme Erfahrungen im Polizeipräsidium gemacht. Ja, sie hat angedeutet, Fräulein Eggers sei dort Gewalt angetan worden.«

Clara Wiener hörte Ira wieder schweigend zu. Ihr Gesicht lag jetzt im Schatten, sodass Ira nicht darin lesen konnte.

»Ich habe Fräulein Eggers' Akte im Archiv des Polizeipräsidiums gefunden. Sie wurde verhaftet, weil sie Zigeunerin war, und wurde zwei Wochen lang wegen Schwarzhandels verhört, bevor sie in ein Konzentrationslager überstellt wurde. Der Polizeibeamte, der die Verhöre durchführte und die Überstellung dringend empfahl, war Hauptkommissar Steinert. Frau Kriminalrätin, er hat sie *zwei Wochen lang* verhört!«

»Wollen Sie damit sagen, dass er Fräulein Eggers in der Zeit vermutlich nicht nur verhört, sondern ihr auch Gewalt angetan hat? Sie *vergewaltigt* hat?«

Die Stimme der Kriminalrätin klang fast unnatürlich ruhig.

»Fräulein Eggers war sehr hübsch, ich habe ihr Foto in der Akte gesehen, und sie zwei Wochen lang wieder und wieder wegen Schwarzhandels zu verhören wäre doch sicher übertrieben gewesen! Damals hat man doch sehr schnell Urteile gefällt, auch wegen der Kriegslage.«

»Das ist eine schwere Anschuldigung gegen Hauptkommissar Steinert, die Sie da erheben.«

»Ich weiß, aber …« Ira stockte. Ihr graute es, von ihrem Erlebnis mit Steinert zu berichten. Wieder schämte sie sich, dass ihr dies widerfahren war.

»Aber was?«

»Ich habe den Hauptkommissar heute damit konfrontiert, als er mich wegen meiner Nachforschungen in Münster zur Rede gestellt hat. Es ist mir einfach so herausgerutscht. Und er … er …« Iras Stimme brach.

»Ja? Lassen Sie sich Zeit, Ira.«

»Er hat mich in meinem Büro an die Wand gedrückt, mir die Kehle zugepresst und mich … angefasst. Ich habe mich so ohnmächtig gefühlt! Und wenn er nicht hätte fürchten müssen, dass jemand in mein Büro kommen würde, dann, dann … hätte er mich vielleicht sogar …« Ira blickte zu Boden.

Clara Wiener erwiderte nichts. Glaubte sie ihr doch nicht? Als sie aufsah, schaute die Vorgesetzte in den dunklen Garten. Ihr Gesicht spiegelte wieder Gefühle, die Ira nicht deuten konnte. War es Furcht oder Abscheu oder Zorn, oder alles auf einmal?

»Frau Kriminalrätin?«, fragte sie schließlich leise.

Nun wandte sich Clara Wiener ihr zu. Ihre Miene war konzentriert und ganz gegenwärtig, so, wie Ira es von ihr kannte. »Der Name der älteren Frau ist also Annie Eggers. In welchem Krankenhaus liegt sie denn? Wissen Sie das?«

»Man hat sie ins St.-Franziskus-Hospital in Ehrenfeld gebracht.« Ira zögerte. Aber sie musste es einfach wissen. »Frau Kriminalrätin, glauben Sie mir denn auch, dass Hauptkommissar Steinert …?«

»Ja, ich glaube Ihnen.« Clara Wiener drückte Iras Hand. Ihre Augen waren sehr dunkel. »Ich werde Ihnen helfen, dass das Disziplinarverfahren gegen Sie milde verläuft, darauf gebe ich Ihnen mein Wort. Aber jetzt sollten Sie nach Hause gehen. Und, Ira, keine Alleingänge mehr! Versprechen Sie mir das?«

Ira nickte. »Ja, ich verspreche es Ihnen.«

• • •

Ben Weber holte eine Flasche Bier aus seinem Kühlschrank und öffnete sie. Zorn brannte in seinem Magen. Verdammter Guido! Angeblich hatte dessen Verbindungsmann in der Kfz-Zulassungsstelle Angst, sich verdächtig zu machen, wenn er die Halter aller infrage kommenden Wagen der Marke Ford heraussuchte. Er war nur bereit, das Risiko einzugehen, wenn er – Ben – noch mehr bezahlte. Vorhin hatte er Guido vierhundert Mark überreicht. Noch mal dieselbe Summe würde es ihn kosten, wenn er die Liste erhielt. Aber das war es ihm wert. Und er war bereit, darüber hinwegzusehen, dass Guido einen Teil des Geldes garantiert für sich behielt.

Ben nahm die Fotografie in die Hand, die den langhaarigen, bärtigen Mann im Schatten neben Wolfgang Scholzen zeigte. »Ich kriege dich«, sagte er leise. »Und zwar bald.«

Das Telefon klingelte. Vielleicht der Anrufdienst – oder Ira? Er bedauerte seinen Ausbruch ihr gegenüber immer noch.

»Weber.«

Ein Schnaufen drang an sein Ohr. Dann eine atemlose tiefe Stimme. »Spreche ich mit Ben Weber, dem Journalisten?«

»Ja, am Apparat.«

»Meine Frau hat mir Ihre Visitenkarte gegeben.« Am anderen Ende der Leitung klimperten Münzen durch den Schlitz des Telefons. »Mein Name ist Dr. Gärtner, ich bin der Gerichtsmediziner, der Peter Vogler und Manfred Gerlach damals obduziert hat. Wir müssen uns dringend sprechen.« Wieder fielen in schneller Folge Münzen durch den Schlitz. »Verdammte Ferngespräche. Hören Sie mich? Könnten Sie morgen am frühen Vormittag zu mir kommen? So gegen neun oder zehn? Ab zwölf muss ich zu einer Familienfeier. Und ab Montag steht dann das Krankenhaus an. Die Galle …«

»Ja, ich komme gerne morgen Vormittag zu Ihnen«, sagte Ben rasch.

Ein Geräusch, als würde jemand hektisch in einer Geldbörse kramen. »Haben Sie was zu schreiben? Ja?« Der pensionierte Gerichtsmediziner nannte ihm eine Adresse in einem Dorf bei Münster. Dann: »Ach, verdammt, ich hab keine Geldstücke mehr. Wir sehen uns morgen Vormittag.«

»Bis morgen«, erwiderte Ben. Dann war die Leitung tot. Ob der pensionierte Gerichtsmediziner wohl weitere Informationen als die besaß, die Ira bereits von Hauptkommissar

Melzer erhalten hatte? Egal, er würde ihn auf jeden Fall aufsuchen.

• • •

Auf dem Nachhauseweg wurde Ira von einem heftigen Regenschauer überrascht. Am Eigelstein waren deshalb ausnahmsweise nicht viele Menschen unterwegs. Die Prostituierten hatten sich in Hauseingänge und Hofeinfahrten zurückgezogen, und die Scheiben der Lokale waren von Dunst beschlagen.

Ira war eben vor dem Tor zum Hinterhof von ihrem Rad gestiegen, um es in den Schuppen zu schieben, als sie eine Bewegung neben sich wahrnahm. Sie schrie auf und warf das Fahrrad gegen die Gestalt im Schatten.

»Ira ... Ich bin es nur!«

Ben Weber. Jetzt erkannte sie ihn.

Vor Erleichterung hätte sie fast aufgeschluchzt. Ach, sie hasste das! »Was tun Sie denn hier?«, fuhr sie ihn an.

»Ich möchte einfach nur mit Ihnen reden. Das ist alles.« Er nahm ihren Ausbruch gelassen hin.

»Dann kommen Sie meinetwegen mit rauf in die Wohnung.«

»Danke für die herzliche Einladung.«

Ira war klar, wie unfreundlich und abweisend sie sich anhörte. Aber sie hatte einfach Angst, jeden Moment in Tränen auszubrechen.

Oben in der Küche war es kalt – Georg war sicher bei einem Freund oder probte mit seiner Band –, und mit ihren zusammengestückelten Möbeln kam sie Ira, verglichen mit Ben Webers schicker Wohnung, sehr schäbig vor. Auf dem Tisch lag ein Zettel mit der Handschrift des Bruders. Anscheinend war er, während sie bei Clara Wiener gewesen war, kurz nach Hause gekommen. *Christoph Gmeiner war hier, um dich abzuholen,* stand darauf. *Wo bist du? Ist alles bei dir okay?*

O Mist, sie hatte die Verabredung mit Christoph völlig vergessen! Irgendwie wuchs ihr alles über den Kopf. Sie konnte ihn im Moment einfach nicht treffen.

Rasch nahm Ira den Zettel in die Hand, Ben Weber sollte die Notiz nicht sehen, das ging ihn nichts an.

»Ich muss mir schnell was Trockenes anziehen«, wandte sie sich an ihn. »Wenn Sie mögen, können Sie im Ofen ein Feuer anschüren.«

»Mache ich.« Ben Weber inspizierte das Holz und die Kohlen.

Sich umzuziehen und die Haare trocken zu rubbeln gab Ira Zeit, sich wieder zu fassen. Als sie in die Küche zurückkehrte, strahlte der Ofen eine behagliche Wärme aus.

»Danke fürs Feuermachen. Alkohol habe ich nicht da. Aber ich könnte Ihnen einen Tee anbieten.«

»Ein super Angebot. Aber danke, ich verzichte.« Er grinste. »Dr. Gärtner, der pensionierte Gerichtsmediziner aus Münster, hat vorhin bei mir angerufen. Er sagte, er müsse dringend mit mir sprechen. Ich treffe mich morgen am frühen Vormittag mit ihm. Möchten Sie mitkommen?«

»Ich bin vom Dienst suspendiert.« Es hörte sich immer noch völlig irreal an.

»Weshalb das denn?« Ben Weber sah sie erschrocken an.

»Hauptkommissar Steinert hat erfahren, dass ich auf eigene Faust in Münster ermittelt habe.«

»O Shit ... Das tut mir Leid. Mit Steinert war es wahrscheinlich ziemlich unangenehm?«

»Das war es.« Ira wich seinem Blick aus.

»Was ist vorgefallen?«

Ira schlang die Arme um ihren Körper. Es war eine Sache, Clara Wiener davon zu erzählen, dass Steinert sie gedemütigt hatte, und eine andere, es vor Ben Weber, einem Mann, auszubreiten.

»Nicht weiter von Belang. Sind Sie denn mit dem Kfz-Kennzeichen weitergekommen?«, lenkte sie ab.

»Teilweise. Aber was war mit Steinert?«

»Das geht Sie nichts an.«

»Doch, weil wir zusammen unterwegs waren. Noch mal, was war mit ihm?«

»Herr im Himmel!« Wut flammte in Ira auf. Warum konnte er sie nicht einfach in Ruhe lassen? Sie schnappte sich einen Untersetzer aus Holz, der auf dem Tisch lag, und schleuderte ihn gegen die Wand. »Steinert hat mich überrumpelt, er hat mich gegen die Wand gedrückt und fast erwürgt, und er ... er hat mich ... erniedrigt!«

Ben Webers Miene spiegelte Fassungslosigkeit, dann kalten Zorn. »Dieses verdammte Schwein!«

Iras Wut verrauchte. Sie wollte nur noch allein sein und sich verkriechen.

»Sie fühlen sich jetzt hoffentlich nicht verpflichtet, als mein Ritter aufzutreten. Das ist eine Sache zwischen Steinert und mir. Und ich bin auch nicht die einzige Frau, die er … Ich weiß von einer Frau während des Krieges. Meine Vorgesetzte, Kriminalrätin Clara Wiener, ist von der Fortbildung zurück. Ich habe ihr alles erzählt. Sie glaubt mir. Ich habe ihr auch erzählt, was wir in Münster herausgefunden haben, und die Buchstaben des Autokennzeichens habe ich ihr ebenfalls genannt. Tobias habe ich allerdings nicht erwähnt«, schloss sie gereizt.

»Das habe ich auch nicht angenommen.« Wieder reagierte Ben Weber gelassen. »Kommen Sie denn nun morgen mit? Ich würde mich freuen.«

Ira schluckte. »Ich würde gern mitfahren. Aber ich habe Kriminalrätin Wiener versprochen, dass ich nicht wieder auf eigene Faust ermitteln werde. Und Hanni … Sie ist immer noch verschwunden. Vielleicht kann ich etwas für sie tun.«

»Das verstehe ich.« Ben Weber nickte. Er zögerte. »Ihr Bruder ist nicht zu Hause, oder?«

»Nein, er kommt wahrscheinlich erst spät zurück. Weshalb fragen Sie?«

»Soll ich bleiben, bis er hier ist?«

»Das ist wirklich nicht nötig.«

»War nur ein Angebot.« Ben Weber stand auf. »Ich melde mich, sobald ich wieder hier bin.«

»Viel Erfolg.« Ira begleitete ihn zur Wohnungstür und schloss hinter ihm ab.

Später, in ihrem Zimmer, schloss sie auch die Zimmertür ab. Während sie im Bett lag und mit klopfendem Herzen auf Geräusche lauschte, wünschte sie sich, sie hätte ihren Stolz hinuntergeschluckt und doch Ben Webers Angebot angenommen, mit ihr auf Georg zu warten.

• • •

In Iras Wohnung war es schon vor einer Weile dunkel geworden. Ben Weber rauchte und lauschte der Musik, die in dem britischen Soldatensender gespielt wurde. Regen trommelte auf das Autodach. Ira hätte ihn wahrscheinlich umgebracht, wenn sie gewusst hätte, dass er hier in seinem Wagen saß und ein Auge auf ihre Wohnung hatte. Aber auch wenn sie noch so sehr versucht hatte, sich zusammenzunehmen, hatte er ihr doch angemerkt, wie mitgenommen sie war. Irgendwie wollte er ihr einfach nahe sein. Auch wenn er dieses Bedürfnis jetzt nicht näher analysieren würde.

Steinert, dieser verdammte Mistkerl! Er würde dafür bezahlen. Das war für Ben eine ausgemachte Sache.

Ein großer Junge in einem Anorak stoppte jetzt mit seinem Rad vor der Hofeinfahrt. Iras Bruder Georg, der sich gestern Abend aus dem Fenster gebeugt und kurz mit ihm gesprochen hatte.

Ben fuhr los. An der nächsten Straßenecke sah er einen großen, massigen Mann aus einem Bordell kommen. War das etwa Steinert? Der Puff gehörte Hennes Schaffrath. War es möglich, dass Steinert der Polizeibeamte war, der von Schaffrath bestochen wurde? In dem Regen konnte Ben sein Gesicht nicht richtig erkennen. Er verlangsamte die Geschwindigkeit. Doch da war der Mann, der vielleicht Steinert war, schon in einen Wagen gestiegen. Und bis Ben den Citroën gewendet hatte, war das Auto aus seinem Blickfeld verschwunden.

37. Kapitel

Sonntag, vierzehnter Tag

Der Citroën schaukelte durch die Schlaglöcher. Dr. Theodor Gärtner, der pensionierte Gerichtsmediziner, lebte auf einem Bauernhof auf dem Land, ein ganzes Stück außerhalb von Münster. Nach einer kilometerweiten Irrfahrt über landwirtschaftliche Nutzfahrwege in mal mehr, mal weniger gutem Zustand hatte Ben Weber endlich die richtige Abzweigung gefunden. Was für ein Glück, dass er rechtzeitig in Köln aufgebrochen war. Nun führte die Straße durch einen kurzen Tunnel aus Bäumen. Dahinter lag ein Anwesen, gebaut aus Backsteinen und mit einem für die Gegend charakteristischen, bis an das Erdgeschoss heranreichenden riesigen Dach.

Als Ben aus dem Wagen stieg, schlug ein Hund an. Gleich darauf kam ein breitschultriger, großer Mann, der ein Tweedjackett und eine Schirmmütze trug, aus einem Stall. Sein wettergegerbtes Gesicht ließ darauf schließen, dass er viel Zeit im Freien verbrachte. Dafür, dass er mindestens Mitte siebzig war, wirkte er sehr rüstig.

»Dr. Gärtner?« Ben reichte ihm die Hand. »Ben Weber.« Der Mann roch nach Pferd und nach Heu.

»Schön, dass Sie hergekommen sind. Tut mir leid wegen des Telefonats gestern. Seit Jahren streite ich mich mit der Post wegen eines Telefonanschlusses. Sogar prozessiert habe ich deswegen. Jetzt ist es amtlich. Die Post muss eine zwei Kilometer lange Leitung bis zum Hof legen lassen. Ab dem Frühjahr sind wir dann hoffentlich mit der Zivilisation verbunden.«

Dr. Gärtner hatte Ben in ein Nebengebäude dirigiert. Früher wohl einmal ein Stall oder eine Remise, war es jetzt zu einem Arbeitszimmer umgebaut worden. Das Gebälk war freigelegt. Die Regale aus dunklem Holz quollen von Büchern und Aktenordnern über.

»Nehmen Sie doch Platz.« Dr. Gärtner wies auf eine Sitzgruppe aus Leder. »Wie wär's mit einem Whisky oder einem Brandy? Vor der Familienfeier kann ich ganz gut was Alkoholisches vertragen.«

Ben grinste. »Für mich gern einen Whisky.« Nach der Fahrt hatte er sich das verdient.

Dr. Gärtner füllte jeweils einen Fingerbreit in dickwandige Gläser. Er reichte Ben eines und setzte sich dann ebenfalls. »Meine Frau sagte mir, dass Sie sich für die Morde an Peter Vogler und Manfred Gerlach interessieren und vermuten, dass in Köln Morde nach einem ähnlichen Muster verübt wurden?«

»Ja, so ist es.« Ben nickte. Er schilderte Dr. Gärtner, was die Obduktionen von Wolfgang Scholzen und Axel Schneider ergeben hatten.

»Für jeden Polizisten und Gerichtsmediziner gibt es diese Fälle, die einen nie loslassen. Für mich war der Mord an Manfred Gerlach so ein Fall. Ich will, dass der Mörder hinter Gitter kommt. Und wenn Sie mit Ihrer Berichterstattung dazu beitragen können …« Er machte eine vielsagende Handbewegung. »Tja, Manfred Gerlach wurde ebenfalls mit hochprozentigem Alkohol übergossen und angezündet. Nach Eintritt des Todes erst, Gott sei Dank. Es waren keine Rußpartikel in der Lunge zu finden. Die zahlreichen Knochenbrüche haben mich an den Fall Peter Vogler erinnert, der damals drei Jahre zurücklag. Aber ich hatte nur einen vagen Verdacht. Und wer hat vor Jürgen Bartsch schon ernsthaft daran gedacht, dass es einen Serienmörder geben könnte, der es auf Kinder und Jugendliche abgesehen hat?«

»Ja, der Gedanke war damals sehr abwegig. Gab es vielleicht irgendetwas, das Sie nicht in den offiziellen Obduktionsbericht aufgenommen haben, weil es Ihnen zu unbedeutend erschien?«

»Junger Mann, ich schreibe *alles*, was mir auffällt, in den Obduktionsbericht. Schließlich kann auch eine Kleinigkeit wichtig sein.« Eine gewisse Schärfe schwang in Dr. Gärtners Stimme mit.

»Natürlich, ich wollte die Vollständigkeit Ihrer Berichte auch keinesfalls anzweifeln«, sagte Ben begütigend. So wie es aussah, konnte ihm der Gerichtsmediziner also zu keinen neuen Erkenntnissen verhelfen.

»Tja, drei Morde an Jugendlichen in meinen letzten Berufsjahren. Das hat mich in meinem Ruhestand noch lange verfolgt.«

»Drei Morde? Wurde denn noch ein weiterer Junge umgebracht?« Ben horchte auf.

»Nein, ein Mädchen. Eine schreckliche Sache.« Dr. Gärtner war aufgestanden und machte sich an einem Regal zu schaffen. Mit einem Aktenordner kehrte er zurück. Offensichtlich war er in Plauderstimmung geraten. Ben überlegte, wie er sich möglichst bald höflich, aber entschieden verabschieden konnte.

»Cornelia Guthaus wurde nur zwölf Jahre alt. Man fand ihren Leichnam in einem Feldgraben. Sie war brutal vergewaltigt und erwürgt worden. Alles deutete auf den Bruder ihres Stiefvaters als Täter hin.« Der Gerichtsmediziner schlug den Aktenordner auf. Das blonde, hübsche Mädchen auf der Fotografie vorn in dem Ordner erinnerte ein bisschen an Hanni Zirner.

»Dr. Gärtner ...« Ben schickte sich an aufzustehen.

»Der mutmaßliche Mörder des Mädchens wurde ein paar Tage später ebenfalls umgebracht. Und vielleicht ... vielleicht wurde auch sein Leichnam mit Alkohol übergossen und angezündet.«

Ben ließ sich wieder in den Sessel zurücksinken. Er fühlte ein Kribbeln in der Magengrube. Gespannt beugte er sich vor. »Erzählen Sie mir bitte von Cornelia Guthaus und vom Mord am Bruder ihres Stiefvaters.«

»Es ist eine ziemlich deprimierende Geschichte. Cornelias Vater arbeitete auf einer Werft und kam bei einem Unfall ums Leben. Ihre Mutter heiratete wieder, als das Mädchen acht Jahre alt war. Ihre Verwandten väterlicherseits verständigten schon bald das Jugendamt und die Polizei, weil es Anzeichen gab, dass der Stiefvater trank und das Kind misshandelte. Die Verwandten beantragten das Sorgerecht. Aber die Mutter deckte ihren Mann. Und die Kleine sagte, der Stiefvater würde ihr nichts tun.«

»Wahrscheinlich war sie völlig eingeschüchtert.«

»Davon ist auszugehen.« Dr. Gärtners Stimme klang trocken, aber Bitterkeit schwang darin mit. »Die Großeltern und eine Tante schafften es, den Kontakt zu Cornelia aufrechtzuerhalten, obwohl die Mutter und der Stiefvater das zu verhindern versuchten. Dann, Cornelia war elf, zog ein jüngerer Bruder des Stiefvaters zu der Familie. Die Großeltern und die Tante waren überzeugt, dass er das Mädchen missbrauchte. Sie beantragten erneut das Sorgerecht und erstatteten Anzeige. Cornelia wurde untersucht und befragt. Dieses Mal wurden Anzeichen für einen Missbrauch entdeckt. Der zuständige Richter ignorierte jedoch diese Hinweise. Cornelia musste bei der Mutter und dem Stiefvater bleiben. Ein paar Monate später, im Juni 1955, wurde sie dann ermordet. Wie gesagt, alles deutete auf den Bruder des Stiefvaters als Täter hin. Seine Fingerabdrücke wurden auf dem Schulranzen des Mädchens gefunden, und man entdeckte Haare von ihm auf ihrem nackten Körper.«

»Wie schrecklich!« Ben kochte innerlich vor Zorn. Richter neigten dazu, im Sinne von Vätern und Stiefvätern zu entscheiden, ganz im Einklang mit dem traditionellen autoritären Verständnis von Familie.

»Nun, ich habe Cornelias Leiche obduziert und dann etwa zehn Tage später die des Stiefonkels, ich nenne ihn jetzt der Einfachheit halber mal so.«

»Und der Täter?«

»Wurde nie ermittelt. Der Stiefonkel wurde durch einen

Kopfschuss getötet. Trotz des Feuers war der Schädel noch gut erhalten, und ich konnte den Einschusswinkel bestimmen. Alles hat darauf hingedeutet, dass er im Knien erschossen wurde, von hinten. Wie bei einer Hinrichtung.«

»Es gab ein richtig großes Feuer?«

»Ja, der Leichnam wurde in einem Schuppen auf einem Feld gefunden, der vollständig niederbrannte. Es war Sommer und sehr trocken.«

»Und Sie gehen davon aus, dass der Leichnam des Stiefonkels angezündet wurde?«, vergewisserte sich Ben. »Zumindest habe ich Ihre Worte von vorhin so gedeutet.«

Dr. Gärtner beugte sich vor. »Der Leiter der Spurensicherung und ich sind gut befreundet. Von ihm weiß ich, dass in der Nähe des Schuppens eine Flasche mit einem Rest Schnaps gefunden wurde. Damals schien das nicht von Belang zu sein. Ein Obdachloser hatte eine Flasche weggeworfen, mehr nicht.« Dr. Gärtner schwieg für einen Moment und schien mit sich zurate zu gehen, gab sich dann jedoch einen Ruck. »Ich weiß, dass sich das Folgende erst mal sehr unwahrscheinlich anhört, aber ... Als Manfred Gerlachs Leichnam mit hochprozentigem Alkohol übergossen und angezündet wurde, habe ich mich manchmal gefragt, ob es nicht doch irgendeine Verbindung zwischen dem Mord an Cornelias Stiefonkel und dem Mord an Manfred gab.«

»Und somit auch eine mögliche Verbindung zu dem Mord an Peter Vogler«, sagte Ben langsam. »Da ja davon auszugehen ist, dass er und Manfred Gerlach demselben Täter zum Opfer fielen.«

Peter Vogler war im August 1955 entführt und getötet worden, nur wenige Wochen nach dem gewaltsamen Tod von Cornelia und ihrem Stiefonkel. Manfred Gerlach dann etwa drei Jahre später. Was, wenn Dr. Gärtner mit seiner Ahnung recht hatte und auch der Leichnam von Cornelias mutmaßlichem Mörder angezündet worden war? Hatte vielleicht der Mord an dem Mädchen alles in Gang gesetzt? War das etwa die entscheidende Spur? Oder würde sich dies als ein völliger Irrweg erweisen?

• • •

Vor einer Ampel an der Venloer Straße bremste Ira mit ihrem Fahrrad. Ein Streifenwagen mit Blaulicht und Sirene raste über die Kreuzung. Unwillkürlich blickte sie dem Fahrzeug nach. Es war seltsam und verstörend, nicht mehr Teil der Polizei zu sein. Was, wenn die Kriminalrätin ihr doch nicht helfen konnte und sie ihren Traum von der Mordkommission begraben – ja, wenn sie sogar ganz aus dem Polizeidienst ausscheiden musste?

»Ach, verdammt!«, murmelte Ira. Wenn es so kam, dann wollte sie zumindest, dass Hauptkommissar Steinert für das, was er Annie Eggers angetan hatte, zur Rechenschaft gezogen wurde. Hoffentlich ging es der Frau wieder besser, und vielleicht war sie ja bereit, sich ihr anzuvertrauen.

Bis zum St.-Franziskus-Hospital war es nicht mehr weit. Am Eingang nannte man Ira den Krankensaal, in dem Annie Eggers lag. Jetzt, am Sonntag, herrschte während der Besuchsstunden viel Betrieb.

Als Ira den Flur im ersten Stock betrat, kam ihr Trude Jülich entgegen. »Ach, Fräulein Schwarz, dat ist ja nett, Sie zu seh'n.« Trude Jülich lächelte sie an. »'ne Krankenschwester hat mir eben jesagt, dat Fräulein Eggers jestern wieder zu sich jekommen is. Schade, aber ich konnt nit zu ihr.«

»War gerade Visite?«

»Nein ... Fräulein Eggers schläft. Laut der Krankenschwester hat vorhin 'ne Dame Fräulein Eggers besucht. Sie war lange bei ihr und hat janz intensiv mit ihr jesprochen.«

»Wissen Sie denn den Namen der Dame?«

»Leider nein, die Krankenschwester hat jemeint, sie hätt so 'ne natürliche Autorität jehabt. Und sehr schön und elejant wär sie jewesen. Ein bisschen hätt sie ausjesehn wie die Schauspielerin Ingrid Bergmann ...«

Das konnte nur Clara Wiener gewesen sein.

»Schwester?« Trude Jülich winkte einer großen Krankenschwester zu, die eben aus dem Saal trat, in dem gemäß der Nummer an der Tür Annie Eggers lag. »Ich hab Fräulein Schwarz jerade von Fräulein Eggers' Besuch erzählt.«

»Der Besuch hat ihr gutgetan.« Die Krankenschwester wandte sich Ira zu. »Fräulein Eggers hat geweint. Aber es war eher ein ruhiges Weinen, wie wenn einem leichter ums Herz wird. Und die Dame hat ihre Hand gehalten.«

Ira spähte in den Krankensaal. Annie Eggers lag in einem Bett nahe der Tür. Im Schlaf wirkten ihre Gesichtszüge ganz entspannt. Bestimmt hatte sie in Clara Wiener eine Verbündete gegen Hauptkommissar Steinert gefunden. Ira atmete innerlich auf. Sie wollte sie nicht wecken. Sie würde morgen zur Besuchszeit wiederkommen.

38. Kapitel

Eine gefühlte halbe Stunde stand Ben Weber jetzt schon mit dem Citroën vor einer geschlossenen Bahnschranke im Bonner Süden und trommelte ungeduldig auf das Lenkrad. *Hauptstadt der Bundesrepublik Deutschland …* Pah! Bonn war eine schlimmere Provinz als Köln, und der Mief der Adenauerzeit hing immer noch erstickend über der Stadt. Was bei einer Großen Koalition mit einem Bundeskanzler Kurt Georg Kiesinger, ehemals NSDAP-Mitglied und Blockwart, auch nicht verwunderlich war.

Ben hatte sich entschlossen, seinen Großonkel Wilhelm-Gottfried aufzusuchen, einen renommierten Psychoanalytiker, der seit einigen Jahren im Ruhestand war. Nach dem Gespräch mit Dr. Gärtner benötigte er dringend Klarheit über ein paar Dinge. Und vielleicht konnte der Großonkel ihm da weiterhelfen.

Endlich hob sich die Schranke. Ben fuhr los, bis zu einer beschaulichen Seitenstraße, wo schmiedeeiserne Zäune die kleinen Vorgärten schützten. Die Gebäude mit ihren Giebeln, Erkern und stuckverzierten Fassaden hatten den Zweiten Weltkrieg unbeschadet überstanden. An einem Haus wehte die Fahne einer Burschenschaft. Eine Gegend, die zu dem Großonkel passte. Seine politische Gesinnung war konservativ, um nicht zu sagen reaktionär, aber zumindest nicht braun. Als überzeugtes Mitglied der Zentrumspartei hatte er während des Nationalsozialismus einige Monate im Gefängnis gesessen.

»Benedikt, komm rein.« Der Großonkel, in eine alte Strickjacke mit Lederflicken an den Ärmeln und eine ausgebeulte Cordhose gekleidet, empfing ihn an der Haustür. Eine dichte weiße Mähne umgab seinen Charakterschädel. Ben hatte seinen Besuch von unterwegs telefonisch angekündigt. »Ich will noch schnell die restlichen Äpfel auflesen, komm doch solange mit in den Garten.«

Es war typisch für den alten Kerl, dass er ihn mit seinem richtigen Vornamen ansprach, was sonst so gut wie niemand tat.

Ben folgte ihm durch eine Bibliothek mit deckenhohen Regalen – in einem sandte ein alter Fritz aus Porzellan hoch zu Ross seine Truppen gen Russland oder Österreich – und dann über eine überdachte Terrasse in den Garten hinunter. Falläpfel lagen in einem Korb. Ihr süßer Duft mischte sich mit dem herben des welken Laubs.

Der Großonkel las weitere Äpfel auf und legte sie in den Korb, Ben half ihm dabei. »Immer noch mit dem Vater zerstritten, nehme ich an?« Der Großonkel sah ihn an.

»So ist es, und jetzt sag mir bitte nicht, dass ich an einem unbearbeiteten Vaterkomplex leide.«

»Kein Kommentar.« Der Großonkel schnaubte und grinste. »Glücklicherweise bist du nicht mein Patient. Aber, um zur Sache zu kommen: Weshalb bist du hier? Du hast dich vorhin am Telefon reichlich nebulös ausgedrückt.«

Ben hatte ganz klar gesagt, worum es ihm ging. Aber der Großonkel wollte mal wieder das Gespräch dominieren.

»Ich fürchte, eine junge Polizeibeamtin und ich sind einem Serienmörder auf der Spur. Ich weiß, dass sich das reichlich bizarr und weit hergeholt anhört«, kam er einem Einwand des Großonkels zuvor. Dieser beschäftigte sich weiter mit den Äpfeln, aber sein Gesichtsausdruck war konzentriert. »Sehr wahrscheinlich hat er in den vergangenen Wochen zweimal in Köln gemordet und, darauf deutet sehr vieles hin, von 1955 bis 1960 dreimal in der Gegend von Münster und Osnabrück. Zumindest sind das die Fälle, von denen wir wissen.«

Ben zählte die Gemeinsamkeiten zwischen den Taten auf, die Ähnlichkeit der Opfer und die genauen Umstände der Morde.

»Und dann gab es noch einen Mord, wenige Wochen, bevor der erste Junge in Münster getötet wurde. Er weicht von den anderen ab. In diesem Fall war das Opfer ein Mann Mitte zwanzig, der ein zwölf Jahre altes Mädchen, es war die Stieftochter seines Bruders, vergewaltigt und erwürgt hat. Der Mann wurde erschossen. Und möglicherweise wurde sein Leichnam ebenfalls angezündet. Aber dafür gibt es keine Beweise.«

»Und was möchtest du jetzt von mir wissen, Benedikt?«

»Ich möchte gern wissen, was den Täter antreibt – falls es wirklich in allen Fällen derselbe Mann ist. Worauf meiner Meinung nach, wie gesagt, sehr vieles hindeutet. Und es interessiert mich, ob du es für möglich hältst, dass der Mord an dem Stiefonkel etwas mit den anderen Taten zu tun hat.«

»Hm ...« Der Großonkel wirkte skeptisch. »Ich bin kein Freund von Ferndiagnosen.«

»Ich erwarte ja keinen wissenschaftlich fundierten Aufsatz von dir und auch kein gerichtsrelevantes Gutachten. Ich hätte einfach gern eine Einschätzung, eine persönliche Meinung.«

»Gut, solange du mich nicht in einem deiner Artikel zitierst.«

»Das mache ich ganz sicher nicht.«

»Dann lass uns in den Wintergarten gehen. Willst du auch ein Glas Weißwein, oder trinkt ihr jungen Leute nur noch Bier und irgendwelches exotisches Zeug?« Der Großonkel hob den Korb mit den Falläpfeln vom Boden auf.

»Ich habe nichts gegen einen guten Weißwein einzuwenden.«

Im Wintergarten war es warm. Der Großonkel verschwand im Haus und kam kurz darauf mit einem Tablett zurück, auf dem zwei Weingläser und eine Flasche in einem Weinkühler standen. Er ließ seinen massigen Körper auf einen gepolsterten Metallstuhl sinken und schenkte erst Ben, dann sich ein.

»Ein 1964er Würzburger Stein. Prost, auf die schönen Dinge des Lebens.«

»Prost!« Sie stießen miteinander an.

Der Wein, wirklich gut und leicht und fruchtig im Geschmack, schien die Sonne auf den Kalkhängen des Maintals gespeichert zu haben. Nun ja, der Großonkel war nie ein

Kostverächter gewesen. Für eine Weile tranken sie schweigend.

»Gut, um wieder auf dein Anliegen zu sprechen zu kommen, Benedikt – ich habe mir das alles gerade mal durch den Kopf gehen lassen«, sagte der Großonkel schließlich. »Wirklich bemerkenswert scheint mir die Tatsache zu sein, dass die Leichen der Jungen mit Alkohol übergossen und angezündet wurden und nicht mit Benzin. Das Feuer diente also wohl nicht dem Verwischen der Spuren. Benzin entwickelt ja eine viel größere Brennkraft und eine viel stärkere Hitze.«

»Vielleicht wollte der Täter vermeiden, dass das Feuer bemerkt wurde. Die Toten wären dann ja viel schneller gefunden worden«, wandte Ben ein. »Alkohol verbrennt sehr rasch, und die Gefahr, dass die Flammen vom brennenden Körper auf anderes übergreifen, ist viel geringer.«

»Peter Voglers Leichnam hat man doch im Keller eines verlassenen, abgelegenen Bauernhofs entdeckt und den von Axel Schneider im Keller einer Industrieruine? Ich glaube nicht, dass ein durch Benzin verursachtes Feuer an diesen Orten Aufmerksamkeit erregt hätte. Nein, möglicherweise – und ich sage ausdrücklich, das ist nur eine Vermutung, nicht mehr – hat sich der Mörder mit seinen Taten auf ein Erlebnis bezogen, bei dem ein Körper mit Alkohol verbrannt wurde.«

»Worauf willst du hinaus?«

»Dass der Täter vielleicht im Akt des Verbrennens oder Versengens der toten Körper, richtig in Flammen aufgegangen sind sie ja nicht, ein einmal erlittenes Trauma reinszeniert hat. Dass er also eine für ihn zutiefst verstörende und erschütternde Situation wiederholt, um sich, in einem übertragenen Sinn, davon zu befreien.«

»Eine Situation, bei der er selbst zu Tode geprügelt und mit Alkohol übergossen und angezündet wurde? Aber das ergibt doch keinen Sinn. Denn er ist ja ganz offensichtlich noch am Leben.«

»Dies müsste nicht unbedingt ihm selbst widerfahren sein.« Der Großonkel wiegte den Kopf. »Auch einem Menschen, der ihm sehr nahestand und für den er sich verantwortlich fühlte, könnte das Schreckliche zugestoßen sein. So etwas mitzuerleben und nicht verhindern zu können ist absolut grauenvoll. Solche Menschen werden in der Regel ihr Leben lang von schweren Schuldgefühlen gepeinigt. Ich hatte mal einen Patienten, der als Kind ohnmächtig mit ansehen musste, wie sein kleiner Bruder ertrank. Er hat dann jahrelang immer wieder Tiere ins Wasser geworfen und ihren Todeskampf beobachtet.«

»Nicht schön. Aber dann wäre, wenn deine These stimmt ...«

»Benedikt, es ist keine These, es ist das Aufzeigen einer Möglichkeit«, unterbrach der Großonkel ihn milde.

»... ein dem Täter nahestehender Mensch gefesselt und geknebelt worden, man hätte ihm die Augen verbunden, ihn dann zu Tode geprügelt und schließlich mit Alkohol übergossen und in Brand gesteckt?«

»Du kannst das nicht eins zu eins übertragen. Ich vermute mal, dass grausame Prügel Teil der traumatischen Situation waren – oder, besser gesagt, gewesen sein könnten, wir sprechen hier im Konjunktiv – und auch das Anzünden eines Körpers. Vielleicht hat in der ursprünglichen Situation der Mensch, dem dies widerfuhr, auch noch gelebt. Die Fesseln, die Augenbinde und der Knebel scheinen mir eher Beiwerk zu sein. Schließlich musste der Täter die Jungen ruhigstellen.«

»Und die Augenbinde?«

»Es ist nicht schön, einem Menschen beim Sterben zuzusehen, vielleicht hat sich der Mörder noch einen Rest Menschlichkeit bewahrt.« Der Großonkel hob die Schultern. »Vielleicht verbrannte er deshalb seine Opfer nicht bei lebendigem Leib. Vielleicht hat er aber auch einfach nicht bemerkt, dass die Jungen schon tot waren.«

»Wenn wir einmal davon ausgehen, dass der heutige Täter mal ein Opfer war und er ein einmal erlittenes Trauma reinszeniert ...«

»... als einen unbewussten Versuch, seine enormen inneren Spannungen aufzulösen, indem er die traumatische Situation wiederherstellt. Nun jedoch, indem er sich mit dem Täter identifiziert ...«

Ben überlegte kurz. »Was ja aber nicht alle Opfer tun«, sagte er dann.

»Nein, Männer identifizieren sich eher mit dem Täter, Frauen bleiben mehr in der Opferrolle gefangen. Es spielt, vereinfacht ausgedrückt, aber auch die jeweilige Persönlichkeit eine Rolle.«

»Dann reinszeniert *unser heutiger* Täter eine frühere Gewalterfahrung und ahmt die Handlungen des damaligen Täters oder der Täter nach.«

»Ja.«

»Und der damalige Täter oder die Täter waren blonde Jungen auf der Schwelle zum Erwachsenwerden?«

»Das könnte sein.« Die Stimme des Großonkels klang zurückhaltend.

»Zieht unser Mörder dann durch die Gegend und wählt blonde Jungen aus, die dem damaligen Täter ähnlich sehen, oder spielt da noch mehr mit?«

»Vermutlich ja ... Wahrscheinlich würde er auf sogenannte Schlüsselreize anspringen. Reize, die mit der damaligen Situation untrennbar verbunden sind. Das könnte etwa ein bestimmter Geruch sein oder auch ein Geräusch.«

»Hm ...« Ben dachte nach. »Cornelias Stiefonkel entspricht jedoch weder vom Äußeren noch vom Alter den anderen Opfern.«

»Es wäre denkbar, dass der Mord an Cornelia für *unseren* Täter, ich sage es mal in einer unwissenschaftlichen Sprache, das frühere traumatische Erlebnis wieder wachgerufen hat. Wahrscheinlich hatte er es abgespalten oder verdrängt.«

»Weil ihn Cornelia an jemanden erinnerte, der ihm nahestand?«

»Vielleicht ... Vielleicht fühlte er sich jedoch auch in Bezug auf die Situation, in der sich das Mädchen befand, als völlig ohnmächtig und hilflos. Wie in der ursprünglichen traumatischen Situation. Auch wenn die beiden Situationen objektiv gesehen gar nicht so viel gemeinsam haben müssen.«

»Er fühlte sich ohnmächtig, weil es ihm nicht gelang, Cornelia aus ihrem bedrückenden familiären Umfeld zu befreien?«

»Möglicherweise, ja.«

»Cornelias Stiefonkel wurde zwar von keinem Gericht schuldig gesprochen. Aber laut dem Gerichtsmediziner wies sehr vieles darauf hin, dass er der Täter war. Die anderen Opfer *unseres* Mörders sind jedoch unschuldig. Und es gibt keine Hinweise, dass sie irgendwie in einer Verbindung zu ihm standen.«

Der Großonkel trank einen Schluck Wein und dachte nach. Draußen wurde es dämmrig. In den Häusern ringsum gingen die Lichter an, und oben auf dem Petersberg war jetzt das beleuchtete Hotel zu sehen. »Es wäre vorstellbar, dass der Mord an Cornelia in der Psyche *unseres* Täters, vereinfacht ausgedrückt, endgültig etwas zum Kippen brachte. Dass sein Ich das ursprüngliche traumatische Erlebnis komplett abspaltete und er so auch keine Verbindung mehr zu der Person hatte, der dies widerfahren war.«

»Jener Person – oder jenem Persönlichkeitsanteil, der beschlossen hatte, nicht mehr Opfer, sondern Täter zu sein«, spann Ben den Gedanken weiter. »Der Täter würde also an einer multiplen Persönlichkeitsstörung leiden, willst du darauf hinaus?«

»Ja. Auch wenn es umstritten ist, dass es multiple Persönlichkeiten gibt, halte ich diesen Ansatz für wissenschaftlich vertretbar. Wenn für das Ich *unseres* Täters eine emotional sehr belastende Situation eintritt, dann übernimmt der abgespaltene Persönlichkeitsanteil die Regie. Er muss den inneren Spannungszustand auflösen und das Trauma reinszenieren. Seine Opfer müssen nichts mehr mit einer konkreten Situation zu tun haben – anders noch als bei Cornelia, als *unser* Täter den Stiefonkel umgebracht hat. Jetzt reicht es, wenn seine Opfer den früheren Tätern ähnlich sehen und irgendeinen Schlüsselreiz aussenden.« Der Großonkel hielt inne. »Noch einmal, Benedikt ... Dies ist nur ein mögliches Szenario.«

»Aber eines, das mir ziemlich plausibel erscheint«, sagte Ben nachdenklich. »Ist es möglich, dass die Abspaltung irgendwann einmal nicht mehr funktioniert?«

»Ja, und dafür kann es verschiedene Gründe geben. Etwa, dass mit zunehmendem Alter oder durch Krankheit die Kraft dazu nicht mehr ausreicht. Oder auch ein Schockmoment, durch den die unterschiedlichen Persönlichkeitsanteile durchlässig werden. Unser Täter besitzt wahrscheinlich nicht nur die Teil-Persönlichkeit, die die Morde begeht, sondern noch etliche andere.«

»Und wie erklärst du dir, dass sieben Jahre zwischen dem Mord bei Osnabrück und den beiden Morden in Köln vergangen sind?«

»Vielleicht erlebte der Täter erst jetzt wieder eine Situation, die an das ursprüngliche Trauma rührte. Oder ...«, die Stimme des Onkels klang ganz sachlich, »... er hat weitere Morde begangen, die noch nicht entdeckt wurden.«

39. Kapitel

Im Rückspiegel des Wagens überprüfte der Mann noch einmal, ob der Hut und der hochgeklappte Mantelkragen sein Gesicht verbargen, dann fuhr er los. Dichter Regen fiel, er musste die Scheibenwischer auf die höchste Stufe stellen, um klare Sicht zu haben. Aber Regen war gut, denn es würden nicht viele Menschen unterwegs sein.

Jetzt, gegen acht Uhr abends, rollte der Verkehr gleichmäßig in Richtung Innenstadt. Die roten Rücklichter leuchteten sehr intensiv, wie die Kerzen auf Gräbern. Oder wie die Scherbe, die Greta, die kleine Schwester, lange in der Tasche ihrer Schürze mit sich herumgetragen hatte. Immer wieder hatte sie sie hervorgeholt und die Welt fasziniert durch das rote Glas betrachtet. Greta war wieder bei ihm. Und es waren auch andere Personen um ihn, ganz deutlich sah er sie jetzt.

Eine sprach mit ihm und lenkte nun sein Tun. Sie hieß ihn, den Wagen in der Nähe des Doms abzustellen und zum Eigelstein zu gehen, dem Rotlichtviertel der Stadt. Zielstrebig schritt der Mann an den Kneipen, schäbigen Lokalen und Bordellen vorbei. Eine Prostituierte trat auf ihn zu, er ignorierte sie und stellte sich in das Dunkel einer Toreinfahrt. Immer noch fiel der Regen dicht.

Der Mann beobachtete das Geschehen ringsum. Gleichzeitig war es so, als ob sich in seinem Innern ein langer Gang eröffnete. Viele Zimmer zweigten davon ab, mit Menschen darin. Manche konnte er deutlich erkennen, andere nicht. Einige Türen waren auch geschlossen, er schritt daran vorbei. Tiefer und tiefer führte der Gang hinab. Endete vor einer weiteren Tür. Der Mann wollte sie nicht öffnen, denn dahinter lauerte etwas Grauenvolles. Das wusste er genau. Aber etwas in ihm zwang ihn, die Tür aufzuziehen. Er wollte sich abwenden, davonrennen. Aber er musste stehen bleiben und in den Keller hinter der Tür sehen. Gequält stöhnte er auf.

Da ist eine junge Frau mit Greta im Keller. Er gehört zu einem verlassenen, zerstörten Gehöft. Ringsum nichts als eine unendliche Weite voll Schnee und Tod. Erst vor wenigen Stunden haben sie wieder einen Tieffliegerangriff überlebt. Greta schmiegt sich an die Frau. Gegenseitig versuchen sie, sich zu wärmen. Anfangs fand Greta die detonierenden Bomben, das Aufspritzen von Schnee und Erde und von Dingen, die durch die Luft flogen, noch lustig. Aber dann hat auch sie begriffen, dass die Bomben den Tod bringen. Während der letzten Tage ist sie ganz verstummt.

Behutsam streichelt die junge Frau Greta, ihre kleine Schwester. Sie denkt: Vielleicht werden wir es ja doch schaffen, dieser Hölle zu entkommen. Und vielleicht wird irgendwann Frieden sein, und ich muss nicht mehr fürchten, dass man Greta holt und an einen Ort bringt, von dem sie nie wieder zurückkehrt.

Müde, wie die junge Frau ist, lässt sie in ihrer Wachsamkeit nach.

Als sie die gedämpften Stimmen hört, ist es schon zu spät. Keine Zeit mehr, sich hinter irgendetwas zu verstecken. Die Kellertür wird aufgestoßen. Das Licht einer Lampe huscht durch den niedrigen Raum. Die vereisten Wände glitzern und funkeln. Der Junge, der die Lampe hält, ist groß, fast schon ein Erwachsener. Seine Haare schimmern golden. Hinter ihm drängt sich eine ganze Gruppe. Die Knaben wirken abgezehrt und erschöpft, Reste von Uniformen hängen an ihnen, und doch strahlen sie etwas aus, das der jungen Frau Angst macht. Denn die Augen in ihren mageren Gesichtern sind tot.

Ehe die junge Frau es verhindern kann, macht sich Greta von ihr los. Sie ist fasziniert von den mit Eis überzogenen, glitzernden Wänden und dem schimmernden Haar des Jungen, spürt die Bedrohung nicht. Sie geht auf den blonden Anführer zu. Als sie vor ihm steht, lächelt sie ihn an, holt die rote Scherbe, die sie in der Tasche ihrer Schürze trägt, hervor und will sie dem Jungen schenken. Und es sind dieses Lächeln und diese Geste, die die Situation kippen lassen.

Der Junge schlägt Greta so brutal ins Gesicht, dass sie zu Boden stürzt. Die Frau will ihr, der kleinen Schwester, zu Hilfe kommen. Doch einige Knaben werfen sich auf sie. Sie reißen ihr die Kleider vom Leib, prügeln und treten auf sie ein. Misshandeln sie auf jede erdenkliche Weise, und währenddessen hört sie die kleine Schwester immerzu schreien. Schließlich senkt sich Bewusstlosigkeit über die junge Frau.

Irgendwann kommt sie wieder zu sich. Zigarettenrauch dringt in ihre Nase. Dann hört sie Greta wieder schreien. Es gelingt ihr, die Augen zu öffnen und den Kopf ein bisschen zu drehen. Greta liegt auf dem Boden. Der blonde Junge steht über ihr. Er kippt Alkohol aus einer Flasche über ihren nackten Körper und zündet ihn an.

Gretas Schreie bohren sich in ihren Kopf. Der Gestank ihres brennenden Fleisches dringt in ihre Lungen, und sie wagt es nicht, sich *zu rühren, denn sie weiß, wenn die Jungen merken, dass sie nicht tot ist, werden sie ihr das Gleiche antun. Und plötzlich sieht sie alles wie von ganz weit oben, die brennende Schwester im Todeskampf und sich selbst reglos daliegend wie eine leblose Hülle.*

Eine Bewegung auf der anderen Straßenseite katapultiert sie in die Gegenwart zurück, in den Regen und die Straße am Eigelstein. Eine große, massige Gestalt tritt aus dem Eingang des Bordells nach draußen, der Mann, auf den sie gewartet hat. Greta würde wollen, dass er stirbt, er hatte den Tod verdient, da war sie sich sicher.

Sie läuft über die Straße. Der Mann dreht sich um, sieht sie überrascht an. Sie nähert sich ihm bis auf wenige Schritte und richtet die Pistole auf ihn. Sie schießt ihm in die Brust, die sich immer mehr rot färbt. Der Mann fällt zu Boden, seine Augen brechen. Sie schießt immer weiter.

Menschen schreien. Sie hebt die Waffe gegen ein paar Kerle, die sich ihr nähern wollen, gibt einen Warnschuss ab. Die Männer weichen zurück. Sie rennt los. Eine schmale, dunkle Seitengasse tut sich vor ihr auf. Sie stürzt hinein, läuft durch eine weitere schmale Straße. Niemand verfolgt sie. Sie zieht den mit Blut bespritzten Herrenmantel aus und nimmt den Hut ab, wirft beides in einen Winkel. Dann schüttelt sie hastig ihr Haar, bis es wieder lockig um ihr Gesicht fällt. Während sie langsam weiterläuft, zupft sie den Kragen ihrer taillierten Jacke zurecht. Niemand wird sie, eine Frau, für den Mörder halten.

40. Kapitel

Walter Sievers wohnte in einer kleinen Straße in Deutz nahe des Rheins. Ira hoffte, dass sie seine Dienstzeiten am Sonntag richtig in Erinnerung hatte und dass er heute tagsüber und nicht abends Streife fuhr und jetzt zu Hause war. Eben war sie bei Frau Zirner gewesen, und die Verzweiflung der Mutter setzte ihr immer noch zu.

Ira hatte Walter noch nie besucht. Aber er hatte einmal erwähnt, dass er über der Kneipe Zum Kölsche Eck wohnte, und so hatte sie die Adresse mithilfe des Telefonbuchs herausgefunden.

Die Kneipe hatte ein großes Fenster zur Straße hin. Einige Männer saßen am Tresen und verfolgten irgendeinen Film im Fernseher oben in einem Regal. Walter war nicht darunter.

Sein Name stand auf den Schildern neben der Haustür. Schon nach Iras zweitem Klingeln wurde der Türsummer betätigt.

Anders als sie blickte Walter offensichtlich nicht aus dem Fenster und vergewisserte sich, wer zu ihm wollte. Das unterschied wohl Männer und Frauen. Ira ging durch das spärlich beleuchtete Treppenhaus nach oben. Im zweiten Stock war die Tür nur angelehnt.

»Walter …?« Sie klopfte an den Rahmen.

»Ira, mit dir hab ich nun wirklich nicht gerechnet.« Walter erschien im Flur. Er trug ein kurzärmeliges Unterhemd und noch seine Uniformhose, und ein Küchenhandtuch steckte als Schürzenersatz in seinem Bund. Es roch nach angebranntem Speck und Eiern.

»Stör ich dich beim Essen?«

»Nein, ich war gerade fertig. Sag mal, stimmt das, dass man dich suspendiert hat, weil du in Münster auf eigene Faust ermittelt hast?«

»Ja, das stimmt.«

»Du hast sie doch wirklich nicht mehr alle.«

»Klaus Bartels ist unschuldig, und Hauptkommissar Steinert ignoriert geflissentlich alle Beweise, die ihn entlasten könnten.«

»Was für ein Quatsch! Wie kannst du nur auf so eine Idee kommen? Aber gut, komm meinetwegen kurz rein.« Walter machte den Weg in eine Küche frei. Es gab dort einen Herd, eine Spüle, einen Kühlschrank und ein Regal mit ein bisschen Geschirr darin. Vor dem Fenster standen ein wackliger Tisch und zwei Stühle.

»Walter, darf ich dich um einen Gefallen bitten?«

»Ich helf dir auf gar keinen Fall bei deinen Alleingängen. Das kannst du dir abschminken.«

»Es geht um Hanni Zirner, ich war eben bei ihrer Mutter. Sie wird immer noch vermisst. Ich kann nicht einfach untätig bleiben! Weißt du etwas Neues über die Suche nach ihr?«

»Ira, du bist vom Dienst suspendiert!« Walter schlug gereizt mit der Faust auf den Tisch.

»Aber dafür kann Hanni doch nichts.«

»Denkst du mal wieder, dass du schlauer bist als alle Kollegen und ausgerechnet du sie findest?«

»Nein, das denke ich nicht. Ich will doch nur helfen. Was schadet es denn, wenn auch ich möglichen Spuren nachgehe?«

Walter zögerte.

»Walter, Hanni ist erst vierzehn! Vielleicht hat sie sich irgendwo in einem Loch verkrochen, weil sie sich nicht mehr nach Hause traut. Oder sie wird gefangen gehalten ...« Noch Schlimmeres mochte sich Ira nicht vorstellen. »Frau Zirner hat die ganze Zeit geweint, als ich bei ihr war.«

Walter seufzte. »Na gut, aber du hast das nicht von mir. In der Kantine hab ich von den Kollegen gehört, dass der Besitzer von ’nem Büdchen in der Nähe der Düsseldorfer Straße in Mülheim Hanni vorgestern so gegen acht am Abend gesehen hat.«

»Die Düsseldorfer Straße ist ziemlich lang, weißt du das noch ein bisschen genauer?«

»Na ja, irgendwo am Böcking Park, glaub ich wenigstens.« Der Kollege zuckte mit den Schultern.

»Danke, Walter.« Ira lächelte ihn an. Das war doch immerhin etwas ...

Iras Zuversicht erlitt jedoch einen empfindlichen Dämpfer, denn sie traf den Kioskbesitzer nicht in seinem Büdchen an. Eine hilfsbereite Angestellte nannte ihr seine Adresse, als

Ira ihr sagte, dass sie von der Polizei sei. Doch der Mann, ein Herr Holsten, war nicht zu Hause.

Frustriert trat Ira den Weg auf die andere Rheinseite an – sie würde am nächsten Morgen erneut versuchen, den Kioskbesitzer zu sprechen.

Mittlerweile regnete es immer heftiger, und Ira fror erbärmlich. Sie hatte kaum den Dom passiert und war zum Eigelstein eingebogen, als sie das Blaulicht sah. Über den nassen Asphalt und die Hauswände warf es seinen flackernden Schein. Dann bemerkte sie die Menschen, die in Grüppchen mit aufgespannten Schirmen zusammenstanden, und die Polizeiabsperrung. Langsam fuhr sie mit dem Fahrrad näher.

»Was ist denn geschehen?«, wandte sie sich an einen älteren Beamten, den sie vom Judo kannte.

»Darf ich Ihnen nicht sagen, Fräulein Schwarz.« Er hakte die Daumen in den Gürtel seiner Uniformhose und stellte sich breitbeinig hin.

»Wir sind doch Kollegen!«

»Meines Wissens sind Sie vom Dienst suspendiert.«

Anscheinend wusste das mittlerweile auch der allerletzte Beamte im Polizeipräsidium. Iras Wangen brannten vor Scham und Ärger. »Aber ich wohne ganz in der Nähe. Lassen Sie mich bitte weiterfahren.«

»Ohne Polizeiausweis kommen Sie hier nicht durch.« Der Kollege blickte über sie hinweg. Ein deutliches Zeichen, dass die Unterredung für ihn beendet war.

»Diese Penner!« Eine Prostituierte stand am Straßenrand und verzog verächtlich den Mund. »Einen Mord hat's gegeben. Einen von euch hat's auf offener Straße erwischt. Morgen wird sowieso überall darüber berichtet.«

»Seien Sie still!«, fuhr Iras Kollege die Frau an.

Ein Polizeibeamter in aller Öffentlichkeit erschossen ... So etwas gab es doch nur in amerikanischen Gangsterfilmen. Und nicht hier, bei ihr zu Hause am Eigelstein.

»Ira!« Aus einer Gruppe löste sich Ben Weber und kam auf sie zu. Sie hätte früher nie gedacht, dass sie sich einmal so freuen würde, ihn zu sehen. Und schon gar nicht, dass sie sich jemals bei seinem Anblick so glücklich fühlen würde. Sie stellten sich unter das schützende Vordach eines Ladens.

»Was tun Sie denn hier?« Sie klang barscher, als sie es beabsichtigt hatte, aber sie lächelte.

»Na ja, ich wollte zu Ihnen. Aber dann bin ich auf das da gestoßen.« Er nickte in Richtung der Absperrung und des Blaulichts. Zwei Streifenfahrzeuge und ein Leichenwagen standen vor einem Bordell. Kollegen der Spurensicherung sicherten den Tatort. Das Blitzlicht eines Fotoapparats zuckte mehrmals hintereinander grell durch den Regen, wie Mündungsfeuer. Falls der Leichnam noch auf dem Bürgersteig lag, versperrten die Autos den Blick darauf. Gerade verließ Polizeipräsident Achern zusammen mit einigen Beamten in Zivil das Gebäude.

»Steinert wurde erschossen«, hörte Ira Ben sagen.

»Was?« Fassungslos wandte Ira sich ihm zu, konnte es kaum glauben. Es hörte sich völlig irreal an. »Woher wissen Sie das?«

»Hab den Polizeifunk abgehört.« Er zuckte mit den Schultern. »Es gab Gerüchte, dass sich ein hoher Polizeibeamter von Hennes Schaffrath, dem Unterweltkönig, schmieren lässt. Vielleicht war das ja Steinert. Gestern Nacht habe ich geglaubt, ihn aus dem Bordell kommen zu sehen, vor dem er jetzt erschossen wurde. Vielleicht wurde er zu gierig, und Schaffrath zog es vor, ihn auszuschalten. Oder jemand, der mit Schaffrath konkurriert, hat ihn umgebracht. Wie auch immer ... Steinert hat bekommen, was er verdient hat.«

»Steinert soll korrupt gewesen sein? Das auch noch? Haben Sie etwas über den Täter gehört?« Noch immer fühlte Ira sich innerlich ganz taub.

»Wegen des Regens waren nicht viele Menschen auf der Straße. Der Mörder war wohl ein mittelgroßer Mann in Hut und Mantel. Mehr weiß man bislang nicht.«

Ein Sarg aus Metall wurde jetzt in den Leichenwagen gehoben. Gleich darauf setzte sich das schwarze Fahrzeug in Bewegung, und die Polizeibeamten öffneten die Absperrung. Während der Leichenwagen langsam an ihnen vorbeifuhr, hoben sie die Rechte in einem Salut an die Uniformmütze.

Ira schmeckte plötzlich Galle in ihrem Mund. Steinert tot, ermordet ... Erst jetzt begriff sie es wirklich. Sie ballte die Hände zu Fäusten.

Dieses Schwein hatte es nicht verdient, dass die Kollegen für ihn salutierten. Nein, sie empfand keinerlei Bedauern über seinen Tod. Er war ein gewalttätiger, grausamer Mensch gewesen, der seine Befriedung daraus gezogen hatte, andere zu erniedrigen. All die Gefühle, die sie seit der Auseinandersetzung mit Steinert in sich zurückgehalten hatte, die Wut, die Angst und die Scham, brachen sich plötzlich Bahn. Ihr war eiskalt, und sie begann, heftig zu zittern.

»He …« Ben legte ihr den Arm um die Schultern. »Es wird noch eine ganz Weile dauern, bis deine Kollegen die Straße wieder freigeben. Was hältst du davon, wenn wir solange zu mir fahren?«

»Gern.« Ira nickte. Es war schön, dass Bens Arm immer noch um ihre Schultern lag, während sie zu dem Citroën gingen. Und sie freute sich darüber, dass er »du« gesagt hatte – eigentlich war das doch längst überfällig.

41. Kapitel

In Bens Bad ließ Ira das heiße Wasser auf sich niederprasseln. Er hatte ihr angeboten zu duschen, damit ihr schnell wieder warm wurde. Nachdem sie sich mit einem Handtuch abgerubbelt hatte, hängte sie ihre nassen Sachen über die Heizung zum Trocknen und schlüpfte in die Jeans, den Pullover und die Socken, die er ihr rausgelegt hatte. Die Sachen passten ihr erstaunlich gut, sie waren etwa gleich groß, und er war schlank. Es war ein bisschen seltsam, seine Kleidung zu tragen, und irgendwie intim. Aber Ira mochte es.

Sie betrachtete sich noch einmal prüfend im Spiegel und strich ihr feuchtes Haar aus dem Gesicht. Dann ging sie in die Küche. Dort duftete es verführerisch.

»Ich hatte noch einen Rest Chili im Kühlschrank und dachte, vielleicht hast du ja Hunger.« Ben rührte in einem gusseisernen Topf auf dem Herd. »Und nein, du musst nichts tun. Du bist mein Gast«, kam er ihrer höflichen Frage zuvor.

Ira setzte sich an den Tisch und sah zu, wie Ben ein paar Brötchen in den Backofen legte und den Tisch deckte. Das Geschirr war handgetöpfert und farbenfroh bemalt. Es war beruhigend, einfach nur still dasitzen zu können. Durch das Fenster hatte man einen weiten Blick auf den nächtlichen Himmel. Aus Iras Perspektive waren keine Häuser zu sehen, und sie fühlte sich ein bisschen wie außerhalb von Raum und Zeit.

»Ein Glas Rotwein?«

»Ja, gerne ...«

Ben schenkte Rotwein in zwei Gläser. »Prost, und auf das Du.«

»Ja, auf das Du.« Ira lächelte ihn an. Waren wirklich erst vier Tage vergangen, seit sie das erste Mal hier gewesen war, und drei Tage seit ihrem Abend in Münster? Sie stieß mit ihm an, froh über die Freundschaft, die sich so unerwartet zwischen ihnen entwickelt hatte.

Ben platzierte den gusseisernen Topf mit dem Chili sowie einen Brotkorb mit den Brötchen auf dem Tisch und füllte die beiden Teller. Nach den ersten Bissen stellte Ira fest, wie ausgehungert sie war. Seit dem Frühstück hatte sie nichts mehr gegessen. Das Chili schmeckte köstlich, würzig und nicht zu scharf und viel besser als alles, was Georg und sie immer zustande brachten. Ein paar Minuten aßen sie schweigend.

Schließlich lehnte Ira sich zurück und trank einen Schluck Wein, ehe sie fragte: »Hast du denn in Münster etwas herausfinden können? Ich bin so gespannt.«

»Ja, eine ganze Menge, und ich weiß immer noch nicht recht, wie ich es deuten soll.«

Er erzählte ihr von den Gesprächen mit Dr. Gärtner und seinem Großonkel.

Ira hörte ihm aufmerksam zu. »Angenommen, die Theorie deines Großonkels mit der Reinszenierung eines erlittenen Traumas sollte sich wirklich als richtig erweisen, dann würde das bedeuten, dass jemand, der Cornelia Guthaus nahestand, Wolfgang Scholzen und Axel Schneider getötet hat – und die anderen Jungen? Jemand aus der Familie ihres verstorbenen Vaters?«

»Das wäre eine plausible Folgerung.« Ben nickte.

»Dann müssen wir herausfinden, wer Cornelias Verwandte väterlicherseits sind, die ja versucht haben, das Mädchen vor dem Stiefonkel zu bewahren, und den Missbrauch gemeldet haben. Die Weibliche Kriminalpolizei in Münster war doch bestimmt damit befasst, Spuren von Misshandlungen an Cornelias Körper zu dokumentieren. Vielleicht kommen wir ja so an die Adressen der Angehörigen.«

»Das habe ich auch gedacht. Dr. Gärtner ist mit der derzeitigen Leiterin der Weiblichen Kriminalpolizei in Münster, einer Hauptkommissarin Färber, gut bekannt. Er war so nett, den Kontakt zu ihr herzustellen, und ich konnte sie, nachdem ich bei Gärtner war, rasch noch bei ihr zu Hause treffen. Sie leitet die Weibliche Kriminalpolizei erst seit zwei Jahren. Sie will sich bei den Kolleginnen umhören, die damals mit Cornelia zu tun hatten, und sich morgen bei mir melden.« Ben unterbrach sich und griff nach dem Weinglas. »Für eine Polizeibeamtin war sie übrigens erstaunlich aufgeschlossen und hilfsbereit.«

»Das soll durchaus vorkommen.« Ira hob die Augenbrauen. »Gut, dann warten wir ab, was du morgen von ihr erfährst.«

»Bevor ich zum Eigelstein gefahren bin, war ich noch kurz zu Hause. Über meinen Anrufdienst habe ich erfahren, dass mein Freund, der Chemiker, versucht hat, mich zu erreichen. Ich habe dir von ihm erzählt.«

»Du hattest ihm die Flasche aus dem Keller in der Industrieruine gegeben.« Ira nickte. »Und?«

»Leider Fehlanzeige.« Ben schüttelte den Kopf. »In der Flasche war zwar ein Rest hochprozentiger Alkohol. Aber die Fingerabdrücke waren völlig verschmiert. An dem Verschluss fand sich ein winziger Rest Lippenstift. Aber das hilft uns auch nicht weiter. Die Flasche muss zufällig in dem Keller gelegen haben.«

»Das sehe ich auch so. Ach, wie schade.« Ira trank noch einen Schluck Wein. Nach dem Duschen war sie müde gewesen, aber jetzt fühlte sie sich hellwach, und sie hatte die Empfindung, alles überdeutlich wahrzunehmen. Das Gespräch mit Ben an der Polizeiabsperrung kam ihr plötzlich in den Sinn. »Sag mal, du hast vorhin gesagt, dass du Steinert gestern *Nacht* möglicherweise aus dem Bordell hast kommen sehen. Aber du hast doch gestern *Abend* vor dem Haus auf mich gewartet, als ich von Clara Wiener zurückkam, und nicht in der Nacht. Bist du mit der Uhrzeit durcheinandergeraten?«

»Ähm, nein … Falls ich Steinert tatsächlich gesehen habe, dann war das so gegen elf.« Ben räusperte sich und drehte den Stil seines Weinglases.

Ira beugte sich vor. »Du benimmst dich wie jemand, der bei einer Vernehmung etwas verbergen will.«

»Aber das hier ist keine Vernehmung.«

»Jetzt rück schon heraus mit der Sprache. Bist du denn noch einmal zum Eigelstein zurückgefahren, nachdem wir uns in der Wohnung verabschiedet haben?«

»Ich bin gar nicht erst weggefahren.« Ben hob die Hände. »Okay, wenn du es unbedingt wissen willst, ich hab vor dem Haus gewartet, bis dein Bruder nach Hause gekommen ist.«

»Weshalb das denn?«

»Ich hab mir Sorgen um dich gemacht.«

»Ich brauche niemanden, der mich beschützt«, fuhr Ira ihn ärgerlich an.

»Musst du denn immer stark sein? Ist es schlimm, auch mal Angst zu haben?« Ben verlor die Geduld. »Soll ich dir ein finsteres Geheimnis von mir verraten?«

»Meinetwegen ...«

Ira verschränkte die Arme vor der Brust. Was bildete Ben sich nur ein?

»Ich hab Albträume. In denen bin ich wieder ein kleines Kind, das während eines Bombenangriffs in einem Keller verschüttet wird. Ich kriege keine Luft mehr, ich bin völlig panisch. Und wenn ich aus diesen Träumen erwache, liege ich da, zittere am ganzen Leib und bin nahe dran, mir in die Hose zu machen.« Ben brach ab, er schüttelte den Kopf, als sei er sich über etwas unschlüssig. Stille senkte sich über die Küche. Dann seufzte er. »Okay, wenn du die ganze, uneingeschränkte Wahrheit wissen willst, es gab noch einen Grund, weshalb ich vor dem Haus gewartet habe.«

»Ach ja? Und der wäre?«

Etwas in Bens Blick ließ Iras Herz schneller schlagen.

Sehr zärtlich sah er sie an, und seine Miene war ganz offen. »Ich wollte dir nahe sein.«

»Du wolltest mir nahe sein?«, wiederholte sie. Irgendwie war sie plötzlich atemlos.

»Ja. Auch wenn ich es, ehrlich gesagt, selbst nicht verstehe, weshalb ich mich ausgerechnet in eine Frau verlieben musste – und ja, ich habe mich in dich verliebt –, bei der ich fürchte, dass sie mich ohrfeigt, wenn ich versuche, sie zu küssen, und …«

Ira beugte sich vor. »Du redest wieder solchen Unsinn«, flüsterte sie und küsste ihn leidenschaftlich.

Ben zog sie an sich. Dann waren da nur noch sie und er und ihr Verlangen nacheinander, so elementar und von einer solchen Wucht, wie Ira es noch nie erlebt hatte.

»Willst du …?«, fragte Ben nach einer Weile.

»Ja, natürlich will ich mit dir schlafen«, murmelte Ira und streifte den Pullover ab. Schon als Bens Hände über ihre nackte Haut wanderten, wusste sie, dass es dieses Mal so sein würde, wie sie es sich immer erträumt hatte. Und dann ließ sie ganz los.

42. Kapitel

Montag, fünfzehnter Tag

Glockengeläut von einer nahen Kirche weckte Ira, und Kaffeeduft stieg ihr in die Nase. Von irgendwoher war ein brodelndes Geräusch zu hören.

Sie befand sich in einem breiten weiten Bett. An den Wänden des Zimmers hingen ein paar kontrastreich ausgeleuchtete Fotografien von amerikanischen Städten und Landschaften.

Ein Lächeln breitete sich auf ihrem Gesicht aus. Sie und dieser arrogante, nervige und selbstgefällige Ben Weber hatten tatsächlich miteinander geschlafen. Und es war wunderschön gewesen. Atemberaubend, romantisch, leidenschaftlich, erfüllend ... Für einige Momente lag sie still da. Die vergangene Nacht war in ihren Körper eingebrannt. Er fühlte sich fremd an, als hätte sie plötzlich völlig unbekannte Bereiche in sich entdeckt – und doch gleichzeitig so vertraut wie nie.

Wolfgang Scholzen, der in Carolin verliebt gewesen war, hatte dies niemals erleben dürfen. Und auch die anderen ermordeten Jungen wahrscheinlich nicht. Um so viel hatte der Mörder sie gebracht! Ja, sie wollte ihn mit Ben fassen und vor Gericht bringen. Und Hanni wurde ja sicher immer noch vermisst.

Ira schwang sich aus dem Bett. Rasch schlüpfte sie in ihre Unterwäsche.

Die Kleidungsstücke, die Ben ihr geliehen hatte, lagen um das Bett verstreut. Sie anzuziehen war wie eine vertraute Berührung.

»Guten Morgen!« Ben stand in der Küche. Sein Blick war zärtlich und liebevoll. »Gut geschlafen?« Er trug nur eine Jeans, und Ira widerstand dem Wunsch, ihn sofort wieder ungestüm zu küssen.

»Wir sind jetzt also tatsächlich ein Paar?« Sie lächelte ihn an.

»Wenn du es dir nicht anders überlegt hast.« Er erwiderte ihr Lächeln.

»Nein, das habe ich nicht.« Ira nahm eine Tasse mit Espresso und leerte sie schnell. »Ach, Ben, ich bin so glücklich, und ich würde so gern bleiben. Es ... es war wirklich wunderschön. Aber ein Kioskbesitzer hat Hanni höchstwahrscheinlich am Abend, bevor sie verschwunden ist, gesehen. Gestern habe ich ihn nicht angetroffen. Deshalb möchte ich noch einmal nach Mülheim fahren. Hoffentlich habe ich diesmal mehr Glück.«

»Ich verstehe, dass du da hinmusst.« Ben nickte. »Ich wollte ohnehin mit der Leiterin der Weiblichen Kriminalpolizei in Münster telefonieren. Ruf mich hier an, wenn du irgendetwas herausgefunden hast. Und nimm den Citroën. Ich hab ja noch das Motorrad.«

»Danke, sehr gern.«

»Pass auf dich auf, ja?« Ben blickte sie eindringlich an und strich ihr über die Wange.

Sie nickte. »Versprochen.«

Sie küssten sich – schon das reichte, um Iras Körper wieder in Flammen zu setzen –, doch schließlich lösten sie sich widerstrebend voneinander. Wie war das Leben nur ohne Ben gewesen? Eine letzte Umarmung, dann stürmte Ira die Treppe hinunter.

Der Kioskbesitzer, Herr Holsten, war ein kahlköpfiger Mann um die sechzig, dem ein beträchtlicher Bierbauch über den Gürtel hing. Er händigte einem Kunden eine Zeitung und eine Packung Zigaretten aus und wandte sich dann wieder Ira zu.

»Ich hab das mit dem Mädchen doch schon ausführlich Ihren Kollegen erzählt«, sagte er vorwurfsvoll. »Ich versteh wirklich nicht, warum Sie das jetzt auch noch mal wissen wollen.«

»Es tut mir leid, anscheinend ging irgendetwas in der internen Kommunikation schief«, improvisierte Ira. »Aber da ich nun einmal in Mülheim bin und gleich noch andere Zeugen befragen muss, und da das, was Sie wissen, vielleicht auch für diese Befragungen wichtig sein könnte, müssen Sie mir die Begebenheit bitte noch einmal schildern. Sie haben Hanni Zirner also am späten Donnerstagabend gesehen?«

»Ja.«

»Erkannten Sie das Mädchen denn von dem Foto in der Zeitung wieder?«

»Nee, ich hab die auch früher schon gesehen, die kauft

hier manchmal Süßkram und die Bravo. Zigaretten wollte sie auch schon mal, aber die hat sie von mir nicht gekriegt.« Herr Holsten räumte Bierflaschen in einen Kühlschrank. »Ein hübsches Ding, das Mädchen, das muss ich schon sagen.«

»Und am Donnerstagabend?« Ira bemühte sich um Geduld.

»Na ja, das Mädchen kam so gegen acht hier ins Büdchen.«

»Gegen acht? Ich denke, Sie haben sie erst viel später gesehen?« Ira grub ihre Fingernägel in die Handflächen, um den Mann nicht anzuschreien.

»Ja, das auch.« Herr Holsten verschnürte jetzt in aller Seelenruhe einen Packen alter Zeitungen. »Ich hab sie gegen elf in der Nähe vom Rheinufer gesehen. Aber so um acht war sie hier. Sie hat irgendwie verheult gewirkt und hat 'ne Kerze gekauft und ein paar Süßigkeiten.«

»Wo genau sind Sie Hanni Zirner dann später begegnet?«

»Na ja, begegnet nicht so direkt. Also, das Mädchen ist mir nicht über den Weg gelaufen. Aber ich hab sie gesehen.«

»Ja?« Iras Handflächen schmerzten von den Fingernägeln.

»Es war an der Ampel Ecke Düsseldorfer Straße und Von-Lohe-Straße. Ich war gerade auf dem Heimweg. Ein Wagen bremst ganz abrupt wegen Rot, und ich denke noch, was für ein Idiot, und guck in das Auto. Und da seh ich das Mädchen auf dem Beifahrersitz.«

»Und der Fahrer? Können Sie den beschreiben?«

»Na ja, so ein Kerl mit zu langen Haaren und Koteletten

und 'nem Schnurrbart, und 'ne Jeansjacke hat er angehabt. Ich dacht noch, dass der sich so ein großes Auto leisten kann.«

»Welche Marke war es denn?«

»Vielleicht ein Ford oder ein Opel. Vielleicht auch ein Audi. Jedenfalls hatte es 'ne dunkle Farbe.«

»Konnten Sie das Kennzeichen sehen?«

»Nee.« Der Kioskbesitzer schüttelte den Kopf. »Ich hab auch noch gedacht, ob das so ganz richtig ist, das Mädchen bei dem Gammler im Auto. Aber es hat ganz ruhig gewirkt, nicht irgendwie ängstlich, sonst hätt ich auch was unternommen. Aber wie sich jetzt herausgestellt hat, hat mich meine erste Ahnung anscheinend leider nicht getrogen. Garantiert hat der Kerl das Mädchen entführt.«

Iras Gedanken rasten. »An der Ampel Düsseldorfer Straße und Von-Lohe-Straße haben Sie Hanni Zirner in dem Auto gesehen?«, vergewisserte sie sich noch einmal.

»Ja, genau, wie ich eben gesagt hab.« Der Kioskbesitzer holte einen zerfledderten Stadtplan unter der Theke hervor und deutete mit seinem dicken Zeigefinger auf die Stelle.

Ganz in der Nähe befand sich ein ausgedehntes Ruinengrundstück. Vielleicht würde es sich lohnen, sich dort einmal umzusehen. Manchmal lungerten da Jugendliche herum, wie Ira von ihrer Arbeit wusste. Oder möglicherweise hatte sich ja auch ein Obdachloser an dem Abend dort aufgehalten und etwas beobachtet. Sie bedankte sich und eilte aus dem Büdchen.

Ira wollte schon in den Citroën steigen, als sie an der nächsten Straßenecke eine Telefonzelle sah. Sie rannte hin, fingerte ein paar Münzen aus ihrer Geldbörse und wählte Bens Nummer. Als am anderen Ende der Leitung der Hörer abgenommen wurde, atmete sie auf.

»Ben!«, sprudelte sie hervor.

»Es tut mir leid, mein Name ist Angermann von Herrn Webers telefonischem Anrufdienst«, meldete sich eine Frauenstimme. »Kann ich ihm etwas ausrichten?«

Verdammt ... Anscheinend telefonierte Ben gerade, oder er hatte die Wohnung verlassen.

»Sagen Sie Herrn Weber bitte, dass Hanni Zirner am späten Donnerstagabend in einem dunklen, großen Wagen gesehen wurde. Und ... Ich, also Ira Schwarz, werde mich auf dem Ruinengrundstück am Mülheimer Rheinufer in der Nähe der Düsseldorfer Straße umsehen.«

Bis zu dem Ruinengrundstück war es nicht weit. Ira jagte den Citroën über den unbefestigten Feldweg und scherte sich auch um die tiefen Schlaglöcher nicht. Ein Schwarm Krähen flog auf, als sie den Wagen am Rande der ausgebrannten Gebäude parkte. Kein Mensch war zu sehen, und das Gelände war riesig.

»Hallo, ist hier jemand?« Ihre Stimme hallte zwischen den Mauern wider. Iras Zuversicht, auf Obdachlose oder Jugendliche zu stoßen, die die Schule schwänzten, sank. »Hallo?« Sie stieg über Schutt, betrat ein Gebäude und sah sich angespannt um. Auch hier befand sich niemand. Sie wollte schon wieder gehen, als sie in einer Ecke etwas Rotes am Boden bemerkte. Der Rest einer Kerze. Ira bückte sich.

Der Kioskbesitzer hatte gesagt, dass Hanni eine Kerze

bei ihm gekauft hatte, und der Stummel war noch nicht staubig. Also konnte das Mädchen tatsächlich hier gewesen sein.

Aber diese Vermutung half ihr nicht weiter. Verdammt, verdammt, wo war Hanni jetzt? Frustriert und verzweifelt lief Ira wieder nach draußen und weiter über das Gelände. »Hallo?«, rief sie ein ums andere Mal. »Ist hier jemand? Ich suche nach einem vermissten Mädchen, Hanni Zirner. Bitte, sprechen Sie mit mir, wenn Sie sie am Donnerstagabend gesehen haben.«

Doch lediglich das Krächzen der Krähen, die sich auf den eingestürzten Dächern niedergelassen hatten, antwortete ihr.

Sie vergeudete hier nur ihre Zeit. Sie musste zu Ben zurückkehren. Vielleicht hatte er ja mittlerweile etwas herausgefunden, das ihnen weiterhalf. Ira schloss den Citroën auf, als etwas am Rand der Ruinen ihre Aufmerksamkeit erregte. Sie lief hin, nahm die Stelle in Augenschein. In ein schlammiges Stück Erde hatten sich Rillen eingegraben. Ira sah sich um. Ein Stück entfernt gab es diese seltsamen Rillen wieder. Sie nagte an ihrer Unterlippe. In den letzten Tagen hatte es geregnet. Konnte es sein, dass dies die verwaschenen Überreste von Reifenspuren waren? Hanni war in einem Auto ganz in der Nähe gesehen worden. Was, wenn der Mann mit ihr hierhergefahren war? Möglicherweise war die Jacke des Mädchens im Stadtwald ja eine bewusst gelegte falsche Spur gewesen. Vielleicht hielt er sie irgendwo auf dem Ruinengrundstück versteckt. Oder er hatte ihr noch Schlimmeres angetan.

Im nächsten Moment bremste Ira sich. Das war alles äußerst unwahrscheinlich. Ihre Fantasie ging mit ihr durch. Sie lief zurück zu dem Citroën, startete den Wagen und fuhr ein paar Meter. Dann hielt sie abrupt wieder an und stieg aus. Wenn sie schon einmal hier war, konnte sie auch schnell einmal nachsehen, wohin die merkwürdigen Rillen führten.

Konzentriert folgte sie ihnen. Mal waren sie ganz deutlich zu erkennen, dann wieder, auf einem von Resten von Asphalt durchzogenen Untergrund, verloren sie sich fast.

Sie führten bis ganz zum Ende der Ruinen. Dort endeten sie vor einem Gebüsch. Ira bückte sich. Täuschte sie sich, oder waren tatsächlich Äste geknickt und abgebrochen, als sei etwas Schweres um die Sträucher herumgezogen worden?

Sie kämpfte sich durch die Zweige und Brombeerranken. Dahinter befand sich eine rostige Tür. Doch – Ira stockte der Atem – das Vorhängeschloss an dem Riegel war ganz neu. Hatte sich ihr Verdacht etwa bestätigt?

»Hanni!« Sie hämmerte gegen die Tür. »Hanni, ich bin es, Ira ... Hanni, bist du da drin?«

Keine Reaktion. Ira presste ihr Ohr gegen die Tür. War da ein Wimmern? Sie lauschte angespannt. Ja, und jetzt ein Geräusch, als würde jemand ganz schwach von innen gegen die Tür klopfen.

»Hanni!« Ira rüttelte an dem Riegel. »Hanni!« Sie musste die Tür aufbrechen. Bens Wagen ... Bestimmt hatte er Werkzeug im Kofferraum. »Hanni, ich bin gleich wieder da.«

Mit vor Anspannung zitternden Händen schloss sie den

Kofferraum auf. Ja, da war Werkzeug. Sie schob einen Hammer und eine Zange in ihre Jackentaschen, klemmte sich den Wagenheber unter den Arm und rannte zurück.

»Hanni, ich bin wieder hier! Ich versuche, die Tür aufzubrechen.« Ira hieb mit dem Wagenheber gegen den Riegel, bis er endlich brach. Sie riss die Tür auf. Der Gestank von Kot und Urin schlug ihr entgegen.

»Hanni …«

Die nackte, gefesselte und geknebelte Gestalt auf dem Boden war nicht Hanni. Sie war viel größer, war ein Junge. Ira sank neben ihm in die Knie. Der Junge stöhnte, schluchzte.

»Es ist gut, es ist gut … Ich bin bei dir.« Sie entfernte den Knebel und die Binde, die um seinen Kopf hing. »Ich nehme dir noch schnell die Fesseln ab, dann rufe ich Hilfe.« Ira holte ein Taschenmesser aus ihrer Umhängetasche und setzte es an dem Strick um die Handgelenke des Jungen an.

Mit einer Binde um die Augen, gefesselt und geknebelt, war auch der Leichnam von Wolfgang Scholzen gefunden worden. Trotz des Schmutzes in seinen Haaren war nicht zu übersehen, dass der Junge vor ihr ebenfalls blond war. O Gott, sie hatte ein weiteres Opfer gefunden. Was für ein Glück, dass der Junge noch lebte!

Nun zuckte der Junge zusammen und wimmerte. Hatte sie ihn mit dem Messer verletzt? »Es tut mir leid …«

»E… Er …« Sein ausgedörrter Mund formte Worte, die sie nicht verstand. Dann sah sie das Entsetzen in seinen Augen. Ira wandte sich um.

Hinter ihr stand ein Mann. Er hatte recht langes Haar

und Koteletten und trug einen Schnurrbart. In der Hand hielt er eine Pistole. Irgendwie kam ihr sein Gesicht bekannt vor.

Und dann wehte ihr für einen Moment inmitten des Gestanks, der von dem Jungen ausging, der Duft von Orange und Jasmin entgegen.

Aber ... Das konnte doch nicht sein. Das war einfach unmöglich ...

Lähmendes Entsetzen erfasste Ira. Doch es gab keinen Zweifel. Hinter der Verkleidung verbarg sich Clara Wieners schönes, nun maskenhaft starres Gesicht.

43. Kapitel

Etwa eine Stunde vorher war Ben die Treppe zu seiner Wohnung hinaufgeeilt. Eben hatte ihm ein Adlatus von Guido Breidtscheidt endlich die Listen mit den Haltern der dunklen Wagen Marke Ford mit dem Kennzeichen K-IN gegen noch mal vierhundert Mark an der Haustür überreicht.

Ben hatte gerade die Diele betreten, als das Telefon auf seinem Schreibtisch klingelte. Ob das die Hauptkommissarin aus Münster war?

Er schnappte sich den Hörer, während er mit der anderen Hand die Listen aus dem Umschlag zog und sie auf den Schreibtisch legte. »Weber!«

»Hauptkommissarin Färber, Herr Weber«, meldete sich eine Frauenstimme am anderen Ende der Leitung. Wieder klang sie sehr energisch und kompetent. Ira hätte ihre helle Freude daran gehabt. »Ich habe gestern ein paar Kolleginnen erreicht, die in Münster zu der Zeit, als Cornelia Guthaus ermordet wurde, Dienst taten. Der brutale Tod des Mädchens hat die Kolleginnen damals sehr aufgewühlt, und der Fall ist ihnen noch sehr präsent. Sie konnten mir die Namen der Verwandten väterlicherseits nennen. Ich darf Ihnen die Namen und die Adressen natürlich nicht einfach weitergeben. Aber wenn Sie möchten, schreibe ich die Verwandten an. So können sie sich gegebenenfalls mit Ihnen in Verbindung setzen.«

»Das ist mir sehr recht, vielen Dank«, sagte Ben. »Wären denn die Beamtinnen bereit, mit mir zu sprechen?«

»Ja, das sind sie. Sie erreichen die beiden Damen heute im Polizeipräsidium Münster.« Die Hauptkommissarin nannte ihm die Namen und die Durchwahlnummern, die Ben sich notierte.

»Aber vielleicht können Sie es sich auch einfacher machen. Kriminalrätin Clara Wiener, die Leiterin der Weiblichen Kriminalpolizei in Köln, Sie kennen sie ja vielleicht, war damals in Münster tätig und als junge Beamtin mit dem Fall befasst. Sie hat sich, als es um das Sorgerecht für Cornelia ging, sehr dafür eingesetzt, dass das Mädchen aus der Familie genommen wurde. Leider vergebens. Nehmen Sie doch Kontakt mit ihr auf. Ich kenne Frau Wiener gut, und ich schätze, dass sie gern mit Ihnen sprechen wird. Solche Fälle zu verhindern, ist ihr ein großes Anliegen.«

Während Ben noch ein paar höfliche Worte mit der Hauptkommissarin wechselte, fiel sein Blick auf das oberste Blatt Papier mit den Namen der Wagenhalter. Im ersten Moment dachte er, er hätte es sich nur eingebildet, den Namen dort zu lesen.

Doch beim genauen Hinsehen bestätigte sich, dass neben einem Ford Baujahr 1954, Kennzeichen K-IN 3849, als Halter tatsächlich Clara Wiener stand. Und ... wie ein Blitz durchzuckte ihn die Erkenntnis. Da war auch noch die winzige Spur von Lippenstift, die an dem Verschluss der Schnapsflasche in der Industrieruine gefunden worden war.

Ben überlief eine Gänsehaut. Hastig beendete er das Gespräch. Der maskierte Mann, der sich so gut auf seine Opfer einzustellen verstand, der wusste, was sie interessierte, und dem es so schnell gelang, ihr Vertrauen zu gewinnen. Der die jeweiligen angesagten Moden kannte. Alles ergab nun ein entsetzliches Bild.

•••

»Frau Kriminalrätin, bitte ...« Ira fühlte sich immer noch wie gelähmt. Das konnte nicht sein, das war einfach nicht real. Clara Wiener war doch keine Mörderin!

»Schließen Sie die Tür!«

Diese Stimme war Ira absolut fremd. Sie war ganz hart und kalt. Trotzdem zögerte sie.

»Los, machen Sie schon!« Clara Wieners Augen über der Waffe zeigten keinerlei Gefühl, schienen zu allem entschlossen.

Der Junge stieß einen erstickten Schrei aus. Sein verzweifelter Blick brach Ira fast das Herz.

»Los!«

Ich hole dich hier raus, das verspreche ich dir, versuchte Ira dem Jungen stumm zu sagen, während sie die Tür ins Schloss drückte.

»Gehen Sie mir voraus, Ira! Ich will Sie nicht töten, aber wenn Sie sich wehren, werde ich Sie erschießen«, sagte Clara Wiener mit der Ira völlig fremden kalten Stimme und dirigierte sie um die Ruine herum und zu einem schwarzen Ford mit dem Kennzeichen K-IN 3849, der neben dem Citroën stand. Dort befahl sie Ira, die Beifahrertür zu öffnen und dann auf den Fahrersitz zu rutschen. Währenddessen blieb sie vor der geöffneten Tür stehen und hielt die Pistole auf sie gerichtet. Erst als Ira hinter dem Lenkrad saß, ließ Clara Wiener sich auch in dem Wagen nieder und reichte ihr den Zündschlüssel.

»Fahren Sie zur Mülheimer Brücke und dann in Richtung Innenstadt.« Ihre Stimme hatte immer noch diesen fremden Klang, und alles Leben, jede menschliche Regung schien aus ihrem Gesicht gewichen zu sein. Diese Person, diese *Mörderin*, hatte nichts gemein mit der Frau, die Ira verehrte. Warum nur, warum hatte sie Wolfgang Scholzen und höchstwahrscheinlich auch die anderen Jungen getötet? Und hatte sie womöglich auch Hanni entführt?

»Was haben Sie mit Hanni gemacht?«

»Das werden Sie schon noch erfahren.«

»Wohin fahren wir denn?« Iras Mund war wie ausgedörrt.

»Aus der Stadt raus.«

Auf Clara Wieners Schreibtisch in ihrem Arbeitszimmer hatte ein Strauß mit leuchtend bunten Chrysanthemen gestanden, wie die, die Ira aus dem Büro im Präsidium kannte. Diese Blumen wuchsen im Garten der Kriminalrätin in der Eifel. Ira lenkte den Ford die Auffahrt zur Brücke hoch.

»Fahren wir zu Ihrem Haus in der Eifel?«

Clara Wiener reagierte nicht, und Ira versuchte, sich auf den wie immer dichten Verkehr auf der Brücke zu konzentrieren. Aus dem Augenwinkel sah sie, dass die Kriminalrätin sie unablässig fixierte, ihr Finger immer noch am Abzug der entsicherten Pistole.

»Fahren Sie in Richtung der Aachener Straße«, befahl ihr Clara Wiener, als sie den Rhein überquert hatten. Ira gehorchte, sie fuhr durch Riehl und dann am Rheinufer entlang. Am Dom bog sie in eine Straße ab, die am Rand der Innenstadt entlangführte. Sie passierten den Friesenplatz und ein Stück des inneren Rings, dann hatten sie die Aachener Straße erreicht.

»Und nun?«, wandte sich Ira an Clara Wiener.

»Weiter!«

Die Aachener Straße führte stadtauswärts in Richtung Eifel, also hatte sie wohl richtig vermutet. Rechts von ihnen erstreckte sich der Melaten-Friedhof mit seiner langen Mauer aus Backsteinen. Die Kronen der Bäume bewegten sich im Wind. Kurz darauf passierten sie den Melatengürtel und die Oskar-Jäger-Straße. Hier, ganz in der Nähe, hatte Clara Wiener Wolfgang Scholzen in einer Garage umgebracht. Lindenthal, wo sie wohnte, war ja nicht weit entfernt, und jetzt fiel Ira ein, dass die Kriminalrätin einmal erwähnt hatte, dass sie ihren Mercedes in einer Werkstatt an der Oskar-Jäger-Straße warten ließ. Wahrscheinlich hatte sie dabei die heruntergekommenen Garagen entdeckt. So viele Teile eines Puzzles, die sich nun zusammenfügten.

»Fahren wir denn dorthin, wo Hanni ist?«, versuchte Ira, noch einmal zu der Kriminalrätin durchzudringen.

Wieder reagierte sie nicht. Doch dann, ganz unvermittelt, begann sie zu sprechen.

»Mit Hanni geriet alles … durcheinander.« Ihr Tonfall hatte sich verändert, war nicht mehr ganz so emotionslos. Ira glaubte sogar, eine plötzliche Qual herauszuhören.

Vielleicht war dies ja ein gutes Zeichen, und Clara Wiener war womöglich doch nicht zum Äußersten entschlossen. »Wie meinen Sie das, Frau Kriminalrätin?«

»Es war, als würde … als würde eine Wand in mir durchlässig.« Die Kriminalrätin atmete schwer und stoßweise, ihr Gesicht verzerrte sich. »Ich ahnte auf einmal, dass da noch andere …«, sie stockte, »… in mir sind.«

»Andere Personen?«

»Ja.«

Also hatte Bens Großonkel richtig vermutet. Der Mörder war eine multiple Persönlichkeit. Nur war er kein Mann.

Ira musste weitersprechen, versuchen, in Verbindung mit der Clara Wiener zu bleiben, die sie kannte. Der empathischen und gerechten Frau. Der *echten* Clara Wiener. Vielleicht würde sie sich ja dann zum Aufgeben bewegen lassen.

»Als ich nach Hannis Verschwinden in ihrem Zimmer war, fand ich ein Groschenheft in ihrem Bett. Es handelte von einer Polizistin, die als Spitzel arbeitete und sich deshalb verkleidete.« Sie schluckte hart. »Hanni dachte, als sie Ihnen spät am Abend in Ihrer Verkleidung als Mann begegnete, dass Sie als Spitzel unterwegs waren. Sehe ich das richtig?«

»Ja, sie hatte keine Angst vor mir. Ich sagte ihr, dass ich sie in mein Haus in der Eifel bringe, weg von ihrer Mutter, und dass sie dort eine Weile bleiben kann. Als wir da waren, wollte Hanni nicht, dass ich sie fessele und einsperre. Aber das musste sein.« Ein Schatten huschte über das Gesicht der Kriminalrätin, es wurde wieder starr.

Ira tastete sich weiter vor. »Sie haben Annie Eggers im Krankenhaus besucht, nicht wahr?« Die echte Clara Wiener durfte ihr nicht wieder entgleiten.

»Annie Eggers ... Als sie mir von Steinert erzählte und was er ihr angetan hatte ... Das ließ die Wand endgültig zusammenstürzen. Ich musste ihn töten.«

»*Sie* mussten Steinert töten, oder jemand anderes in Ihnen?«

Clara Wiener stöhnte auf. »Ich ... denn ich war auf einmal ... all die anderen. Auch der Mann, der ... Steinert war ein Tier, wie die Jungen, die Greta ...« Sie brach ab.

»Greta stand Ihnen sehr nahe?«, versuchte Ira es vorsichtig.

Clara Wiener nickte stumm.

»War sie Ihre Schwester?«

Sie hatten jetzt die Stadtgrenze von Köln hinter sich gelassen. Zu beiden Seiten der breiten Ausfallstraße erstreckten sich Dörfer zwischen Wiesen und Äckern. In der Ferne erhob sich eine Bergkette, die ersten Ausläufer der Nordeifel.

»Ja, Greta war meine kleine Schwester. Sie war so hübsch und aufgeweckt. Mit vier hatte sie einen Badeunfall. Sie wäre fast ertrunken. Danach war sie ... zurückgeblieben.« Clara Wiener sprach jetzt abgehackt und wie in sich selbst versunken. »Und dann gab es die Gerüchte, dass Erwachsene und Kinder, die geistig zurückgeblieben waren, abgeholt und in Heime gebracht würden ... Heime, aus denen sie nie mehr zurückkehrten. Mein Vater war als Offizier an der Front. Und meine Mutter war ... so schwach. Jeden Tag, wenn ich von der Arbeit im Lazarett nach Hause kam, hatte ich Angst, dass Greta nicht mehr da sein würde ... Dass man sie abgeholt hatte. Ich hätte das niemals zugelassen. Lieber wäre ich gestorben.«

»Aber dann konnten Sie Greta irgendwann doch nicht mehr beschützen«, sagte Ira leise. Ihre um das Lenkrad gekrampften Hände waren schweißnass.

»Die Russen kamen näher. Wir mussten Königsberg verlassen. In einem Treck. Ständig gab es Angriffe von Tieffliegern. Bei einem starb unsere Mutter. Greta und ich wurden von den anderen getrennt. Wir versteckten uns im Keller eines zerstörten Gehöfts. Und dann kamen die Jungen ...«

»Welche Jungen?«

»Jungen in zerrissenen Uniformen. Halb verhungert, mit toten Augen. Der Anführer war blond. Sie fielen über uns her. Schlugen und vergewaltigten uns. Ich sehe sie noch vor mir, rieche den Alkohol und die Zigaretten. Sie ... sie haben Greta mit Schnaps übergossen und bei lebendigem Leib angezündet. Und ich ... Ich habe mich tot gestellt.« Für einen Moment wich die schreckliche Monotonie aus Clara Wieners Stimme, und sie war voller Schmerz.

Von irgendwoher war plötzlich die Sirene eines Streifenwagens zu hören. Clara Wiener zuckte zusammen. Schlagartig veränderte sich ihr Gesicht, es verzerrte sich, wurde böse, ja grausam. Vor ihnen sprang eine Ampel von Grün auf Gelb. Ira verlangsamte die Geschwindigkeit.

»Fahren Sie schneller, Ira!«

»Frau Wiener, niemand sucht uns. Niemand weiß, dass wir zusammen unterwegs sind.«

»Fahren Sie schon!« Sie hob die Pistole höher, richtete sie auf Iras Kopf.

Ira gab Gas und raste bei Rot über die Ampel. Neben ihr quietschten Bremsen, ein Fahrzeug kam gerade noch zum Halten. Die Hauptstraße eines Dorfes erstreckte sich vor ihnen. Zu beiden Seiten parkten Autos. Eine Mutter mit einem Kind an der Hand wollte die Straße überqueren. Im letzten Moment konnte Ira ihnen noch ausweichen.

»Wenn ich so weiterrase, bringe ich uns und andere Menschen um!«, schrie sie Clara Wiener an. Gott sei Dank, jetzt hatten sie das Ende des Ortes erreicht, vor ihnen erstreckte sich wieder die Landstraße.

»Frau Wiener, Sie können Hanni und mich doch nicht ewig einsperren. Irgendwann wird man uns finden.«

Clara Wiener antwortete ihr nicht.

»Was hatten Sie mit dem Jungen in der Ruine vor? Hätten Sie ihn getötet, wenn ich eben nicht zufällig dort gewesen wäre?«

Wieder keine Antwort.

»Weshalb ist der Junge denn noch am Leben?«, versuchte Ira es anders.

»Ich bin Hanni begegnet, als ich zu der Ruine zurückgekehrt bin ...«

»Nachdem Sie den Jungen dort gefesselt und geknebelt und eingesperrt hatten?«

Die Andeutung eines Nickens.

»Und warum sind Sie zurückgekehrt?«

»Die Wirkung des Betäubungsmittels musste nachgelassen haben. Er sollte bei Bewusstsein sein, die Schmerzen fühlen ... Wie Greta ...«

O Gott ...

»Aber Sie haben den Jungen nicht getötet.« Was fast ein Wunder war.

»Hanni hat mich erkannt. Ich sagte doch schon, dadurch geriet alles durcheinander.« Clara Wieners Stimme war nun ganz hoch und schrill. »Ich habe angefangen zu ahnen, was mit mir los ist ... Und was der Mann, was ich, getan hatte ... Es war schrecklich, das zu begreifen.«

»Und deshalb haben Sie den Jungen nicht getötet, weil Sie – Clara Wiener – das nicht tun konnten?« Ira versuchte zu verstehen, was in der gepeinigten Frau vor sich gegangen war.

»Zuerst habe ich noch gehofft, dass es keinen Jungen in der Ruine gab. Dass das nur eine böse Fantasie von mir war. Aber dann, als mir klar wurde ...« Clara Wieners Stimme war nur noch ein Murmeln. »Zuerst wollte ich ihn freilassen. Aber ...« Sie schüttelte heftig den Kopf. »Aber dann hätte ich Greta im Stich gelassen! Man hätte mich festgenommen und eingesperrt ...«

»Frau Wiener, Sie sind krank. Sie brauchen Hilfe.«

»Nein, ich muss Greta beschützen.«

»Greta braucht Ihren Schutz nicht mehr.« Ira überlegte fieberhaft. Wie konnte sie es nur erreichen, dass Clara Wiener nicht wieder in den Wahn abglitt?

»Ihre kleine Schwester hat Sie geliebt. Greta würde sich ganz bestimmt wünschen, dass man sich um Sie kümmert und Sie wieder zu der Frau werden, die Sie in Wirklichkeit sind. Ein guter, liebevoller Mensch.«

Für einen Moment wurde Clara Wieners Gesicht weich, und sie atmete tief aus, als wollte sie sich von einer schweren Last befreien. Die Pistole in ihrer Hand zitterte.

»Frau Kriminalrätin, bitte, lassen Sie uns um Gretas willen umkehren, und stellen Sie sich. Sie sind doch für Ihre Taten nicht verantwortlich«, versuchte Ira weiter, sie zum Aufgeben zu bewegen.

Clara Wiener starrte vor sich hin. Dann schüttelte sie erneut den Kopf. »Nein, es ist zu spät.«

»Das ist es nicht.«

»Seien Sie still, Ira!« Ihre Stimme hatte wieder diesen furchtbaren hohen und schrillen Ton angenommen. »Es gibt so viele Männer, die Greta wehtun wollen. Die muss ich alle bestrafen.«

O Gott, Clara Wiener war wieder in ihren wahnhaften Zustand abgeglitten. Und, Ira wurde es eiskalt, Clara Wiener wusste, dass sie mit Ben in Münster gewesen war. Sie hatte Steinert erschossen, sie würde vermutlich auch nicht zögern, Ben umzubringen – in dem schrecklichen Irrglauben, ihre kleine Schwester weiterhin beschützen zu müssen.

Die Ausläufer der Eifel rückten immer näher. Ira konnte es nicht riskieren, von Clara Wiener gefangen gehalten zu werden. Da waren Ben und der Junge in der Ruine, der nicht mehr lange leben würde. Und da war Hanni.

Weiter vorn machte die Straße eine Kurve. In der Biegung wuchs dichtes Gestrüpp. Wenn sie den Wagen dahin lenkte, konnte sie vielleicht das Überraschungsmoment nutzen und Clara Wiener die Waffe aus der Hand schlagen. Ira verlangsamte etwas die Geschwindigkeit und sprach weiter, versuchte, Clara Wiener abzulenken.

»Cornelia Guthaus, das Mädchen aus der Gegend von Münster, das von seinem Stiefonkel brutal vergewaltigt und umgebracht wurde, Sie haben sie gekannt, nicht wahr?«

Die Kriminalrätin nickte stumm.

Ira tastete sich vor, riet aufgrund der Dinge, die ihr Ben über den traumatisierten Täter gesagt hatte. »Sie konnten Cornelia nicht beschützen, und Sie fühlten sich deshalb völlig ohnmächtig. Wie damals, als Ihre kleine Schwester grausam umgebracht wurde.«

Das Gestrüpp war jetzt ganz nah. »Ja, ich … ich konnte den Mord an ihr nicht verhindern. Ich habe … der Mann hat ihren Stiefonkel aufgespürt. Greta hat ihm gesagt, dass er …«

Clara Wiener schreckte auf, erfasste, was Ira vorhatte. »Nein!« Sie griff ins Lenkrad.

Der Ford schlitterte quer über die Straße. Ira versuchte zu bremsen, doch die Räder blockierten. Plötzlich war da ein Lkw, riesig ragte das Führerhaus vor ihnen auf. Ira riss ihren Fuß von der Bremse, gab Gas und warf das Lenkrad herum. Der Wagen schlitterte haarscharf an dem Lkw vorbei und in eine Wiese.

Ein Schuss knallte. Blut spritzte Ira ins Gesicht, vom Schall war sie ganz taub. Der Ford knallte gegen etwas, überschlug sich.

Ira verlor kurz die Besinnung. Als sie wieder zu sich kam, hing sie kopfüber, eingeklemmt in dem Sitz. Clara Wiener lag blutüberströmt und reglos neben ihr. Ira rüttelte an der Tür, aber die gab nicht nach.

Und dann roch sie das Benzin.

• • •

Ben hatte das Ruinengrundstück fast erreicht, als er auf der Gegenfahrbahn einen dunklen Ford bemerkte. In Gedanken noch ganz bei dem, was er über Clara Wiener herausgefunden hatte, streifte sein Blick das Nummernschild. K-IN 3849. Der Wagen, der auf die Kriminalrätin zugelassen war. Alarmiert blickte er ins Innere. Ira saß am Steuer und neben ihr jemand mit langen Koteletten und einem Schnurrbart. Das musste Clara Wiener sein.

Er konnte sich nicht vorstellen, dass Ira die Buchstabenfolge K-IN an dem dunklen Ford nicht erkannt hatte. Spätestens da musste sie begriffen haben, dass sie es mit der Mörderin von Wolfgang Scholzen zu tun hatte. Bestimmt war die Kriminalrätin bewaffnet und bedrohte Ira.

Was sollte er nur tun? Ben wendete mit dem Motorrad in einem waghalsigen Manöver. Dann folgte er dem Ford. Vor ihm tauchte am Straßenrand eine Telefonzelle auf. Aber bis er angehalten und die Polizei verständigt hatte, waren Ira und Clara Wiener längst außer Sicht.

Zwischen dem Motorrad und dem Ford befanden sich noch drei weitere Fahrzeuge. Ben überholte zwei, schaffte es bei der Mülheimer Brücke gerade noch über eine gelbe Ampel. Er durfte den Ford nicht verlieren!

Auf der anderen Rheinseite fuhr Ira Richtung Innenstadt. Hinter dem Dom setzte sie den Blinker nach rechts. Ben folgte ihr. Aus einer Seitenstraße schoss ein Kleinwagen, quetschte sich vor das Motorrad.

»Verdammter Idiot!« Ben betätigte die Hupe. Wie um ihn zu provozieren, fuhr der Kleinwagen nun besonders langsam. Trotz des Gegenverkehrs gab Ben Gas und schoss an dem Kerl vorbei. Ein BMW befand sich nun noch zwischen ihm und dem Ford. Was ganz gut war, damit Clara Wiener nicht auf ihn aufmerksam wurde.

Wo wollte sie nur mit Ira hin? Der Wagen bog in die Aachener Straße ab. Scheiße ... Ben bremste abrupt. Ein Lkw setzte rückwärts aus einer Einfahrt. Ben lenkte das Motorrad um ihn herum, riskierte einen Zusammenstoß. Doch zu spät, von dem dunklen Ford war nichts mehr zu sehen, und die nächste Ampel war auch noch rot.

Ob Clara Wiener Ira zwang, aus der Stadt zu fahren? Ben traf eine Entscheidung. Wenn er den Ford bis zur Stadtgrenze nicht gefunden hatte, würde er die Polizei verständigen.

Er gab Gas, obwohl die Ampel noch auf Rot stand, schlängelte sich zwischen den Autos auf der Kreuzung hindurch und überholte, in der Straßenmitte fahrend, eine ganze Reihe von Wagen.

Wenn er mit Hauptkommissarin Färber nur früher am Morgen gesprochen hätte! Wenn er nur eher die Zusammenhänge erkannt hätte! Wenn, wenn, wenn ... Clara Wiener war nun in die Enge getrieben. Sie hatte so oft getötet. Wahrscheinlich schreckte sie nicht zurück, Ira mit in den Tod zu reißen, sobald sie keinen Ausweg mehr sah. Und wie wollte er es überhaupt mit einer bewaffneten, zu allem entschlossenen Mörderin aufnehmen? Er mit seiner verdammten Arroganz. Er würde es sich nie verzeihen, wenn Ira wegen ihm verletzt wurde.

Ben überholte weitere Fahrzeuge. Die Stadtgrenze war nicht mehr weit. Doch da … Ein Stück vor ihm fuhr der dunkle Ford. Ben ließ sich mit dem Motorrad zurückfallen, achtete darauf, dass stets wenigstens ein Auto zwischen ihm und dem Wagen mit Ira und Clara Wiener war. Die Gegend wurde immer ländlicher.

Hinter einer Kreuzung mit Ampelanlage lag ein Dorf. Die Ampel sprang auf Rot, doch der Ford schoss vorwärts. Mist, Ben musste bremsen. Endlich tat sich eine Lücke auf der Kreuzung auf. Wieder ignorierte er die rote Ampel und fuhr los. Nachdem er das Dorf passiert hatte, sah er den Ford in einiger Entfernung und folgte ihm. Aber nach zwei, drei Kilometern zockelte ein breiter Mähdrescher von einem Feldweg auf die Landstraße und behinderte den Verkehr.

Scheiße, Scheiße, Scheiße … Ben hieb auf den Lenker. Endlich gelang es ihm, sich mit dem Motorrad an dem Mähdrescher vorbeizuschlängeln. Die Landstraße erstreckte sich frei vor ihm. Doch da … In einer Kurve steuerte der Ford auf ein Gebüsch zu, nur um im nächsten Moment quer über die Straße und auf einen Lkw zuzuschleudern.

Nein! Ben schrie verzweifelt auf. Nein … Ganz knapp schoss der Ford an dem Lkw vorbei und in ein Feld, überschlug sich. Der Ford lag auf dem Dach, und Flammen züngelten um ihn.

Ben raste zu der Stelle, brachte das Motorrad schlingernd vor dem Lkw zum Stehen, der ebenfalls angehalten hatte. Er riss die Tür der Fahrerkabine auf. Der Mann hinter dem Steuer war kreidebleich.

»Geben Sie mir Ihren Feuerlöscher!«, brüllte Ben. Der Fahrer glotzte ihn nur an.

»Schnell!«

Endlich löste sich der Fahrer aus seiner Erstarrung. Er machte den Feuerlöscher aus der Halterung los und reichte ihn Ben.

Ben stürmte über das Feld. Das Feuer brannte stärker. Es durfte nicht sein, dass er zu spät kam!

• • •

Ira hämmerte gegen die Wagentür. Sie versuchte, sich zu drehen, wollte mit den Beinen gegen das Metall treten. Aber die untere Hälfte ihres Körpers gehorchte ihr nicht. Dann spürte sie die Hitze der Flammen.

Nein, sie wollte nicht sterben! Sie wollte leben und Ben lieben, mit ihm zusammen sein. Nicht hier in diesem Wrack bei lebendigem Leib verbrennen. Sie schrie und schrie, war halb ohnmächtig vor Panik und Schmerzen.

Flammen züngelten um Clara Wiener. Es stank nach verbranntem Fleisch. So musste es in dem Keller gerochen haben, als ihre kleine Schwester gestorben war. Gleich würden die Flammen den Tank erreichen, und der Wagen würde explodieren.

Jemand stürmte über das Feld. War das wirklich Ben, oder bildete sie sich das nur ein? Schaum spritzte auf. Die

Hitze der Flammen war nun weniger stark. Ben hieb mit einem roten Ding aus Metall wieder und wieder auf die verklemmte Tür ein. Ira drückte mit aller Kraft, zu der sie noch fähig war, von innen dagegen. Die Tür gab nach. Ben riss sie auf. Er fasste Ira unter den Achseln und zog sie nach draußen, weg von dem brennenden Wagen. Dann nahm er sie in seine Arme.

»Ira ...« Seine Stimme klang brüchig. Sie ließ ihren Kopf an seine Brust sinken. Seine Gegenwart war ein Schutz gegen den Wahnsinn.

»Da ist ein Junge in der Ruine am Rheinufer, Clara Wiener hat ihn dort gefangen gehalten«, fuhr sie plötzlich auf.

»Schsch ... Ich kümmere mich darum.«

In der Ferne waren Sirenen zu hören. Leute kamen über das Feld gerannt. Ein Feuerwehrwagen hielt gerade am Straßenrand, als der Ford in einem Ball aus Flammen und Hitze explodierte.

Epilog

Dankbar und glücklich betrachtete Ira den wunderschönen Strauß aus Amaryllisblüten und Rosen, der auf dem Nachttisch lag. Er verbreitete Wärme und Zuversicht in dem sterilen Krankenhauszimmer. Ben hatte ihn ihr mitgebracht und war kurz weggegangen, um eine Vase zu holen.

Dann riss sie sich von dem Anblick der Blumen los, stützte sich auf die Gehhilfen und humpelte von dem Krankenhausbett zu einem Stuhl. Ungelenk ließ sie sich darauf nieder. Alles fiel ihr so schwer. Sich anzuziehen, sich zu waschen, jeder einzelne Schritt. Aber sie hasste es, im Bett zu liegen. Wenigstens hatte sich der Gips um ihr rechtes Bein inzwischen so weit reduziert, dass sie eine an der Seitennaht aufgetrennte Schlafanzughose darüberziehen konnte.

In der Fensterscheibe sah sie sich gespiegelt. Wegen einer Kopfwunde hatte man ihr die Haare abrasieren müssen. Mittlerweile war ein Flaum nachgewachsen, was sie aussehen ließ wie ein frisch aus dem Ei geschlüpftes Küken. Und so fühlte sie sich auch. Verletzlich und fremd in der Welt.

Acht Wochen waren seit dem Unfall vergangen. Außer dem Bein waren auch ihr Becken und etliche Rippen gebrochen, und sie hatte einen Milzriss erlitten. Da waren die zahlreichen Prellungen und Schürfwunden gar nicht mehr ins Gewicht gefallen. Sie hatte einige Operationen hinter sich, und die ersten Wochen danach waren wie hinter einem Nebel verborgen. Starke Schmerzmittel hatten sie in einen Dämmerzustand versetzt. Ben hatte ihr die Zuversicht geschenkt, dass sie wieder ganz gesund werden würde, und er ertrug – seit es ihr wieder besser ging – ihre Ungeduld, wenn ihre vom langen Liegen ganz schwachen Muskeln trainiert werden mussten. Sie wusste, dass sie dann unausstehlich war. Manchmal schimpfte und fluchte sie nur noch vor sich hin.

Vor ein paar Tagen hatte Christoph sie besucht, und sie hatte ihm in dem Versuch, ihm die Trennung leichter zu machen, gesagt, dass er eigentlich froh sein konnte, sie in ihrem Zustand nicht aushalten zu müssen. Christoph war so großzügig gewesen, ihr und Ben Glück zu wünschen, und sie hoffte, dass er bald eine neue Liebe finden würde.

Auch der Junge, den sie in der Ruine gefunden hatte, war inzwischen bei ihr gewesen. Andreas Jacobeit war sein Name, sein Vater hatte ihn begleitet. Andreas war sehr schüchtern, aber aufrichtig dankbar gewesen, wie auch der Vater, und Ira hatte es gutgetan, ihn zu sehen. Dies hatte sie darin bestärkt, im Polizeidienst zu bleiben und zur Mordkommission zu wechseln.

Ihre Suspendierung war mittlerweile aufgehoben. Polizeidirektor Achern hatte ihr einen Brief geschrieben, ihr für ihren Einsatz gedankt und ihr versichert, er freue sich, sie bald gesund im Präsidium wiedersehen zu dürfen. Was Ira sehr bezweifelte. Auch seitens des nordrhein-westfälischen Innenministeriums hatte man ihr gedankt. Wahrscheinlich hatte dort jemand die Strippen gezogen und dafür gesorgt, dass sie in einem Einzelzimmer untergebracht wurde – allerdings vermutlich weniger aus Fürsorge. Eher hatte man verhindern wollen, dass sie mit vielen Leuten sprach, was in einem Krankenhaussaal ja unweigerlich der Fall gewesen wäre. Denn es war nun einmal ein Skandal, dass sich eine verdiente Kriminalrätin als Serienmörderin entpuppt hatte. Ben hatte über die Morde und die alles andere als rühmliche Rolle der Kölner Polizei ausführlich berichtet und mit seinen Artikeln für großes Aufsehen gesorgt.

Wie es wohl mit ihnen weitergehen würde? Ben hatte ihr das Leben gerettet, und sie liebten sich. Aber diese Liebe, so beglückend sie auch war, war auch neu und ungewohnt.

Als hätten ihre Gedanken ihn herbeigerufen, trat Ben nun wieder ins Zimmer. Er hatte eine Vase für seinen üppigen Blumenstrauß organisiert, ein Geschenk nach einer Woche Abwesenheit. Jeden Tag hatte Ira ihn vermisst.

Er lächelte sie an. »Du weißt schon, Ungeduld ist für den Heilungsprozess nicht förderlich.« Er füllte Wasser in die Vase und stellte die Blumen hinein.

»Im Bett zu liegen aber auch nicht. Hast du Lust, mit mir in den Garten zu gehen? Ich möchte endlich mal wieder frische Luft schnappen.« Sie sah Ben fragend an.

»Du willst wirklich laufen und nicht den Rollstuhl benutzen?«

»Ja, ich will gehen. Ich habe es satt, mich wie ein Kleinkind durch die Gegend schieben zu lassen.«

»Gut, dann probier's.«

Ben versuchte nie, sie zu etwas zu überreden, was angeblich das »Beste« für sie war. Was Ira an ihm sehr schätzte.

Sie setzte eine Mütze auf und ließ sich von ihm in den Anorak und in den Schuh des linken Fußes helfen. Sich mit den Gehhilfen zu bewegen, forderte ihre ganze Konzentration, deshalb schwieg sie, und auch Ben sagte nichts, bis sie den Garten erreicht hatten.

In der Nacht hatte es ein bisschen geschneit. Die Rasenfläche war wie weiß bestäubt. Nahe des Eingangs fanden sie eine windgeschützte Stelle. Die Sonne hatte noch so viel Kraft, dass sie wärmte. Ben breitete eine Decke über die Bank, und Ira lehnte sich an ihn. Tief saugte sie die klare, kalte Luft in ihre Lungen.

»Wie sind denn deine Gespräche mit den Redaktionen in Hamburg und München verlaufen?«, erkundigte sich Ira dann. Wegen seiner Artikel hatte Ben viele Anfragen von großen Zeitungen und Magazinen erhalten, ob er nicht für sie arbeiten wolle.

»Sie waren wirklich gut. Aber erst einmal möchte ich dir etwas anderes erzählen – wenn du es hören willst. Ich habe noch ein paar Nachforschungen über Clara Wiener angestellt.«

Ira nickte. »Ja, erzähl bitte.« Wenn sie irgendwann einmal mit Clara Wiener abschließen wollte, durfte sie ihr nicht ausweichen. Sonst würde sie immer eine Gestalt in ihren Albträumen bleiben.

»Ich habe mithilfe des Roten Kreuzes und anderer Hilfsorganisationen recherchiert. Clara Wieners richtiger Name war Marie von Bredtkow. Sie wuchs in Königsberg auf, ihr Vater war ein Berufsoffizier. Die kleine Schwester Greta erlitt bei einem Badeunfall einen Sauerstoffmangel und war danach geistig behindert. Was ich schon von dir wusste, hat sich also bestätigt. Entweder dank des Einflusses des Vaters – als Offizier verfügte er ja auch von der Front aus noch über einen gewissen Einfluss – oder durch pures Glück entging Greta der Euthanasie der Nationalsozialisten.«

»Marie von Bredtkow hieß sie also«, sagte Ira nachdenklich. Noch eine weitere Facette dieser rätselhaften, furchterregenden Frau.

»Ich konnte frühere Nachbarn der von Bredtkows ausfindig machen. Clara, das heißt, Marie, hat die kleine Schwester sehr geliebt, das haben mir alle, mit denen ich gesprochen habe, bestätigt. Nach der Flucht aus Königsberg verliert sich erst einmal ihre Spur. Marie taucht dann kurz nach Kriegsende in einem Lazarett in Schleswig-Holstein wieder auf. Sie ist körperlich und seelisch in einem sehr schlechten Zustand und kaum ansprechbar. Die Ärzte und das Pflegepersonal sind davon überzeugt, dass sie einen schweren seelischen Schock erlitten hat. Aber sie spricht nie über das, was ihr zugestoßen ist. Im Laufe der nächsten Monate erholt sie sich allmählich. Ihre Bettnachbarin war eine junge Frau namens Clara Wiener.«

»Eine Clara Wiener hat also tatsächlich gelebt. Unglaublich.«

»Ja, sie stirbt im Herbst 1945 an einer Infektion. Etwa zur gleichen Zeit erhält Marie von Bredtkow die Nachricht, dass ihr Vater einige Wochen vor Ende des Krieges gefallen ist. Ihre Mutter war ja schon während der Flucht bei einem Tieffliegerangriff ums Leben gekommen. Der Tod des Vaters muss ihre Psyche endgültig zerrüttet haben. Wahrscheinlich war er der letzte Auslöser, dass Marie ihr altes Leben und so auch das schreckliche Erlebnis während der Flucht tief in sich begrub.«

»Und Marie von Bredtkow nahm daraufhin den Namen Clara Wiener an?«

»Etwas in ihr, ein Anteil ihrer Persönlichkeit, muss sie dazu getrieben haben, sich als Clara Wiener neu zu erschaffen.« Ben nickte. »In den Monaten nach dem Krieg war ja alles sehr chaotisch. Etwa vier Wochen nach dem Tod von Clara Wiener wurde Marie von Bredtkow entlassen. Vielleicht hat sie es geschafft, sich die Papiere der jungen Frau anzueignen. Möglicherweise hat sie sich aber auch bei einem Amt als Clara Wiener ausgegeben, und man hat ihr die entsprechenden Dokumente ausgestellt. Viele Menschen hatten ja während des Krieges und der Flucht alle Unterlagen verloren, da sah man oft nicht so genau hin.«

»Die neue Identität half Marie beim Verdrängen, richtig?«

»Ja, mein Großonkel meinte, junge Menschen, deren Selbst- und Weltbild durch ein traumatisches Erlebnis völlig erschüttert wird, können unter gewissen Umständen eine multiple Persönlichkeit entwickeln und lange ein – nach außen hin – völlig normales Leben führen. Clara Wiener organisierte das für sich sehr klug. Sie nahm eine Stelle bei der Weiblichen Kriminalpolizei an, durch die sie, sogar als Frau, eine gewisse Macht ausüben konnte. Ihr tiefstes Bestreben muss ja gewesen sein, sich nie mehr ohnmächtig und ausgeliefert zu fühlen.«

»Und Cornelia Guthaus' gewaltsamer Tod rührte an das lange Verdrängte, denn Clara Wiener konnte das Mädchen damals nicht beschützen«, sagte Ira leise. »Das muss in ihr die Person des Mannes ausgeformt haben, der die Morde beging.«

»Dessen sich Clara Wiener nicht bewusst war, bis ihre verschiedenen Persönlichkeiten bei der Begegnung mit Hanni durchlässig wurden.« Ben nickte. »Mittlerweile überprüfen deine Kollegen übrigens ungeklärte Mordfälle an blonden Jungen, an der Schwelle zum Erwachsenwerden. Sehr wahrscheinlich hat Clara Wiener – oder der Mann in ihr – noch mehr Morde begangen als die, von denen wir bisher wissen.«

Ira dachte an die Verzweiflung von Wolfgangs Mutter und die der Eltern von Peter Vogler, die sie ja ganz nah miterlebt hatte. Wie sinnlos dies alles war – und wie traurig. Und trotz allem blieb Ira auch die Erinnerung an die Frau, die sich für die jugendlichen Opfer und Delinquenten wirklich eingesetzt hatte. Hanni Zirner hatte sie tatsächlich nichts zuleide getan. Man hatte das Mädchen völlig verängstigt, aber unversehrt im Keller des Hauses in der Eifel gefunden.

Einige Momente lang schwiegen sie einträchtig, und Ira war einfach nur froh, neben Ben zu sitzen, die Sonnenstrahlen auf ihrem Gesicht zu fühlen und am Leben zu sein.

»Also, was war in Hamburg und in München?«, sagte sie dann. Es war an der Zeit, sich der Zukunft zuzuwenden.

»Tja, ich habe Angebote von Redaktionen aus beiden

Städten. Wie steht's mit dir? Möchtest du in Köln bleiben, oder kannst du dir vorstellen, mit mir umzuziehen?«

»Da ist ja auch noch Georg«, gab Ira zu bedenken. »Solange er nicht volljährig ist, kann er nicht allein leben.«

»Ich kenne ihn mittlerweile ganz gut. Er wäre einem Umzug bestimmt nicht abgeneigt.«

»Das stimmt, er möchte liebend gern in die große, weite Welt ziehen.« Ira lachte.

»Ich könnte aber sicher auch als freier Journalist von Köln aus arbeiten und alle paar Wochen mal nach München oder Hamburg fahren. Wenn du in Köln bleiben willst.«

Ira wurde ernst. »Ach, Ben, im Moment weiß ich, was meinen Beruf betrifft, nur, dass ich im Polizeidienst bleiben und irgendwann ganz regulär für die Mordkommission arbeiten will. Während du weg warst, habe ich viel nachgedacht. Ich wollte immer schon mal nach Japan reisen, das ist mein Sehnsuchtsland. Diese Reise möchte ich, wenn ich wiederhergestellt bin, unbedingt machen. Und zwar allein.« Ira drückte Bens Hand und sah ihn um Verständnis bittend an. »So vieles muss ich erst einmal richtig begreifen! Etwa, dass mein Vater sehr dunkle Seiten hatte und schuldig geworden ist. Und ich hoffe, nach der Reise weiß ich auch, ob ich in Köln bleiben oder mit dir und Georg in eine andere Stadt ziehen will.«

»Ich richte mich nach dir. Unter einer Bedingung …«

»Und die wäre?«

»Dass wir danach gemeinsam verreisen.«

»Mit dem Motorrad?«

»Wenn du willst …«

»Den Highway 61 entlang?«, neckte Ira ihn.

»Von mir aus liebend gern.« Ben lächelte sie an.

Sie küssten sich zärtlich, und Ira fühlte sich ganz leicht und schwebend vor Glück. Die Zukunft mit Ben würde aufregend und gelegentlich sicherlich auch spannungsreich, aber wunderschön werden. Da war sich Ira ganz sicher.

Nachwort

»1968« steht gewissermaßen ikonografisch für die großen gesellschaftlichen Umbrüche, die die Bundesrepublik der Nachkriegszeit zu einer anderen machten. Unter Historikerinnen und Historikern gilt es mittlerweile als weitgehend unumstritten, dass »1968« in den späten 1950er-Jahren begann und bis in die 1970er-Jahre andauerte. Auch 1967, dem Jahr, in dem »Goldjunge« spielt, war vieles noch alt und verkrustet, und doch kündigte sich schon Neues an.

Dies gilt auch für die Weibliche Kriminalpolizei (WKP), für die Ira Schwarz als junge Kriminalhauptmeisterin arbeitet. Gegründet worden war die WKP in den 1920er-Jahren der Weimarer Republik, ebenfalls eine Epoche einschneidender gesellschaftlicher Veränderungen. Beispielhaft dafür ist die WKP. Sie sollte in erster Linie eine soziale Polizei sein und nicht reglementierend und repressiv agieren, wie es bislang die vorrangige Aufgabe der Polizei war. Die WKP-Beamtinnen sollten etwa Prostituierten bei den entwürdigenden medizinischen Untersuchungen zur Seite stehen und sie dabei unterstützen, in ein bürgerliches Leben zurückzukehren. Außerdem war es Aufgabe der Beamtinnen, Kindern und Jugendlichen zu helfen. Sie vernahmen minderjährige Opfer, Täter und Zeugen (junge Frauen bis zum Alter von einundzwanzig Jahren, Jungen bis zum Alter von vierzehn Jahren; später wurde das Alter der Jungen, für die die Beamtinnen der WKP zuständig waren, auf zwölf Jahre herabgesetzt), begleiteten sie vor Gericht, leiteten Fürsorgemaßnahmen ein oder beantragten im Falle von Misshandlung oder Verwahrlosung die Entziehung des Sorgerechts. Viele WKP-Beamtinnen hatten eine Ausbildung als Fürsorgerin abgeschlossen und einige Jahre in diesem Beruf gearbeitet. Sie waren besser ausgebildet als ihre männlichen Kollegen, bei denen der übliche Weg von der Handwerkerlehre über die Polizeischule zur Schutzpolizei und dann zur Kriminalpolizei führte. In ihren Anfängen war die WKP sehr progressiv.

Während der Zeit des Nationalsozialismus verhielt sich aber auch die WKP konform mit dem Regime und arbeitete ihm zu, war also auch in die Verbrechen des Regimes involviert. Nach dem Ende des Zweiten Weltkriegs wollten die Briten in ihrer Besatzungszone, zu der auch das heutige Nordrhein-Westfalen gehörte, die WKP zum allgemeinen Polizeidienst öffnen. Führende WKP-Beamtinnen, die noch in der Weimarer Zeit sozialisiert waren (und während der Zeit des Nationalsozialismus leitende Posten innegehabt hatten), widersetzten sich jedoch diesem Vorhaben, da sie den sozialen Auftrag der WKP gefährdet sahen und für sie der Dienst bei der »allgemeinen« Polizei nicht mit ihrem konservativen Frauen- und Familienbild vereinbar war. Sie konnten sich zunächst durchsetzen.

Doch Ende der 1950er-Jahre mehrten sich die Stimmen innerhalb der Polizei – und auch unter den WKP-Beamtinnen –, die eine Öffnung der WKP forderten. Ihr Nischendasein und ihre Beschränkung auf eine vor allem jugendliche Klientel wurden als nicht mehr zeitgemäß empfunden.

1967/68 fand dann in NRW der erste Lehrgang für den gehobenen Polizeidienst an der Polizeiakademie in Hiltrup statt, an dem auch WKP-Beamtinnen teilnehmen konnten. Etwa zehn Jahre lang bestand die WKP in NRW weiter. Parallel begannen auch Frauen eine Ausbildung bei der Kriminalpolizei, ohne die WKP durchlaufen zu haben. Ende der 1970er-Jahre wurde die WKP endgültig aufgelöst. Die noch verbliebenen Beamtinnen wurden anderen Dezernaten zugeteilt.

Lange hielt sich in Bezug auf die Polizei – wie auch auf die Wehrmacht – der Mythos, sie sei während der Zeit des Nationalsozialismus »sauber« geblieben, habe nur ihren Dienst getan, ohne in die Verbrechen des Regimes verstrickt gewesen zu sein. In NRW war es nach dem Ende des Zweiten Weltkriegs Aufgabe der Briten, die Polizei gewissenhaft zu entnazifizieren. Doch Personalmangel führte bald dazu, dass dies recht großzügig gehandhabt wurde. Alte Seilschaften, die für gute Leumundszeugnisse sorgten, taten ein Übriges.

Der Fall Jürgen Bartsch, auf den in »Goldjunge« hin und wieder Bezug genommen wird, ist historisch und erregte ungeheures Aufsehen. Der Metzgergeselle hatte in Langenberg bei Wuppertal zwischen 1962 und 1966 vier Jungen im Alter von acht bis dreizehn Jahren vergewaltigt und zerstückelt. Er wurde im Juni 1966 festgenommen, als er selbst neunzehn Jahre alt war. Von November bis Dezember 1967 fand am Landgericht in Wuppertal der Mordprozess gegen ihn statt. Diesen Prozess habe ich um etwa zwei Monate vorgezogen. Vielfach wurde gefordert, für Bartsch die Todesstrafe wieder einzuführen.

1961 war Bartsch bei der Polizei bereits aktenkundig geworden, da ihn der Vater eines Jungen, den er misshandelt und zu vergewaltigen versucht hatte, anzeigte. Von dem zuständigen Staatsanwalt beim Wuppertaler Amtsgericht wurde jedoch keine Anklage erhoben.

Obwohl im Umkreis von dreißig Kilometern im Laufe der nächsten vier Jahre vier Jungen spurlos verschwanden, stellten weder der Staatsanwalt noch die Polizei eine Verbindung zu Jürgen Bartsch her.

Der entscheidende Hinweis, der 1966 zur Festnahme von Bartsch führte, stammte letztlich von jenem Vater, der ihn bereits 1961 angezeigt hatte.

In Köln lebten in den 1960er-Jahren etwa 19.000 Menschen in städtischen Notunterkünften wie der Hacketäuer Kaserne. Darunter waren viele Arbeiterfamilien, die sich die steigenden Mieten nicht mehr leisten konnten oder deren Wohnungen Sanierungen und Abrissarbeiten zum Opfer fielen. Die Wohnverhältnisse waren sehr beengt, oft hausten mehrere Menschen in einem Raum. Sanitäre Anlagen befanden sich auf den Etagen. Die Hausmeister hatten das

Recht, die Wohnungen jederzeit zu betreten und durften Gäste nach 22 Uhr aus den Räumen weisen.

Seit Mitte der 1960er-Jahre setzten sich vor allem Studierende für die Menschen in den Notunterkünften ein. Sie versuchten, ihre Lebensumstände zu verbessern, renovierten Wohnungen, richteten Kinderspielplätze ein, halfen Schülerinnen und Schülern bei den Hausaufgaben und unterstützten die Mieter dabei, sich gegen die demütigende Behandlung seitens der Stadt zu wehren.

Ab 1968 gab es in Köln Gruppen von Studierenden, die aus Erziehungsheimen Geflohene vor der Polizei versteckten. Das habe ich in meinem Buch um etwa ein Jahr vorgezogen.

Altes und Neues, das parallel bestand, gab es 1967 etwa auch im Umgang mit straffällig gewordenen Jugendlichen. 1967 existierte noch das brutale System der Erziehungsheime, das Ulrike Meinhof in ihren Artikeln anprangerte. Es gab jedoch auch schon neue pädagogische Konzepte. Eine Bewährungshilfe wurde in Köln 1966 gegründet. Sie hatte ihren Sitz in der Innenstadt. Sozialarbeiter und Psychologen versuchten, die straffällig gewordenen Jugendlichen zu resozialisieren. Statt Sanktionen standen Zuhören und Verständnis im Vordergrund.

Hasch und andere Drogen wurden ab Mitte der 1960er-Jahre immer häufiger konsumiert. 1966 hob die Bonner Polizei eine Gruppe von etwa 30 Schülern und Studenten aus, die zum Entsetzen ihrer gutbürgerlichen Eltern (darunter Richter und Staatsanwälte) in großem Stil Hasch rauchten und auch damit handelten. Das Hasch kam von Amsterdam und Antwerpen über die Grenze. Haschisch, Koks und Heroin konnten bis Anfang der 1970er-Jahre noch auf Rezept in den Apotheken bezogen werden. Der Konsum ohne Rezept und der Handel damit waren jedoch strafbar.

Im Herbst 1967 war die Kleidung der Studierenden oft noch sehr bürgerlich – die Männer trugen Anzug und Krawatte, die Frauen Kleid oder Kostüm. Auch das Siezen war oft noch üblich, was sich dann im Laufe der nächsten Monate und Jahre völlig änderte.

Langhaarige wurden 1967 oft als »Gammler« beschimpft und fielen auf – was sich im Laufe der nächsten Jahre auch sehr schnell ändern sollte.

Für nicht wenige Jugendliche bedeutete die Musik der Beatles, der Stones und anderer Bands ein richtiggehendes Erweckungserlebnis. Das wird immer wieder in Interviews aus der Zeit deutlich. Der Beat-Club, der in der Regel einmal im Monat samstagnachmittags im Fernsehen übertragen wurde und englischsprachige Bands und Interpreten präsentierte, stieß unter Jugendlichen auf großes Interesse.

Die Antibabypille wurde 1967 nur verheirateten Frauen verschrieben, die außerdem schon mehrere Kinder geboren haben mussten. Es gab aber Wege, sie sich illegal zu beschaffen; vor allem unter den Studierenden kursierten Adressen von Ärzten, die sich nicht an die Vorgaben hielten.

Bei Ausdrücken wie »geistig zurückgeblieben« und »mongoloid« und »Zigeuner« habe ich mich an der Sprache der Zeit orientiert. Heute spricht man in der Psychologie von »dissoziativen« Persönlichkeiten. 1967 hat man noch »multiple« Persönlichkeit gesagt.

In der deutschen Presse wurde Muhammad Ali noch bis in die 1970er-Jahre Cassius Clay genannt.

Historisch ist natürlich auch das äußerst brutale Vorgehen der Berliner Polizei gegen Studierende der Berliner Universität während des Schah-Besuchs im Juni 1967 – und dass die Polizei versuchte, den Mord von Karl-Heinz Kurras an Benno Ohnesorg als Notwehr darzustellen. Dieses Verhalten politisierte viele Jugendliche und Studierende.

Auch die großen Schülerdemonstrationen in Köln im Herbst 1966 anlässlich der Erhöhung der Fahrpreise der Kölner Verkehrsbetriebe sind historisch. Köln hatte schon in den 1960er-Jahren ein massives Verkehrsproblem, und am Wiener Platz in Köln-Mülheim wurde zeitweise die höchste Schadstoffbelastung in der BRD gemessen.

Noch einen anderen unrühmlichen Rekord stellte Köln in den 1960er-Jahren auf, denn es besaß die höchste Kriminalitätsrate in der BRD und wurde das »Chicago am Rhein« genannt. Eine Unterweltgröße jener Jahre war Anton Dumm, genannt »Dummse Tünn«. Während des Prozesses gegen ihn Mitte der 1960er-Jahre wurden Richter und Staatsanwälte massiv bedroht. Anton Dumm und eine andere Unterweltgröße, Heinrich Schäfer, genannt »Schäfers Nas«, stritten miteinander um die Vorherrschaft im Milieu.

In einer Telefonzelle konnte man zu jener Zeit nach einem Unglück den Notruf wählen, ohne Münzen einwerfen zu müssen. Anfang der 1970er-Jahre wurde dann die Leitung aus einer Telefonzelle erst nach einem Münzeinwurf frei. Damit im Notfall auch ohne Münzgeld Feuerwehr oder Polizei verständigt werden konnten, wurden die Zellen deshalb mit den sogenannten »Notrufmeldern« ausgestattet. Den Hebel nach links gedrückt, wurde die Verbindung zur Feuerwehr, nach rechts gedrückt die zur Polizei aufgebaut.

Das Kölner Polizeipräsidium Am Waidmarkt wurde Mitte der 1950er-Jahre erbaut. In meinem Roman habe ich den Baubeginn auf Anfang der 1960er-Jahre verlegt. Das Ruinengrundstück am Mülheimer Rheinufer ist meine Erfindung, und auch was die Beschreibung von Straßen und Plätzen anbelangt, habe ich mir gelegentlich Freiheiten genommen.

Bei meinen Recherchen hatte ich manchmal – etwa, was das Verkehrsproblem betrifft – den Eindruck, dass sich seit den 1960er-Jahren nicht viel verändert hat. Aber natürlich ist die Gesellschaft glücklicherweise in dem halben Jahrhundert, das seitdem vergangen ist, sehr viel freier, offener und demokratischer geworden.

Paula Bach

Danksagung

Dank an …

- wie immer meinen Mann Hartmut Löschcke, der »Goldjunge« seit der ersten Idee geduldig und konstruktiv begleitet hat.
- meine Lektorin Tabea Horst für ihr strukturelles Lektorat, das Schwachstellen ausmerzte und mir half, einzelne »Puzzleteile« der Handlung neu zusammenzufügen.
- meine Redakteurin Gisela Klemt für ihre wieder sehr gründliche Betreuung des Textes und ihre zahlreichen Fragen und Anmerkungen, die dazu beitrugen, das Manuskript besser zu machen.
- meine Freundin und Kollegin Mila Lippke für unser sehr intensives und inspirierendes Gespräch über das Manuskript, das mir vor allem auch half, Ira Schwarz klarer zu sehen.
- Dr. Anita Barkhausen für ihre Hinweise zu dissoziativen Persönlichkeiten und der Reinszenierung von Traumata.
- Elke und Heino Süß und Katinka und Walter Höller, die

mir Auskunft über das studentische Lebensgefühl der späten 1960er-Jahre gaben.

- Wolfgang Guting für seine Hinweise zur Musik und zum Leben in den 1960er-Jahren.
- Kriminalhauptkommissarin a. D. Gudrun Schramm-Arntzen sowie Kriminalhauptkommissarin a. D. Ingrid Homann für das sehr hilfreiche Gespräch über die Weibliche Kriminalpolizei in den 1960er-Jahren.

Mögliche inhaltliche Fehler in diesem Buch habe allein ich zu verantworten.